W0333072

Christoph Güsken

Lies mir das Buch vom Tod

Bisher vom Autor bei *KBV* erschienen:

*Der Tod fährt Rad*
*Das Wunder von Hiltrup*
*Das Mordkreuz von Tilbeck*
*Der Glöckner von St. Lamberti*
*Kopflos am Aasee*
*Der dunkle Lord von Münster*
*Der Totensammler*
*Ganz miese Gesellschaft*

**Christoph Güsken** wuchs in Mönchengladbach auf, studierte in Bonn und Münster und war Buchhändler in Köln. Er verfasste Texte im Geist der legendären Monty Pythons, u. a. für die »Springmaus«. Seit 1995 lebt er als freier Autor in Münster, schrieb zahlreiche Krimis, einige wenig ernste Romane und Hörspiele.

*Lies mir das Buch vom Tod* ist der achte Kriminalroman um den schrägen Ex-Hauptkommissar de Jong, der bei seiner Suche nach dem Sinn des Ganzen ständig über die schlimmsten Verbrechen stolpert.

www.christoph-güsken.de

Christoph Güsken

# Lies mir das Buch vom Tod

KBV

FSC
www.fsc.org
MIX
Papier | Fördert gute Waldnutzung
FSC® C083411

Originalausgabe
© 2024 KBV Verlags- und Mediengesellschaft mbH, Hillesheim
www.kbv-verlag.de
E-Mail: info@kbv-verlag.de
Telefon: 0 65 93 - 998 96-0
Umschlaggestaltung: Ralf Kramp
unter Verwendung von © Patrick Niebergall - stock.adobe.com
Lektorat: Volker Maria Neumann, Köln
Druck: CPI books, Ebner & Spiegel GmbH, Ulm
Printed in Germany
ISBN 978-3-95441-700-1

*Outside of a dog, a book is man's best friend.*
*Inside of a dog, it's too dark to read.*
Groucho Marx

*Well, I'm livin' in a foreign country*
*but I'm bound to cross the line*
*Beauty walks a razor's edge, someday I'll make it mine*
*If I could only turn back the clock*
*to when God and her were born*
*»Come in«, she said, »I'll give you shelter from the storm.«*
Bob Dylan

## 1. Kapitel

Ein Film ging ihm nicht mehr aus dem Kopf. Er hatte ihn zusammen mit Sorga gesehen, oder hieß sie Nora oder Cora? – Egal, sie war längst vergessen, und er hatte sie überhaupt nur deshalb noch im Gedächtnis, weil er mit ihr ebendiesen Film angesehen hatte. Es war ein ziemlich alter Streifen gewesen, die Bilder waren teilweise unscharf und an den Rändern seltsam ausgefranst gewesen, wie alte Fotos in einem Album. Ein Western. Er handelte von vier Banditen in langen, dunklen Mänteln, die eines Tages wie aus dem Nichts in der Wüste auftauchten, sich einen Mann schnappten und ihn aufknüpften, nur so zum Spaß. Der kleine Sohn des Mannes, sechs, höchstens sieben Jahre alt, war Zeuge des grausamen Geschehens. Aber damit nicht genug, die Banditen zwangen den kleinen Kerl, Mundharmonika zu spielen, während er seinen Vater, der mit dem Strick um den Hals auf seinen Schultern stand, so gut es ging abstützte, und zwar so lange wie möglich, denn sobald er abrutschte, würde er sich strangulieren. Natürlich war es nur eine Frage der Zeit, bis der Junge erschöpft zusammenbrach. Der Vater baumelte tot am Strang – und der Kleine war schuld. Obwohl er sich viel später als Erwachsener jeden einzelnen der Peiniger vornahm und seine Rache grausam war, änderte sich daran nichts.

Zufällig wusste er nämlich genau, wie das ist: schuld zu sein. An einem Tod schuld zu sein. Bei ihm war es ganz ähnlich gewesen. Schon sehr anders, aber ähnlich. Bei ihm waren es nicht vier, sondern nur ein einziger Mann im langen Mantel gewesen. Es war kein dunkler Mantel gewesen, und es hatte auch keine Mundharmonika gegeben, aber das waren ja wohl lausige Nebensächlichkeiten.

»Nimm dir ein Buch und lies. Schlaf bloß nicht ein«, hatte Mutter gesagt. Ihre Stimme, die immer leicht schrill war, hallte bis heute in seinem Ohr und würde auch nie verschwinden. »Du weißt doch, ich kann sehen, ob jemand liest oder nur so tut als ob.«

Er hatte seltsame Geräusche gehört. Stöhnen und spitze Schreie. Das hatte ihn beunruhigt, schließlich hatte sie gesagt, der Mann mit dem langen Mantel sei für eine wichtige Besprechung gekommen, und da hatte er nicht mit Stöhnen und spitzen Schreien gerechnet. Also hatte er im Buch herumgeblättert und so getan, als würde er die Geräusche nicht hören, aber natürlich hatte er sie gehört. Es war ein langweiliges Buch gewesen, und das Herumblättern hatte ihn auf die Dauer ermüdet. Und irgendwann war er dann eingenickt. Vater war zurückgekommen, und er hatte geschlafen, mit dem Kopf auf den Seiten. So hatte er nicht verhindert, was er hatte verhindern sollen. Hätte verhindern müssen. Was auch immer dann geschehen war, es war seine Schuld gewesen.

Hätte er nur ihre Anweisung befolgt und gelesen und nicht nur so getan als ob, dann wäre alles anders gekommen. Davon war er inzwischen überzeugt, wenn er es auch nicht mehr beweisen konnte. Beim Lesen hätte er sich nämlich konzentriert und wäre nicht eingedöst. Mutter hatte ihm das immer wieder eingebläut. Lesen bildet, lesen macht wacher und klüger. *Am deutschen Lesen wird die Welt genesen*. Und nicht nur sie. Auch Vater, den sie hinter seinem Rücken immer nur den »Waschlappen« genannt hatte – in seiner Vorstellung hatte ein Waschlappen immer so ausgesehen wie Vater, bis er eines Tages einen aus Frottee mit Fischmustern drauf gesehen hatte –, war auch dieser Meinung gewesen. »Heutzutage liest ja kein Mensch mehr, und du siehst ja, was daraus wird«, hatte er gesagt. »Sie starren auf ihre Handys und tippen mit ihren Daumen auf lustige Gesichter. Eines Tages werden sie dann merken, dass man mit Emojis keinen Roman schreiben kann. Aber dann ist es zu spät.«

Dann war es so was von zu spät gewesen.

Schon lange vor Mutters tragischem Tod dämmerte ihm, dass er seltsam war, vielleicht regelrecht verkorkst. Anders als die anderen. Vielleicht mehr als nur anders. Verhaltensauffällig. Gefährlich möglicherweise – wie konnte er das wissen? Er beschloss, daran zu arbeiten. Eine Therapie zu machen zum Beispiel, das Ding war nur: Er traute keinem Therapeuten über den Weg. Psychoquacksalbern schon gar nicht. Schließlich las man täglich davon, dass sie nur darauf aus waren, armen, geistig irgendwie verdrehten Menschen – genau solchen wie ihm – Geld aus der Tasche zu ziehen. Und ihr dilettantisches Unwissen war schuld daran, dass Klienten Amok liefen und wahllos Menschen erschossen. Zum Glück waren die Zeiten inzwischen vorbei, in denen es zu den Psychoquacksalbern keine Alternative gab. Heutzutage konnte man aus einer ganzen Palette wählen: Tanztherapie, Maltherapie, Sextherapie und Schlaftherapie. Sogar Bibliotherapie.

Darauf stieß er zufällig, als er im Wartezimmer seines Zahnarztes, der sich auf Naturheilverfahren und sanfte Medizin spezialisiert hatte, eine Zeitschrift durchblätterte. Bibliotherapie. Als hätte man die für ihn erfunden! Ebenso die Therapeutin: Kerstina Döring. Ihr Haar trug sie kurz, und sie hatte ein rundes, fast apfelförmiges Gesicht. Sie ähnelte sehr seiner Mutter, war nur viel jünger. Kerstina brachte ihn wieder auf Kurs. Unter ihrer Anleitung begann er wieder zu lesen. Goethe und Schiller, Böll und Grass. Enzensberger. Höchst anspruchsvolle Lektüre, ja, die besonders, darauf bestand sie. Er brauche ein Fundament, auf dem er dann alles Weitere errichten könne. Auch Lyrisches verordnete sie ihm, Eichendorff und Matthias Claudius als tägliche Entspannungsübungen. Kerstina diagnostizierte bei ihm eine Biblioparanoia im Anfangsstadium. Aber sie verschrieb ihm keine Psychopharmaka, die vor Nebenwirkungen strotzten, sondern Krimis. Agatha Christie, Raymond Chandler oder George Simenon. Ein wenig Poe, aber, wohlgemerkt, nur wenig. Und hin und wieder verabreichte sie ihm sogar eine Prise Stephen King. Was ihn zunächst alarmierte. »Wie soll das gehen?«, fragte er besorgt. »Das ist doch wohl so, als wollte man einen Brand mit einem Kanister Benzin bekämpfen.« Aber sie bat ihn, ihr zu vertrauen, und erklärte, dass genau das das Prinzip aller Impfungen sei. Kerstina versah sein bisher planloses Leben mit einem Sinnhorizont, der wie eine Sonne am Ende eines dunklen Tales aufleuchtete. Ihr Selbsthilfebuch *Lesen – der Weg zu innerer Heilung* wurde seine Bibel. Und natürlich träumte er nicht nur von dem Buch, das unter seinem Kissen steckte, sondern auch von ihr, dass sie neben ihm lag, nichts anhatte und verführerisch roch. Aber sie meinte, eine Beziehung zwischen Therapeutin und Klient habe so ihre Tücken und sei meistens zum Scheitern verurteilt.

Vielleicht hatte er es am Ende mit dem King doch etwas übertrieben. Oder Kerstina hatte die Gefahr unterschätzt. Schließlich war sie die Therapeutin und hätte die Warnzeichen erkennen müssen. Zum Beispiel dass er, wie es heute bei den Feuilletonisten standardmäßig hieß, kein Buch mehr aus der Hand legen konnte. Er las, wie ein Wanderer trank, der es mit letzter Kraft aus der staubigen Wüste zu einem Kiosk geschafft hatte. Manisch, gierig und maßlos. Kein Druckerzeugnis war vor ihm sicher. Ob Thomas Mann, Rosamunde Pilcher oder Aufbauanleitungen für Eckregale – Hauptsache lesen! Warum schritt sie damals nicht ein?

Im Nachhinein war ihm natürlich klar, warum: nämlich deshalb, weil sie gar keine Therapeutin war, sondern eine Hexe, die mit Heilung nichts im Sinn hatte. Eine Schlampe, der man nicht über den Weg trauen konnte. Das hatte sie ihm natürlich nie erzählt, ebenso wie er auch von Gerrie eines Tages rein zufällig erfuhr. Gerrie! Ständig belehrte sie ihn über problematische Therapeutin-Klienten-Beziehungen, die dem Heilungsprozess abträglich seien, während sie jede Nacht mit ihrem Gerrie im Bett lag (sie nannte ihn ihren G-Punkt, wie er aus

Briefen wusste, die er abgefangen hatte) und sich ihm hingab. Als er eines Abends an ihrer Wohnungstür aufkreuzte, lächelte sie nett, aber ein Gefühl sagte ihm, dass sie ihm etwas vorspielte. Ihn nur abwimmeln wollte. Er musste sich Gewissheit verschaffen. Und wen fand er da nackt in ihrem Bett vor?

»Ich hab's doch gewusst!«, stieß er hervor und merkte, wie in seinem Kopf gerechter, aber blindwütiger Zorn das Kommando übernahm und alles an sich riss.

»Was hast du gewusst?«, fragte sie in unschuldigem Tonfall, und G-Punkt-Gerrie rief: »Hey, du Looser, merkst du eigentlich nicht, dass du störst?«

Das reichte ihm. Die Wut verflog, und eine eisige Ruhe ergriff von ihm Besitz. »Ich bleibe auch nicht lange«, hatte er dem Kerl entgegnet. »Aber vorab eine kurze Frage an dich: Kannst du Mundharmonika spielen?«

## 2. Kapitel

Von Haus aus hatte Exhauptkommissar Niklas de Jong sich eigentlich nie für Bücher interessiert. Erst später, als er sich seine erste Wohnung einrichtete, hatte er sie gelegentlich zum Abstützen von Regalen benutzt, da man sie ja in jeder erdenklichen Dicke bekommen konnte. Es war praktisch gewesen, sie unter die Pfosten zu schieben, damit das Wackeln aufhörte. Sicher hatte er sie auch mal aufgeschlagen und hineingeschnuppert, während die Seiten für ein paar Sekunden an seinem Daumen vorbeiflatterten. Dann konnte er am Geruch erkennen, aus welchem Raum des elterlichen Hauses sie stammten.

Worten und Sätzen darin hatte er erst viel später Beachtung geschenkt. Das war, als er Giulia kennenlernte. Da hatte er seitenweise in Büchern geschmökert, meistens überflog er den Anfang und ging dann zügig zum Schluss über. Den Mittelteil überschlug er, weil der sich meistens zu sehr hinzog und voller Landschaftsbeschreibungen war, hin und wieder auch mit Kochrezepten gespickt, oder die jeweilige Autorin verlor sich in autobiografischen Betrachtungen und sperrigen Ansichten über das Wesen der Dinge. Irgendjemand hatte darüber sein Interesse für alte Philosophen geweckt – Aristoteles, Platon, die Vorsokratiker. Aber auch das war nur von kurzer Dauer gewesen. Und sein Entschluss, selbst etwas zu Papier zu bringen, wurzelte vorwiegend in dem Kalkül, Giulia zu beeindrucken und ihre anderen Verehrer aus dem Feld zu schlagen.

Das war ihm auch ab und an gelungen, bis es ihm später dann eines Tages auf die Füße gefallen war. Inzwischen waren Bücher nämlich aus der Mode gekommen. Die Leserschaft digitalisierte sich, ihr Leseverhalten definierte sich weniger inhaltlich als ressourcenschonend, man entschied sich gegen Papierverschwendung und für den Stromverbrauch. Digitale Bücher taugten nicht, um Regale abzustützen, aber wozu noch Regale, wenn man keine Bücher darin aufbewahrte? De Jong kam damals zu dem Entschluss, dass er am besten Ressourcen sparte, indem er mit dem Schreiben aufhörte.

Ganz anders Giulia. De Jong konnte von Glück sagen, dass es mit ihr zurzeit so gut lief. Er beklagte sich nicht, im Gegenteil. Sie war zu ihm zurückgekehrt, nachdem sie einen für zwei Monate geplanten Segeltörn mit Brian, einem Singer-Songwriter, schon nach drei Wochen abgebrochen hatte, wegen gewisser Differenzen. Welche genau das waren, wollte sie ihm nicht sagen, immerhin hatten sie sie aber dazu bewogen, in Donoussa, einer winzigen Kykladeninsel, von Bord zu gehen und dort fast eine ganze Woche auf die nächste Fähre nach Piräus zu warten.

Giulias Leidenschaft war die Literatur. Leidenschaft war fast zu glimpflich ausgedrückt, man konnte von einer regelrechten Besessenheit sprechen. In jungen Jahren hatte sie vorgehabt, Creative Writing zu studieren, den Plan dann aber im letzten Moment wieder aufgegeben. Stattdessen hatte sie eine Verlagslaufbahn eingeschlagen. Neuerdings trug sie sich mit der Idee, eine eigene Agentur zu gründen.

»Aber noch mal zu Brian«, sagte de Jong. »Warum willst du mir nicht sagen, was zwischen euch das Problem war?«

Sie musterte ihn mit einem finsteren Blick. »Das willst du nicht wissen.«

»Na ja, eigentlich doch. Sonst hätte ich nicht gefragt.«

Giulia schüttelte auf ihre eigene Art den Kopf, auf diese Art, die klar und deutlich machte, was sie von de Jongs Neugier hielt, wenn sie sich auf Dinge richtete, die ihn nichts angingen. »Abgesehen davon hatte ich nicht vor, *Münster liest!* zu verpassen.«

»Ist das ein Film im Fernsehen, oder was?«, erkundigte sich de Jong, der keine Ahnung hatte, wovon sie sprach.

»*Münster liest!* Das ist eine Veranstaltung, ein Festival, das hier in der Stadt stattfindet. Ab morgen und dann die ganze Woche. Am Sonntag ist der Abschluss mit großem Feuerwerk.«

»Nur deswegen bist du also zurückgekommen?«

»Da geht es ums Lesen. Veranstaltungen überall in der Stadt.«

»So eine Art Buchmesse? Oder eher Karneval?«

Giulias Stimme bekam einen professoralen Unterton, hin und wieder liebte sie es eben, die Expertin herauszukehren. »Leipzig hat seine Buchmesse«, dozierte sie. »Frankfurt auch. Bei uns findet *Münster liest!* statt. Da geht es nicht um die üblichen kommerziellen Blockbuster, sondern ausschließlich um ernste Literatur, die den Namen verdient.«

»Hört sich für mich eher anstrengend an«, meinte de Jong. Er war vor allem deshalb skeptisch, weil es für ihn so klang, als ob sie den Ägäis-Törn nur wegen dieses schrägen Buchevents abgebrochen hatte; was bedeuten konnte, dass sie sich mit Brian gar nicht entzweit hatte, jedenfalls nicht ernsthaft.

»Du kannst ja selbst herausfinden, ob es dir gefällt«, sagte sie. »Ich hab uns Karten besorgt.«

»Lieb von dir, Giulia, aber da bin ich leider schon mit Achim zur Probe ...«

»Morgen Abend ist Eröffnung: das ›Menetekel‹. Der Büchertalk mit harten Bandagen. Wird dir gefallen.«

»Sonst liebend gern, aber ...«

»Jetzt komm schon: Regale abstützen kannst du auch mit anspruchsvoller Literatur.« So wie sie das sagte, war de Jong schon klar, dass er schwer Nein sagen konnte. »Außerdem bist du es Oliver schuldig.«

»Oliver?«

»Oliver Frings, deinem alten Bekannten.«

»Was hat der damit zu tun?«

»Er moderiert die Veranstaltung.«

»Ausgeschlossen.« De Jong schüttelte den Kopf. »Ollie hat mit Literatur nichts am Hut. Er war immer der Überzeugung, dass Lesen schädlich ist, weil es einseitigen Intellektualismus fördert. Du musst dich irren.«

»Und wenn schon«, beharrte Giulia. »Wie lange habt ihr euch nicht mehr gesehen?«

## 3. Kapitel

Was de Jong nicht erwähnte, war, dass Ollie Frings viele Überzeugungen hatte. Das mit dem Lesen und dem Intellektualismus war nur eine von vielen, insofern konnte es sehr gut sein, dass er momentan eine ganz andere hatte. Und eine zweite Sache: Sosehr auf Frings die Bezeichnung »alter Bekannter« passte, stimmte es dennoch nicht, dass es eine Ewigkeit her war, dass sie sich das letzte Mal gesehen hatten. Im Gegenteil. Erst drei Tage war es her, dass Frings nach ewig langer Zeit mal wieder auf de Jongs Hausboot aufgekreuzt war. Der Exkommissar kannte ihn nur oberflächlich, aber schon recht lange. Frings war Leadgitarrist in Janwillems ehemaliger Rockband gewesen. Janwillem, de Jongs Halbbruder, war damals mit Herz und Seele Musiker gewesen, mit demselben Herzen und derselben Seele, mit der er heutzutage als Comedian auf der Bühne stand. Frings war gut auf der Gitarre gewesen – brillant geradezu, was ihm de Jong heimlich übel genommen hatte. Als der Exkommissar sich nämlich mit Achim Bühlow zusammengetan hatte, um nach Feierabend ein bisschen Musik zu machen, war er kurz davor gewesen, Frings als zweiten Gitarristen vorzuschlagen. Aber schon bald war ihm klar geworden, wie das ausgehen würde: Achim würde eine Weile herumdrucksen, aber eines Tages keinen Hehl mehr daraus machen, dass er eigentlich lieber mit Oliver musizierte als mit de Jong, der die meisten Titel so gerade eben auf die Reihe bekam. De Jong war damals nicht gut auf Frings zu sprechen gewesen; Frings allerdings war nicht der Typ, dem es etwas ausmachte, wenn jemand nicht gut auf ihn zu sprechen war.

Abgesehen davon war er für de Jong immer auch eine Art heimliches Vorbild gewesen. Weil es Frings gelungen war, immer auf den Füßen zu landen – ohne einen Arschtritt einstecken zu müssen. Das war Frings' eigentliche Kunst. Er war kein Krösus – aber auch das bewunderte de Jong: dass er immer seinen Stil gelebt hatte und sich weder vom großen Geld noch von gesellschaftlichen Normen hatte an die Leine nehmen lassen. Statt eines festen Jobs hatte er immer dies und das gemacht. Heute Taxifahrer, morgen Musiker, anschließend bei der Müllabfuhr und hin und wieder Conférencier auf diversen Bühnenveranstaltungen. So was lag ihm. Im Sommer Losverkäufer auf der Kirmes, hatte er in der Vorweihnachtszeit hin und wieder für ein kleines Auktionshaus den Hammer geschwungen. Oliver hatte das Leben seinen Glücksvorstellungen angepasst, nicht so wie de Jong, der seine Glücksvorstellungen je nach Lebenslage und Sachzwang umdefinierte. Trotzdem – oder vielleicht deshalb? – hatte man sich mit der Zeit aus den Augen verloren.

Und dann war er vor drei Tagen überraschend wieder auf der Bildfläche erschienen. Hatte de Jong auf dem Alten Mädchen besucht, seinem Hausboot, das dieser vor vielen Jahren günstig in Amsterdam erworben hatte. Er hatte sich umgesehen, anerkennend genickt und den Daumen hochgereckt. »Cooles Teil«, sagte er.

Es war ein Mittwochvormittag Ende Juni gewesen, Regen war angesagt, der dann aber doch nicht gefallen war.

»Tja, von hier aus sieht diese piefige Stadt ganz anders aus, was?«, meinte Frings, stieß sich von der Reling ab und ließ sich in einen der Gartenstühle fallen, die auf Deck herumstanden.

»Was ist denn hier piefig?«, gab de Jong gereizt zurück.

Aber Frings grinste versöhnlich und breitete die Arme aus. »Na, was kannst du mir anbieten: Wasser, Bier, grünen Tee?«

»Setz dich doch«, sagte de Jong und deutete auf den Stuhl, auf dem Frings es sich bereits gemütlich gemacht hatte. »Wie geht's denn so?«, erkundigte er sich pflichtgemäß, als er mit zwei Bier in der Hand wieder auf Deck zurückkehrte.

»Bestens«, schwärmte Oliver. »Kann überhaupt nicht klagen. Gerade jetzt habe ich einen Riesenfisch an der Angel.«

»Ich will nichts davon wissen.«

»Aber warum denn nicht?« De Jongs Gast wirkte enttäuscht. »Ich bin hier und hab was zu erzählen.«

»Gern«, sagte de Jong. »Aber nichts über Riesenfische an der Angel. Das heißt bei dir immer was Halbseidenes. Wenn nicht Erpressung. Oder Mord.«

»Mord! Also jetzt übertreibst du maßlos.«

»Na gut. Dann aber das Erste.«

Frings stieß mit de Jong an und nahm einen Schluck aus der Flasche. »Und wenn?«

»Erpressung ist illegal. Ein Verbrechen.«

»Richtig, aber da wir hier unter uns sind, Niklas, kann ich dir was verraten: Ich bin so eine Art Robin Hood. Hole es mir bei den Reichen und gebe es den Armen. So viel zum Thema Verbrechen.«

De Jong fand, dass es keinen Sinn hatte, auf der Sache weiter herumzureiten. Schließlich war er kein Bulle mehr und musste deshalb nicht damit kommen, dass er sich selbst strafbar machte, wenn er sich so etwas anhörte, ohne darauf zu reagieren.

»Also gut«, sagte Ollie. »Dann nur so viel: Ich bin so gut wie saniert, und deshalb frage ich mich, ob ich mir nicht den Rest des Lebens freinehme. Und mich den wirklich wichtigen Dingen widme.«

»Sagtest du nicht gerade, du wolltest die Kohle an die Armen weiterreichen?«

»Genau.« Frings lehnte sich zurück und zeigte mit der Bierflasche auf das Kanalufer und alles dahinter. »Aber sieh dich doch mal um: Wo gibt es denn hier Arme? In dieser heilen Welt der Verwaltungsangestellten und Therapeuten? Meinst du etwa die bedauernswerten Schlucker, die sich darüber beklagen, dass es bei ihnen nur zum E-Bike vom Discounter reicht?«

»Ein blöder Ort für jemanden, der Robin Hood sein will, was?«

»Genau, mein Lieber, sag ich doch. Das ist Münster und nicht Nottingham.« Die Bierflasche zeigte jetzt auf de Jong. »Und trotzdem.«

»Trotzdem was?«

Frings musterte de Jong eingehend, ohne zu blinzeln. Nach einer Weile erschien in seinem Gesicht ein Lächeln, das sich rasend schnell zu einem Grinsen verbreiterte. »Du bist einfach zu sehr Bulle, um es zu bemerken, stimmt's?«

»Ex-Bulle.«

»Geschenkt.«

»Um was zu bemerken?«

»Ich verarsch dich doch die ganze Zeit. Und du machst ein Gesicht, als wolltest du gleich runtergehen und die Handschellen holen.«

De Jong starrte ihn nur an, ebenso verblüfft wie verärgert.

»Die langweilige Wahrheit ist, dass ich meine Kohle auf rechtschaffene Weise verdiene. So wie alle hier. Hab die längste Zeit Computerprogramme geschrieben für einen Kerl, der davon keinen Schimmer hat.«

»Die längste Zeit?«

»Jetzt heißt es, neue Wege zu gehen.« Frings nickte. »Aber erst machen wir mal Urlaub. Rauskommen aus dem Ganzen hier.« Er drehte seine Bierflasche auf den Kopf, um sicherzugehen, dass sie leer war, und es tropfte ein bisschen. »Nur, Scarlett will nicht mit.«

»Warum nicht?«

»Keine Ahnung. Also komm du doch einfach mit.«

»Ich?« De Jong lachte auf. »Wohin denn?«

»Wie wär's mit den Weihnachts- oder Osterinseln? Oder den Neujahrsinseln? Gibt's die überhaupt? Egal, das Ziel ist unwichtig.«

»Kommst du mir jetzt etwa damit, dass der Weg das Ziel sei?«

»Ach Quatsch. Hauptsache, du lässt dein Jammertal hinter dir zurück.«

»Ich sehe hier nirgends ein Jammertal«, verwahrte sich de Jong.

Man konnte Frings ansehen, dass er de Jong nicht glaubte. »Giulia, die dir immer Hoffnungen macht und jedes Mal in die Arme eines anderen sinkt. Wie lange willst du das noch mitmachen?«

»Das geht dich nichts an.«

»Fang endlich an zu leben. Ich hab Scarlett. Wenn du wissen willst, wie eine Langzeitbeziehung funktioniert, dann frag mich.«

»Will sie deswegen nicht mit«, fragte de Jong höhnisch, »weil du zu viel davon verstehst?«

»Sie meint, sie brauche eine Auszeit. Was bestimmt ein Zeichen ist.«

»Ein Zeichen? Wofür denn?«

Ollie machte eine vage Handbewegung, dann erhob er sich ächzend und ging unter Deck, um sich in der Küche, ohne zu fragen, noch ein Bier zu holen.

Das war nämlich auch so ein Punkt. Während de Jong in der Illusion lebte, eines Tages wieder mit Giulia zusammenzusein, hatte Frings in Sachen Beziehung das berühmte große Los gezogen. Scarlett. Ein Traum von einer Frau. Auf verlockende Art schön, dass de Jong selbst heute und selbst nachdem er Giulia kannte, immer noch ein Schauer über den Rücken lief, wenn sie den Raum betrat. Damals, als die Beziehung noch frisch war und die beiden die Finger nicht voneinander lassen konnten, hatte Ollie ihm des Öfteren detailliert geschildert, was sie im Bett alles miteinander trieben. Solche ausufernden Schilderungen konnte man nur abwehren, indem man davon überzeugt war, dass das mit den beiden wahrscheinlich nur ein Strohfeuer war und sicher schon nach wenigen Monaten vor die Wand fahren würde. Aber das passierte nicht. Wie sich herausstellte, konnte sich Scarlett auch niemand anderen vorstellen als Frings. An dieser Stelle war de Jong klar geworden, dass seine Bewunderung für ihn in Neid umschlug.

»Also, wie steht's?«, wollte Oliver wissen, sobald er wieder zurück war. »Keine Sorge, es geht nicht in den Indischen Ozean. Wie wär's mit Amsterdam oder Kopenhagen? Ich hätte noch einen Platz frei.«

»Nein, ehrlich gesagt hab ich gar nichts gegen das Jammertal«, antwortete de Jong. »Es wird immer so schlechtgeredet, dabei hat es wirklich sehr schöne Ecken. Und es ist lange nicht so überlaufen wie Kopenhagen.«

»Darum geht's doch überhaupt nicht. Scheißegal, ob du hier auf deinem Arsch sitzen bleibst oder ob du in Kopenhagen bist oder auf den Osterinseln. Was immer du tust, frag dich lieber, was du verpasst, während du es tust. Du hast nämlich nur ein Leben, weißt du?« Oliver Frings erhob sich, wobei sein Stuhl umkippte. »Denk einfach mal drüber nach«, sagte er und hob die Hand zu einer Abschiedsgeste. »Aber nicht zu lange, sonst nehme ich doch Scarlett mit. Ob sie will oder nicht.«

## 4. Kapitel

Was Giulia anging, so nahm de Jong ihr immer weniger ab, dass sie wirklich mit Brian Schluss gemacht hatte. Vorerst konnte er sich bei ihr auf nichts verlassen. Wer sagte ihm denn, dass sie nicht diese literarische Woche in der Stadt verbrachte und anschließend den nächsten Flieger nahm, zurück in die Ägäis, auf seine Jacht, in seine Kajüte? Aber gerade deshalb wollte er nichts riskieren und begleitete sie am Samstag kurz vor 20 Uhr zum Museum für Kunst und Kultur.

Es war ein perfekter Abend. Während die Sonne sich mit dem Untergehen Zeit ließ, erstrahlte der Himmel in einem blassen, wässrigen Blau, das allmählich einen rötlichen Unterton bekam. Die Abendluft war erfüllt von exotischen Gewürzen. Perfekt wäre der Abend sicher zum Ausgehen gewesen, ob er sich für einen literarischen Disput eignete, musste sich erst noch herausstellen.

Das Kulturevent fand unter freiem Himmel im Patio des Museums statt. In der Mitte hatte man eine kreisrunde Bühne errichtet, die Zuhörerschaft gruppierte sich um sie herum – ein Arrangement, das de Jong an einen Boxring erinnerte. Nur dass ein Boxring eben quadratisch war. Nachdem das Publikum auf mit weißem Kunstleder bezogenen Stühlen Platz genommen hatte, betraten vier Personen die Bühne und ließen sich in mintfarbenen, muschelförmigen Sesseln nieder, die um einen ebenfalls mintfarbenen Tisch herum platziert waren. Einer der vier war Oliver Frings, der de Jong, weil er in der ersten Reihe saß, sofort entdeckte und ihm zuzwinkerte. De Jong zwinkerte zurück. Er hätte Frings fast nicht erkannt, so fremd wirkte er im hellgrauen Anzug mit mintfarbener Krawatte.

Es wurde acht Uhr und etwas später, so lange herrschte gespannte Stille, die nur von gelegentlichem Räuspern oder Hüsteln gestört wurde. Schließlich ergriff Frings mit einer plötzlichen Bewegung das Mikrofon, das neben einem Stapel Bücher auf dem Tisch vor ihm lag. Mit sonorer, geradezu elvishafter Stimme hieß er die Anwesenden willkommen zum diesjährigen »Menetekel«, dem Büchertalk mit harten Bandagen, als Auftakt von *Münster liest!*, das nun schon zum dritten Mal stattfinde und somit den Münsteraner:innen eine liebe Tradition geworden sei. Aber nicht nur ihnen, inzwischen kämen Besucher:innen von überall her, sogar aus dem niederländischen Ausland, sodass die Medien gelegentlich schon von einer westfälischen Frankfurter Buchmesse gesprochen hätten. Er grinste, sein müder Scherz fuhr aber nur pflichtgemäßes Gelächter ein. Also dankte er erst mal den Organisatoren, allen voran Estella Nürburg, Geschäftsführerin der Münsterland Leseland GmbH, die diese Veranstaltung möglich gemacht habe, und erklärte die Regeln für den heutigen Abend: Jeder Podiumsgast habe ein Buch mitgebracht, über das man sich angeregt austauschen werde. Im Anschluss daran werde er das Publikum dazu auffordern, mithilfe der Kärtchen, die neben jedem Sitz lägen, abzustimmen: grün für top und rot für flop. Und das waren seine heutigen Gäste: Dea Blessing, Bestsellerautorin, vom Spiegel schon zur J. K. Rowling des Münsterlandes gekürt, Noel Sparwasser, zuständig für das Ressort Feuilleton bei der Münsterischen Allgemeinen Zeitung, und Bastian Gropius aus der Kulturredaktion des Westdeutschen Rundfunks. Alle drei quittierten den Begrüßungsapplaus mit einem gnädigen Nicken.

Sparwasser, der Zeitungsmann, schnappte sich ein Buch vom Tisch und hielt es hoch. *Das Buchstabenzimmer* von Ultra Braunsbüttel. Es gehe um Folgendes: Eine bekannte Autorin, Henrike Holmersen, ziehe sich auf der Suche nach sich selbst auf eine Hallig zurück, wo sie ihr Leben Revue passieren lasse. Sich ihren Dämonen stelle.

De Jong schätzte Sparwasser auf Mitte vierzig, sein schicker Fünftagebart verriet, dass er es darauf anlegte, als Mitte zwanzig durchzugehen: Das lange und ansatzweise schüttere Haar hatte er zu einem Dutt geknotet.

Interessant sei die Ich-Perspektive, schwärmte er. Viele Ich-Perspektiven. Wie meisterhaft die Autorin es verstehe, aus vielen Perspektiven zu erzählen und am Ende alles zusammenzuführen beziehungsweise die Enden der verschiedenen Stränge einfach fallen zu lassen – ein genialer Schachzug, obendrein die Ich-Perspektive einer Autorin, die eine multiple Persönlichkeit besitze, was das Werk ungeheuer vielschichtig mache. Alles in allem ein außerordentliches Werk.

Verhaltener Applaus.

Auch von Frau Blessing, die ihm gegenübersaß, kam Applaus, allerdings ein *Slow Clap*, auf die langsame, hämische Art und Weise. Außerordentlich. Dieses Wort treffe es sehr genau, insofern es nicht einseitig positiv konnotiert sei.

Frau Blessing war eine attraktive Frau, blond, in einem engen, cremefarbenen Kleid, das glatte, weißblonde Haar war so streng zusammengebunden, dass sie irgendwie haarlos wirkte. Ihr betont gelangweilter Blick hatte etwas Angriffslustiges.

Was sie damit denn meine, wollte ihr Gegenüber wissen. So viel sei in diesem wunderbaren Buch zu finden, was der durchschnittlichen Leserin entgehe.

»Wieso denn Leserin?«, fragte Blessing lauernd.

»Weil das heute nun mal so üblich ist. In welcher Welt leben Sie?«, erkundigte sich Sparwasser leicht irritiert und mit hörbar arrogantem Unterton.

»Es ist ja wohl typisch männlich«, zischte sie, »gerade dann zu gendern, wenn es um einen Durchschnittsleser geht. Dann ist es plötzlich eine Durchschnittsleser:in. So durchschaubar.«

»Also, meine liebe Thea ...«, erhob er Einspruch.

»Dea.«

»Sag ich doch.«

»Sagen Sie nicht. Sie sagen Thea. So heiße ich nicht.«

»Dann eben nicht.«

Jemand räusperte sich, es war Oliver Frings, der offenbar fürchtete, dass ihm der Disput entglitt. »Zurück zu unserem Buch. Mich würde interessieren, ob und welche ...«

Die Autorin unterbrach ihn: »Noch mal, ich stimme Herrn Barwasser …«

Sparwasser: »Sparwasser.«

Blessing: »Sag ich doch. Ich stimme ihm hinsichtlich der Außergewöhnlichkeit zu. Das Buch erscheint mir außergewöhnlich banal zu sein. Geschwätzig und …«

Sparwasser: »Schau'n Sie, wir sind hier eine friedliche – und ich möchte unnötigerweise betonen: kompetente Runde. Aber wenn Sie, verehrte Kollegin, von Geschwätz sprechen …«

Blessing: »Kollege? Das ja wohl kaum.«

Sparwasser: »Kaum?«

Blessing: »Nur am Rande: Ich bin Schriftstellerin, die ein Werk erschafft, und Sie fabrizieren Zeitungsartikel zweifelhafter Qualität darüber, wie andere kreativ sind. Kann man da im Ernst von Kollegen sprechen?«

Sparwasser: »In Sachen Geschwätzigkeit kann ich Ihnen jedenfalls nicht das Wasser reichen, Frau Schriftstellerin.«

Frings ging wieder dazwischen: »Aber vielleicht möchten Sie, Herr Gropius, uns einmal erzählen, wie es Ihnen bei der Lektüre dieses bemerkenswerten Werks …«

»Bemerkenswert! Wieder so ein Wort!«, schnaubte Dea Blessing dazwischen.

»… so ergangen ist.«

Bastian Gropius beugte sich vor. Er war älter als seine Kontrahenten, Ende fünfzig. Kahlköpfig, klein und beleibt. Auf seiner Nase saß eine klassische Brecht-Brille, mit der er aber nicht Brecht ähnelte, wie de Jong fand, sondern eher Frodo Beutlin, dem berühmten Hobbit, wenn der in die Jahre gekommen wäre und den Besuch beim Optiker nicht mehr hätte aufschieben können. »Also, ich …«

Weiter kam er nicht. Blessing redete wieder los: »Außerdem möchte ich noch eines klarstellen, wenn wir schon von Kollegen sprechen …«

Frings: »Herr Sparwasser, bitte noch mal zum *Buchstabenzimmer.*«

Sparwasser: »Ein komplexes, vielschichtiges Werk. Vielschichtiger als so manches, das in den letzten Jahren auf den Markt gekommen ist.«

Frings: »Frau Blessing, Ihr Fazit?«

Blessing: »Ein wirres Machwerk, das nur um sich selbst kreist. Langatmig und weitschweifig. Weitschweifiger als so manches, das in den letzten Jahren auf den Markt gekommen ist.«

Sparwasser: »Da weiß jemand, wovon sie redet.«

Blessing: »Allerdings. Ganz im Gegensatz zu jemand anderem.«

Frings: »Also bitte …«

Sparwasser: »Sagen Sie mir eins: Ist der Neid auf den Erfolg einer Kollegin neuerdings ein Kriterium für ein qualifiziertes literarisches Urteil?«

Blessing: »Gegenfrage: Stimmt es übrigens, dass Sie die Autorin dieses außergewöhnlichen Werks persönlich kennen?«

Sparwasser behauptete, daraus keinen Hehl zu machen. Ihm sei die Ehre zuteilgeworden, dieses vielversprechende Talent zu interviewen.

Blessing: »Wie man es auch immer nennen mag.«

Sparwasser: »Wie bitte?«

Blessing: »Na ja, mit ein bisschen Fantasie – und glauben Sie mir, von Fantasie verstehe ich etwas – kann man sich durchaus vorstellen, was interviewen in diesem Zusammenhang alles heißen kann.«

Sparwasser: »Wollen Sie damit irgendwas andeuten, verehrte Kollegin?«

Blessing: »Natürlich will ich das. Abgesehen davon bin ich, wie schon gesagt, nicht Ihre Kollegin. Wenn Sie also die Freundlichkeit hätten, es zurückzunehmen.«

Sparwasser: »Ich habe die Freundlichkeit, das ›verehrte‹ zurückzunehmen.«

Frings wusste sich jetzt nicht mehr anders zu helfen, als ein Glas Wasser umzustoßen. Sparwasser zuckte zusammen, Frau Blessing sprang mit einem Quieken auf. Während der Moderator wortreich um Entschuldigung bat, zückte sie ein Taschentuch und rubbelte damit hektisch über ihren Rocksaum.

»Aber nun zu unserem zweiten Titel«, beschwichtigte Frings. »Zu guter Letzt. Da darf ich Sie, Frau Blessing, um das Wort bitten.«

»Das geht nicht mehr raus!«, beschwerte sich die Autorin, nahm aber wieder Platz.

»Jetzt stellen Sie sich nicht so an«, höhnte der Journalist. »Das ist Mineralwasser.«

»Ganz und gar nicht«, meckerte sie. »Ich hatte Rhabarberschorle.«

»Wie auch immer«, sagte Frings. »Unser nächster Roman: *Zu guter Letzt.*«

»Von Hektor W. Stoltenhoff«, sagte Blessing. »Und der Titel lässt ein Happy End erahnen, nur, genau das wird es nicht geben. Der Autor lässt die Leser:innen bewusst in diese Falle laufen und die Enttäuschung empfinden. Überhaupt bezeichnet er das Buch als Spannungsroman, verzichtet aber bewusst darauf, jegliche Spannung aufzubauen, weil er damit gegen die Gebrauchsliteratur protestieren will, die nur zur banalen Unterhaltung der Massen produziert wird und mithilfe von Aufbau künstlicher Spannung an die Schaulust des Lesers appelliert. Auch hier wieder diese raffinierte Technik: die Leser:innen zu täuschen, ja zu enttäuschen ...«

Sparwasser: »Was ihm gelingt wie keinem anderen!«

»... und ihn am Ende mit der Frage, warum er das Buch überhaupt aufgeschlagen hat, alleinzulassen. Genau das ist ja gewollt.«

Sparwasser: »Frage: Sind Sie da sicher?«

Blessing: »Sicher? Was meinen Sie?«

Sparwasser: »Na ja, ob das gewollt ist.«

Blessing: »Zufällig hat es mir der Autor persönlich gesagt.«

Sparwasser: »Er hat es vielleicht behauptet. Das kann jeder.«

Blessing: »Was soll das jetzt wieder? Schämen Sie sich.«

»Also, ich danke Ihnen für Ihre Statements und die lebhafte Diskussion«, grätschte Frings dazwischen. Er grinste, aber es war ein freudloses, gestresstes Grinsen. »Wir sehen uns in einer Viertelstunde wieder. Genießen Sie die Pause.«

## 5. Kapitel

Exhauptkommissar de Jong sparte nicht mit Applaus, hatte er sich doch auf einen eher spröden Abend eingestellt, eine ermüdende Nabelschau in Sachen Literatur, die er nur Giulia zuliebe über sich ergehen ließ. Aber wer hätte das gedacht: Der Büchertalk hatte richtig gezündet und brauchte den Vergleich mit einer zünftigen Kneipenschlägerei nicht zu scheuen! Giulia allerdings war nicht annähernd so angetan wie de Jong, und als er ihr für den kurzweiligen Abend dankte, schenkte sie ihm nicht das Lächeln, das er von ihr erhofft hatte. Stattdessen brummelte sie irgendetwas Einsilbiges und verzog sich auf die Toilette.

De Jong suchte Frings, um ihm seine Anerkennung zu überbringen. Er entdeckte ihn im allgemeinen Gedrängel, wo er hektisch mit seinen Daumen auf dem Handy tippte. Also beschränkte er sich auf ein aufmunterndes Zunicken, das Frings erst nicht wahrnahm, weil er nicht aufsah. Aber dann kam er doch herüber.

»Die Pause hast du dir redlich verdient, was?«, sagte der Exkommissar.

»Wer hätte diesen schöngeistigen Menschen so was zugetraut?« Frings machte eine Geste, als wischte er sich den Schweiß von der Stirn. »Mannomann, wenn das so weitergeht, beißt hier noch einer ins Gras.«

»Das wird schon«, beruhigte ihn de Jong grinsend. »Aber vor dem zweiten Durchgang solltest du deine Kandidaten vorsichtshalber auf Waffen untersuchen.«

»Kann ich dich gleich noch kurz sprechen? Ich meine, falls ich das hier heil überstehen sollte.«

»Worum geht's denn?«

»Ach, keine große Sache. Nur ein mittleres Dilemma. Wie verträgt man sich wieder mit seinem Chef, nachdem man ihn in den Arsch getreten hast? Das ist die Frage.«

»Welchem Chef?«

»Das erklär ich dir gleich, ich ...« Oliver sah de Jong nicht mehr an. Sein Blick schweifte ab und richtete sich auf eine Frau in einem schwarzen Abendkleid, die ein paar Meter entfernt stand und Frings auffordernd zuwinkte. »Moment, aber warte mal kurz ...« Damit ließ er de Jong stehen und trat zu ihr.

Der Exkommissar spazierte in der Eingangshalle des Museums herum, die erfüllt war vom Schwatzen der Besucher, die mit Gläsern in der Hand die erste Halbzeit der Veranstaltung diskutierten. An den Büchertischen in der Nähe des Eingangs, auf denen *Zu guter Letzt* und *Das Buchstabenzimmer* stapelweise feilgeboten wurden, hatten sich Schlangen gebildet.

»Na, was sagen Sie? Zufrieden mit der Show?«

Vor ihm stand ein Mann mit einer Flasche Mineralwasser in der Hand. Ungefähr so alt wie de Jong, aber kleiner. Und fülliger.

»Da scheint mir so einiges aus dem Ruder gelaufen zu sein«, sagte der Exkommissar.

»Brillant beobachtet.« Der Mann hatte spärliches Haar, das sich bemühte, kahle Stellen zu bedecken; de Jong musste an den diesjährigen Waldzustandsbericht denken und an die besorgniserregenden Fernsehbilder, die ihn illustriert hatten. Im Gesicht des Mannes dominierten Pausbacken, die man eigentlich als Hängebacken bezeichnen musste, und die Augen versteckten sich hinter einer grün getönten Brille mit weißer Fassung, an der Elton John seine Freude gehabt hätte. »Kaiser Nero, der angeblich kein Blut sehen konnte, soll gesagt haben: ›Es gibt nichts Widerwärtigeres als Gladiatorenkämpfe. Aber wenn die Leute auf Gemetzel stehen, will ich kein Spielverderber sein.‹«

»Das klingt wirklich original nach ihm.« De Jong sah sich nach Frings um, konnte ihn aber nirgends mehr entdecken.

Der Mund unter der grünen Brille verbreiterte sich zu einem kultivierten Lächeln. »Na ja, immerhin könnte er es doch gesagt haben. Heute Abend jedenfalls würde es perfekt passen, oder nicht?«

»Sie meinen, den Leuten gefällt das Spektakel, und das ist die Hauptsache?«

Der Pausbäckige hob einen Daumen zum Zeichen, dass er genau das gemeint hatte.

»Mir gefällt es jedenfalls nicht«, sagte Giulia. De Jong bemerkte erst in diesem Moment, dass sie sich zu ihnen gesellt hatte.

»Das erstaunt mich jetzt nicht«, meinte der Mann, und sein heiterer Ton bekam eine leicht spöttische Färbung. »Immer noch die reine Lehre, was? Genau wie früher.«

»Früher?«, hakte de Jong neugierig nach.

»Niklas.« Giulia wies mit der Hand auf de Jong und dann auf den Mann mit der grünen Brille. »Gunnar.«

»Oswald.« Gunnar streckte de Jong die Hand hin.

»Ja, was denn jetzt?«, fragte de Jong und ergriff die Hand.

»Gunnar Oswald.«

»So wie der Präsidentenmörder?«

»Weder verwandt noch verschwägert.« Oswald deutete in Richtung Bühne. »Dieser Kerl mit der Krawatte, der die Streithähne davon abhält, sich zu zerfleischen, das ist mein Mann.«

De Jong wunderte sich. »Olli Frings ist Ihr Mann?«

Oswald nickte. »Schlägt er sich nicht wacker? Auch wenn er sich den Job sicher gemütlicher vorgestellt hat.« Damit wandte er sich an Giulia. »Das musst selbst du zugeben.«

»Ihr kennt euch?«, fragte de Jong.

»Na ja, kennen wäre viel zu viel gesagt«, meinte Giulia und widersprach damit Oswald, der die Frage mit einem Nicken bejahte. »›Kannten‹ trifft es wohl eher.«

»Uralte Bekannte«, erklärte der Mann neben ihr und hob sein Fläschchen mit Mineralwasser. »Giuli und ich haben zusammen studiert.«

Giuli, dachte de Jong, Bekannter wäre zu viel gesagt, aber er nennt sie Giuli.

»Nur eine gewisse Zeit lang«, präzisierte Giulia.

Oswald hielt sein Getränk immer noch erhoben. »Will jemand ein Wasser? Ich brauche jedenfalls noch eins.«

»Von ihm hast du mir nie erzählt«, sagte de Jong, sobald Oswald zum Getränkestand abgezogen war, und er klang irgendwie vorwurfsvoll.

»Nö.« Sie zuckte mit den Schultern, als könnte sie sich kaum etwas vorstellen, das weniger erzählenswert war. »Ich hatte ihn auch glatt vergessen.«

»Du warst also nicht mit ihm zusammen oder er mit dir?«

Sie verdrehte nur die Augen, als empfände sie allein die Vorstellung als Beleidigung. »Hast du es nicht bemerkt? Er riecht aus dem Mund.«

»Und sonst?«

»Soviel ich weiß, hat er einen Blog im Internet. Literaturkritiken oder so was Ähnliches. Aber hauptsächlich macht er, glaub ich, gar nichts. Wohnt auf einem Kotten draußen auf dem Land.«

»Einem kleinen, aber feinen Landsitz«, präzisierte Oswald, der mit seinem Mineralwasser gerade wieder neben sie trat. »Und sie hat ganz recht: Ich würde mich als Tagedieb bezeichnen.« Er hob einen Finger: »Nein, die genaue Bezeichnung wäre wohl Tagemeisterdieb.«

»Wenn man's sich leisten kann«, kommentierte Giulia, und de Jong hörte beißenden Spott heraus. Oder war es Neid?

»Nun ja, um ehrlich zu sein, verfüge ich über ein kleines, aber feines Vermögen«, antwortete Oswald. »Eine Erbschaft, die mir ohne mein Zutun zugefallen ist. Sie ermöglicht mir die Erfüllung meiner Träume und das Leben auf großem Fuß.« Er nahm einen Schluck von seinem Wasser und ließ die Flasche dann durch die Luft kreisen, als wollte er das ganze Museum damit umfassen. »Wenn man bedenkt, dass in diesem Haus sozusagen alles angefangen hat. Ich habe damals hier als Aushilfe gejobbt, um mein Studium zu finanzieren. Tja, da hat sich inzwischen so vieles verändert …« Die Flasche hatte ihren Rundflug beendet und zeigte auf Giulia. »Und wie steht's mit dir? Es wundert mich schon ein bisschen, dich bei diesem skurrilen Schauspiel anzutreffen. Ich wette, du hättest dich viel lieber gelangweilt, wenn auch auf hochliterarische Weise, hab ich recht?«

Sie zuckte mit den Schultern. »Wenn du doch mal eine Beschäftigung suchen solltest, was hältst du davon, Boxkämpfe zu managen?«

»Vielleicht mach ich das ja mal. Aber du kennst mich: Die Literatur liegt mir einfach zu sehr am Herzen.«

Sie lachte laut auf.

»Du magst so was wie das hier peinlich finden.« Er schüttelte den Kopf. »Ich ja auch, aber das alles ist nicht von Belang. Aufmerksamkeit ist heutzutage alles. Aufmerksamkeit ist das Gold unserer Mediengesellschaft. Ohne sie werden gedruckte Bücher bald Geschichte sein.«

»Wenn du es sagst.« Giulia sah auf die Uhr. »Es geht jetzt weiter.« Sie klang genervt.

Gunnar Oswald winkte zum Abschied mit seiner Flasche. »Versprecht mir, dass ihr mich mal draußen besuchen kommt. Auf meiner bescheidenen Ranch. Das müsst ihr unbedingt.«

Giulia zog eine Grimasse.

»Er scheint doch ganz nett zu sein«, meinte de Jong, während sie zu ihrem Platz zurückkehrten.

»Er ist genauso wie früher«, zischte sie. »Hat sich kein bisschen verändert.«

»Aber er hat recht, so ein Wortgemetzel hat es in sich«, wandte de Jong ein. »Das muss man erst mal auf die Beine stellen.«

Sie blieb abrupt stehen und musterte ihn mit einem finsteren Blick.

»Also ich meine für mich als Laien«, ruderte er schnell, wenn auch nicht zurück, so doch wenigstens zur Seite. »Als einer, der einfach nur was erleben will. Aber wenn es dich nervt, dann gehen wir einfach und machen was anderes, was meinst du?«

Sie machte ein Gesicht, als würde sie das in Betracht ziehen. Aber dann ließ sie ihn stehen, rauschte an ihm vorbei und begab sich an ihren Platz. Er folgte ihr. Von jetzt an herrschte angespanntes Schweigen zwischen ihnen, auch als Oliver Frings kurz darauf auf die ansonsten leere Bühne trat. Da stand er, mit dem Mikro in der Hand, zwischen unbesetzten, mintfarbenen Sitzmöbeln, und wartete darauf, dass Ruhe einkehrte. Schließlich räusperte er sich wie ein Busfahrer ins Mikro, um gleich darauf eine Erklärung abzugeben. Die leichten Differenzen, die unter den Podiumsgästen während der ersten Hälfte hier und da aufgeflammt seien, hätten während der Pause leider nicht beigelegt werden können, im Gegenteil. Sodass die Beteiligten darin übereingekommen seien, dass eine Fortführung in dieser Form nicht sinnvoll sei. Alle drei hätten zwar ihre Bereitschaft bekundet, den Abend fortzuführen, jedoch unter der einen Bedingung, dass die jeweils beiden anderen verzichteten, sich auf der Bühne zu zeigen, sodass in diesem Punkt leider keine Einigung erreicht werden konnte. Insofern müsse leider auch die beliebte Publikumsabstimmung dieses Mal ausfallen. Von Veranstalterseite sei man aber überzeugt, spätestens bis zur Folgeveranstaltung, dem sogenannten Endspiel, das zum Ausklang von *Münster liest!* stattfinden werde, eine Lösung zu finden. Schon jetzt könne man garantieren, dass für alle heutigen Gäste der Eintritt frei sein werde.

»Na, das nenne ich mal einen gelungenen Abend«, spottete Giulia und erhob sich von ihrem Stuhl.

»Was hältst du davon, wenn wir noch irgendwo was essen?«, schlug de Jong vor. »Als Entschädigung für dieses Desaster.«

»Desaster?« Sie drehte sich nicht mal zu ihm um. »Du warst doch richtig begeistert.«

»Begeistert würde ich jetzt auch nicht sagen. Aber weil dieser Gunnar eben meinte, dass …«

»Klar, Gunnar!«, schäumte Giulia, die aus irgendeinem Grund auf Streit aus zu sein schien. »Er hatte auch immer schon ein Faible für unterste Schubladen.«

»Auch? Also gut, aber du meinst jetzt nicht, dass das für mich gilt, das mit den Schubladen …«

»Weißt du was: Warum gehst du nicht mit ihm noch irgendwo was essen? Ihr hättet euch bestimmt viel zu erzählen.«

»Nein, wieso denn? Das hast du aber ganz falsch …«

»Ich jedenfalls werde jetzt nach Hause gehen und mich langweilen. Auf hochliterarische Weise.«

## 6. Kapitel

Es war kurz vor zehn, also noch nicht spät am Abend. Trotzdem hätte de Jong Giulia gern nach Hause begleitet, wenn sie nicht so stur darauf bestanden hätte, ihn zu ignorieren. Er unternahm ein paar halbherzige Versuche, mit ihr in Kontakt zu kommen, aber sie ließ sich nicht herab, mit ihm zu sprechen. Was er gut verstehen konnte: Aus eigener Erfahrung wusste er, dass es besser war, ein Geschmolle bis zum Ende durchzuziehen, hatte man es einmal angefangen; Einknicken war keine Option, wenn man nicht alle Glaubwürdigkeit verlieren wollte. Also ließ er Giulia ziehen, holte sein Handy aus der Tasche und rief Achim Bühlow an. Der ging aber nicht ran, und der Exkommissar beschloss notgedrungen, den Heimweg anzutreten. Da rief der Hauptkommissar doch zurück. Und es stellte sich heraus, dass er zufälligerweise gerade in der Stadt weilte, gar nicht weit von de Jong entfernt.

»Außerdem hatte ich noch einen Anschlag auf dich vor«, sagte er.

»Na, vielen Dank«, sagte de Jong.

Sie verabredeten sich in einer Kneipe in der Nähe, die sich *Lauschige Ecke* nannte und die Bühlow als heimelig und gemütlich beschrieb. Eine Beschreibung, die vermutlich aus dem Bewertungs-Internet stammte, da sie mit der Realität nicht viel zu tun hatte. De Jong war als Erster vor Ort und fand ein düsteres Halbdunkel vor, stickig und bierdunstig, das akustisch von einer etwa dreißigköpfigen Männerrunde beherrscht wurde, die alle paar Sekunden irgendein Lied jenseits aller Tonalität anstimmte. Zwischen den Gesängen knallten sie ihre Bierkrüge auf den Tisch, trampelten mit den Füßen und brüllten: »Ausziehen, ausziehen!«

Wer nicht kam, war Bühlow, also verzog sich de Jong nach draußen auf die Straße, wo auch Tische standen, von denen einer sogar frei war. Er nahm gerade sein erstes Bier in Empfang, als Bühlow angeradelt kam. De Jong fiel plötzlich ein, dass Oliver Frings ihn noch hatte sprechen wollen. Das hatte er über den Zoff, den Giulia angezettelt hatte, ganz vergessen.

Hauptkommissar Achim Bühlow war ein aufstrebendes Kripotalent der nächsten Generation, das de Jong niemals kennengelernt hätte, wäre er nicht Eugen Küppers Neffe gewesen. In seiner Eigenschaft als Exkommissar hatte ihm de Jong schon bei so manchem Fall beratend beigestanden. Und so hatten sie sich seit über einem Jahr obendrein musikalisch zusammengetan, probten regelmäßig und feilten an ihrem Repertoire, mit dem sie irgendwann mal auf der Bühne stehen würden.

»Also, was ist das denn für ein Anschlag, den du auf mich verüben willst?«, wollte de Jong wissen, sobald sie bestellt hatten.

»Das ist nur eine Redensart«, erklärte der Hauptkommissar, als müsste man de Jong so etwas erklären. »Wir würden dich lediglich bitten, eine Rede zu halten.«

»Eine Rede? Wer?«

»Du.«

»Nein, ich meine: Wer würde mich bitten?«

»Die Kripo Münster. Angesichts der Ehrung.«

»Welcher Ehrung denn?«

»Du sollst geehrt werden, Niklas. Für deine langjährigen Verdienste.«

»Aber ich bin doch gar nicht mehr dabei. Und was denn überhaupt für Verdienste?«

Bühlow zuckte mit den Schultern. »Das ist nicht so wichtig. Verdienste hast du bestimmt. Zwanzig Jahre Kripo, da kommt schon was zusammen.«

»Nö.« De Jong schüttelte den Kopf. »Das waren keine zwanzig. Nur fast.«

»Ja, dann eben fast.«

»Falls du's noch nicht weißt, Jubiläen feiert man nur mit runden Zahlen. Und schon gar nicht nachträglich.«

Bühlow nickte und trank einen Schluck.

De Jong trank auch einen. »Also wieso?«

»Weil sie jemanden ehren wollen.«

»Irgendjemanden, egal wen?«

»Na, immerhin, was hast du denn dagegen einzuwenden, geehrt zu werden? Vor zwanzig Jahren wurde der Grundstein für die Polizeisporthalle gelegt. Und wir dachten, jemand sollte darüber sprechen, der möglichst um diese Zeit eingestiegen ist. Du wärst der ideale Kandidat ...«

»Verstehe.«

»Also, machst du's?«

De Jong war gekränkt. »Was ist das für eine schräge Art, jemanden zu ehren: ihn aufzufordern, eine Rede zu halten, bloß weil ihr euch eine neue Kaffeemaschine angeschafft habt.«

»Von einer Kaffeemaschine war nicht die Rede …«

»Und überhaupt: Für so was habt ihr doch Kriegeskotte, euren Hauspoeten.«

»Er hat darauf bestanden, dieses Mal ins zweite Glied zurückzutreten. Es kam ihm darauf an, einen Zeitzeugen zu haben.«

»Zeitzeugen. Was ist denn mit Küppers? Der ist viel länger dabei.«

»Jeder weiß, was passiert, wenn Onkel Eugen eine Rede hält. Er verirrt sich in seinen eigenen Sätzen und findet nicht mehr zurück.«

»Dann machst du es eben«, schlug de Jong vor. »So was liegt dir doch.« Obwohl er genau wusste, dass das nicht zutraf. »Sechs Jahre sind schließlich auch fast zwanzig.«

»Nee. Ich bin raus.«

»Du bist raus? Wo raus?«

»Aus dem Ganzen. Jedenfalls so gut wie. Vorerst.«

»Was soll denn das heißen?«

»Ich werde eine Art Sabbatical nehmen. Für einen Monat.«

»Wann?«

»In drei Wochen.«

»Zu meiner Zeit gab's das bei der Kripo überhaupt nicht.«

»Na ja, streng genommen heute auch nicht, aber das ist ein spezielles Arrangement. Genau. Nenn es, wie du willst.«

De Jong wollte es gar nicht nennen. Sie bestellten jeder noch ein Bier. Allmählich wurde es draußen kühl.

Also zogen sie vom Bürgersteig in die Gaststube um, aber hier war der Lärmpegel aus melodiefreiem Männergesang immer noch so hoch, dass sie es auf der Startbahn vom FMO wahrscheinlich lauschiger gehabt hätten. Sie zahlten und steuerten auf dem Weg zu ihren Fahrrädern eine weitere Kneipe an, die bis auf unaufdringliches Gedudel im Hintergrund weitgehend lärmfrei war, weil die anwesenden Studierenden sich über private Ohrenstöpsel mit jeweils eigenem Lärm versorgten.

Bühlow erzählte von seinem mysteriösen Sabbatical, das in einer gemeinsamen Fahrradtour von hier bis nach Gibraltar bestehen würde. »Nur Imogen und ich«, sagte er.

»Imogen?« De Jong musste sich verhört haben. »Heißt deine Liebste denn nicht Kristin?«

»Das schon. Imogen ist nur eine Kollegin. Kommissaranwärterin. Sie nimmt auch eine Auszeit.«

»Was für ein Zufall! Und du fährst mit ihr nach Gibraltar?«

»Genau.«

»Und Kristin?«

»Was soll mit ihr sein?«

»Ja, was?« De Jong wartete.

»Sie nimmt sich auch eine Auszeit.«

Was hatten denn auf einmal alle mit ihren Auszeiten? Der Exkommissar wollte nachhaken, aber Bühlow hatte die Stirn in Falten gelegt, so tief wie Gletscherspalten, und presste den Mund so fest zusammen, dass es aussah, als hätte er seine Lippen verschluckt. Also verschob de Jong das Nachhaken auf später.

»Was ist denn jetzt, machst du es oder nicht?«, fing Bühlow nach einer Weile wieder mit der Rede an.

Zwanzig Jahre, dachte de Jong. Wieso sind die so schnell rumgegangen? Und wieso bin ich jetzt schon in dem Alter, in dem man denkt, dass die Zeit so schnell rumgeht? »Also, ich …« setzte er an, da meldete sich Bühlows Handy.

In einer einzigen fließenden Bewegung fischte der Hauptkommissar es aus der Jackentasche, berührte das Display und hielt es sich ans Ohr. »Ja? … Was?«

Aus der speziellen Tonlage eines weiteren »Was?« schloss de Jong, dass es sich nicht um eine gute Nachricht handelte. Es folgten noch zwei äußerst knappe »Hmhm« und schließlich: »Ich bin praktisch vor Ort. Zwei Minuten.«

»Du musst schon weg?«, fragte de Jong, als Bühlow das Handy einsteckte und gleichzeitig nach dem Geld kramte.

Der Hauptkommissar stand vom Tisch auf. »LWL-Museum. Das ist gleich um die Ecke.«

»Um diese Zeit? Was willst du denn …?«

»Wir haben einen Mordfall.«

## 7. Kapitel

Das Musée du Louvre in Paris ist das größte Museum der Welt, größer als die Eremitage in Sankt Petersburg oder das Ägyptische Museum in Kairo. Im Jahr 1793, vier Jahre nach dem Sturm auf die Bastille, war es feierlich eröffnet worden. Und es sollte noch geschlagene 220 Jahre dauern, bis in Münster das Westfälische Landesmuseum für Kunst und Kulturgeschichte, das gelegentlich auf den reichlich großspurigen Spitznamen »westfälischer Louvre« hörte, sich mit dem etwas sperrigen Namen LWL-Museum für Kunst und Kultur seinem Publikum öffnete. Der zeitliche Vorsprung der Pariser war natürlich nicht mehr aufholbar, abgesehen davon waren die goldenen Kolonialzeiten, in denen man sich ungestraft in Afrika und Asien mit Raubkunst eindecken konnte, unwiederbringlich vorbei. Von denen hatte Kaiser Wilhelm wohl noch geträumt, als er im Jahre 1907 das Westfälische Museum mit seiner Anwesenheit beehrte, worauf man zu Ehren seiner Majestät im berühmten Lichthof, der sich im Zentrum des Museums befand, ein üppiges Bankett ausrichtete.

Jetzt waren andere Zeiten, und das bekam der ehrwürdige Lichthof in besonderer Weise zu spüren. Thematisch auf die Münsteraner Lesewoche abgestimmt, zeigte man hier den musealen Beitrag zum städtischen Literaturfest: eine aktuelle Sonderausstellung mit dem Thema »Die Fantasie und das Böse – Faszination Kriminalroman«. In dem von neoromanischen Bogengängen umrahmten Karree tummelten sich, mal auf Fotowänden mit Erläuterungen auf Deutsch, Englisch und Niederländisch, mal aus Pappmaschee und Filz lebensecht modelliert, die Prominenten der Branche: Sherlock Holmes mit Umhang, Deerstalker-Mütze und Porzellanpfeife vor seinem Apartment 221B Bakerstreet, gleich daneben Edgar Allan Poes Grube samt Pendel. Der König der Horrorliteratur selbst durfte natürlich nicht fehlen, hockte an seinem Schreibtisch, die Feder in der Hand und der Rabe auf seiner Schulter. Mit seiner wehenden Mähne erinnerte er allerdings weniger an Poe als an den späten Ludwig van Beethoven, was sicher nicht beabsichtigt war. Am Rande der Ausstellung standen zwei Figuren wie das berühmte Falschgeld herum, sozusagen als deutsches Gegengewicht zum angelsächsisch dominierten Genre: Horst Tappert und Fritz Wepper als Oberinspektor Derrick und Harry Klein, Letzterer mit einem Autoschlüssel in der Hand. Fast neidisch waren ihre Blicke ins Zentrum der Installation gerichtet, gegenüber von Dr. Jekyll und Mr. Hyde, wo Peter Sellers alias Inspector Clouseau und Sir Peter Ustinov als Hercule Poirot beieinanderstanden, offenbar fachsimpelnd über einen Mordfall, Poirot mit der Lupe in der Hand über ein Mordopfer gebeugt.

Und das war niemand anderer als Oliver Frings, der reglos zwischen den beiden auf dem Boden lag, die weit aufgerissenen Augen ins Leere gerichtet. Ein Schock für de Jong, der darauf bestanden hatte, Bühlow zu begleiten – gewissermaßen als Gegenleistung dafür, dass er den Grüßaugust für das zwanzigjährige Jubiläum der Polizeisporthalle gab.

»Und du sagst, du hast ihn eben noch gesprochen?«, fragte Bühlow jetzt schon zum zweiten Mal.

»Nur ganz kurz«, sagte de Jong. »Er hat diesen Bücherkrawall moderiert. Das ist mal gut zwei Stunden her.«

»Und der fand auch hier im Museum statt?«

»Ja, aber nicht hier im Altbau, sondern im Neubau. Ich frage mich, was er hier verloren hatte.«

»Der Nachtwächter ist zweimal vorbeigegangen, bevor er endlich Alarm schlug«, sagte Bühlow. »Er hielt den Toten irrtümlich für einen Teil des Arrangements.«

»Was mich gar nicht wundert«, sagte eine Frau, die ihnen offenbar zugehört hatte. Sie war um die fünfzig, vielleicht auch jünger, trug das Haar extrem kurz und Ohrringe, die kleine, silberne Werkzeuge waren – links eine Säge und rechts ein Hammer. »Dr. Gudrun Birkenbiehl. Ich bin Kuratorin in diesem Haus.«

Frings' Körper war schon in einen Leichensack gehüllt. Der Reißverschluss machte ein wimmerndes Geräusch, als ein Kollege den Sack schloss.

»Was wundert Sie nicht?«, erkundigte sich der Hauptkommissar.

»Nun, es zeigt doch, wie gut das Zusammenspiel unserer Exponate funktioniert«, erklärte sie nicht ohne Stolz. »Sodass sich eine echte Leiche geradezu harmonisch ins Ensemble einfügt.«

»Die Ausstellung«, fragte Bühlow, »ist also Ihr Werk?«

»Sagen wir, zum allergrößten Teil.«

»Und diesen Toten betrachten Sie demnach als Bereicherung?«

»Aber nein!« Frau Birkenbiehl schlug schockiert die Hand vor den Mund. »Um Gottes willen, was denken Sie denn von mir! Ich sage lediglich, dass er sich einfügt. Künstlerisch gesehen, verstehen Sie? Die Kunst fragt nicht nach Gut oder Böse. Das mag uns gefallen oder nicht.«

»Diese Ausstellung«, sagte de Jong, »hat etwas zu tun mit dem Bücherrummel hier in der Stadt, richtig?«

»*Münster liest!* Sehr scharfsinnig beobachtet, Herr Kommissar.« In Birkenbiehls Stimme hatte sich ein belehrender Ton eingeschlichen, dezent, aber unüberhörbar. »Sie befasst sich mit einem sehr populären und oftmals trivialen Teilaspekt der Literatur: dem Kriminalroman. Und der hat nun mal etwas mit Gewalt und Tod zu tun. Ob uns das gefällt oder nicht. Mit Leichen. Und mit Rätseln.«

»Rätseln?«

Die Kuratorin trat zur Seite, machte einen weiten Schritt um den Leichensack herum und stützte sich kurz bei Sir Peter Ustinov ab. Dann schnappte sie sich Inspektor Clouseau und schob ihn ein wenig zur Seite. Hinter ihm, auf der Stellwand, die eine Backsteinmauer simulierte, war in grellem Pink ein Graffiti aufgesprüht: *Eene Meene Tekel.*

»Das ist nicht Teil der Ausstellung?«, erkundigte sich Bühlow.

»Jetzt ist es das wohl.« Birkenbiehl fuhr den Schriftzug mit dem Zeigefinger nach. »Aber wir haben diese Schrift nicht angebracht.«

»Eene Meene Tekel«, sagte de Jong. »So hieß doch diese Veranstaltung. Heute Abend, drüben im Neubau.«

»Sie hieß Menetekel«, verbesserte Birkenbiehl. »Ohne eene.«

»Und was hat das dann zu bedeuten?«, fragte Bühlow.

Frau Birkenbiehl holte Luft. »Wissen Sie, Herr Kommissar …«

»Hauptkommissar«, sagte Bühlow.

»Die Frage, was Kunst bedeutet, haben wir uns zuletzt in den Siebzigerjahren des letzten Jahrhunderts gestellt.« Immer noch klang sie arrogant, aber vielleicht war das einfach ihr Temperament. »Heutzutage tun wir das nicht mehr. Bedeutung, Sinn – das sind Parameter, die die Kunst durchbrechen will. Die sie hinter sich lässt, verstehen Sie? Sowohl die Ratio als auch das Gefühl. Kunst ist mehr als das.«

»Ob uns das gefällt oder nicht«, sagte de Jong.

»Aber abgesehen davon«, sagte Bühlow, »ist das hier keine Kunst, sondern ein Tatort. Also noch einmal meine Frage: Was könnte der Mörder damit gemeint haben?«

Die Kuratorin nickte verständnisvoll. »Das herauszufinden, ist wohl Ihre Aufgabe, nicht wahr? Wenn Sie mich aber schon fragen«, sie nahm ihre getönte Brille ab, »würde ich auf eine Chimäre tippen.«

»Auf was?«

»Eine leere Hülle aus Worten. Eene Meene Tekel. Lassen Sie mich das mal ungefähr so übersetzen: Ihr Menschen wollt immer einen Sinn in allem sehen. Wollt immer entweder schwarz oder weiß. Ja oder nein. Also gut: Da habt ihr euren tieferen Sinn.«

»Nämlich?«, fragte Bühlow in Erwartung einer Antwort.

Aber sie winkte nur mit ihrem Handy und entfernte sich eilig. »Wenn Sie mich noch brauchen, rufen Sie einfach. So wie es aussieht, werde ich noch eine Weile hier sein.«

»Wie hat er auf dich gewirkt?«, wandte sich Bühlow an de Jong. »Frings, meine ich. Als du mit ihm gesprochen hast. Irgendetwas Ungewöhnliches?«

»Gestresst«, sagte de Jong. »Und genervt von den Streithähnen …«

»Welchen Streithähnen?«

»Na, die Expertenrunde auf der Bühne. Der Büchertalk mit harten Bandagen. Ein Journalist, ein Kulturredakteur und eine Schriftstellerin. Die haben sich gegenseitig mit fiesen Nettigkeiten beworfen. Oliver war bemüht, die Wogen zu glätten, und hat es sich mit allen verscherzt. Wenn das so weitergeht, beißt hier noch jemand ins Gras, hat er gesagt.«

»Er beißt ins Gras?« Bühlow klang alarmiert. »Wer?«

»Außerdem wollte er mich noch sprechen. Nach der Veranstaltung. Und das hab ich blöderweise vergessen. Giulia und ich hatten einen kleinen Streit, da bin ich einfach gegangen.«

»Worum ging's denn? Bei Frings, meine ich?«

»Hat er nicht gesagt.«

»Du bist also einfach gegangen?«

Das hatte de Jong schon beantwortet.

»Und dann beißt tatsächlich jemand ins Gras.«

»Ja, schon, aber …« Der Exkommissar schüttelte genervt den Kopf. »Unsinn! Das hat er doch nicht so gemeint.«

»Möglicherweise nicht, aber …«

»Nein, mit dieser Formulierung will man nur bildlich beschreiben, dass es hoch hergeht. Man sagt auch: Die schlagen sich noch die Köpfe ein. Aber dann rechnet doch keiner damit, dass sie das wirklich tun.«

»Genau«, sagte Bühlow und deutete auf die Stelle auf dem Boden, wo bis gerade eben noch der Ermordete gelegen hatte. »*Damit* hat ja auch keiner gerechnet.«

»Aber das ist doch jetzt nicht dein Ernst«, beharrte der Exkommissar und dachte: Sind wir jetzt schon so weit, dass wir auf diesem Niveau eine Mordermittlung beginnen? Er starrte auch auf die Stelle, ebenso wie Hercule Poirot mit seiner viel zu großen Lupe. »Das sind zivilisierte Menschen, Achim. Büchermenschen. Verkopfte Intellektuelle. Die wüssten nicht mal, wie man das macht: jemanden umbringen. Wenn die jemanden abmurksen wollen, dann bleibt's bei leeren Worten.«

»Genau«, gab Bühlow zu. »Aber der Punkt ist und bleibt, dass es hier eben nicht bei Worten geblieben ist. Wer auch immer es war, er hat Taten folgen lassen.«

De Jong sagte nichts, schüttelte aber den Kopf zum Zeichen, dass er diesen Gedanken für wenig zielführend hielt. Während Hauptkommissar Bühlow, sonst immer eher zurückhaltend, wenn es darum ging, sich festzulegen, frisch drauflos schlussfolgerte, Zusammenhänge vermutete und wackelige Theorien aufstellte. Als wäre das heute der Jahrestag der hanebüchenen Mutmaßungen. De Jong hörte ihm nicht zu, sondern zermarterte sich immer noch den Kopf, worüber Frings mit ihm wohl hatte sprechen wollen. *Wie verträgt man sich wieder mit seinem Chef, nachdem man ihn in den Arsch getreten hat …*

Oliver hatte angespannt gewirkt, aber das war ja nach dieser giftigen Gesprächsrunde wohl nicht verwunderlich gewesen. Mit wem hatte er sich vertragen wollen? Und hatte das irgendetwas mit seinem Ableben zu tun? Hätte Giulia bloß nicht diese Szene gemacht! Wenn sie nicht seine gesamte Aufmerksamkeit beansprucht hätte, wäre Oliver vielleicht noch am Leben.

Achim Bühlow segelte immer noch mit voller Kraft auf der Kreisbahn seiner voreiligen Mutmaßungen. Als hätte ihn der Sherlock Holmes aus Pappe dazu inspiriert, den Mordfall hier und jetzt mit einer seiner berühmten Schlussfolgerungsketten zu knacken. »Aber es sind drei seltsame Zufälle. Und darin wirst du mir doch wohl zustimmen, Niklas: Wenn es gleich drei sind, dann kann man sie eben kaum als Zufälle bezeichnen.«

»Drei?«, fragte de Jong dazwischen. »Welche drei denn?«

Bühlow klappte nacheinander Daumen, Zeigefinger und Mittelfinger auf: »Eine Ausstellung über Mord und Totschlag. Dann: eine Diskussionsrunde, in der man sich die Köpfe einschlägt, wenn auch auf intellektuelle Art und Weise. Und die genauso heißt wie der Spruch, den der Mörder an der Pappwand beim Mordopfer hinterlassen hat.«

»Der rein gar nichts bedeutet«, sagte de Jong.

»Aber der Mörder hat sich etwas dabei gedacht. Und du hast ja die kluge Dame gehört: Was auch immer er bedeutet, er stammt von jemandem, für den es normal ist, in Rätseln zu sprechen.«

»Und weiter?«

»Wir müssen dieses Rätsel lösen. Und diesen drei aus der Diskussionsrunde auf den Zahn fühlen.« Er hob die

Hände, wie um sich selbst zu bremsen. »Das heißt natürlich, nicht wir müssen das.«

»Nicht?«

»Eigentlich nur ich. Und meine Kollegen von der Mordkommission. Genau.«

De Jong warf Bühlow einen schrägen Blick zu. »Was soll das heißen: du schon, aber ich nicht?«

»Nicht ich habe das entschieden, aber …«

»Das kannst du vergessen. Oliver Frings war ein Freund von mir. Natürlich werde ich herausfinden, wer ihn auf dem Gewissen hat.«

»Du bist zu sehr persönlich involviert. Aber es ist nicht nur deshalb.«

»Sondern auch?«

Bühlow machte ein zerknirschtes Gesicht. »Tut mir leid, Niklas, das wollte ich dir schon längst sagen. Unser Personalengpass ist inzwischen überstanden, wir haben drei neue Kommissare eingestellt. Und der Chef will so wenig Externe wie möglich dabeihaben.«

»Kriegeskotte.« De Jong nickte bitter. »Das Superhirn. Hätte ich mir ja denken können.«

»Genau.«

»Und was ist mit deiner Auszeit? Und mit Imogen, der attraktiven Kommissaranwärterin?«

»Das ist doch erst in drei Wochen, wie gesagt.«

Eine Weile standen sie nebeneinander. Bühlow war mit seinen Schlussfolgerungen am Ende, und de Jong verströmte seinen Ärger aus allen Poren. »Du glaubst doch nicht wirklich, dass ich rumsitze und Däumchen drehe«, sagte er schließlich.

»Nein, natürlich nicht.«

»Also was? Sagst du mir jetzt, dass ich mich verziehen soll, weil das hier ein Tatort ist und du eine polizeiliche Ermittlung durchführst?«

»Nein«, sagte Bühlow. »Hör mal, Niklas, du weißt doch, dass ich ...«

»Schon gut«, sagte der Exkommissar und hob beide Hände zum Zeichen, dass die Sache für ihn erledigt war. »Weißt du was? Ich mache mir da auch keine Sorgen. Wenn ihr alle in die Richtung rennt, die du gerade vorgegeben hast, bin ich mir sicher, was dabei rumkommt. Nämlich rein gar nichts.«

»Das werden wir ja noch sehen«, gab Bühlow beleidigt zurück.

»Und bestelle Kriegeskotte einen schönen Gruß von mir, dass er sich die Rede für seine Turnhalle sonst wohin stecken kann.«

»Es ist keine Turnhalle«, korrigierte der Hauptkommissar, »eher eine Mehrzweckhalle. Für Tennis, Squash und so, auch zum Turnen, aber eben nicht nur ...«

Aber de Jong war schon weg.

## 8. Kapitel

Am Sonntagmorgen gab Noel Sparwasser von der Münsterischen Allgemeinen Zeitung ein Interview, das kurz darauf im lokalen Rundfunk ausgestrahlt wurde, worin er seine Bestürzung zum Ausdruck brachte. Selbstredend sei es inzwischen ein Gemeinplatz, wenn man davon spreche, dass die literarische Welt den Atem anhalte, aber genau so sei es nun. Auch wenn wir alle wüssten, dass es in der Welt der Bücher recht wenig Empathie gebe, weil jede und jeder nur auf Literaturpreise schiele oder auf ihren beziehungsweise seinen Rang auf der Spiegel-Bestsellerliste. Und auch wenn es einem manchmal so vorkomme, als herrschten in der gesamten Literaturwelt Fifa-ähnliche Verhältnisse. Aber jetzt sei so ein Augenblick, innezuhalten und allen Zwist zu vergessen. Einer der Unseren sei vor unseren Augen brutal ermordet worden. Das sei ein Angriff auf die Freiheit des Wortes, die wir uns niemals nehmen ließen.

Dea Blessing, die Bestsellerautorin, trat in den sogenannten sozialen Netzwerken vor eine Handykamera: Sie habe keine Worte für das, was geschehen sei. Und das ihr, die dafür bekannt sei, dass sie für so ziemlich alles Worte habe, keine alltäglichen, sondern brillante, hochkünstlerische Worte, aber das hier sei abscheulich, sodass es sich geradezu verbiete, Worte zu haben. Ein Anschlag auf die Kunst, auf unser Leben in Frieden und Freiheit und ja, auch auf einen Menschen, das dürften wir bei all dem nicht vergessen. Und jene täten gut daran, sich zu fragen, ob sie nicht einen Anteil hätten an dem, was gestern passiert sei, denen nicht mehr eingefallen sei, als auf der Bühne nur Feindseligkeit, Lügen und Schmutz abzusondern. Der Dritte im Bunde, Bastian Gropius aus der WDR-Kulturredaktion, erklärte im Frühstücksfernsehen, dass der Terror nicht haltmache. Auch nicht vor unseren geheiligten Tempeln der Literatur, und dies sei beängstigend. Man frage sich, wohin das noch führe und ob wir schon bald solche unbeschwerten Feste des Schreibens und Lesens nicht mehr feiern dürften, und wenn doch, dann nur unter höchsten Sicherheitsvorkehrungen.

Exhauptkommissar de Jong fragte sich das nicht. Giulia hatte ihn angerufen, aber er hatte sie weggedrückt, um sie spüren zu lassen, wie sehr ihm ihr gestriger Auftritt gegen den Strich gegangen war. Auch weil er ihr nicht ins Gesicht sagen wollte, genau wegen dieses Auftritts sei sie schuld daran, dass er nicht für Oliver Frings dagewesen sei, als der ihn gebraucht habe. Was natürlich nicht so ganz stimmte, aber er konnte eben nicht dafür garantieren, dass es ihm in einem emotional aufgeladenen Telefongespräch nicht genau so herausrutschen würde. Noch während er sie wegdrückte, keimte in ihm aber schon ein schlechtes Gewissen deswegen.

Für einen Sonntag im Juni war das Wetter eine herbe Enttäuschung. Dabei war es recht mild, nur die Sonne war ein Hasenfuß, sodass die Stadt in einem unscheinbaren Grau vor sich hindümpelte, ohne jegliches Leuchten und sichtlich gelangweilt von sich selbst. Ein Tag, der wie geschaffen war für stundenlangen Nieselregen, aber selbst der ließ sich nicht blicken.

Ganz so, als wäre alles wie immer, erschien Achim Bühlow am frühen Nachmittag mit Erdbeertorte, frisch vom Konditor, an Bord des Alten Mädchens. Als hätte es das gestrige Gespräch über »Ich ermittele, aber nicht wir« nicht gegeben. Und als ob Kriegeskotte, der sozial auffällige Kripochef, nicht verfügt hätte, dass er keine Externen mehr dabeihaben wollte.

»Hast du nicht einen Mordfall aufzuklären?«, brummte de Jong streitlustig, als der Hauptkommissar an Bord kam, zum Tisch trat und den Kuchen auf einem Papptablett enthüllte, indem er die Frischhaltefolie entfernte.

»Ich wollte nur kurz nach dir sehen«, meinte Bühlow. Die aufgesetzte Heiterkeit machte seine Stimme mindestens einen Ganzton höher als sonst. »Wie's dir so geht, meine ich. Nach gestern.«

De Jong sagte nichts und schien immer noch auf eine Erklärung zu warten, bevor er sich nach unten aufmachen würde, um Kaffee und Tassen zu holen.

»Na ja«, sagte Bühlow. »Dass du dieses Mal leider nicht im Team bist, daran kann ich nichts ändern. Aber es ist doch so: Du machst dir schließlich deine Gedanken, und es kann vielleicht nicht schaden, wenn wir uns ein bisschen austauschen.«

»Austauschen«, sagte de Jong, rührte sich aber immer noch nicht.

»Na ja, wenn dir was einfiele und ich es erfahren würde. Und wir drüber reden könnten. Das wäre doch vielleicht hilfreich.« Bühlow grinste. »Immerhin sind wir eine Band, schon vergessen?«

Endlich rührte sich de Jong. Er ging nach unten und holte Kaffee, Teller und Kuchengabeln. Sie nahmen am Tisch Platz. Eine Weile mampften sie schweigend Erdbeerkuchen. Glockengeläut erklang von weiter weg aus dem Stadtzentrum. Schließlich hatte der Exkommissar sein Stück fast auf und fragte sich, wie man auf die bescheuerte Idee kommen konnte, drei Stücke Kuchen für zwei Personen zu besorgen. Auch Bühlow hatte seins nämlich schon so gut wie verputzt. Und wer bekam jetzt das dritte?

»Eene Meene Tekel«, sagte der Hauptkommissar mit vollem Mund. »Ich hab inzwischen ein bisschen recherchiert.«

»Und?«, fragte de Jong, ebenfalls kauend.

»Frau Birkenbiehl vom Museum hat falschgelegen: Es ist keine Chimäre. Menetekel – weißt du, wo das ursprünglich herkommt?«

»Klar«, sagte de Jong.

»Das stammt aus der Bibel.«

»Was? Das Menetekel? Der Büchertalk mit harten Bandagen?«

»Nein, Quatsch, der doch nicht. Der heißt nur so. Folgende Geschichte: Belsazar, ein babylonischer König, feierte ein rauschendes Fest, bei dem es hoch herging. Und plötzlich sah er da eine Schrift an der Wand. Samt Hand, die die Schrift schrieb, was schon damals ziemlich ungewöhnlich war.«

»Und die Hand gehörte wem?«, fragte der Exkommissar nicht besonders beeindruckt und angelte sich mit seiner Kuchengabel eine Erdbeere vom verbliebenen Kuchenstück.

Bühlow hob den Finger, als wollte er ihn daran hindern, aber er wollte nur weitererzählen. »So kam der Prophet Daniel ins Spiel. Er galt nämlich als Weiser am königlichen Hof und somit als Experte für Schriften, die an Wänden auftauchen. Da stand: Mene Mene Tekel. Kommt dir das bekannt vor?«

»Und das bedeutet?«

»Daniel deutete sinngemäß: Belsazar habe es mit den rauschenden Festen zu weit getrieben, jetzt seien die Tage des Königs gezählt. Und was passierte: In der folgenden Nacht wurde Belsazar umgebracht.«

»Nein! Von wem?«

»Das hat man nicht herausgefunden.«

De Jong schüttelte ungläubig den Kopf. »Ein König wird gemeuchelt, und der Fall wird zu den Akten gelegt? Das scheint mir ziemlich unglaubwürdig.«

»Das ist schließlich die Heilige Schrift, kein offizieller Untersuchungsbericht.« Bühlow versuchte, mit der Kuchengabel das verbliebene dritte Kuchenstück gerecht zu teilen. Was gründlich misslang; der Tortenboden ging zu Bruch, die kostbaren Erdbeeren kullerten auf dem Tisch herum und hinterließen Gelatine-Spuren. »Vieles weist aber auf die mächtige Priesterschaft als Auftraggeber der Tat hin. Heidnische Hohepriester.«

»Hätte man sich ja auch denken können«, sagte de Jong. »Die Heiden mal wieder. In der Bibel stecken die hinter so gut wie jeder Schurkerei.«

»Mit Hohepriester könnten in unserem Fall doch die Literaturschaffenden gemeint sein.«

Bühlow war Eugen Küppers Neffe. Und Küppers hatte sich nicht ohne Grund in der Mordkommission den Spitznamen Elliot Ness eingehandelt. Er liebte konstruierte Mordfälle, in die man sich verrennen konnte. Rätsel und mysteriöse Verweise, die für die Ermittlung ganz neue Dimensionen eröffneten. Je konstruierter, desto besser. Stinknormale Morde, hinter denen sich auf den zweiten Blick geheime Intrigen auftürmten, die alles in einem anderen, geheimnisvollen Licht erscheinen ließen, sodass nichts mehr so war, wie es anfangs schien oder sein sollte. De Jong vermutete inzwischen, dass irgendein Familien-Gen dafür verantwortlich sein musste. Oder eine Erbkrankheit. Dafür sprach auch, dass es sich bei den Küppers gewissermaßen um eine Dynastie von Kriminalisten handelte. Großvater und Urgroßvater waren angeblich schon Bullen gewesen. Einmal hatte Eugen sogar damit geprotzt, dass einer seiner frühen Vorfahren Anfang des 19. Jahrhunderts Ermittler am Hofe von Bonaparte gewesen sei. Nicht des echten Bonaparte, sondern seines kleinen Bruders Jerome, des Herrschers des damaligen Königreichs Westphalen. Aber immerhin. Soviel er, Eugen, wisse, habe dieser als Erster in der bekannten Geschichte der Kriminalistik eine Soko eingerichtet, mit deren Hilfe der berüchtigte Schlächter von Billerbeck schließlich dingfest gemacht werden konnte.

»Okay«, sagte Achim. »Jetzt sind wir mal schlauer als Dr. Birkenbiehl. Wir deuten das genauso wie dieser Prophet. Das rauschende Fest wäre das Bücher-Menetekel im Landesmuseum. Das passt doch.«

»Und Frings wäre der König von Babylon, oder was?«

»Wie auch immer.« Bühlow machte mit der Kuchengabel Jagd auf eine der entlaufenen Erdbeeren. »Entscheidend ist doch, dass es sich bei dieser Tat um ein Arrangement handelt. Dass nichts dem Zufall überlassen wurde. Die Inschrift, der Ort, an dem die Leiche aufgefunden wurde, dann der Zeitpunkt, das Literaturfest – das alles sind Komponenten einer aufwendigen Inszenierung.«

»Und wenn«, sagte de Jong.

»Und wenn?«

»Dann übersehen wir vielleicht andere Sachen, die viel naheliegender sind? Zum Beispiel hatte Oliver immer wieder mal krumme Sachen am Laufen. Sachen am Rand der Legalität. Und manchmal auch drüber hinaus.«

Bühlow war irritiert über den Richtungswechsel. »Was denn für Sachen?«

»Na ja, Schmiergeldzahlungen, die er nicht so nennen wollte. Erpressungen, die er nicht so nennen wollte. Alles keine großen Dinger, juristisch gesehen Lappalien, aber er konnte es einfach nicht lassen. Und höchstwahrscheinlich ist ihm das ja zum Verhängnis geworden.«

Bühlow sah enttäuscht drein. »Na gut. Aber was ist dann mit diesem anderen Ganzen …?«

»Welches Ganze meinst du?«

»Worüber wir gerade gesprochen haben. Die Symbolik. Das Menetekel.«

»Möglicherweise ist damit gar nichts«, meinte der Exkommissar.

»Oh nein, da irrst du dich.« Bühlow schüttelte trotzig den Kopf. Er hielt die Kuchengabel wie jemand, der entschlossen war, seine abwegige Theorie mit der Waffe in der Hand zu verteidigen. »Jede Wette, dass du dich da gewaltig irrst.«

»Mag sein«, sagte de Jong. »Aber du hast mich schließlich gefragt, ob mir was einfällt, das hilfreich sein könnte.« Er deutete auf die Überreste auf dem Tisch. »Essen wir das noch? Ich könnte runtergehen und Sahne schlagen, was meinst du?«

# 9. Kapitel

Dr. Hannelore Hattkämper galt als Institution in der Rechtsmedizin. Nicht nur, was ihre allseits geschätzte Kompetenz anging, auch im Hinblick auf ihre Launen, die so wechselhaft und unberechenbar waren wie das Wetter an der Küste, von der sie stammte. Viele fürchteten ihre legendären Ausbrüche am Ende eines langen Tages und nicht weniger die am Anfang, wenn sie zu spät war, weil sie auf dem Weg zur Arbeit im Stau gestanden oder wieder keinen Parkplatz gefunden hatte. Oder wenn jemand es gewagt hatte, ihr Urteil in Zweifel zu ziehen; mindestens ebenso viele allerdings, so wurde gemunkelt, besuchten nur deswegen ihre Veranstaltungen, weil sie sich ihre Tiraden nicht entgehen lassen wollten. Zartbesaitete gehörten in den OP, nicht in den Sektionssaal, lautete einer von Hattkämpers oft zitierten Wahlsprüchen. Einer dieser Zartbesaiteten, ihr junger Kollege Dr. Stichling, war allerdings nicht in einen OP gewechselt, sondern in eine Kleintierpraxis im Ostviertel, da sein Herz schon immer für die Veterinärmedizin geschlagen hatte.

Etwa einen Monat war es jetzt her, dass Hattkämper ihre Sachen gepackt hatte. Man hatte sie freigestellt, damit sie ein halbes Jahr lang einen Lehrauftrag an der Rijksuniversiteit Groningen wahrnehmen konnte. Exhauptkommissar de Jong hätte es nicht gewundert, wenn in der Rechtsmedizin in Münster noch am selben Tag die Lichter ausgegangen wären. Wenigstens rechnete er damit, dass die Zahl der Mordopfer drastisch zurückging, weil auch die Toten lieber abwarteten, bis die Chancen auf eine anständige Obduktion wieder besser standen.

Aber wie sich herausgestellt hatte, bestand zum Warten kein Anlass. In Dr. Winfried Klöbener hatte Hattkämper einen würdigen Vertreter gefunden. Ein Riese von einem Mann, leicht übergewichtig, mit goldener Brille und weißem Haar, das unterhalb seines so gut wie kahlen Hauptes auf halber Höhe tonsurgleich herabwuchs und an jene halben Gardinen erinnerte, die man sich in den Siebzigerjahren in die Fenster gehängt hatte. Der Doktor hatte ein sonniges Gemüt, war immer zu einem Scherz aufgelegt und schien sich vorgenommen zu haben, den Obduktionsraum zu einem besseren Ort auf dieser Welt zu machen. De Jong konnte trotzdem nicht anders, als ständig an Loriots berühmten Badewannensketch zu denken. Was auch an der opernhaft lauten Stimme des Rechtsmediziners lag, die ganz ähnlich hallte wie in einer Badewanne, bedingt durch die Akustik des Sektionssaals.

»Todesursache: gebrochenes Genick«, tönte der Doktor, als de Jong ihm am Montagmorgen gegen zehn einen Besuch abstattete. Seine guten Beziehungen zur Chefin hatten ihm Türen geöffnet, die ihm seit seinem Ausscheiden bei der Kripo eigentlich verschlossen blieben. »Tja, saubere Sache.«

»Ich frage mich, was daran sauber ist«, sagte de Jong. Er stand neben dem Obduktionstisch aus gebürstetem Aluminium, auf dem der tote Oliver Frings lag, wachsfarben mit geschlossenen Augen.

Klöbener trat neben den Exkommissar und wies auf die Leiche mit einer Geste, als wollte er sie de Jong zum Kauf anpreisen. »Damit will ich sagen: Das war jemand vom Fach. Jemand, der wusste, wie das geht.«

»Sie meinen, ein professioneller Killer?«

»Glauben Sie mir, Herr Terjung ...«

»De Jong«, korrigierte de Jong.

»Wenn ein guter Klempner zu einem Rohrbruch gerufen wird und die Wand aufstemmt. Der sieht es sofort.«

»Sieht was sofort? Den Wasserschaden?«

»Wer die Rohre verlegt hat. Ob es ein Stümper war. Oder einer vom Fach. Das sieht er auf den ersten Blick. Und das hier«, Klöbener hatte einen Kugelschreiber in der Hand und deutete damit vage auf den Hals des Toten, »war ein Fachmann. So was erkenne ich auf Anhieb.«

»Okay«, sagte de Jong. »Ein Profi also. Hat er eventuell eine bestimmte Handschrift?«

»Negativ. Das könnte jeder gewesen sein. Mit Ausnahme der Russen vielleicht, die stehen bekanntlich auf Polonium.«

»Die Tatwaffe?«

»Kein Hinweis darauf. Das Genick wurde mit bloßen Händen gebrochen. Aber«, der Arzt hob belehrend den Zeigefinger, »er wurde vorher niedergeschlagen, mit einem stumpfen Gegenstand. Ich würde auf einen mit Sand gefüllten Strumpf tippen. Also, was ist passiert:

Der Mann wird zunächst niedergeschlagen. Dann an den Fundort verbracht, wo man ihm auch das Genick bricht. Falls Sie nach dem Todeszeitpunkt fragen, ich tippe auf 23:30 Uhr.«

»Er wurde also woanders niedergeschlagen, nicht in dieser seltsamen Ausstellung, wo man ihn gefunden hat?«

»Zwischen Sherlock Homes und Hercule Poirot?« Klöbener schüttelte den Kopf. »Hauptkommissar Bühlow berichtete von Spuren, die man an der Kleidung sowie auf dem Fußboden gefunden hat. Sie deuten darauf hin, dass jemand seinen leblosen Körper aus dem Neubau in den alten Lichthof verschleppt hat. Was dann ja auch für die Theorie Ihres jungen Kollegen sprechen würde.«

»Er ist nicht mein Kollege«, sagte de Jong. Aber dann fragte er doch nach: »Welche Theorie meinen Sie überhaupt?«

Klöbener beugte sich zu de Jong und bereicherte den allgemeinen Geruch von Desinfektionsmitteln durch das Aroma eines Frühstücks, bei dem Zwiebeln und Paprika eine Rolle gespielt hatten. »Herr Bühlow hat von einer Inschrift gesprochen. Von einer rätselhaften Inschrift aus der Bibel, die er entziffern wollte und die auf eine Veranstaltung hinwies, die am selben Abend in diesem Gebäude abgehalten wurde. Für ihn ein Hinweis darauf, dass dieser Bedauernswerte nicht einfach so abgemurkst wurde. Dass es da einen größeren Sinnzusammenhang gibt und der Mörder auf eine Inszenierung aus war.«

»Und was ist Ihre Meinung dazu? Halten Sie das für wahrscheinlich?«

»Was ich dazu meine?« Dr. Klöbener zog den Kopf zwischen die massigen Schultern. »Von Sinnzusammenhängen verstehe ich nichts, ich bin Mediziner.«

»Also gut«, sagte de Jong. »Jedenfalls vielen Dank für Ihre Einschätzung, Herr Doktor.«

Klöbener stand da, sein ausgestreckter Zeigefinger verharrte unter der Nasenspitze, als wollte er sie damit stützen, falls sie absacken sollte. »Aber bedenken Sie mal: Einen leblosen Körper quer durchs Museum zu schleifen, das dauert eben seine Zeit und ist ein schönes Stück Arbeit.«

»Stimmt«, sagte de Jong.

»Ein Profi würde sich auf so was niemals einlassen.«

»Nicht?«

»Schwer vorstellbar.« Der Arzt zog eine Schnute, um in etwa auszudrücken, wie schwer vorstellbar es für ihn war.

»Verstehe ich das richtig: Dann war es Ihrer Meinung nach jetzt doch kein professioneller Mörder?« De Jong wurde leicht ärgerlich, weil Klöbener wieder zurückruderte. »Was denn jetzt?«

»Sie wollen meine ganz persönliche Meinung?«

»Ach, lassen Sie mal, die Meinung des Papstes reicht mir auch.« De Jong verdrehte die Augen. »Natürlich Ihre Meinung, was denn sonst?«

Klöbeners Kopf sank noch tiefer, die Schultern rutschten noch höher. Seine Handflächen richteten sich gen Himmel, als hätte es zu regnen begonnen, und auf dem Gesicht erschien ein versöhnliches Grinsen. »Wie der selige Graucho Marx einmal sagte: Ich habe eiserne Prinzipien, aber wenn sie Ihnen nicht gefallen, habe ich auch noch andere.«

»Was soll das jetzt wieder heißen?«

»Herr Exkommissar, was halten Sie davon, wenn wir uns irgendwo in der Mitte einigen, auf einen Profi vielleicht, der zwar weiß, was er tut, aber dummerweise nicht mehr alle beisammen hat. Der irgendwie durchgeknallt ist. Was meinen Sie, wäre das nicht ein Kompromiss, mit dem wir beide leben könnten?«

## 10. Kapitel

Bis zum Nachmittag grübelte de Jong immer weiter darüber nach, welchen Rat Oliver Frings sich von ihm erhofft haben könnte. Als müsste er nur intensiv genug nachdenken, um darauf zu kommen. Aber so angestrengt er auch grübelte, es kam natürlich nichts Brauchbares dabei heraus.

Zwischendurch stritt er sich mit Achim Bühlow am Telefon. Der Hauptkommissar rief an, um zu berichten, dass er in Sachen Inschrift einen Professor Dr. Thiesenkötter von der evangelisch-theologischen Fakultät hinzugezogen habe, weil der im letzten Semester ein Hauptseminar über das Buch Daniel geleitet habe. »In dem kommt die Sache mit der Schrift an der Wand vor«, erinnerte ihn Bühlow. »Menetekel.«

»Na und?«, sagte de Jong, er dehnte die Silben in der Hoffnung, dass Bühlow daran sein Desinteresse ablesen konnte. »Der Mörder war ein Profikiller. Wenn du mir nicht glaubst, frag doch Dr. Klöbener, den aushilfsweisen Rechtsmediziner.«

Bühlow ignorierte de Jongs Einwand wie auch sein demonstratives Desinteresse. »Auffällig ist doch, dass Frings höchstwahrscheinlich dort ermordet wurde, wo das sogenannte Menetekel stattfand. Oder jedenfalls ganz in der Nähe, im Foyer des Museums. Hundertpro gibt es da einen Zusammenhang. Frau Nürburg hat ausgesagt, dass sie kurz nach der Veranstaltung mit einem Mann zusammengestoßen sei, der Frings unbedingt sprechen wollte.«

»Wer ist Frau Nürburg?«

»Estella Nürburg, Inhaberin der *Münsterland Leseland GmbH*. Sie ist Veranstalterin des Menetekels.«

»Was meint sie mit zusammengestoßen? Gab es Verletzte?«

»Frau Nürburg wollte zum Ausgang, er stürmte gerade herein, in die entgegengesetzte Richtung. Hatte es offenbar eilig.«

»Konnte Sie den Mann beschreiben?«

»Mittelgroß, braune Haare, Anzug.«

»Den hab ich, glaube ich, schon mal gesehen«, spottete de Jong. »Warte mal, gleich fällt es mir wieder ein ...«

»Jaja, ich weiß, das ist nicht gerade viel«, gab Bühlow zu. »Aber ich habe noch was: Dea Blessing traut Herrn Sparwasser den Mord zu.«

»Blessing, die Autorin? Und Sparwasser ...«

»Genau. Redakteur bei der Münsterischen Allgemeinen Zeitung.«

»Der, mit dem sie sich auf der Bühne gefetzt hat?«

»Exakt.«

»Was für ein Motiv sollte der Mann denn haben, Frings zu ermorden?«

»Na ja, sie will gesehen haben, wie die beiden eine Auseinandersetzung hatten.«

»Klar, wer heute eine Auseinandersetzung hat, kann morgen schon ein Mörder sein«, äzte der Exkommissar.

»Dass er zu Gewaltausbrüchen neigt, ist aber aktenkundig. Vor nicht mal einem halben Jahr im Fußballverein der C-Jugend. Da hat er dem Schiedsrichter einen Zahn ausgeschlagen. Wir haben das überprüft: Der Schiedsrichter hatte seinem achtjährigen Sohn die gelbe Karte gezeigt wegen eines Fouls, dass seiner Ansicht nach keins war.«

»Und?«

»Es war die achtundachtzigste Minute. Die gegnerische Mannschaft bekam einen Elfmeter und erzielte den Siegtreffer. Im Übrigen hält sie ihn für einen Soziopathen, der seine Gewaltfantasien nur mühsam hinter der intellektuellen Fassade versteckt. Deshalb habe sie sich ja auch geweigert, nach der Pause gemeinsam mit ihm auf die Bühne zurückzukehren.«

»Aber das sind doch nur Anschuldigungen, Achim. Und so wie ich diese Frau erlebt habe, trifft die Charakterisierung vermutlich genauso gut auf sie selbst zu.«

»Dann hätten wir also schon zwei Verdächtige?«

»Wenn du es so sehen willst. Was ist mit dem Dritten im Bunde?«

»Gropius? Er ist sauer, dass er praktisch gar nicht zu Wort kam. Angesichts der unterirdischen Gesprächsführung, sagte er, geschehe es dem Ermordeten ganz recht.« Bühlow seufzte hörbar.

De Jong seufzte zurück. »Was sagen denn die Kollegen zu all dem?«

»Na ja, begeistert sind sie nicht gerade. Du kennst sie doch. Immer das gewohnte Schema: Zeugen suchen, das Umfeld des Opfers befragen. Das ist ja alles gut und schön. Aber man muss auch mal bereit sein, unkonventionelle Wege zu gehen.«

»Und dafür bist du neuerdings zuständig?«

»Wie gesagt, bisher klopfe ich auf den Busch und sehe, ob etwas herunterfällt. Mir ist klar, ich kann noch nicht viel vorweisen, aber …«

»Nicht viel?«, höhnte de Jong. »Ich sag dir was, Achim. Du hast gar nichts. Ein paar verrückte Egomanen, aber nicht den Hauch einer Spur. Du solltest dir was Besseres einfallen lassen, als nur auf den Busch zu klopfen.« Er beendete das Gespräch und warf das Handy vor sich auf den Tisch. Sofort begann es zu vibrieren, auf eine quengelnde Art und Weise, als fühlte es sich ungerecht behandelt; schließlich konnte es nichts dafür, dass es für sinnlose Gespräche missbraucht wurde. De Jong schnappte sich das Ding und wischte über den grünen Button. »Nicht mal den Ansatz eines Hauchs«, präzisierte er.

»Ich bin's, Giulia«, sagte Giulia.

»Sorry«, sagte de Jong. »Ich hab nicht auf das Display geachtet.«

»Es tut mir so leid wegen Oliver Frings. Du kanntest ihn gut, oder?«

»Ein bisschen«, antwortete de Jong zugeknöpft. »Wen kennt man schon richtig?«

»Weiß man schon etwas, ich meine … wer ihn …?«

»Nein. Die Kripo ermittelt. Sie fängt gerade erst an.«

»Und du?«

»Was meinst du?«

»Bist du nicht dabei?«

»Ich bin schon seit Längerem nicht mehr dabei, wie du weißt.«

»Ja, aber er war doch dein Freund.«

»Eher ein guter Bekannter.«

Eine kleine Pause entstand.

»Und willst du nicht herausfinden, wer ihn getötet hat und warum?«, fragte sie anschließend.

»Vielleicht. Die Polizei glaubt, dass der Mord etwas mit diesem Literaturfest zu tun hat. Wegen der Symbolik.«

»Du nicht?«

»Nein. Ich kannte Oliver ein bisschen. Er hatte immer wieder mal was Schräges am Laufen. Und mein Gefühl sagt mir ...«

»So ein ähnliches Gefühl hab ich bei Gunnar«, sagte Giulia.

»Gunnar? Du sprichst von Oswald?«

»Genau. Weißt du noch, was er über Frings gesagt hat: guter Mann, der sich wacker schlägt.«

»Stimmt.«

»Kein Wort davon, dass er sich, bevor alles anfing, mit dem guten Mann heftigst gezofft hat.«

»Davon weiß ich ja gar nichts.«

»Ich hab's von meinem Platz aus zufällig gesehen und mir nichts dabei gedacht.«

De Jong wunderte sich über Giulia. Jetzt fing sie auch noch damit an, alle, die mal ihre Stimme hoben, für potenzielle Mörder zu halten. »Wir haben uns doch auch schon mal gestritten und leben beide noch«, sagte er.

»Trotzdem.«

»Tja, dass du ihn nicht gerade ins Herz geschlossen hast, ist schon deutlich geworden«, sagte de Jong.

»Mag sein. Aber ich habe mich auch gefragt, was der Kerl da überhaupt wollte.«

»Das hat er sich bei dir doch auch gefragt.«

»Eben.«

»Was meinst du mit ›eben‹? Das ist doch die Antwort auf deine Frage: Er hatte den gleichen Grund, da zu sein, wie du.«

»Ich kenne ihn, Niklas. Gunnar ist nicht der Typ Zuschauer, der sich ein Ticket kauft und brav applaudiert. Für ihn kommt nur eins infrage: da oben auf der Bühne sitzen, in einem dieser hässlichen blauen Sessel.«

»Es waren mintfarbene. Außerdem waren die ja besetzt. Jedenfalls zeitweise.«

»Richtig«, sagte sie. »Ich meine nur: Es muss ordentlich in ihm gebrodelt haben, dass man ihn nicht eingeladen hat. Er muss sich gefühlt haben … ja, ungefähr so wie die dreizehnte Fee, die man nicht zur Geburtstagsfeier eingeladen hat.«

»Das Märchen vom Dornröschen?« Der Exkommissar schüttelte den Kopf, was Giulia natürlich nicht sehen konnte. »Glaubst du etwa allen Ernstes, dass dieser Kerl, Oswald, was mit der Sache zu tun haben könnte? Mit einem kaltblütigen Mord? Nur weil er sauer war? Nein, das glaubst du doch nicht.«

Giulia ließ sich ein wenig Zeit mit der Antwort. »Natürlich nicht«, räumte sie schließlich ein. »Aber … ich weiß auch nicht. Hatte die dreizehnte Fee etwas damit zu tun, dass die Königstochter sich an einer Spindel stach und in einen hundertjährigen Schlaf fiel? Nur weil sie sauer war?«

* * *

Obwohl de Jong den Vergleich schräg fand, dachte er eine Weile über ihn nach. Einmal abgesehen davon, dass

Dornröschen hundert Jahre geschlafen hatte, was unbestreitbar eine richtig lange Zeit war. So lange, dass einem der Spaß am Aufwachen verging, denn man konnte ja wohl davon ausgehen, dass von denen, die man kannte, niemand mehr am Leben war. Aber ermordet zu werden, war trotzdem noch etwas ganz anderes.

Hauptsächlich gab ihm aber Oswald zu denken.

*Wie verträgt man sich wieder mit dem Chef, nachdem man ihm einen Arschtritt verpasst hat,* hatte Frings gesagt, oder so ähnlich. Und de Jong hatte sich seitdem gefragt, wen er damit gemeint haben könnte. Schließlich hatte Oliver sich viel auf seinen Status als Freischaffender, der vor niemandem buckeln musste, eingebildet. Natürlich hatte er meistens Auftraggeber, die ihn bezahlten, wie ja auch in diesem Fall. Und so kam Oswald ins Spiel …

Er klappte den PC auf, der vor ihm auf dem Tisch stand, und gab Oswald und Münster in die Suchmaschine ein. Ergebnisse bekam er sofort und jede Menge: einen Dr. Oswald Münster, der Therapeut in München war, ein anderer hieß Sascha Oswald und hatte als Fußballprofi in der letzten Saison für Preußen Münster gespielt. Auch ein Hengst in Warendorf hörte auf den Namen und ein Professor für Fundamentaltheologie an der Uni. Erst nach längerem Scrollen stieß de Jong auf etwas Brauchbares: *Das literarische Fallbeil – der Literaturblog ohne Gnade.* Von Gunnar Oswald. Hinter den scharfen, blutroten Lettern erschien eine Art Schafott mit einer Guillotine, die ihre Klinge in ein dickes Buch schlug, aus dem eine rote Flüssigkeit herausquoll. De Jong öffnete wahllos einige Seiten, die das Menü zur Auswahl anbot: *Über mich, Kürzlich erschienen, Unverschämtes gegen den Zeitgeist, Mainstream-Pressestimmen.* Oswald – auf dem Foto war er mindestens zehn Jahr jünger und hatte ein spöttisch-besserwisserisches Grinsen aufgesetzt, das wahrscheinlich gnadenlos wirken sollte – erklärte sich zu einem *der* Experten in Sachen Literatur, vielleicht nicht in Sachen Belesenheit, dafür aber unbedingt in Sachen Unbestechlichkeit. Davon handelte auch seine zeitkritische Kolumne: unbestechlich und ehrlich zu sein, wenn möglich auch authentisch, in einer Zeit, in der man Unbestechlichkeit und Ehrlichkeit immer weniger zu schätzen wisse, vom Authentischsein erst gar nicht zu reden. Unter *Kürzlich erschienen* nahm er sich literarische Werke vor, darunter das *Buchstabenzimmer.* Bezeichnete es als den üblichen Dünnschiss der Feuilleton-Literatur, bei dessen Lektüre sich hochbezahlte Kritikaster gern einen herunterholten. Auch der letzte Roman der bekannten »Vielschreiberin« Dea Blessing wurde aufs Schafott gezerrt: nichts als das bekannte, weich gekochte, manierierte Geschwätz, kopflastige Uninspiriertheiten bei unablässiger Umkreisung des eigenen Ego. De Jong klickte zu Oswald zurück und verstand, was das spöttische Grinsen dem Betrachter vermittelte: »Man nennt mich den Scharfrichter der Literatur, und das zu Recht.«

*Es muss ordentlich in ihm gebrodelt haben …* Giulia lag mit ihrer Einschätzung vielleicht doch näher an der Wahrheit, als er geglaubt hatte.

Inzwischen war es fünfzehn Uhr. De Jong klappte den Rechner wieder zu und begab sich nach oben an Deck. Er streckte die Arme aus, nahm einen tiefen Atemzug und stellte sich vor, wie es wäre, wenn er sich von jetzt an nur noch von Frühlingsluft ernährte. Das Wetter hatte sich inzwischen gemacht. Vorbei war das lästige Hin und Her von Wolken, Wind und kurzen, unangenehmen Regenschauern. Der Himmel war blank geputzt, und die Sonne herrschte uneingeschränkt. Ein laues Lüftchen wehte. Exhauptkommissar de Jong packte sein Fahrrad und schob es an Land. Das Wetter war wie geschaffen dafür, der bösen Fee aus dem Märchen einen kleinen Besuch abzustatten.

## 11. Kapitel

Schon eine gute Viertelstunde später bog er von der Warendorferstraße nach rechts ab und radelte den Kasewinkel entlang. Die Stadt hatte er hinter sich gelassen, hier gab es nur vereinzelte Bauernhöfe, winzige Flecken Zivilisation in der weiten münsterländischen Wildnis. Eine ganze Weile kurvte er an Äckern und Weideflächen vorbei, bis er schließlich an ein kleines Waldstück gelangte, hinter dem ein als privat gekennzeichneter Asphaltweg nach links abzweigte. Den fuhr er entlang, und kurz darauf erreichte er ein ummauertes Grundstück. Den Zugang verstellte ein stählernes Rolltor. Rechts daneben, in die Mauer eingelassen, gab es einen Briefschlitz und eine Gegensprechanlage. De Jong stieg ab und drückte auf einen goldenen Messingknopf. Von irgendwo in der Nähe drang Motorengeräusch herüber, vermutlich ein Rasenmäher oder eine Heckenschere.

Er betätigte die Klingel noch einmal. Das Geräusch verstummte.

In der Gegensprechanlage knackte und rauschte es.

»Hallo?«, sagte de Jong. »Ich hätte gern Herrn Oswald gesprochen. Ist er zufällig zu Hause?«

In das Rauschen mischten sich unverständliche Stimmfetzen. Ein weiteres Knacken ertönte, worauf das Rolltor gemächlich nach links rumpelte, sodass de Jong wieder aufsteigen und weiterradeln konnte. Etwa zweihundert Meter ging es an einer weiträumigen Koppel vorbei, die nur von einem einzigen Pferd und ein paar frei laufenden Hühnern bevölkert wurde. Hinter einer halb verfallenen Scheune beschrieb der asphaltierte Weg eine scharfe Kurve nach rechts und verwandelte sich in eine gepflegte Zufahrt, die auf beiden Seiten mit bodennahen Leuchtelementen markiert war. Mehrere Gebäude kamen in Sicht. Stallungen, Gesindehaus und ein schmuckes Herrenhaus. Das klassische münsterländische Ensemble, halbkreisförmig um einen kleinen Innenhof versammelt, dessen Mittelpunkt ein antiker Ziehbrunnen mit Kurbel und Brunneneimer bildete. Die Stallungen dienten inzwischen als Garage.

In den Holzbalken über dem Eingang des Herrenhauses leuchtete in goldenen Lettern ein gottesfürchtiger Spruch in westfälischem Platt: *Schaffen un Striäben is Gotts Gebott dann giw He di din däglick Braud Bewahrt di vür de laigste Naut.*

Abseits der ehemaligen Stallungen, am Rand eines kleinen Teiches, stand ein Mann mit einem Laubbläser, einem ohrenbetäubenden Gerät, und machte Jagd auf herumliegendes Blattwerk. Als er de Jong herankommen sah, schaltete er den Motor aus und schulterte das Gerät wie ein Infanterist seine Waffe. Ein kräftiger Kerl mit Wikingerbart und rötlichem Flaum auf dem Kopf.

»Herr Oswald?«, erkundigte sich de Jong.

Das Gesicht des Mannes war fast so rot wie sein Haar. Er wies mit dem Kopf in Richtung Herrenhaus. »Drüben im Garten hinter dem Haus.«

Der Hausherr empfing ihn auf einer Terrasse aus hellem Naturstein, die in eine schier endlose, bis zum Horizont reichende Rasenfläche überging. Bei einem frühen Glas Wein hatte er es sich an einem Gartentisch gemütlich gemacht, einem metallenen Möbel, das mit drei passenden Sitzgelegenheiten wie ein Relikt aus der guten alten Zeit aussah und hier und da von grüner Patina bedeckt wurde. Über ihm entfaltete sich ein Sonnenschirm in dezentem Orange von geradezu firmamentgroßen Ausmaßen.

»Herr de Jong, treten Sie doch näher!« Oswald erhob sich, eilte auf seinen Gast zu und reichte ihm die Hand. »Manno Süverkrüpp, meinen Angestellten, haben Sie also schon kennengelernt. Was kann er Ihnen zu trinken bringen?«

De Jong sah sich um und bemerkte erst jetzt, dass der Gärtner ihm gefolgt war. Den Laubbläser hatte er an einen Baumstamm gelehnt. De Jong bestellte ein Mineralwasser.

Oswald bedeutete dem Exkommissar mit einer Geste, am Tisch Platz zu nehmen, und setzte sich ihm gegenüber. »Ich hatte ja schon mit Ihrem Besuch gerechnet.«

»Wie konnten Sie das?«, wunderte sich de Jong.

»Nun, die gestrigen Ereignisse. Dieser tragische Vorfall.« Oswald war leger gekleidet, trug eine helle Jogginghose und ein cremefarbenes T-Shirt. Seine Elton-John-Brille hatte er gegen eine stylische Sonnenbrille ausgetauscht. »Da ist es doch üblich, dass die Kriminalpolizei ermittelt und alle Beteiligten befragt …«

»Ich bin nicht die Kriminalpolizei«, stellte de Jong richtig.

»Nicht? Aber Giulia erwähnte doch, dass …«

»Nicht mehr. Das ist Vergangenheit.«

Herr Süverkrüpp kehrte auf die Terrasse zurück und stellte die Getränke auf dem Tisch ab, ein Wasser für den Gast und eine neue, frisch geöffnete Flasche Wein für seinen Chef.

»Also dann«, Oswald goss sich ein und hob sein Glas, »willkommen in meinem bescheidenen Zuhause.«

»Aber ein paar Fragen hätte ich schon, wenn es Ihnen nichts ausmacht«, sagte de Jong.

Oswald hob die Brauen und sah verschmitzt aus. »Und wenn doch?«

»Dann auch.«

»Also gut, nur zu. Was wollen Sie wissen?«

»Was war da zwischen Ihnen und Herrn Frings?«

Oswald runzelte die Stirn. »Zwischen mir und Frings? Ich verstehe nicht …«

»Sie hatten doch Streit mit ihm. Worum ging es da?«

»Also wirklich: Streit, das ist ein großes Wort.«

»Nehmen Sie gern ein kleineres.«

»Nun, ich würde sagen, wir haben ein klärendes Gespräch geführt.«

»Sind Sie sicher, dass das nicht etwas zu klein ist?«

»Und wenn …« Der Gastgeber verzog das Gesicht, de Jong erwartete Genervtheit oder wenigstens einen Hauch von Ärgerlichkeit. Aber es wurde amüsierte Neugier. »Sie denken doch nicht ernsthaft, ich …? Aber kommen Sie, Herr Kommissar …«

»Exkommissar.«

»Herr Exkommissar.« Oswald wartete ab, bis sein Angestellter eine Schale mit Schokokeksen auf dem Tisch abgestellt und sich wieder entfernt hatte. »Wie ich bereits erwähnte, habe ich das Glück, reichlich geerbt zu haben. Sodass ich mir nicht nur ein wenig Komfort leisten kann«, mit weit ausgebreiteten Armen wies er auf seinen Besitz, »sondern auch das erfüllende Dasein eines Tagediebes.« Er grinste breit. »Ich betrachte dieses Wort nämlich nicht als Schimpf, sondern als Auszeichnung.«

»Wie Sie ja bereits erwähnten«, sagte de Jong.

»Nennen Sie mich einen Tagemeisterdieb, wenn Sie wollen.«

»Auch davon war schon die Rede.«

»Nicht nur der gute Herr Süverkrüpp arbeitet für mich, sondern auch Herr Frings, wenn auch eher als freier Mitarbeiter. Sie müssen wissen, dass ich eine kleine Website betreibe, die sich mit Literatur beschäftigt.«

»Sie sprechen vom Fallbeil?«

Oswalds Zeigefinger deutete lobend auf de Jong. »Sie haben sich also schon kundig gemacht. Wie dem auch sei, ich bin derjenige, der die Texte formuliert – Kritiken, Essays, Lobreden und Polemisches. Was immer so anfällt. Aber was das Programmieren angeht, bin ich absoluter Laie und will es, ehrlich gesagt, auch bleiben. Oliver ist mein Administrator, ich bin nur ein lausiger Anwender, wenn Sie so wollen. Jedenfalls bis vorgestern.«

»Seitdem sind Sie kein lausiger Anwender mehr?«

»Herr Frings ist nicht mehr mein Mitarbeiter.«

»Sie meinen, weil er ermordet wurde?«

Oswald schüttelte den Kopf. »Aus heiterem Himmel kommt er an und erklärt, dass er hinwirft. Dass ich meinen Computerkram von jetzt an allein machen soll. Weil er was anderes hat.«

»Meinte er diesen Moderatorenjob?«

Der Tagemeisterdieb zuckte mit den Schultern. »Nicht genug damit, dass er sich dafür hergibt, bei dem niveaulosen Spektakel den Ringrichter zu geben; er kündigt mir auch noch von heute auf morgen seine Dienste. Ohne jede Vorwarnung.«

»Da waren Sie bestimmt ganz schön sauer auf ihn.«

»Ich wollte natürlich wissen, was er sich dabei denkt, mir alles kaputtzumachen. Gerade jetzt, wo es so gut läuft mit der Gnadenlos-Seite. Ob man ihn dafür bezahlen würde, mich zu sabotieren.«

»Wer sollte Sie denn sabotieren?«

»Was für eine Frage!« Oswald richtete sich auf und wirkte geradezu beleidigt. »Sie müssen wissen, ich nehme keine Rücksichten. Kein Blatt vor den Mund. Schonungslosigkeit ist mein Markenzeichen.« Stolz ließ seine Stimme erbeben. »Und da macht man sich unweigerlich Feinde, was denken Sie denn?«

»Aber Sie sind nicht derjenige, dem es dieses Mal an den Kragen ging, sondern er.«

»Zugegeben, wir hatten einen heftigen Streit – nennen wir es ruhig so –, weil Herr Frings die Biege machen wollte. Aber wenn Sie ernsthaft denken, dass ich so weit gehen würde, ihn deswegen umzubringen, dann scheint mir das doch wohl etwas sehr weit hergeholt …«

»Auch nicht, wenn noch was dazukäme?«

»Ich verstehe nicht … Was sollte denn noch dazukommen?«

»Na ja, dass es vielleicht mächtig in Ihnen gebrodelt hat.«

»Gebrodelt?« Oswald legte den Kopf schief wie ein Hund, der einen schrägen Ton hört.

»Weil man Sie nicht zu dem Spektakel eingeladen hat. Sie nicht als Experten wahrgenommen, sondern übergangen hat. Sie, den Mann mit dem Fallbeil. Warum saßen Sie nicht da oben auf der Bühne und stritten öffentlich in Sachen Literatur? Wer käme da eher in Frage als Sie, dessen Markenzeichen Schonungslosigkeit ist?«

Zum ersten Mal blitzte doch so etwas wie Genervtheit in Oswalds Miene auf. Als hätte ein Windstoß für einen kurzen Moment den Schleier aus Selbstsicherheit und onkelhafter Jovialität zur Seite geweht. »Von wem haben Sie denn das bloß?«

»Ging es Ihnen vielleicht so wie der dreizehnten Fee im Märchen, die man nicht zu Dornröschens Geburtstagsfeier eingeladen hatte?«

Oswalds Mund klappte zu. Und dann lehnte er sich in seinem Gartenstuhl zurück und verschränkte die Arme vor der Brust, in einer Geste demonstrativer Entspanntheit. »Nur um Ihnen unnötige Arbeit zu ersparen«, sagte er. »Gestern Abend, nachdem wir uns bei der …«, er malte Anführungszeichen in die Luft, »Geburtstagsfeier kennengelernt haben, bin ich im Großen Kiepenkerl eingekehrt und habe mir ein ausgiebiges Abendessen gegönnt. Das Personal wird Ihnen das bestätigen. Gegen halb zwölf war ich dann zu Hause, vielleicht auch etwas früher. Wenn Sie es genau wissen wollen, fragen Sie meinen Angestellten.«

»Das werde ich tun«, sagte de Jong frostig, nicht begeistert davon, dass sich seine vage Vermutung schon in Luft auflöste, lange bevor sie zu einem Verdacht geworden war.

Oswald nahm noch einen Schluck, behielt ihn eine Weile im Mund, bevor er hinunterschluckte, und stellte das Glas auf den Tisch zurück. Dann zeigte er auf de Jong, wie jemand, der eine Eingebung hat und gleichzeitig sicher ist, dass er richtigliegt. »Giulia hat Ihnen das erzählt, was? Das mit der dreizehnten Fee?«

Jetzt war es de Jong, der stutzte. »Wie kommen Sie darauf?«

»Weil ich sie kenne. Mehr als das. Und das klingt nach ihr.«

»Mehr als das? Was meinen Sie damit?«

Der Tagedieb schwieg bescheiden und sah auf einmal rundherum selbstzufrieden aus, was de Jong rasend machte.

»Was wollen Sie damit andeuten? Waren Sie mit ihr zusammen, oder was?«

Oswald beugte sich wieder vor, ergriff sein Weinglas und nahm einen weiteren genüsslichen Schluck. »Da vermuten Sie wohl ganz richtig, mein Freund. Es ist zwar lange her, zugegeben, aber ja, ich würde es so bezeichnen. Giuli ist heute nicht mehr dieselbe, die sie damals war. Und unsere Beziehung – glauben Sie mir das bitte – war nicht einfach. Es kam die Zeit, da wusste ich nicht mehr, ist sie mit mir zusammen oder mit jemand anderem.«

De Jong schüttelte den Kopf. Was zu seinem Ärger noch dazukam, war, dass ihm das verdammt bekannt vorkam.

Oswald, der Gnadenlose, leerte sein Glas und goss sich erneut nach. Nahm es, hielt es hoch und betrachtete den Wein in aller Ruhe im Funkeln des Sonnenlichts. »Da fällt mir ein, Herr de Jong: Sie erwähnte übrigens auch, dass Sie sich schriftstellerisch betätigen.«

»Ich?«

»Genau. Sie, Herr Exkommissar.«

»Ach was, das haben Sie komplett falsch verstanden. Schriftstellerisch betätigen? Das ist nur so eine Art Zeitvertreib, weiter nichts.«

»Nur zu!« Oswald beugte sich vor. Sein sattes Lächeln schwamm in Selbstverliebtheit. »Zeit will schließlich vertrieben werden, sage ich immer, dafür muss man sich nicht schämen. Und wenn ich Giuli richtig verstanden habe, liegt bei Ihnen ein unveröffentlichtes Stück Literatur in der Schublade.«

»Was hat sie denn sonst noch alles so erzählt?«, fragte de Jong misstrauisch. Er war sauer und hatte das Gefühl, getäuscht worden zu sein. Mir sagt sie nichts, außer dass der Kerl aus dem Mund riecht, dachte er, und mit ihm plaudert sie über meine streng privaten Schreibversuche?

»Hören Sie, Herr Kommissar …«

»Exkommissar, wenn überhaupt.«

»Vielleicht haben Sie gestern einen falschen Eindruck bekommen. Von Giuli und mir, meine ich.«

De Jong wollte es nicht, aber in dem Punkt musste er Oswald wohl recht geben. Das Gefühl der Lockerheit und Überlegenheit, mit dem er hergeradelt war, die entspannte Selbstsicherheit, mit der er seine Fragen gestellt hatte, all das hatte sich verflüchtigt. Wie konnte es sein, dass sich diese Unterhaltung so gedreht hatte? Als hätten sie beide die Plätze getauscht.

»Verstehen Sie mich nicht falsch.« Oswald hob den Finger wie ein Ausrufezeichen. »Vieles mag uns trennen, Giuli und mich, aber die Liebe zur Literatur haben wir immer noch gemeinsam.«

»Wie schön!« Der Exkommissar klang spöttisch, regelrecht neidisch, und das war ihm selbst peinlich. »Aber wenn ich an gestern Abend zurückdenke, dann klingen echte Seelenverwandte doch irgendwie anders, finden Sie nicht?«

Der Hausherr nippte an seinem Wein und stellte das Glas auf den Tisch. Er erhob sich, stopfte die Hände tief in die Hosentaschen und richtete seinen Blick zum Horizont. »Ich spreche nicht von gestern«, erklärte er. »Nicht von dem peinlichen Treiben im Landesmuseum. Dieses beschämende Gezänk eitler Intellektueller, die sich für den Mittelpunkt des Universums halten.«

»Na ja, einer von ihnen könnte richtig liegen«, spottete de Jong müde. »Wenigstens theoretisch.«

»Wenn es um Kunst geht, ist kein Platz für kleinlichen Neid.« Oswalds feierlicher Tonfall ließ ahnen, dass er de Jongs banale Witzchen an dieser Stelle nicht für angebracht hielt. »Die reine Wahrheit ist das, was echte Kunst so brutal macht. – Wer hat das noch mal gesagt?«

»Keiner, der noch alle beisammen hat«, vermutete de Jong. Er wollte noch etwas Cooles hinzufügen, als schlagartig der Lärm wieder einsetzte, lauter dieses Mal und in unmittelbarer Nähe. Der Mann mit dem Laubbläser hatte seine Arbeit wieder aufgenommen.

»Ich werde Ihnen mal zeigen, was ich meine.« Oswald, immer noch im pathetischen Modus, winkte de Jong, ihm zu folgen. Süverkrüpp gab er ein knappes Zeichen, worauf der Laubbläser erneut verstummte und der Angestellte sich zu ihnen gesellte. Sie begaben sich gemeinsam auf die andere Seite des Hauses und überquerten eine separate Wiese, ganz in der Nähe des Gesindehauses, jenseits einer sorgfältig gestutzten Brombeerhecke. Süverkrüpp legte sein Gerät ins Gras, schloss einen Schuppen auf und nahm eine Kiste Bücher heraus, während Oswald zu einer Flinte griff, die neben der Tür lehnte. Mit ihr im Arm begab er sich zu einer Apparatur, die auf der Wiese stand. »Das hier ist eine Tontauben-Wurfmaschine«, beantwortete er de Jongs fragenden Blick. »Ich habe mir erlaubt, sie für meine Zwecke ein wenig umrüsten zu lassen.« Er nickte seinem Angestellten zu, worauf der ein Buch aus dem Karton nahm und in das Gerät klemmte.

»Und jetzt passen Sie mal auf.« Oswald legte an; und sobald er mit dem Lauf winkte, betätigte Süverkrüpp die Wurfmaschine. Der Schmöker sauste flatternd und um sich schlagend in den Himmel, der Mann mit dem Gewehr drückte ab und traf. Das Buch zerfledderte, einzelne Seiten segelten wie Federn in der Luft, der Rest stürzte wie etwas tödlich Getroffenes zu Boden. Oswald hielt de Jong das Gewehr hin. »Sie auch mal?«

Der Exkommissar starrte ihn nur entgeistert an.

Oswald knallte noch ein weiteres Buch ab, erst dann reichte er die Flinte an Süverkrüpp weiter und wandte sich wieder seinem Gast zu. »Was will ich Ihnen mit dieser kleinen Demonstration sagen: Kunst – das sind nicht nur Bilder, die man anschaut. Nicht nur Musik, die man anhört. Ein Buch, das man aufschlägt.«

»Sondern ein Buch, das selbst aufschlägt«, sagte de Jong. »Hier auf dem Rasen, von Schrotkugeln durchsiebt.«

»Ich hab's mit einer Guillotine versucht, aber die hat nie richtig funktioniert. Das Ding hier macht viel mehr Spaß.«

»Spaß«, meinte de Jong erleichtert. »Und ich hatte schon befürchtet, das sei Ihr Ernst.«

»Was sonst? Es ist mein voller Ernst«, bekräftigte der Kritiker. »Wahre Kunst ist niemals nett, sie ist immer brutal.«

»Das sagten Sie ja schon. Also, ich werde dann mal wieder ...« Den Exkommissar überkam das plötzliche Bedürfnis, dieser skurrilen Szenerie den Rücken zuzukehren. Er winkte Süverkrüpp zu, der dabei war, die auf der Wiese verstreuten Seiten aufzusammeln.

»Richten Sie Giuli meine Grüße aus«, sagte Oswald, »auch wenn sie mich nicht besonders mag. Und Sie lassen mir Ihren Text einmal zukommen?«

De Jong blieb noch einmal stehen. »Was?«

»Diesen Text, der in Ihrer Schublade schlummert.«

»Wozu, damit Sie auf ihn schießen können?«

»Nun, ich kenne ein paar Leute. Und vielleicht könnte ich Ihnen in Sachen Veröffentlichung behilflich sein.« Oswald setzte ein Grinsen auf wie ein Gebrauchtwagenverkäufer. »Zwar kann ich nichts versprechen, aber es wäre doch schade, wenn man nichts versucht.«

»Lassen Sie mal, aber danke.« De Jong verzog das Gesicht.

»Nur keine Sorge. Giuli war von dem Text angetan und das reicht mir als Empfehlung vollauf.«

*Giulis Empfehlung …* Während de Jong auf die andere Seite des Hauses zurückstapfte, dorthin, wo er sein Fahrrad angekettet hatte, wurmte es ihn, dass beide, sowohl Oswald als auch Giulia, so viel Aufhebens davon machten, einander nicht leiden zu können. *Auch wenn sie mich nicht besonders mag, die Liebe zur Literatur haben wir immer noch gemeinsam.* Mimte der Mann deshalb den durchgeknallten Künstler, der mit der Büchse auf Bücher schoss? Damit de Jong keinen Verdacht schöpfte? *Es ist zwar lange her, aber ja, ich würde es so bezeichnen.* Und wenn alles am Ende eine plumpe Strategie war, ihn davon abzulenken, dass von gegenseitiger Abneigung keine Rede sein konnte, sondern das Gegenteil der Fall war?

Der Exkommissar hatte jedenfalls allen Grund, die dreizehnte Fee im Auge zu behalten.

## 12. Kapitel

Siegessicher und mit dem Gefühl, die Frühlingssonne auf seiner Seite zu haben, war er gestartet. Als er am frühen Abend auf das Alte Mädchen zurückkehrte, fühlte er sich erschöpft, regelrecht erschlagen. Dabei hatte er sich genug Zeit gelassen und fast eine ganze Stunde für den Rückweg gebraucht. Aber der Ärger über das unerfreuliche Gespräch mit Oswald arbeitete weiter in ihm, als hätte er sich damit infiziert.

Rötliches Sonnenlicht flutete das Oberdeck des Hausbootes und zauberte einen idyllischen Abend, der in krassem Kontrast zur trüben Stimmung stand, die der Exkommissar mit sich herumschleppte. De Jong quittierte es mit einem Achselzucken und begab sich unter Deck, um sich dort mit den üblichen Zutaten für einen spaßarmen Abend zu versorgen: eine Tüte Chips, die er knurpsen würde, bis ihm übel wurde, ein Bier, um die Krümel runterzuspülen, und die Fernbedienung, um eine Serie zu streamen, die er vor Ewigkeiten mit Giulia angefangen und bei der er längst den Anschluss verloren hatte. Trübsal allenthalben, während er Gedanken nachhängen würde, denen er schon seit Jahren nachhing. Und sich die üblichen, längst gefragten

Fragen stellte. Fragen, die er sich immer wieder stellte, auch wenn er sie längst beantwortet hatte. Was aus ihm geworden wäre, hätte er sich in einem bestimmten Augenblick anders entschieden oder wäre in die andere Richtung abgebogen. Was er dann alles hätte erreichen können, wie erfolgreich sein Leben wäre, insgesamt viel weniger verkorkst. Selbstredend ging es ausschließlich um Dinge, die nicht mehr rückgängig zu machen waren, weil sie nun mal passiert waren, und die seine Eltern immer als »verschüttete Milch« bezeichnet hatten oder als »Kind, das in den Brunnen gefallen ist«. Und Giulia würde hinzufügen, dass es typisch für ihn sei, seine Zeit damit zu verschwenden, verpassten Gelegenheiten und vermasselten Chancen nachzutrauern, anstatt sich auf das Machbare zu konzentrieren, das, was vor einem lag. Wobei sie einfach niemals einsah, dass das Machbare schlichtweg ungeeignet war, um damit seine Zeit zu verschwenden. Wie auch immer, es würde ein Abend werden, der ihn nicht weiterbrachte und den er am nächsten Tag hoffentlich komplett vergessen haben würde.

Aber aus dem Abend mit verschütteter Milch und Kindern im Brunnen wurde nichts. Als de Jong, schon in Pantoffeln und mit der Chipstüte unter dem Arm, an Deck zurückkehrte, weil er den Flaschenöffner auf dem Tisch liegen gelassen hatte, fiel sein Blick auf die Silhouette einer Frau, die drüben auf der Uferkante stand und möglicherweise zu ihm herübersah. So genau konnte er es nicht erkennen, weil sich die tiefe Sonne in ihrem Rücken befand und ihm direkt ins Gesicht schien. Aber auch als Silhouette erkannte er sie sofort: Scarlett.

Eigentlich kein Wunder, dass sie hier aufkreuzte. De Jong hatte sich vorgenommen, sie aufzusuchen, bis jetzt aber immer Ausreden gefunden.

Sie winkte ihm zu, er winkte zurück, worauf sie an Bord kam.

»Niklas«, sagte sie. »Ich war eben schon mal da, aber du warst ausgeflogen.«

Sie umarmten sich kurz zur Begrüßung. »Tut mir leid, ich wollte dich schon längst besuchen, nachdem ... es passiert ist«, log de Jong.

Für ihn war Scarlett immer eine engelsgleiche Erscheinung gewesen. Was nicht das Geringste mit Flügeln oder einem Heiligenschein zu tun hatte, auch war ihr Gemüt alles andere als fromm oder irgendwie engelsgleich im landläufigen Sinne. Es hatte rein äußerliche Gründe, womöglich war es hauptsächlich ihre Vorliebe für weite Klamotten, lange, hochgeschlitzte Röcke und wehende Tücher. Sie gaben ihrer Erscheinung etwas Entrücktes und ihren Schritten etwas Schwebendes. Manchmal kam ihm ihr Körper fast durchscheinend vor, so wie jetzt, als sie an Bord des Alten Mädchens stand, das Licht der späten Sonne im Rücken. Ihr wehendes Haar, das eigentlich blond war, leuchtete rötlich.

»Wie geht's dir?«

»Keine Sorge, Niklas, ich komme klar.«

»Setz dich doch. Ich hol uns was zu trinken ...«

Als er kurz darauf mit zwei Gläsern, einer Flasche Mineralwasser und einem Bier an Deck zurückkehrte, hatte sie schon am Tisch Platz genommen und drehte den Flaschenöffner in ihrer Hand. »Danke, dass du dich um die Sache kümmerst.«

»Tja, ich …«, de Jong war klar, dass davon keine Rede sein konnte, jedenfalls bis jetzt noch nicht. »Das ist doch selbstverständlich.«

»Dabei bin ich mir gar nicht so sicher, ob ich wissen will, wer ihm das angetan hat«, sagte sie. Und gleich darauf: »Was denkt denn die Kripo?«

»Die steht noch ganz am Anfang, kannst du dir ja denken.« De Jong würde ihr nicht von Bühlow erzählen, der sich noch am Tatort des Mordes auf eine abstruse Spur begeben hatte und mit Theologieprofessoren über die Bedeutung antiker Schriftstellen rätselte. Auch nicht von der Kripo Münster, die immer wieder dankbar für seine Tipps gewesen war, ihm aber ausgerechnet diesmal den Stuhl vor die Tür gestellt hatte. »Was glaubst du denn? Ich meine, du kanntest ihn am besten. Ist dir vielleicht irgendetwas aufgefallen …?«

»Was meinst du?«

»Na ja, war er irgendwie anders in der letzten Zeit?«

»Du kennst ihn doch.« Ein flüchtiges Lächeln huschte über ihr Gesicht. »Ole war immer schräg drauf. Aber das hatte nichts zu bedeuten.«

»Ja, und er hatte auch immer mal wieder Ärger mit irgendwelchen Typen.«

»Schon, aber das war früher.« Sie zuckte mit den Schultern. »Er wollte sich nie festlegen, hat dies und das gemacht. Ja, zum Schluss dann den Computerkram für Oswald, diesen eitlen Kerl.« Sie verzog das Gesicht.

»Den hat er aber hingeworfen, und zwar ausgerechnet an dem Tag, an dem der Mord passiert ist. Weißt du zufällig, aus welchem Grund?«

»Leider nicht.« Scarlett schüttelte den Kopf. »Irgendwann reicht's auch, hat er gesagt.«

»Was reicht?«

»Für andere den Affen zu machen. So hat er sich ausgedrückt.«

»Wer macht schon gern den Affen? Aber wie sollte es weitergehen? Was hattet ihr geplant?«

»Weitergehen?«

»Na ja, mir hat er gesagt, dass ihr eine Auszeit nehmen wolltet. Beziehungsweise du, aber er wollte eine Reise machen.«

»Genau. So war er eben. Steige niemals zweimal in denselben Fluss, das war sein Motto. Bei ihm war das geradezu eine Sucht.«

»Also frage ich mich Folgendes: Er wirft seinen Job hin und plant eine große Urlaubsreise. Wie wollte er die finanzieren?«

Scarlett zuckte mit den Schultern. »Er hatte es jedenfalls vor, so viel steht fest.«

»Diese Dinger, die er früher immer gedreht hat«, kam de Jong darauf zurück. »Keine Sorge, ich weiß von einigen, von denen er mir erzählt hat. Kann es nicht doch sein, dass er da irgendwem auf die Füße getreten ist und …«

»Glaube ich nicht.«

»Du glaubst nicht?«

»Weißt du nicht mehr: vor zwei Jahren oder so. Im Urlaub. Da hat er diesen Porschefahrer dabei gefilmt, wie er seine Freundin schlägt. Das war irgend so ein Serien-Promi aus dem Fernsehen.«

»Ein Kerl namens Wondratschek oder so«, erinnerte sich de Jong.

»So ähnlich. Er hat Ole mit fünf Schlägern aufgelauert und ihn krankenhausreif geprügelt. Das ist ihm ganz sicher eine Lehre gewesen. Ein für alle Mal.«

»Möglich«, bestätigte de Jong. »Als er mich neulich besucht hat, hat er jedenfalls hoch und heilig versichert, dass damit Schluss sei.«

Scarlett hielt ihr Glas hoch, betrachtete die Kohlensäurebläschen, die in der Sonne wie Edelsteine funkelten. »Eine Sache fällt mir jetzt doch noch ein.«

Der Exkommissar wartete.

»Er hat Andeutungen gemacht. Dass wir uns bald endgültig zur Ruhe setzen könnten. So als sollte es eine Überraschung sein. Oder eben nur Wunschdenken.«

»Du weißt also nicht mehr darüber?«

»Leider nicht. Ich wusste ja auch, das hätte er nie gekonnt.« Sie schluckte und wischte sich mit dem Ellenbogen eine Träne von der Wange. »Zur Ruhe setzen, das ist nie Oles Ding gewesen.«

»Aber irgendwas musste er doch haben, wenn er den Job bei Oswald einfach so hinwerfen konnte«, beharrte er.

»Ja. Vielleicht, ich weiß nicht. Jedenfalls hatte ich keinen Grund, an seinen Worten zu zweifeln.«

Das war wieder typisch Scarlett. Ihre Vertrauensseligkeit war ein weiterer Faktor, der zur Aura ihrer Entrücktheit beigetragen hatte. Zum Eindruck, dass sie nicht ganz von dieser Welt stammte. Manche nannten es Naivität oder Gutgläubigkeit. De Jong fand jedenfalls, dass es auch ihre Stärke war.

»Die Sache ist die«, sagte er, »dass Ole mich an dem Abend irgendwas fragen wollte. Und dann ist es nicht mehr dazu gekommen. Ich hab ihn nicht mehr erwischt. Und seitdem frage ich mich, was er wohl von mir gewollt hat. Hast du irgendeine Idee?«

Scarlett zog nachdenklich die Stirn in Falten, und als de Jong sich schon mit einem Nein abgefunden hatte, richtete sie sich auf, genau so, dass die Abendsonne ihr Haar erneut zum Leuchten brachte. »Nein, höchstens einen Namen.«

»Einen Namen?«

»Sagt dir der Name Majewski etwas?«

»Nee«, sagte de Jong. »Wer soll das sein?«

»Ulf Majewski. Er ist so ein reicher Kerl hinter den Kulissen. Ich glaube, beim Münster-Menetekel ist er einer der Hauptsponsoren.«

»Und was ist mit diesem Herrn?«

»Ole hat mit ihm telefoniert, mehrmals. Und sich, glaube ich, auch mit ihm getroffen.«

»Na ja«, meinte de Jong, »wenn er einer der Geldgeber dieser Veranstaltung ist und Ole Frings als Moderator für den Abend angeheuert wurde ...«

»Genau.« Scarlett nickte. »Das ist ganz normal und hat nichts zu bedeuten. Deshalb hab ich Ole ja auch nicht gefragt, worum es ging.«

De Jong nahm sich trotzdem vor, den Mann aufzusuchen. Es konnte nicht schaden, diese Frage nachträglich zu klären.

Scarlett schlug die Beine übereinander, worauf ihr geschlitztes Kleid zur Seite rutschte und ihre sehenswerten Oberschenkel offenbarte. De Jong fand, dass der Anlass ihres Besuchs nicht zu dieser Art erotischer Signale passte, und bemühte sich, nicht hinzusehen. »Noch mal zu der großen Reise, die er machen wollte«, fragte er. »Er hat gesagt, du wolltest nicht mitkommen.«

»Das stimmt.«

»Warum nicht?«

»Was hat er dir denn über uns erzählt?« Sie bedeckte ihre Beine wieder und strich den Rock glatt. »Dass es besser nicht sein könnte? Dass wir eine Bilderbuchbeziehung führen?«

»Du willst damit sagen, das stimmt gar nicht?«

»Sagen wir, nach so vielen gemeinsamen Jahren gibt es zwangsläufig Realitäten, denen man sich stellen muss. Das bedeutet doch nicht, dass es schlecht läuft. Im Gegenteil. Man kennt sich einfach zu gut, verstehst du?«

»Was für Realitäten?«

»Egal. Jedenfalls hielt er nichts davon, sich ihnen zu stellen. Er hat lieber mit Hochdruck an einer anderen Realität gearbeitet. In so was war er gut, weißt du ja.«

Obwohl de Jong Frings eher flüchtig gekannt hatte, wusste er leider zu gut, was sie meinte. Trotzdem überraschte ihn ihre ernüchternde Diagnose. Sie passte so gar nicht zu einem engelsgleichen Wesen, und ihm wurde klar, dass das Bild, das er sich von den beiden gemacht hatte, nur wenig mit der Realität zu tun hatte.

»Also könnte es doch sein«, meinte de Jong, mehr zu sich selbst, »dass er da mit irgendwem irgendwas gedreht hat. Und dass er dann ...«

»Ollie ist kein mieser Erpresser, hör auf damit!«, fuhr sie ihn plötzlich an, dass er zusammenzuckte.

»Aber das sag ich doch gar nicht.«

»Doch, genau das willst du andeuten.«

»Nein. Ich meine nur, dass ...«

»Er ist kaltblütig ermordet worden, und bloß, weil er manchmal ein bisschen herumgesponnen hat, ist das noch lange kein Grund, ihn jetzt zum Schuldigen zu stempeln, merk dir das!«

»Zum Schuldigen stempeln? Aber das ist ja …«

»Ollie war vielleicht seltsam. Hin und wieder. Aber das heißt nicht, dass …«

»Ich weiß«, beschwichtigte de Jong. »Ehrlich, Scarlett, ich versuche doch nur …«

»Dann sag's auch nicht.«

Eine Weile saßen sie sich gegenüber und schwiegen gemeinsam. Ein leichter Wind war aufgekommen. Drüben auf der Warendorferstraße strebten Menschen gruppenweise zu Fuß oder auf dem Rad Richtung Innenstadt, um den Abend in einem Restaurant oder im Kino zu verbringen. Auf dem Kanal sausten zwei Paddelboote vorbei, laut- und schwerelos wie diese spinnenbeinigen Insekten, die man Wasserläufer nannte.

De Jong trank sein Bier und freute sich immer noch über Scarletts Besuch. Schließlich hatte sie ihn vor der verschütteten Milch gerettet. Aber irgendwann beugte sie sich vor und stellte das leere Glas auf dem Tisch ab. »Also, ich werde dann mal wieder«, meinte sie und erhob sich, er auch. Sie berührte seinen Arm. »Versprichst du mir, dass du seinen Mörder findest?«

Versprechen. Wie konnte man so etwas versprechen? De Jong spürte Scarletts Blick auf sich gerichtet und wagte nicht, den Kopf zu schütteln. Er erwiderte ihren Blick, der sehr ernst war, aber nur kurz, dann sah er zur Seite. Es war ihm klar, dass sie von ihm erwartete, dass er es versprach, auch wenn das eigentlich niemand konnte.

»Ich melde mich bei dir, ganz sicher«, sagte er. Er würde nicht versprechen, dass er den Mörder ausfindig machte. Weil er diesen Fehler schon einmal gemacht hatte. Vor langer Zeit, bei seinem ersten Mordfall hier in der Stadt. Damals hatte er es allzu leichtfertig versprochen. Und dann nicht halten können.

## 13. Kapitel

*2004, Frühjahr*

*Sein erster Mordfall, das war Anfang März 2004 gewesen, kurz nach Karneval. De Jong konnte sich gut daran erinnern, weil Karneval für einen seiner neuen Kollegen bei der Kripo Münster ein zentrales Thema war. »Düsseldorf, Meinolf Düsseldorf, Hauptkommissar«, hatte der sich vorgestellt, als sie sich in der Kantine rein zufällig gegenübersaßen. »Und Sie sind der Neue?«*

*»Du«, sagte de Jong. »Niklas de Jong. Schuldig im Sinne der Anklage. Komme frisch von der Kripo Viersen.« Und dann sagte er irgendetwas Peinliches wie: »Tja, wir Niederrheiner müssen zusammenhalten, was?« Nur um das Eis zu brechen. Aber wie sich herausstellte, war das genau die falsche Bemerkung gewesen.*

*»Tja, wenn es mal so wäre. Aber Niederrheiner – davon kann gar keine Rede sein«, widersprach sein Gegenüber und zog dabei ein Gesicht, als hätte de Jong ihn an eine Zeit langer Krankheit und Entbehrungen erinnert. Düsseldorf war schmächtig, er trug das dunkle, leicht fettige Haar sorgfältig nach hinten gekämmt. Die hellgrüne Fliege an seinem Hemdkragen schien so etwas wie sein Markenzeichen zu sein. »Wussten Sie, dass ich gebürtig aus Köln-Nippes stamme?«*

*De Jong quittierte das mit einem vagen Nicken, keinem bejahenden Nicken – woher sollte er das auch wissen –, es war eher eins, das Verständnis ausdrücken sollte. Womit er sein Gegenüber offenbar ermunterte, mehr zu erzählen. Wie schlimm es sei, Düsseldorf zu heißen und in Köln aufzuwachsen. Wobei er gar nicht sagen wolle, dass die Menschen dort intolerant und voller Vorurteile gewesen seien, na ja, nicht alle jedenfalls, aber doch ganz schön viele, sodass es sich am Ende wie alle angefühlt habe. Dass er vor den Karnevalstagen immer einen Heidenrespekt gehabt, an Schlaflosigkeit und Bettnässen gelitten und am Aschermittwoch geradezu aufgeatmet und dem Herrn dafür gedankt habe, dass er die vierte Jahreszeit lebend überstanden hatte. Hauptkommissar Düsseldorf kam gar nicht dazu, sein Mittagessen zu genießen, weil er redete und redete, während er mit seiner krautsalatbewehrten Gabel herumfuchtelte. De Jong sagte mehrmals, dass ihm das leidtue, um Mitgefühl zu signalisieren; aber wirklich leid tat ihm, dass er es mal wieder geschafft hatte, für eine simple Kennenlernplauderei genau im falschen Beet zu landen. Gerade erst hatte er in Münster angefangen, suchte einfach nur Kontakt zu den neuen Kollegen, und dann kam so etwas dabei heraus. Tapfer mampfte er sein Mittagessen, Kartoffelbrei mit Fenchel in Currysoße, und hörte sich schicksalsergeben an, wie sein Gegenüber ihm von seinen Versuchen berichtete, bei der Kripo Köln »wenigstens einen Fuß auf die Erde« zu bekommen. Und wie die Polizeipsychologin ihm eines Tages geraten hatte, sich besser woanders zu bewerben, sodass er schließlich hier gelandet sei. In der Stadt, in der es immer regnete, wenn die Glocken läuteten.*

*»Entweder oder«, stellte de Jong richtig, während eine andere Kollegin am Tisch vorbeiging und die Augen verdrehte,*

*als wollte sie sagen: Tja, mein Lieber, das muss sich hier jeder anhören. »Ich glaube, sie läuten nur, wenn es nicht regnet.«*

*Und schon am nächsten Morgen, kurz nach sieben, war er mit diesem Kollegen unterwegs zu einem Tatort. Düsseldorf verzehrte einen Apfel, den er in der linken Hand hielt, während er mit der rechten hektisch lenkte, immer wieder abrupt abbremste und sich mit vollem Mund über die Radfahrer beschwerte, die sich hier offenbar alles herausnehmen dürften, sodass für den normalen Verkehr kein Durchkommen mehr sei. Bei De Jong verfestigte sich der Eindruck, dass Düsseldorf gern über Dinge lamentierte. So traumatisch seine Kindheit auch verlaufen sein mochte, irgendwie musste er damals auf den Geschmack gekommen sein, ständig mit Widrigkeiten des Lebens anzuecken und sich an Problemen abzuarbeiten, die für normale Augen unsichtbar waren.*

*Sie kurvten noch eine Weile, schließlich hielt Düsseldorf direkt vor dem Eingang eines Wohnkomplexes, wo schon drei weitere Polizeifahrzeuge mit blinkendem Blaulicht standen. »So, dann mal ab ins Vergnügen«, sagte er und stieg aus dem Wagen.*

*Sie befanden sich ganz in der Nähe des Preußenstadions. De Jong war die Gegend halbwegs vertraut, da er sich hier noch kurz zuvor eine Wohnung angesehen hatte. Die Stadt rühmte sich damit, über nur wenige Hochhäuser zu verfügen, und dieses war eins von ihnen. Von den Bewohnern »weißer Riese« genannt, war es für die einen eine Sehenswürdigkeit aus den Sechzigern, für andere galt es eher als Bausünde und sozialer Brennpunkt. Hauptkommissar Düsseldorf verzehrte einen weiteren Apfel, während sich der Aufzug mühsam in den zehnten Stock hinaufarbeitete, und wollte sich gar nicht vorstellen, wie es wäre, wenn der mal ausfiel.*

*Am Tatort, einer engen Zweizimmerwohnung mit Blick auf das Preußenstadion, vergingen Düsseldorf schlagartig die Frotzeleien. Von einem Augenblick auf den anderen wurde er weiß wie die Wand. Er stellte das Kauen ein, begann stattdessen zu würgen. »Tut mir leid, ich …«, stieß er hervor. Dann machte er abrupt kehrt und rannte nach nebenan, ins Bad, um sich zu übergeben.*

*»Hey, das ist ein Tatort!«, protestierte einer von der SpuSi, aber es war zu spät, außerdem: Was sollte Düsseldorf denn machen? Noch während der Kollege protestierte, gab der Hauptkommissar alles von sich, anderthalb Äpfel und dann noch alles andere, was er an diesem Tag schon gegessen hatte.*

*De Jong konnte es ihm nicht mal verdenken. Es war ein grauenhafter Anblick: zwei Leichen, eine männlich, die andere weiblich, beide unbekleidet. Die Frau baumelte an einem Strick – nein, es war eher eine Hundeleine, die an einem Deckenhaken befestigt war. Der Mann lag auf dem Boden in einer Blutlache, der Griff eines Messers ragte aus seiner Brust. Und auch in seinem Mund steckte etwas, das de Jong zunächst nicht identifizieren konnte.*

*»Seltsam, nicht wahr?«, sagte jemand neben ihm. »Dieses Ding da in seinem Mund.«*

*De Jong drehte sich zu dem Mann um. Ein kräftiger Kerl mit der kompakten Figur eines Rugbyspielers, rundes Gesicht, rötliches, zum Scheitel gekämmtes Haar. »Sie sind …?«*

*»Küppers, Eugen. Mordkommission.«*

*»Mordkommission? Aber das sind wir.«*

*»Weiß ich doch. Unser Neuer und der kranke Mann vom Niederrhein.«*

*»Er kommt aus Köln«, korrigierte de Jong, konnte den Blick aber nicht von den geschändeten Körpern abwenden. Das*

*fängt ja gut an, dachte er. Gleich als Erstes eine solche Orgie an Brutalität. Dabei hatte er gedacht, Münster sei ein Hort bürgerlicher Vorbildlichkeit und allerhöchstens die Welthauptstadt der Bagatellvergehen.*

*»Mag ja sein, aber betrachten Sie mich einfach als eine Art Sonderermittler«, schlug Küppers vor.*

*»In welcher Angelegenheit?«*

*»In Fällen wie diesen. Sogenannten Ausnahme-Mordfällen.«*

*»Würden Sie nicht sagen, dass Morde immer eine Ausnahme sind?«*

*Küppers machte einen Schritt vorwärts, ging in die Hocke und berührte mit einem Kugelschreiber das silberne Ding im Mund der männlichen Leiche. »Gerrit Bernauer, Inhaber der Buchhandlung Bernauer. Die ist unten am Domplatz«, sagte er. »Sie«, er deutete auf die Ermordete, »heißt Kerstina Döring, arbeitet als Therapeutin. Und das hier ist eine Mundharmonika. Nun, an was lässt uns das denken?«*

*»Daran, dass der Mörder über eine kranke Fantasie verfügt«, sagte de Jong. Er hasste diese Art, Überlegenheit zu generieren, indem man einen vermeintlichen Wissensvorsprung in Prüfungsfragen kleidete.*

*»Falsch«, gab Küppers zurück. »Es lässt uns an einen Film denken.* Spiel mir das Lied vom Tod. *Dieser inszenierte Mord ist ein Zitat.«*

*»Und das bedeutet?«*

*»Dass wir da ansetzen müssen. Der Mörder spricht zu uns. Wir sollten aufmerksam zuhören.«*

*De Jong schüttelte den Kopf. »Also, was mich angeht, habe ich nicht das Bedürfnis, mit dem Kerl zu sprechen. Ich will ihn festnageln und hinter Gitter bringen. Und deshalb wer-*

*den wir …« Er sah sich nach seinem Kollegen um, aber der war noch nicht aus dem Bad zurück. Die Spülung ging, dann hörte man Düsseldorf mit einem Kollegen von der Spurensicherung diskutieren, der sich darüber beschwerte, dass der Kommissar wertvolle Spuren vernichtete.*

*Küppers legte de Jong die Hand auf die Schulter, eine väterliche Geste. »Vielleicht sollten Sie sich erst mal um den Kollegen kümmern.«*

* * *

*Düsseldorf fiel aber erst einmal aus. Wie sich herausstellte, war das, was ihn am Tatort außer Gefecht gesetzt hatte, gar keine akute Übelkeit angesichts des blutigen Schauplatzes gewesen, sondern ein äußerst hartnäckiger Magen-Darm-Virus, der ihm in der ganzen nächsten Woche zu schaffen machte. Was den anderen Kollegen anging, ergab sich, dass Hauptkommissar Eugen Küppers kein Sonderermittler war, sondern ein stinknormaler Kripobeamter, der sich selbst den Status des Sonderermittlers quasi verliehen hatte. Weil, wie er sich ausdrückte, er einen siebten Sinn für Serienmörder habe. Und da Düsseldorf vorerst ausfiel, sprang er für den erkrankten Kollegen ein.*

Spiel mir das Lied vom Tod. *Ein deutlich angestaubter, leicht schwülstiger Italowestern, laut Hauptkommissar Küppers aber »absoluter Kult«. De Jong besorgte sich den Film auf DVD. Es war ein opernhaft inszenierter Streifen über einen Mann auf einem Rachefeldzug. Als Kind hatte er mitansehen müssen, wie ein paar Fieslinge mit schwarzen Hüten und langen Mänteln nur so zum Spaß seinen Vater umbrachten. Und jetzt zahlte er es ihnen, einem nach dem anderen, kaltblütig heim. Zugegeben, es gab Übereinstimmungen: Der Mann war erhängt worden, genauso wie Frau Döring. Und den Jungen hatte man gezwungen, Mundharmonika zu spielen, bis er nicht mehr konnte. Der Mörder hatte Bernauer eine Mundharmonika in den Mund gesteckt. De Jong überzeugte das aber nicht. Denn zu viel passte eben auch nicht zusammen: Nicht ein Mann war umgebracht worden, sondern ein Paar, ein Mann und eine Frau. Und die beiden waren nackt gewesen. All das kam im Film nicht vor.*

*»Sie denken also, dass sich da jemand rächen wollte?«*

*»Nein, ich glaube nicht, dass Rache das Motiv ist«, sagte Küppers.*

*»Sondern was?«*

*»Er hat das alles arrangiert. Den Tatort. Wir sollten ihn genau so vorfinden. Ich denke eher, es war eine Art Ritual. Der Mann, den wir suchen, ist wahrscheinlich auf den Geschmack gekommen.«*

*»Was meinen Sie denn damit?« De Jong musste sofort an Düsseldorf denken, wie er sich die Seele aus dem Leib gekotzt hatte. Und de Jong selbst wurde immer noch übel, wenn er sich das Szenario vor Augen führte, das Summen der Fliegen hörte und den Geruch von Blut schmeckte.*

*»Ich meine damit, dass der Kerl es wieder tun wird«, sagte Küppers, und de Jong fand, dass er sich anhörte wie einer dieser toughen Kerle im US-Fernsehen. »Weil ihm klar geworden ist, dass Morden seine Art und Weise ist, sich der Welt mitzuteilen. Glauben Sie mir oder nicht, wir haben es mit einem Serientäter zu tun.«*

*De Jong neigte zu Letzterem. Schließlich war es eine Binsenweisheit, dass der Täter in den allermeisten Fällen im persönlichen Umfeld des Opfers zu finden war. Serienmörder da-*

*gegen waren in der realen Welt eine kriminalistische Seltenheit, ihre überdimensionale mediale Präsenz verdankten sie hauptsächlich dem breiten Fernsehpublikum, das bekanntlich eine Vorliebe für Serien hatte. Also ermittelte die Kripo im Umfeld der Opfer. Kerstina Döring war eine Bibliotherapeutin gewesen, die ihren Klienten die heilsame Wirkung des Lesens nahegebracht hatte. Ihre Praxis hatte nicht gerade großen Zulauf gehabt, insgesamt gab es nur vier aktuelle Patienten und neun ehemalige. Alle lobten einmütig ihre einfühlsame Art und betonten, wie sehr die Therapie sie weitergebracht hätte. Manche beklagten allerdings, dass die Kosten nicht einmal anteilig von der Krankenkasse übernommen worden seien.*

*Küppers, der Möchtegernsonderermittler, zog mit, aber seine zähe Art und Weise machte deutlich, für wie uninspiriert und wenig effektiv er diese althergebrachte Form des Ermittelns in alle Richtungen hielt. Und das, wo sie doch gehörig unter Druck standen. Der Chef verlangte baldige Ergebnisse, möglichst schon gestern, weil ihm die Presse im Nacken saß, nicht nur die lokale. Das Fernsehen hatte den Doppelmord am Berg Fidel zur grausigsten Bluttat in der Geschichte der Stadt gekürt. Und das unfreiwillige Ermittlerpaar kam nicht recht voran, weil es sich selbst im Weg stand.*

*Glücklicherweise stießen sie dann doch auf eine Spur. Auf eine, die praktisch direkt vor ihnen lag. Bernauers Buchladen war eine winzige Klitsche in der Innenstadt, ausgestattet mit staubigem Mobiliar aus den Siebzigerjahren. In den Regalen herrschte Chaos, ein Bildband über die astronomische Uhr von Münster stand neben einem evangelischen Gesangbuch und einer staubblinden Ausgabe von Mario Puzos* Der Pate. *Taschenbücher über das Briefmarkensammeln mischten sich mit* altertümlichen Edgar-Wallace-Krimis. De Jong betrat das Geschäft an einem regnerischen Donnerstagmorgen, außer ihm befand sich kein Kunde im Laden. Hinter der Kasse stand Noemi Struck, die alle zwei Wochen aushalf, eine Studierende der Mathematik mit einer großen Brille und einem breiten Lächeln.

»Nicht gerade viel Betrieb«, fand de Jong. »Wie schafft man es bloß, den Laden am Laufen zu halten?«

»Na ja.« Noemi lächelte. »Sie brauchen halt ein Nischenthema, dann geht das.«

»Aber das hier«, der Hauptkommissar deutete auf einen Straßenatlas von Skandinavien neben einer Gesamtausgabe der Werke Edgar Allan Poes, »wirkt auf mich relativ unthematisch.«

»Da haben Sie wohl recht.« Jetzt wurde das Lächeln geheimnisvoll, fast schon ein bisschen lasziv. »Aber für die echte Stammkundschaft haben wir ja unser Hinterzimmer, nicht wahr?«

Und so erfuhr de Jong rein zufällig, dass sich der Laden auf extravagante erotische Literatur spezialisiert hatte und in der Stadt als die einzige Adresse für Derartiges galt. Im Hinterzimmer, das mindestens so groß war wie der Rest der Buchhandlung, fanden sie Wissenswertes und reich Illustriertes über ausgefallene Liebestechniken und dunkle Gelüste, die viele, die nicht zur »echten Stammkundschaft« gehörten, vielleicht als schräg oder wenigstens abgedreht bezeichnet hätten. Das ABC der Zoophilie beispielsweise oder: Wie date ich meine vierbeinige Freundin? Es gab auch Ratgeber über spezielle Würgetechniken und eine Abhandlung über den Orgasmus im Angesicht des Todes: Der kleine Tod als reales Nahtoderlebnis. Interessant im Zusammenhang mit dem aktuellen Kriminalfall: Wie man Musikinstrumente als Sextoys einsetzt.

*»Gute Arbeit!«, lobte Küppers endlich. »Musikinstrumente wie zum Beispiel Mundharmonikas. Das kommt Ihnen sicher bekannt vor.«*

*»Dann ist das Ding also doch kein Filmzitat?«, wandte de Jong ein.*

*»Ich sag ja nicht, dass wir schon einen Verdächtigen haben. Aber dieser Buchladen, der ist das Milieu unseres Täters, hundertpro. Sein gedanklicher Hintergrund sozusagen. Wenn nicht, ess ich meinen Hut.«*

*Ich ess meinen Hut – auch so eine Redensart aus den Siebzigern, wenn nicht aus den Sechzigern. De Jong war zunächst skeptisch, aber als klar wurde, dass Bernauers Buchladen als Treffpunkt einer obskuren Szene fungierte, neigte er dazu, sich Küppers Vermutung anzuschließen. Jeden zweiten Dienstag im Monat traf sich im muffigen Hinterzimmer der Buchhandlung der Lesekreis* De Sade & Friends.

*»Treffer!« Eugen Küppers freute sich wie ein Kind. »Diese Jungs werden wir uns zur Brust nehmen.«*

*Auch de Jong war erleichtert, dass die Ermittlung jetzt Fahrt aufnahm. Und dass sich aufgrund dessen das Verhältnis zu Küppers deutlich entspannte. Gemeinsam planten sie, den Lesekreis zu infiltrieren. De Jong würde den De-Sade-Fan geben und sich unter die Leser mischen, und Küppers würde im zweiten Schritt »den Laden hochnehmen«.*

*Für diesen Tag hatte Kollege Düsseldorf angekündigt, sich wieder zum Dienst zu melden. De Jong begab sich in die Kantine und stellte sich auf weitere Dönekes aus einer schwierigen Kindheit in Nippes ein. Doch daraus wurde vorerst nichts: Als der Hauptkommissar gerade eingeparkt hatte und das Auto verließ, wurde er von dem rückwärtsfahrenden Pkw einer Kollegin aus der Verwaltung angefahren. Er hatte Glück im Unglück, fiel aber mit seinem gebrochenen Fuß für weitere zwei Wochen aus.*

*»Hauptkommissar de Jong?« Er war auf dem Rückweg vom Mittagessen in sein Büro, als ihm auf dem Flur eine Frau in den Weg trat. »Könnte ich Sie sprechen?«*

*Evastina Bernauer, die Schwester des Ermordeten. Sie war eine eindrucksvolle Erscheinung: klein, fast kindhaft, aber nicht unscheinbar. Sie hatte langes, wallendes Haar und dunkle Augen, in denen eine intensive Traurigkeit lag. De Jong, der sich damals in einer kurzen lyrischen Phase befand, kam der Vergleich mit einem Vogel in den Sinn, einem Vogel mit prächtigem Gefieder, dessen Flügel gebrochen waren. Vielleicht hätte er sie unter anderen Umständen mit den üblichen Ausweichfloskeln abgefertigt: Wir tun momentan alles, um den Mörder Ihres Bruders zu finden. Es tut mir leid, dass wir Ihnen zum jetzigen Zeitpunkt noch keine Ermittlungsdetails mitteilen können.*

*Vielleicht unter anderen Umständen, welche immer das sein mochten. Aber so, wie sie jetzt da vor ihm stand, hatte de Jong das Gefühl, dass sich die Mordermittlung in diesem Moment entscheidend veränderte. Ab jetzt war es nicht mehr nur sein Ehrgeiz, den ersten Mordfall in dieser Stadt erfolgreich aufzuklären. Zu zeigen, was er kriminalistisch draufhatte. Vielleicht war es ihre intensive Traurigkeit, die den Ausschlag gab. Dafür, dass er wild entschlossen war, dafür zu sorgen, dass sie aus ihren Augen verschwand und das Lächeln zurückkehrte. »Wir werden den Kerl kriegen«, versicherte er, »ganz sicher. Vertrauen Sie mir.«*

*Die Traurigkeit verschwand nicht, aber Frau Bernauer deutete ein Lächeln an. »Versprechen Sie mir das, Herr Kommissar.« Es war eine Aufforderung, keine Frage.*

*Und de Jong versprach es.*

## 14. Kapitel

Der Titel des Bildes lautete *Sonniger Weg*. Es zeigte ein junges Paar, bestehend aus einer Frau mit Hut und einem Mann neben ihr, die sich auf einem Spaziergang über ein Geländer beugten und auf einen See hinunterblickten – vielleicht war es auch nur ein Teich, das war schwer zu sagen, weil sich das Gewässer außerhalb des Bildes befand. Auf dem Weg näherte sich eine Mutter mit einem Kind an der Hand. Das Bild war eine lichtstrotzende Feiertagsidylle in Gelb, Orange und Rot – der Baum mit seinem Blätterwerk, der Weg, das Kleid der Frau, alles leuchtete nur so im Sonnenlicht.

Es war später Nachmittag, schon nach fünf. Im Museum herrschte kaum Betrieb. Sie befanden sich in einem Raum, der ausschließlich Bilder von August Macke zeigte, im ersten Stock des Altbaus. Wände und Auslegeware hielten sich mit dezenten Blautönen zurück, um die Gemälde gebührend strahlen zu lassen. Er hockte auf einer blau gepolsterten Sitzbank mitten im Raum, auf der man verweilen und in aller Muße die Kunstwerke betrachten konnte. Links neben der Bank wartete der Rollstuhl, den er ausgeliehen hatte. Und rechts neben ihm saß sie.

Eine Frau, er schätzte sie auf Mitte oder Ende zwanzig, kurzes Haar, schlank, recht attraktiv. Der Typ Powerfrau. Mit leicht zusammengekniffenen Lippen daddelte sie auf ihrem Smartphone und schien ihre Umgebung nicht wahrzunehmen. Endlich bekam sie doch mit, dass er sie anstarrte, und musterte ihn unfreundlich. »Schon mal was von Privatsphäre gehört?«

»Entschuldigen Sie.« Er grinste. »Es lag mir fern, Sie anzustarren.«

»Geschenkt. Passiert mir dauernd.« Dabei verzog sie nicht mal das Gesicht.

Er wartete einen Augenblick, sie hatte sich schon längst wieder ihrem Display zugewandt. »Aber ich frage mich, warum Sie nicht lesen?«

Die Frau ließ das Smartphone sinken und starrte ihn an, als hätte er laut gerülpst. »Wie bitte?«

»Nun ja, nicht wegen der Bilder, aber das hier sind die berühmten Büchertage. Sind Sie denn nicht deshalb in der Stadt?«

»Von Büchertagen weiß ich nichts. Ich wollte eigentlich nach München, klar? Münster statt München. Das Navi hat gesponnen.«

»Das ist ein Scherz, oder?«

»Autovervollständigungsfunktion. Und jetzt bin ich schon mal da und seh mir die berühmten Käfige an. Was anderes gibt's hier ja auch nicht.« Sie wedelte mit dem Gerät im Raum herum. »Na ja, bis auf diese Gemälde hier, die sind cool.«

»Aber wo Sie jetzt schon mal hier sind, da sitzen Sie einfach da und tippen blöde auf Ihrem Display herum, anstatt die Chance zu nutzen und ein gutes Buch zu lesen?«

»Blöde … hallo?« Angeekelt verzog sie das Gesicht. »Bücher lesen? Das ist mega out. Nur was für Greise wie Sie, entschuldigen Sie den Ausdruck. Aber wer liest heutzutage noch Bücher? So viele Buchstaben – wer hat denn Zeit für so was?«

»Greise wie ich.«

»Genau.« Die Powerfrau nickte weise und verlegte sich wieder aufs Daddeln.

»Und wenn Sie's mal versuchen?«

Zum Zeichen, dass sie jetzt echt genervt war, stieß sie einen stimmhaften Seufzer aus. »Was denn noch?«

»Sehen Sie das Buch hier?« Er hatte seine Jutetasche gezückt und holte einen Band heraus. »Ich habe es zufällig dabei. Es heißt *Ulysses*, aus der Feder von James Joyce. Eins der bedeutendsten Werke der Literatur.«

»Was bilden Sie sich ein? Das ist mir viel zu dick. Wie ich schon sagte: mega viele Wörter.«

»Also gut, dann das hier: *Winnie the pooh* von Alan Alexander Milne, auch Weltliteratur. Vielleicht wäre eher das etwas für Sie.«

»Nein und noch mal nein.« Demonstrativ rückte sie jetzt von ihm ab, war aber nicht bereit, den Sitzplatz seinetwegen aufzugeben. »Und vielleicht ist Ihnen aufgefallen, dass ich hier gerade streame. Wenn es Ihnen also nichts ausmacht …«

Von da an ignorierte sie ihn. Er blieb neben ihr sitzen und starrte wieder das Bild an, diese Orgie aus Gelb und Orangetönen. Ziemlich übertrieben, fand er. Kitschig fast. Klarer Fall von über das Ziel hinausgeschossen. So sonnig war in Wirklichkeit kein Weg. Und wenn, wer bekam das schon mit? Diese Tussi jedenfalls nicht.

Erneut wendete er sich ihr zu. »Ehrliche Antwort? Es macht mir etwas aus. Damit habe ich aber schon gerechnet. Mit Ihrer Leseunwilligkeit. So oder so – es ist ein Jammer.«

»Womit gerechnet? Hören Sie endlich auf, mich zu belästigen, oder ich rufe jemanden.«

Nur dass gerade im Moment weit und breit niemand war. Das kam hin und wieder vor, zu Tageszeiten, an denen nicht viel los war. Und so war es nicht mehr als eine leere Drohung. Er zog den Zettel aus der Tasche, den er vorbereitet hatte. »Okay, was halten Sie denn davon, können Sie das wenigstens lesen? Das sind nicht mega viele Wörter.«

»*Wer das liest, ist tot?* Hören Sie, was sind Sie für einer, haben Sie irgendein Problem? Was … machen Sie! Nein …«

Da hatte er aber schon zugestochen. Der Zettel hatte ihm nur als Ablenkung gedient. Er hatte das mal beim Arzt gesehen, der so was Ähnliches gemacht hatte, bevor er ihm eine Spritze verpasste. Natürlich wollte sie aufstehen und weglaufen, aber das hätte ihr nichts mehr genutzt. Also genügte es, wenn er sie fast sanft an den Schultern festhielt. »Warten Sie«, sagte er. »Es dauert nicht lange …«

In der Schule hatten sie immer diese Zettel geschrieben: *Wer das liest, ist doof.* Man gab es jemandem zum Lesen und fand das lustig. Weil in dem Moment, da derjenige es gelesen hatte, klar war, dass er doof war. Mutter hatte zwar immer wieder gesagt, Lesen bildete. Aber was nutzte einem das, wenn man trotzdem ein Blödmann war. Das hatte ihn lange beschäftigt. Es konnte überhaupt nicht sein, hatte er gesagt, es war nämlich genau anders herum: Wenn er das *nicht* lesen könnte, dann wäre er ein Blödmann, aber die hatten nur gelacht, so wie sie immer gelacht hatten, wenn er irgendwas gesagt hatte, egal was, oder jedenfalls meistens. Auch Tina aus seiner Klasse, die sich bei den Lehrern einschleimte ohne Ende und sich wer weiß was einbildete, ihn aber nicht ein einziges Mal angesehen hatte. Sie hatte gelacht, und er hatte nichts dagegen unternommen. Nur, weil er damals noch nicht vom Mundharmonika-Mann gehört hatte.

Heute würde ihr das Lachen schon bald vergehen, dafür würde er sorgen.

## 15. Kapitel

Auf Exhauptkommissar de Jongs Hausboot gab es tatsächlich eine Schublade, in der ein Manuskript steckte. Kein vollständiges, sondern ein angefangenes oder, noch genauer, eins, das irgendwo in der Mitte stecken geblieben war. Es handelte sich um einen Fantasyroman. Odysseus und seine Gefährten, die durch einen radioaktiven Unfall auf Stecknadelkopfgröße geschrumpft worden waren, fanden sich auf dem Rand eines Suppentellers wieder. Die Geschichte erzählte, wie es ihnen gelang, aus einer halbierten Pistazienschale ein Boot zu zimmern und in See zu stechen. Wie sie unzählige Abenteuer auf ihrer turbulenten Überfahrt über die Suppe erlebten. Als Kinderbuch hatte es begonnen, im Laufe der gefährlichen Suppenüberquerung aber immer mehr mit der Horrorliteratur geliebäugelt, um schließlich in Richtung Gegenwartsliteratur zu driften. Bisher gab es aber erst sechs Kapitel, und über den Schluss hatte de Jong noch gar nicht nachgedacht. Weil er das Gefühl hatte, dass es kein großer Wurf war. Vielleicht nicht einmal ein kleiner. Deshalb hatte er es, sobald er das sechste Kapitel abgeschlossen hatte, zusammengepackt und in der Schublade verschwinden lassen. Da lag es seit Langem, ohne dass er seitdem noch mal einen Blick hineingeworfen hätte. Was er auch nicht vorhatte. Aber wegwerfen kam auch nicht infrage. Schließlich steckten Einfälle, Geistesblitze und gute Momente darin, die man nicht so einfach in den Müll schieben konnte. Und vielleicht bekam es ja eines Tages doch eine Chance? Das war ja das Seltsame an frei erfundenen, aber eben einmal niedergeschriebenen Texten: Sie verstaubten in Schubladen ungelesen und lauerten immer darauf, dass eines Tages doch noch ihre Stunde schlug.

Es ausgerechnet jetzt herauszuholen und einem Kerl wie Oswald in die Hand zu drücken, schien ihm aber keine gute Idee zu sein. Der eitle Kerl, der Giulia auf diese unverschämt intime Weise Giuli nannte, obwohl er aus dem Mund roch, war am Ende sogar mordverdächtig. Mordverdächtig?, meldete sich eine innere Stimme, es war die der Vernunft, und sie klang unverhohlen spöttisch: Der Mann hat ein Alibi. Und hast du eigentlich mal gezählt, wie oft du Männer, auf die du Giulias wegen eifersüchtig warst, zu Mordverdächtigen erklärt hast? Verstehst du das unter seriöser Ermittlungsarbeit? De Jong ließ das unkommentiert, er war es gewohnt, dass die Stimme der Vernunft ihren Spott über ihn ausgoss.

Ganz im Gegenteil, dachte er. Er würde sich eben nicht in nebulösen Mutmaßungen verlieren, so wie Achim Bühlow, die dann zwangsläufig zu hahnebüchenen Vorverdächtigungen führten. Stattdessen würde er sich zum Beispiel mit diesem Majewski befassen, den Scarlett erwähnt hatte, dessen Name ihm bis jetzt nichts sagte. Weshalb er beschloss, ihn zu googeln.

Ulf Majewski, Hauptsponsor von *Münster liest!* und insbesondere Förderer des Menetekels. Er war Inhaber von Majewski Sanitärkonzepte GmbH, deren Spezialität die Herstellung vollautomatischer Toiletten für Autobahnraststätten und öffentliche Gebäude war. Ein Foto zeigte ihn und seine Gattin Irmgard breit grinsend auf einer Veranstaltung in einem Festzelt, auf der rot-weiß gestreifte Fahnen geschwenkt wurden. Laut Bildunterschrift die Gründungsversammlung der westfälischen Werteunion, WWU.

Sein Handy brummte, er ging ran.

»Herr de Jong?« Eine weibliche Stimme. »Hier ist Estella Nürburg. Ich habe einen Anschlag auf Sie vor.«

»Aber wir kennen uns überhaupt nicht.« Seltsamer Einwand, dachte de Jong im selben Moment. Seit wann musste man denjenigen kennen, auf den man einen Anschlag verübte?

»Ein Kripomann hat Sie empfohlen, ein Hauptkommissar Bührow …«

»Bühlow«, sagte de Jong. »Was kann ich denn für Sie tun?«

»Er sagte, Sie seien gut.«

»Gut worin?«

»Nun, im Aufklären von Sachverhalten. Delikater Sachverhalte.«

»Delikat? Sprechen wir von essbaren Dingen?«

»Aber nein!« Frau Nürburgs Stimme war selbst für eine weibliche Stimme ungewöhnlich hoch. Sie bewegte sich auf einer Frequenz, die im roten Bereich lag und im Ohr ein unangenehmes Sirren erzeugte. »Es hat mit den unschönen Vorfällen im Umfeld unseres Lesefestes zu tun. Wäre es Ihnen wohl möglich, mich aufzusuchen? Ich würde so etwas nur ungern am Telefon besprechen.«

De Jong konnte dem nur beipflichten; offenbar war sich diese Frau der verstörenden Wirkung ihrer Stimme bewusst und schien verantwortungsvoll mit ihr umzugehen. Also sagte er zu und ließ sich Frau Nürburgs Adresse geben.

Etwa eine halbe Stunde später, es war am Mittwoch gegen neun Uhr, überquerte er auf der Tormin-Brücke den Aasee, hielt sich links und erradelte einen anderen, ordentlicheren Teil der Stadt, der von manchen auch als »Münsters Upper Westside« bezeichnet wurde. Es war ein ruhiges Viertel, geradezu erschreckend ruhig, wenn man bedachte, dass der allgemeine Lärmpegel des nahen Zentralfriedhofs im Schnitt deutlich höher lag. Die Straßen waren sauber und aufgeräumt, und nach zehn Uhr abends hörte man selten noch einen Laut – kein Gröhlen von Betrunkenen, kein Hundegebell, nur hin und wieder Fahrradklingeln; und gelegentlich, an Sommerabenden, drang das *Plopp!* der Tennisbälle von den Sportplätzen am See herüber. Eigentlich war das hier kein Stadtviertel, sondern eher eine Ansammlung von Doppelhäusern, die in korrekter Weise an der Straße aufgereiht waren. Gepflegte Vorgärten mit Kurzhaarrasen sorgten für gebührenden Abstand vom Bürgersteig. Eine korrekte Welt, in der man sich allerdings fragen mochte, ob Leistung sich wirklich lohnte, wenn am Ende dann doch nicht mehr heraussprang als ein gepflegtes Eigenheim mit Kurzrasen in dieser erschreckend ruhigen Gegend.

Das fünfte halbe Doppelhaus auf der linken Seite war Estella Nürburgs Zuhause. Prunkstück ihres Vorgartens, dessen Rasenkante von bunten Stiefmütterchen gesäumt wurde, war ein kleiner Pavillon im Jugendstil, der wohl ausschließlich dazu diente, Vorübergehenden den verstörenden Anblick von Mülltonnen zu ersparen. Vor der Haustür hockte eine Katze mit langem, hellgrauem Fell, das an Auslegeware erinnerte. Sie musterte de Jong misstrauisch und räumte nur ungern ihren Platz, als der Exkommissar sich anschickte, über sie zu steigen. Noch bevor er Gelegenheit hatte, den Klingelknopf zu betätigen, öffnete sich die Tür.

»Kommen Sie nur herein, Herr Kommissar!«, rief die gefürchtete Stimme. Immer noch klang sie schrill, hatte aber im Freien nicht mehr die verheerende Wirkung wie am Telefon.

»Exkommissar«, sagte de Jong und betrat einen hellgrün gefliesten Flur, den ein Buntglasfenster in Gelb- und Brauntönen nur spärlich erhellte. Wenigstens konnte de Jong zwei weitere Katzen erkennen, die ihn ebenso misstrauisch musterten, eine getigerte und eine flauschig weiße. Die graue, die draußen herumgelungert hatte, war ihm ins Haus gefolgt. »Hallo, Katzen«, sagte er.

»Keine Katzen«, stellte die Hausherrin richtig. »Das sind allesamt Kater. John, George und Ringo.«

»Fehlt nur noch Paul.«

Frau Nürburg nickte und sah für einen Moment traurig aus. »Na ja, Paul ist eines Tages nicht wiedergekommen. Er hat sich immer rumgetrieben, aber das sieht ihm gar nicht ähnlich. Tja, man soll die Hoffnung nicht aufgeben.« Sie winkte de Jong, ihr ins Wohnzimmer zu folgen. »Kann ich Ihnen etwas anbieten, Kaffee, Tee?«

Estella Nürburg, Mitte, vielleicht Ende dreißig, war schlank – nicht zu schlank, dass man sie als dürr hätte bezeichnen müssen, aber auch schlank genug, um einen an Bezeichnungen wie »füllig« oder »gut gebaut« erst gar nicht denken zu lassen. Es war eine perfekt austarierte Schlankheit. Ihr mädchenhaftes Äußeres umgab eine Wolke blumigen Parfums. De Jong fragte nach Orangensaft und bekam einen. Mit dem Glas in der Hand versank er in einer Couch mit hellgrauem, langhaarigem Stoffbezug, der exakt den Farbton und die Haarlänge der Katze Nummer eins hatte. Als ob die beiden irgendwie verwandt wären.

»Eine schlimme Sache, dieser Mord.« Frau Nürburg hielt eine gläserne Tasse in der Hand, die mit einer heißen Flüssigkeit gefüllt war, in der ein Teebeutel schwamm. »Sie sind gar nicht mit diesem Fall befasst?«

»Wie gesagt, ich bin nicht mehr bei der Kripo«, sagte de Jong.

Sie nahm ihm gegenüber Platz, in einem katzenfarbenen Sessel. Und de Jong verfiel dann doch wieder in seinen Kriminalistentonfall: »Der Kollege Bühlow erwähnte, Ihnen sei eine Person aufgefallen, die sich nach der Veranstaltung eventuell mit Herrn Frings getroffen hat?«

»Ja, aber ich kannte ihn nicht. Es war ein Mann, so um die vierzig, würde ich sagen. Im Beschreiben bin ich ganz schlecht. Aber ich glaube, Herr Frings hatte den Herrn erwartet.«

»Wieso nehmen Sie das an?«

»Weil ich ihn im Anschluss an das Menetekel zum Essen einladen wollte. Aber er lehnte ab mit der Begründung, er sei verabredet.«

»Und Sie sind sozusagen die Chefin dieser Veranstaltung?«

»Nun ja, Chefin ...« Estella Nürburg verzog das Gesicht zu einer Art Lächeln, in dem aber etwas Lauerndes lag. Oder Zupackendes. Als wäre ihr mäuschenhaftes Auftreten nur Tarnung, wie bei einer Pflanze, die mit prächtigen Blütenfarben Insekten anlockt, um sie dann plötzlich mit einem Haps zu verschlingen. Oder wie bei Katzen, deren kindchenhaftes, unschuldiges Antlitz darüber hinwegtäuscht, dass sie in Wahrheit grausame Raubtiere sind. Dann beklagte sie sich wortreich, dass das Chefsein für sie weniger eine Ehre als eine Bürde sei, die auf ihren Schultern laste. Die Verantwortung für all die Mitarbeiter und Mitarbeiterinnen und für das Buch, das gelesene Buch, welches seit jeher ihre Leidenschaft sei. »Und wie das so ist: Am Ende des Tages hat man doch immer das Gefühl, nicht genug getan zu haben, um das Schiff auf Kurs zu halten.«

»Droht es denn, vom Kurs abzukommen?«, erkundigte sich de Jong und nippte an seinem Orangensaft. »Oder auf Grund zu laufen?«

Der Kater, der John, Ringo oder George hieß, hatte sich angeschlichen und landete mit einem Satz auf ihrem Schoß, worauf ihre Hände praktisch von selbst anfingen, durch sein Fell zu streicheln. Während das Tier wie ein Gerät schnurrte, erhellte sich Frau Nürburgs Miene und bekam einen schwärmerischen Ausdruck. Sie erzählte von den Anfängen des Festivals. Von besseren Zeiten. Von dem Tag, als sie von der Stiftung Lesen für ihr Engagement für das Buch geehrt worden sei. Aber schon seit Jahren sei jetzt das Geld knapp, und die Besucherzahlen seien auch schon mal höher gewesen. Deutlich höher. Zurzeit verhandele sie deshalb mit einem amerikanischen Investor, der allerdings zur Bedingung mache, dass man das Format ein bisschen auffrische. Worunter er vor allem Folgendes verstehe: dass man hier und da auch mal nackte Haut sehe und nicht nur schwatzhafte Intellektuelle, die langatmig und rechthaberisch mit gelehrten Floskeln über Bücher schwadronierten. Estella schüttelte entrüstet den Kopf. Natürlich passe das nicht so richtig zu *Münster liest!*, andererseits brauche sie dringend finanzielle Mittel und habe deshalb schon über etwas Ähnliches wie Femen nachgedacht – Frauen, die Gedichte der Klassik und Romantik auf ihre Brüste schrieben, um gezielt männliches Lesen zu generieren, da dies bekanntlich besonderer Förderung bedürfe. Ihretwegen könnten das auch gern besonders schwierige Passagen aus Werken von Günther Grass oder Peter Handke sein. Sie könne sich gut vorstellen, dass dies mit Geldern der Stiftung Lesen unterstützt werde. »Heutzutage darf man eben nicht zu wählerisch sein, wenn man zurück in die schwarzen Zahlen will.«

»Aber Sie haben doch mächtige Sponsoren«, sagte de Jong. »Oswald zum Beispiel.«

»Den haben Sie also schon kennengelernt.« Frau Nürburgs Miene verriet nicht viel, aber begeistert sah sie jedenfalls nicht aus. »Er ist einer unserer wichtigsten Förderer«, gab sie zu. »Die Lesewoche mit ihren Höhepunkten – vieles davon war seine Idee.«

»Das wundert mich. Er hat das Menetekel als skurriles Schauspiel bezeichnet und es mit Gladiatorenkämpfen verglichen.«

Sie nickte. »Das klingt ganz nach Gunnar. In seinem Garten hat er eine Vorrichtung, um Bücher abzuschießen.«

»Eine Tontaubenwurfmaschine. Die hab ich schon gesehen. Als Sie mich anriefen«, kam de Jong auf den Anlass seines Besuchs zurück, »erwähnten Sie einen Anschlag, den Sie auf mich vorhaben.«

»Noch Saft?« Estella Nürburg wartete seine Antwort nicht ab. Sie erhob sich, nahm ihm das Glas, das er noch nicht ganz geleert hatte, aus der Hand und steuerte die Küche an. »Ich möchte, dass dieser Mordfall aufgeklärt wird«, sagte sie.

»Die Kripo Münster ist ja auch …«

»Ja, vielleicht. Aber wenn das so weitergeht, bleiben uns eines Tages alle Besucher weg.« Schon kehrte Frau Nürburg mit einem vollen Saftglas zurück und stellte es vor de Jong auf den Tisch. »Und vor allem die Stars der Veranstaltung. Im Übrigen hat mir Kommissar Bühlow versichert, dass Sie der Beste sind.«

»Warum sollten die Stars wegbleiben?«

Frau Nürburg griff nach einem Smartphone, das auf dem Tisch lag, schaltete es ein und wischte mit dem Zeigefinger mehrmals über das Display. »Unsere drei Bühnengäste haben nach ihrem – zugegeben nicht ganz unproblematischen – Auftritt eine verstörende Nachricht erhalten. Anonym.« Sie reichte ihm das Smartphone.

De Jong las die Nachricht, schwarz auf weißem Hintergrund.

*Gratulation, Sie haben der Sache des gedruckten Wortes einen wahren Bärendienst erwiesen! Machen*

*Sie nur so weiter, und ich garantiere Ihnen, dass man schon in wenigen Jahren literaturaffine Menschen aus der Öffentlichkeit entfernen und in Reservationen stecken wird, so wie man es in Nordamerika mit den Ureinwohnern gemacht hat. Erwarten Sie also ein Danaergeschenk von mir. Damit finden Sie dann endlich den Balken im Auge Ihres Bruders und vergessen den Splitter in Ihrem eigenen.*
*Hochachtungvoll*
*Reich-Ranitzki II*

»Reich-Ranitzki?«, fragte de Jong.

»Der bekannte Literaturkritiker«, erklärte Nürburg. »Allerdings weilt er schon seit Langem nicht mehr unter den Lebenden.«

»Da steht ja auch Ranitzki der zweite. Ist das sein Nachfolger?«

»Egal, den gibt's auch nicht. Wenn Sie mich fragen, ist das ein Fantasiename, so wie Zorro oder der Schwarze Rächer.«

»Und was meint er mit diesem Balken?«

»Das ist aus der Heiligen Schrift, aber irgendwie verdreht.«

»Wurde diese Nachricht per Smartphone verschickt?«

Sie schüttelte den Kopf. »Auf Papier gedruckt. Ganz altmodisch, in einem Briefumschlag.«

»Clever«, sagte de Jong. »So gibt es keine digitalen Spuren, die man zurückverfolgen könnte. Eventuell aber Fingerabdrücke?«

»Negativ«, sagte Frau Nürburg. »Der Täter trug Handschuhe.«

»Auch ganz altmodisch«, sagte de Jong. »Also hat die Kripo das schon gecheckt?«

»Ganz genau. Und mich an Sie weiterverwiesen.«

Weil es irgendwie in Achims abstruse Theorie passt und er mir so klarmachen will, dass er richtigliegt, dachte de Jong. Und dann hält er mich angeblich für »den Besten«.

»Herr Sparwasser und Frau Blessing sind jedenfalls sehr beunruhigt. Verständlicherweise.«

»Aus welchem Grund denn?«, wandte de Jong ein. »Dass das Urteil des Briefschreibers über den Abend verheerend ausfällt, kann sie ja wohl nicht wundern. Und dann droht er lediglich damit, sie zu beschenken …«

»Ein Danaergeschenk!« Estella Nürburg hob einen Finger. »Wissen Sie nicht, was damit gemeint ist?«

»Ein hölzernes Pferd, innen hohl«, sagte de Jong, der genug Lateinunterricht gehabt hatte, um altertümliche Bildung zu erkennen, wenn er sie vor sich hatte. »Haben die Griechen den Trojanern als Abschiedsgeschenk hinterlassen.«

»Und Sie wissen ja, wie das ausgegangen ist.«

De Jong hatte nie verstanden, wie die Trojaner so dämlich hatten sein können, das monströse Ding unbedingt hinter die Stadtmauern zu schaffen, anstatt es einfach da stehen zu lassen, wo es stand. Womit sie sich eine Menge Ärger erspart hätten. »Und was befürchten Ihre Stargäste jetzt genau?«

»Sie wissen nicht so richtig, was sie befürchten. Aber ich kann es mir nicht leisten, dass sie mir von der Fahne gehen. Auf keinen Fall. Das wäre desaströs für das Festival.«

»Verstehe.«

»Natürlich kümmert sich auch die Kripo um diese Sache.« Frau Nürburg beugte sich vor, sodass jetzt auch de Jong ihr blumiges Parfüm umgab. »Aber Kommissar Bühlow hat Sie in den höchsten Tönen gelobt. Und da die Zeit eilt, sollte ich so viele Ressourcen wie möglich nutzen, um diesem Kerl auf die Schliche zu kommen, meinen Sie nicht?«

»Also ich …« De Jong stand auf und trat an die Terrassentür, die über eine Katzenklappe aus Aluminium verfügte. Nicht dass er vor dem blumigen Parfüm fliehen wollte, aber er hatte das Gefühl, dass etwas Abstand angebracht war. Es gefiel ihm nicht so sehr, eine Ressource zu sein.

»Über das Finanzielle werden wir uns ganz bestimmt einig«, setzte sie hinzu und lächelte ihn an. Mit einem dieser bezaubernden Lächeln, die im Zweifelsfall eine Menge bewirken konnten.

»Obwohl Sie so knapp bei Kasse sind?«

Frau Nürburg deutete sein Zögern falsch. »Wir können das gern schriftlich festhalten.«

De Jong schoss ein Bild in den Kopf. Estella Nürburg, die ihr T-Shirt über den Kopf zog, um ihm ihre Brüste zu präsentieren, auf denen der Vertrag schon fertig geschrieben stand. Um männliches Lesen zu fördern. »Nicht nötig«, sagte er. »Aber ich kann Ihnen nichts versprechen.«

Auf dem Weg zur Tür stieß er mit dem Ellbogen an einen Fotorahmen, konnte ihn gerade noch auffangen, bevor dieser auf dem Boden zerschellte. Er stellte das Bild zurück an seinen Platz und warf einen Blick darauf. Das Foto zeigte Estella Nürburg in einem knappen Bikini, neben ihr ein Mann, deutlich kleiner als sie, der seine Sonnenbrille an einer Kette um den Hals trug. Der Mann hatte den Arm um Estellas Hüfte gelegt und grinste breit. Er kam de Jong bekannt vor.

Sein Handy meldete sich, er holte es aus der Tasche und berührte den grünen Button. »Was gibt's?«, meldete er sich.

»Wir haben einen zweiten Toten«, sagte Bühlow. »Genauer gesagt eine Tote. Wieder im Museum.«

»Tja, dann wünsche ich dir viel Erfolg«, sagte de Jong. »Ich weiß, ihr habt zurzeit viel zu viel Personal bei der Kripo, da will ich nicht stören.«

»Jetzt spiel nicht die beleidigte Leberwurst«, sagte Bühlow. »Es ist in der Abteilung für moderne Kunst. August-Macke-Raum. Das musst du dir ansehen.«

De Jong beendete das Gespräch. Dann verabschiedete er sich von Frau Nürburg und versprach sich zu melden, sobald er mit Ergebnissen aufwarten könne. Als er die Haustür hinter sich geschlossen hatte, fiel es ihm wieder ein. Der Mann auf dem Foto war der, den er gerade erst gegoogelt hatte. Der Inhaber von Majewski-Sanitärkonzepte, Ulf Majewski.

## 16. Kapitel

De Jong war nicht mehr bei der Kripo, also ließ er sich von Achim Bühlow abholen. Er wartete auf dem Domplatz hinter der Polizeiabsperrung, zusammen mit zahlreichen Museumsbesuchern, die das Haus abrupt hatten verlassen müssen, und den üblichen Schaulustigen. Unter ihnen ging das Gerücht, dass es sich um einen Terroranschlag handele, möglicherweise mit islamistischem Hintergrund. Andere mutmaßten, dass sowohl Absperrband als auch Polizeiaufkommen Teil einer groß angelegten Kunstaktion im öffentlichen Raum seien. De Jong machte Bühlow mit Winken auf sich aufmerksam, woraufhin ihn der Hauptkommissar durch das menschenleere Foyer in den ersten Stock des Altbaus eskortierte. Ohne Menschen wirkte das Museum musealer, fand der Exkommissar.

»Eins ist schon mal klar«, sagte Bühlow, während sie die lange Treppe hinaufhetzten, die an der Seite der großen Eingangshalle aufwärtsstrebte. »Es handelt sich um denselben Täter. Es ist das gleiche Tatmuster.«

Im Gegensatz zum menschenleeren Foyer wimmelte der August-Macke-Raum von Menschen, was den Künstler sicher mit Freude erfüllt hätte, wenn man ihm hätte weismachen können, dass es sich um Kunstinteressierte handelte und nicht ausschließlich um Beamte der Spurensicherung und der Mordkommission, die für die Malerei an den Wänden kaum einen Blick übrighatten. De Jong entdeckte im Gedrängel sogar Dr. Klöbener, den Rechtsmediziner. Eine Person fiel dadurch auf, dass sie völlig unbeeindruckt von der allgemeinen Betriebsamkeit war. Sie hockte zusammengesunken mit leichter Schieflage auf einer der Sitzbänke wie ein Fels in der Brandung, den Blick hinter ihrer dunklen Brille unverwandt auf ein Bild mit hellen, fröhlichen Farben gerichtet, das eine Frau und einen Mann bei einem sonnigen Sonntagsspaziergang zeigte: die Ermordete.

»Sie heißt Breisig, Emilia«, erklärte Bühlow. »Fünfundzwanzig und Redakteurin eines Lifestyle-Magazins namens Rampensau.«

»Okay«, sagte de Jong. »Und das da ist die Schrift an der Wand?« Er deutete auf einen Zettel, den jemand direkt neben dem farbenfrohen Gemälde mit Klebestreifen an der Wand befestigt hatte. Und wenn er genau hinsah, meinte er zu erkennen, dass die Frau, die die schwarze Sonnenbrille trug, gar nicht auf das Bild sah, sondern auf diesen Zettel. De Jong beugte sich vor. Das Papier war gestaltet wie eine Sehprobentafel beim Augenarzt: Die Schrift begann groß und sichtbar, wurde immer kleiner, bis sie am Ende des Blattes nur noch aus winzigen, schwarzen Punkten bestand. »Da steht, wer das liest, ist tot«, sagte de Jong. »In einer Endlosschleife.«

»Genau«, sagte Bühlow.

»Und was soll das bedeuten?«

»Keine Ahnung. Sag du's mir. Ein schlechter Scherz?«

»Aber du hast doch eben gesagt, dass es sich um denselben Täter handelt. Dass das schon mal klar ist.«

»Allerdings.«

»Was ist denn dann mit dem babylonischen König und den heidnischen Priestern aus der Bibel?«

»Na ja, da hab ich mich wohl …« Bühlow trat beiseite, um der Spurensicherung Platz zu machen, die den Leichnam für den Abtransport vorbereitete. »Kann schon sein, dass ich da zu voreilig war. Aber zwei Morde hier im Museum kurz hintereinander …«

De Jong konnte da nicht widersprechen. »Eene meene Tekel«, meinte er. »Und wer das liest, ist tot. Das könnten beides schlechte Scherze sein.«

»Nur dass dann der Bezug zum Lesefestival flachfällt.«

»Wie auch die alttestamentarische Dimension der Tat. Irgendwelche Hinweise auf einen Kerl namens Ranitzki?«

Bühlow runzelte die Stirn. »Wer soll das sein?«

»Die Drohbriefe, die Sparwasser und Blessing nach dem ersten Mord erhalten haben. Du hast Frau Nürburg an mich weitergereicht, schon vergessen? Weil ich angeblich der Beste bin.«

»Das hab ich nicht gesagt«, stellte der Hauptkommissar richtig.

»Nicht?«

»Ich habe gesagt, Sie sollte mit dir Kontakt aufnehmen wegen dieser Sache. Das sei bestimmt das Beste. Nicht *der* Beste.«

»Natürlich«, sagte de Jong. Seine Eitelkeit war trotzdem ein wenig angekratzt. »Jedenfalls nannte sich der Verfasser der Drohbriefe Ranitzki II.«

»Es gab mal einen Literaturkritiker, der so hieß«, sagte Bühlow. »Er war im Fernsehen eine richtig große Nummer.«

»Ich weiß«, sagte de Jong. »Die Kripo misst dem Brief also keine Bedeutung bei?«

»Wir haben uns den natürlich genau angesehen. Keine Fingerabdrücke. Computerausdruck. Der Stil: gestelzt, geradezu aufgeblasen. Das klingt nach jemandem, der seinem Ärger Luft machen wollte.«

»Was Frau Nürburg aber anders sieht.«

»Außerdem richtet er sich nur an die Darsteller, die sich an dem Abend auf der Bühne gestritten haben. Nichts deutet darauf hin, dass es irgendeinen Zusammenhang mit den Morden gibt.«

»Oswald, Gunnar. Habt ihr den überprüft?«

»Wer soll das sein?«

»Ein seltsamer Kerl, der eine Auseinandersetzung mit Oliver Frings hatte. Kurz vor dem Mord. Er behauptet, ein Alibi für die Tatzeit zu haben. Statt zu morden, sei er essen gegangen.«

»Wer heute Auseinandersetzungen hat, kann morgen schon ein Mörder sein«, sagte Bühlow. »Deine Worte.«

De Jong zuckte nur mit den Schultern. »Ich frage mich, wie er das überhaupt gemacht hat«, sagte er. »Ist er gestern Abend hier eingebrochen, nachdem das Museum geschlossen hatte, zusammen mit dem Opfer? Tagsüber ist doch sicher immer Betrieb. Wie soll er da jemanden unbemerkt umbringen?«

»Also, da fühle ich mich ja glatt angesprochen«, erklang eine wohltönende Stimme direkt hinter ihnen, sodass sich beide umdrehten. Doktor Klöbener, der

Rechtsmediziner, hatte sich auf leisen Sohlen zu ihnen gesellt. »Ich hab da nämlich eine Theorie. Ausgehend von der Art und Weise, wie die bedauernswerte junge Dame aus dem Leben geschieden ist.«

»Dann lassen Sie mal hören, Doc«, sagte de Jong.

»Propofol, ein Narkosemittel, das ziemlich rasch wirkt. Ist Ihnen das ein Begriff?«

»Allerdings«, sagte Bühlow. »Letztes Jahr hatte ich eine Fortbildung zum Thema …«

»Es handelt sich um ein wasserlösliches Phenolderivat. In der Intensivmedizin wendet man es zur Sedierung an. Wenn es jedoch zu hoch dosiert wird, kann es tödlich sein. Herzstillstand. Sie haben wahrscheinlich von dem Fall Michael Jackson gehört. Eine tragische Geschichte.«

»Sie glauben also«, fragte de Jong skeptisch nach, »dieser Frau wurde während eines Museumsbesuchs mir nichts, dir nichts ein Medikament mit tödlicher Wirkung verabreicht?«

»Nun ja, was immer Sie mit mir nichts, dir nichts meinen, davon kann in diesem Fall wohl keine Rede sein. Unser Mann«, Klöbener hob den Zeigefinger, »oder sagen wir korrekterweise unsere Täter:in, hat alles genau geplant.« Der Zeigefinger begab sich in eine horizontale Position und wies in eine Ecke des Raums. »Sehen Sie dieses Gefährt dort drüben?«

»Ein Rollstuhl«, sagte Bühlow.

»Exakt. Meine Theorie lautet folgendermaßen: Der Mörder oder die Mörderin nähert sich ihrem Opfer gestern, sagen wir am späten Nachmittag, kurz bevor das Museum schließt. Sie betäubt es – natürlich kann ich das hier nicht verifizieren, aber ich gehe jede Wette ein, dass ich bei der Obduktion etwas finden werde. Sobald der Raum leer ist, verfrachtet sie oder er die Frau in den Rollstuhl und fährt sie in den Keller. Dort verhält sie sich still und lässt sich einschließen. Später verabreicht sie die tödliche Dosis Propofol, fährt wieder nach oben, und in der Nacht platziert sie die Tote hier in der Ausstellung. Sobald die Tore wieder öffnen, mischt der Kerl sich unter die Besucher und entschwindet von dannen.«

»Und woher bekommt er dieses Medikament?«, fragte de Jong.

»Eine gute Frage«, lobte Klöbener. »Fest steht, das Zeug bekommen Sie nicht so leicht in der Apotheke wie Nasenspray.«

»Aber warum?« Hauptkommissar Bühlow kaute auf seiner Unterlippe herum. »Ich meine, was ist sein Motiv? Und dieser Zettel: Wer das liest, ist tot. Ist das die Handschrift eines Psychopathen?«

Dr. Klöbener zog auf seine typische Weise den Kopf ein und stemmte gleichzeitig die Schultern nach oben. Er erinnerte an eine Schildkröte, die sich in ihren Panzer zurückzieht. »Nun, ich würde ja eher auf einen Kindskopf tippen«, sagte er. »Aber das herauszufinden, ist Ihr Job.«

## 17. Kapitel

Die Idee fand er cool. Natürlich war es ein ziemlich abgestandener Witz, das war ihm klar. Und dass er ihn viel zu oft machte. Er war ja nicht beschränkt. Einmal davon abgesehen, dass man niemals zweimal denselben Scherz machen sollte. Weil der Mensch bekanntlich nicht zweimal über dasselbe lachen kann. Wer das liest, ist tot. Aber es passte einfach zu gut. Und in seiner Banalität war der Spruch im Grunde richtig tiefsinnig. Um das allerdings ansatzweise zu verstehen, musste man schon eine gewisse Ahnung von dem haben, was hier vorging. Und wozu. Die hatten sie natürlich nicht. Aber sie würden sie schon noch bekommen.

Und ihm war noch etwas anderes klar: dass das, was er tat, manchen, ja vielen Leuten brutal erscheinen musste, herzlos und damit absolut verwerflich. Gemein und grausam. Manchmal konnte er das sogar nachvollziehen, aber eben nicht immer. Weil das nur die eine Seite der Medaille war. Eine einseitige Sicht auf die Dinge. Die andere war, dass es eben getan werden musste. Er hatte eine Mission, und die konnte er nur erfüllen, wenn er sich nicht mit Weinerlichkeiten aufhielt. Was immer Bestand hatte auf der Welt, wurde auf Tränen erbaut, hatte seine Mutter immer gesagt. Auf Tränen und Blut. Und wie so oft hatte sie recht behalten.

Seine Mutter. Er hatte ihr so viel zu verdanken. Eigentlich alles. Das einzugestehen, war ihm lange Zeit schwergefallen. Aber war das ein Wunder? Es war eine harte und entbehrungsreiche Schule, durch die er gegangen war. Ihre Besessenheit, was das Lesen anging. Was Bildung anging. Bildung war ihre Religion. Hatte sie es damit zu weit getrieben? Wie denn? Was sollte das überhaupt heißen: zu weit? Eines stand doch wohl fest: Alle großen Staatsmänner der Geschichte, Thronfolger, Prinzen und Söhne von Imperatoren, die mit der Peitsche aufgewachsen und mit unnachgiebiger Härte gedrillt worden waren – sie mochten das als Qual und himmelschreiendes Unrecht empfunden haben. Sie mochten ihre Erzieher deshalb gehasst und sich vorgestellt haben, wie sie es ihnen eines Tages heimzahlen würden. Das war ganz normal. Aber später dann, wenn sie das Geschichtsbuch aufschlugen und lasen, was aus ihnen geworden war und welche großen Taten die Welt ihnen verdankte, da hatten sie wohl anders darüber gedacht.

Genauso war es ihm nämlich ergangen. Seine Mutter war hochintelligent gewesen, sie kam aus sehr wohlhabendem Hause und hatte alles Recht, auf andere Menschen hinabzusehen. Auch auf ihren Sohn. Und trotzdem hatte sie ihn lesen gelehrt. Und sie hatte keine Mühe gescheut, aus ihm einen einzigartigen Leser zu machen, das war ihr großer Ehrgeiz gewesen. Erst recht, als die Ärzte diagnostiziert hatten, dass er an Leseschwäche litt. Konnte es für sie eine größere Schwäche auf der Welt geben? Damals hatte man erst frisch herausgefunden, dass lesende Kinder fünfmal intelligenter waren als nicht lesende und ihre Karrierechancen später entsprechend besser standen. Also setzte sie alles in Gang und schreckte auch nicht davor zurück, massiven Druck auszuüben, körperlich wie geistig. Es setzte drakonische Strafen bei Nichtlesen: Fernsehverbot, Hausarrest, Nahrungsentzug. »Du verlässt das Zimmer nicht, bevor du das Buch nicht ausgelesen hast.« – »Na, lies schon. Du liest ja gar nicht. Denkst du, ich wüsste nicht, wenn jemand neben mir sitzt und nur so tut, als würde er lesen? Denkst du, ich würde es nicht merken, dass er nur so tut?« Und das konnte sie tatsächlich: Sie bekam immer mit, ob jemand las oder nur so tat. Dafür hatte sie einen sechsten Sinn. Am deutschen Lesen wird die Welt genesen, das war einer ihrer Lieblingssätze. Und ohne Lesen war's das gewesen.

Hatte sie etwa nicht recht behalten? Gerade heute, in einer Zeit, in der sich Leute als Vielleser bezeichneten, nur weil es bei ihnen gerade mal für einen Klappentext reichte.

Als er sie angelogen und behauptet hatte, er habe *Der Mann ohne Eigenschaften* ausgelesen, und sie ihn dabei erwischte, wie er in einem Fix-und-Foxie-Heft schmökerte, musste er einen halben Tag in der Badewanne bleiben. Zugegeben, damals hatte er die Alte gehasst. Nur zu gern hätte er ihren Kopf gepackt, ihn an ihren strähnigen Haaren in die Wanne gezogen und so lange unter Wasser gehalten, bis sie sich nicht mehr regte. Ihr dabei zugesehen, wie sie strampelte und um sich schlug. Und schließlich Ruhe gab, für jetzt und immer. Aber er hatte sich nicht getraut, und das war wahrscheinlich besser so gewesen, schließlich war sie stark, viel stärker als er, und sie neigte zu offener Grausamkeit, wenn man sie reizte. Damals hatte er den Mund gehalten, war in der kalten Badewanne sitzen geblieben und hatte bei sich gedacht: Eines Tages zahlst du dafür.

Dazu war es aber nie gekommen. Sie hatte nie gezahlt. Warum auch? Wie gesagt, sie war diejenige, die aus ihm den kultivierten Menschen gemacht hatte, der er geworden war. Ganz im Gegensatz zu seinem Dad, den sie immer den »Waschlappen« genannt hatte. Der hatte immer nur dagesessen, Bier getrunken und ferngesehen. Große Sprüche geklopft von wegen, dass das Leben noch vor ihm liege und alle schon noch sehen würden. Na ja, eines Tages bekam er dann eine Minirolle in einer TV-Sitcom und hielt sich plötzlich für Robert de Niro. Mit einem Mal war Schluss mit Fernsehen und Biertrinken. Nur wurde er schon bald darauf wieder gefeuert, weil er sich die Texte nicht hatte merken können, die meistens nur aus einem Satz bestanden. Seinem Sohn hatte er nichts davon erzählt und ihm stattdessen eine bunte Karte geschrieben, die angeblich aus Hollywood kam; aber das stellte sich als Schwindel heraus, spätestens als er seinen Vater eines Tages an einer Supermarktkasse um die Ecke wiedertraf. Da hatte der große Schauspieler sich gewunden: Er sei nur vorübergehend wieder in »good old Europe«, habe eine Rolle in Aussicht, dieses Mal was richtig Großes.

Wäre etwas aus dem Waschlappen geworden, wenn auch er durch eine harte Schule gegangen wäre? Vielleicht hätte er jetzt Rollen, in denen er zwei Sätze sagen müsste und auch noch in der Lage wäre, sie sich zu merken? Konnte durchaus sein. Vielleicht würde er sogar jetzt noch leben, wer wusste das schon?

Nein, stopp: Das war reines Wunschdenken. In Wahrheit hatte jemand anderer Schuld daran, dass er tot und begraben war. Und das war nicht die Frau, die ihn Waschlappen nannte, obwohl es ohne ihr sündiges und wollüstiges Treiben nie so weit gekommen wäre. Dass sie sich mit ihrem Lover im Schlafzimmer vergnügte, während er draußen lesenderweise Schmiere stehen sollte. Und er hätte ja auch Wache gehalten, hätte er gelesen und wäre er nicht eingedöst – du weißt, ich kann sehen, ob jemand liest oder nur so tut als ob. Dann hätte er die Geräusche gehört und alles wäre nicht passiert. Aber er war nun einmal eingedöst. Seine Schuld, dass sein Dad ungebremst mitten in die mysteriöse »Besprechung« geplatzt war. Und dass er sich dann wieder einmal – zum allerletzten Mal – als der Waschlappen erwies, für den seine Frau ihn hielt. Jeder andere, so hatte er sich später oft gesagt, hätte doch eine Axt hervorgezogen und den fremden Kerl im Bett damit niedergestreckt, oder nicht? Und sie gleich mit dazu. Aber nicht er, nicht der Waschlappen. Er wurde nur bleich, griff sich an die Brust und brach zusammen. Herzinfarkt.

Seine Schuld. Er konnte nichts dafür, dass der Schlaf ihn übermannt hatte, so wie der Junge in dem Film, der das Lied vom Tod gespielt hatte, nichts dafürkonnte, dass ihn die Erschöpfung übermannt hatte. Aber auch er war schuld.

Wer das liest, ist tot. Vielleicht war das gar nicht witzig. Vielleicht sollte es auch gar nicht witzig sein. Weil es blutiger Ernst war.

## 18. Kapitel

Als er das Museum verließ, hatte es zu regnen begonnen. Es war Nieselregen von jener feinen, erlesenen Sorte, wie man ihn nur in dieser Stadt kannte. Kein aktiv regnender Regen, sondern Nässe, die man nicht greifen konnte und sich ohne jedes Tropfen oder Rauschen als unsichtbarer Belag auf Brillen, Gesichtern und Fahrradsätteln ablagerte. Ein paar Schaulustige standen noch jenseits der Polizeiabsperrung, sie hatten bunte Regenschirme aufgespannt. Die meisten Touristen hatten sich ins Trockene begeben, in den Dom, um die berühmte astronomische Uhr zu besichtigen. Andere saßen im Doppeldeckerbus für eine Stadtrundfahrt. De Jong holte sein Handy hervor und tippte Ulf Majewskis Nummer in das Display.

Der Chef von Majewski Sanitärkonzepte klang nicht gerade begeistert, als de Jong seinen Besuch ankündigte. Er gab sich kaum Mühe, Bedauern zu heucheln, dass er gerade im Moment ziemlich viel um die Ohren habe, wie sich de Jong sicherlich vorstellen könne. Aber sobald de Jong erwähnte, dass er nicht von der Kripo, sondern im Auftrag Estella Nürburgs unterwegs sei, um »ein paar Dinge aufzuklären«, änderte sich Majewskis

Ton. Von viel um die Ohren war jetzt nicht mehr die Rede, und wie es der Zufall wolle, öffne sich gerade im Moment ein kleines Zeitfenster, wenn sich de Jong also sofort auf den Weg machen könne …

Der Exkommissar zog seine Regenjacke über und radelte los. Er kam gut voran, bis ihm auf dem Prinzipalmarkt eine Menschenansammlung den Weg versperrte. De Jong stieg ab und schob sein Fahrrad um die Menge herum. Im Zentrum des Auflaufs entdeckte er Dea Blessing, die Bestsellerautorin vom Menetekel. Sie saß an einem barocken Schreibtisch, den man direkt vor dem Eingang zum historischen Rathaus aufgestellt hatte, innerhalb der Arkade, wo sie gegen den Regen geschützt war, und tippte auf einem schwarzen Laptop herum, auf dem ein angebissener Apfel abgebildet war. Ihre Miene war verbissen, die Menschen um sie herum schien sie nicht wahrzunehmen. Über ihr, an der historischen Fassade des Rathauses, war ein Plakat angebracht. Darauf prangte das Logo von *Münster liest!* Und daneben stand in Großbuchstaben: *Writer in action! Schriftstellerin bei der Arbeit! Srijver aan het werk!* Viele der Schaulustigen hielten ihre Handys hoch und filmten die Autorin beim Schreiben. Als sie schließlich geräuschvoll auf Enter drückte, sich zurücklehnte und die Finger knacken ließ, bekam sie spontanen Szenenapplaus. De Jong hatte sich inzwischen außen um die Menge herumgeschoben, stieg wieder auf und radelte weiter. Ohne weitere Staus verließ er die Innenstadt in östlicher Richtung. Unterwegs hörte es auf zu nieseln, die graue Wolkendecke bekam endlich Lücken, die die Sonne geschickt für effektvolle Kurzauftritte nutzte.

Majewskis Adresse in St. Mauritz konnte man kaum verfehlen. Die klotzige Villa war schon von Weitem sichtbar, weil sie die anderen bürgerlich wohlständigen Doppelhäuser mühelos überragte. Sie nahm fast das ganze Grundstück ein, sodass für den Garten wenig übrig blieb. Insgesamt wirkte sie fehl am Platz, so als gehörte sie gar nicht hierher, sondern sehnte sich zu Ihresgleichen, zum Beispiel an die Hamburger Elbchaussee. Der weiß getünchte Bau verfügte über eine kathedralenartige Kuppel und zwei verspielte Türme mit je einem goldenen Wetterhahn auf dem Dach. Massive Säulen im römischen Stil säumten eine Eingangstreppe, die wahrscheinlich breiter war als die der Berliner Filiale der Deutschen Bank.

Die Frau, die den Exkommissar auf der obersten Stufe erwartete, war schätzungsweise um die fünfzig und von hagerer Gestalt. Ihr Gesicht kannte de Jong aus dem Internet. Sie musterte ihn mit einem leicht verkniffenen Blick.

»Frau Majewski«, begrüßte er sie. »Mein Name ist de Jong. Ich hatte mit Ihrem Mann telefoniert, und er sagte, dass er jetzt Zeit für mich hätte …«

Sie deutete ein Nicken an, kehrte ihm den Rücken zu und ging wortlos ins Haus. De Jong folgte ihr, und seine Schritte hallten in einem marmorgefliesten Foyer, über dem sich auf sehenswerte Weise die kathedralenartige Kuppel erhob. Vereinzelte farbige Glasfenster darin sorgten für bunte Lichtspritzer auf den Fliesen. Irmgard Majewski wandte sich ihm wieder zu und verzog kaum eine Miene. »Er erwartet sie oben«, sagte sie und wies mit einer Kopfbewegung auf eine Treppe, die vom Foyer aus hinaufführte.

Zwei Stockwerke höher betrat de Jong eine Dachterrasse von beeindruckenden Ausmaßen. Nicht nur der Hausherr erwartete ihn, auch eine Sitzgarnitur aus eisgrauem Leder. Auf einem Glastisch standen Getränke bereit. Ein Sonnensegel war aufgespannt, um im Falle von Sonnenschein für Schatten zu sorgen.

»Willkommen in meinem bescheidenen Heim!« Ulf Majewski war ein kleiner Mann, der de Jong spontan an Danny de Vito erinnerte: seine kugelförmige Gestalt, das ansteckende Grinsen, das runde Gesicht. Über dem Grinsen prangte eine spiegelnde Sonnenbrille, und sein Haar war – anders als auf dem Foto, das de Jong in die Hände gefallen war – so kurz geschoren wie das eines US-Marines.

Der Exkommissar trat an das barock anmutende Steingeländer, das die Terrasse säumte, und sah hinunter auf den Dortmund-Ems-Kanal, Münsters Wasserstraße, die gerade von drei Sportlern in Paddelbooten befahren wurde.

»Na, was sagen Sie?«, erkundigte sich der Hausherr, nicht ohne Stolz in der Stimme, und trat neben de Jong. »Ist das kein Ausblick?«

»Beeindruckend«, gab de Jong zu. »Aber ich würde vielleicht ein anderes Wort wählen als ›bescheiden‹.«

Die vier Ecken der Dachterrasse verzierten Gipsstatuen von zweifelhafter Schönheit, antike Figuren in neoklassizistischem Kitsch. Zwei bärtige Männer in langen Tuniken, zwei barbusige Frauen. Eine von ihnen trug einen unvorteilhaften Vogelschiss auf der rechten Brust.

»Also dann, mal raus mit der Sprache«, meinte Majewski, nachdem sie sich in der eisgrauen Sitzecke niedergelassen hatten. Dieses Mal bekam de Jong eine

Schorle. »Wie kann ich Ihnen bei Ihrer Recherche behilflich sein?«

»Wen muss man umbringen, um sich so einen Palast leisten zu können?«, flachste de Jong, während er Platz nahm.

Sein Gegenüber nahm die alberne Frage nicht übel, beantwortete sie aber weit ausführlicher, als de Jong lieb war. Wie er früher im Betrieb seines Vaters angefangen habe, der sich damals noch auf die Herstellung von Porzellan-Kloschüsseln beschränkt habe. Und wie viel Schweiß und Umwege es gebraucht habe, bis er hier angelangt sei und all dies erreicht habe. Die Nummer eins in automatischen Toiletten geworden sei. Nächstes Jahr expandiere die Majewski Sanitärkonzepte GmbH in den Osten Europas.

»Polen, nicht wahr?«, riet der Exkommissar. »Ich hab das Foto gesehen.«

»Welches Foto?«

»Sie und Ihre Frau auf einer Kundgebung. Flaggen in Rot-Weiß.«

Majewskis rundes Gesicht legte sich skeptisch in Falten. »Also, das kann überhaupt nicht …« Jetzt verdüsterte es sich wie in einem Anfall von Ärger. »Was erzählen Sie denn da. Sie dürfen nicht alles glauben, was in der Zeitung steht, wissen Sie?«

»Mach ich schon nicht«, versicherte de Jong.

»Ach, warten Sie, jetzt weiß ich, was Sie meinen. Nein, nein, das waren keine polnischen Flaggen. Sondern westfälische. Rot-Weiß ist bekanntlich auch die Farbe Westfalens. Und der Westfälischen Werteunion.« Das Grinsen kehrte zurück, wenn auch leicht verrutscht.

»Tja, die wollen unbedingt, dass ich auf ihrer Kandidatenliste stehe.«

»Ist das eine Partei?«

»Sagen wir, eine Bewegung. Eine Initiative. Es geht um alte westfälische Tugenden. Zielstrebigkeit, Beharrlichkeit, Durchhaltevermögen. Ordnungssinn. Alles, für das wir einmal standen und was uns heute abhandengekommen ist. Vor allem der heutigen Jugend.«

De Jong ließ das unkommentiert.

Majewski beugte sich vor und goss sich Kaffee aus einer silbernen Thermoskanne ein. Dann gab er einen Schuss aus der Wasserkaraffe dazu und rührte mit dem Teelöffel um. De Jong begriff, dass es sich nicht um Wasser handelte. »Aber soll ich Ihnen was sagen: Das ist ein richtig altbackener Verein. Mürrische Männer mit gestrigen Ansichten. Wenn sie Neues auch nur riechen, gehen die schon auf die Barrikaden.« Der Firmenchef schlurfte geräuschvoll seinen getunten Kaffee. »Stichwort Digitalisierung. Für die alten Herrschaften ein Kampfbegriff.« Er schwenkte seine Tasse. »Was wollt ihr denn?, hab ich ihnen gesagt. Auch im digitalen Zeitalter müssen die Menschen auf die Toilette. Eines Tages sitzen alle in selbstfahrenden Autos. Und was ist, wenn du während der Fahrt ein Bedürfnis verspürst? Dieses Bedürfnis wird immer da sein. Und was machst du dann: Hältst du an und gehst auf die uralte analoge Weise aufs Klo? Ist das ernsthaft dein Plan?«

»Ich weiß nicht«, sagte de Jong, für einen Moment unsicher, ob die Frage auch an ihn gerichtet war.

»Wir, die Majewski-Sanitärkonzepte GmbH, werden in wenigen Jahren eine selbstreinigende Toilette für selbstfahrende Automobile auf den Markt bringen. Für Automobile mit integrierten sanitären Anlagen.«

»Gratuliere«, sagte de Jong und nippte an seiner Schorle. »Und noch eine Frage: Wie gut waren Sie mit Herrn Frings bekannt?«

Wieder runzelte der kleine Mann die Stirn, so wie gerade eben bei den polnischen Flaggen. »Frings? Helfen Sie mir mal kurz …«

»Er wurde Samstagnacht ermordet. Im Landesmuseum.«

»Genau.« Majewski stellte seine Tasse auf den Tisch und erhob stattdessen den Zeigefinger, als würde die Geste ihm dabei helfen, sich zu erinnern. »Eine tragische Sache. Sie wissen vielleicht nicht, dass ich diese Veranstaltung mit viel Geld unterstütze.«

»Doch, das ist mir bekannt.«

»Nicht, dass ich der große Leser wäre, aber diese Kunst ist ja auch etwas, das uns immer mehr abhandenkommt …«

»Noch mal zu Frings.«

»Richtig. Ja, wissen Sie, eigentlich kannte ich ihn gar nicht. Er hat sich als Investigativ-Journalist vorgestellt. Wollte eine Geschichte über mich bringen.«

»Über Toiletten?«

»Nein, nicht nur. Auch über die Werteunion. Aber dazu ist es nicht mehr gekommen.«

»Wo waren Sie Samstagnacht? Haben Sie die Leseveranstaltung im Museum besucht? Und wo waren Sie anschließend, sagen wir, so zwischen elf Uhr und eins?«

Das permanente Grinsen, das bisher Majewskis Mimik unentwegt begleitet hatte, quasi eine Grundeinstellung seines Gesichts, verrutschte wieder, und dann zog es sich zurück, nicht plötzlich, sondern ganz allmählich, wie der Tag nach Sonnenuntergang. »Moment mal«, sagte er.

»Gerne«, räumte de Jong ein.

»Fragen Sie mich gerade, ob es sein könnte, dass ich diesen Herrn umgebracht habe? Ernsthaft?«

De Jong hatte das Gefühl, dass er mit Provokation weiterkam als mit Streicheleinheiten. »Ich versuche nur, es auszuschließen.«

»Das sagt die Kripo doch immer.«

»Dann anders gefragt: Hätten Sie denn ein Motiv?«

»Ein Motiv?«

»Ich meine, könnte es zum Beispiel sein, dass Herr Frings delikate Dinge in Erfahrung gebracht hatte? Über Sie oder über die Werteunion?«

Das Grinsen kam zurück, aber es hatte etwas Gehässiges. »Da gibt es nichts Delikates, glauben Sie mir.«

»Also gut, dann etwas anderes.«

»Und an was hatten Sie da gedacht?«

De Jong wusste selbst nicht so recht, er wollte nur nicht wieder zu den vollautomatischen Toiletten zurückkehren. Und er hatte das Gefühl, dass dieser Mann mit irgendetwas hinter dem Berg hielt. Aber war es etwas Wichtiges? Der Exkommissar hatte mit seinem Gefühl schon zu oft falschgelegen, sodass es durchaus sein konnte, dass Majewski am Ende mit gar nichts hinter dem Berg hielt. So wie er ihn jetzt aufmerksam fixierte, als erwartete er von de Jong die Auflösung eines besonders verzwickten Rätsels.

»Ich sage nur Estella Nürburg«, sagte de Jong.

Ganz offensichtlich hatte Majewski damit nun gar nicht gerechnet, und de Jong dachte für einen Augenblick, er hätte einen Volltreffer gelandet. Aber er freute sich zu früh. »Was hat sie Ihnen erzählt?«, erkundigte sich der Hausherr mit einem schiefen Lächeln und griff wieder nach der Karaffe mit dem Alkohol.

»Gar nichts. Da war ein Foto in einem Rahmen. Und ich habe einfach nur ins Blaue geraten.«

Majewski wirkte irgendwie erleichtert. Er nickte. »Ich schäme mich nicht dafür, wissen Sie?«

»Das erwartet auch niemand von Ihnen«, sagte de Jong. »Die Frage war lediglich, ob Herr Frings Ihnen eventuell gedroht hat, das Wissen um diese Affäre mit der Öffentlichkeit zu teilen. Das wäre ja ein Motiv.«

Und da war es wieder, das Grinsen – ein original Danny-de-Vito-Grinsen. Der Chef der Majewski Sanitärkonzepte GmbH hatte für einen Moment verunsichert gewirkt, war in die Defensive geraten; aber jetzt war er wieder zurück in seinem Element, da, wo er hingehörte. »Wissen Sie, Herr Terjong …«

»De Jong«, sagte de Jong.

»Überlegen Sie doch einmal, was Sie da vermuten. Eine außereheliche Affäre – taugt so etwas denn heute noch zu einem Skandal?«

Der Exkommissar kam sich plötzlich vor wie einer dieser altbackenen westfälischen Männer.

»Und sollte das wirklich eine heiße Story für den knallharten Enthüllungsjournalisten Frings sein?« Majewski beugte sich vor, de Jong empfing seine Alkoholfahne. »Dass ich keine Bilderbuchehe führe, ist hinlänglich bekannt. Selbst die Klatschpresse interessiert sich nicht mehr dafür. Irmgard und ich, wir hatten schon bessere Zeiten, weiß Gott. Aber glauben Sie mir, im Notfall stehen wir nach wie vor auf derselben Seite.«

»Das freut mich für Sie«, sagte de Jong, »obwohl es mich nichts angeht.« Im Notfall Seite an Seite stehen, dachte er – besser ließ sich ein Scheitern auf ganzer Linie wohl nicht beschreiben.

Ulf Majewski erhob noch einmal den Zeigefinger, diesmal in einer warnenden Geste. »Darüber hinaus darf ich Sie daran erinnern: Wir leben im 21. Jahrhundert, und da muss man schon was anderes auffahren, um die Öffentlichkeit zu schockieren, meinen Sie nicht? Ich gebe zu, dass ich nicht begeistert davon wäre, wenn es zum allgemeinen Klatsch werden würde, aber wer mag es schon, wenn einem die Privatsphäre genommen wird?« Er kippte den letzten Rest Kaffee hinunter, dann erhob er sich vom Tisch. »Und jetzt, mein Lieber, werden Sie mich entschuldigen. Das Mittagessen steht auf dem Tisch.«

* * *

De Jong fand allein hinaus. In der kuppelförmigen Eingangshalle roch es intensiv nach Bratensoße und einem deftigen Gemüse, er tippte auf Rosenkohl oder Wirsing. Und er stellte sich das Mittagessen vor, wie es auf dem Tisch stand und wie die hagere Irmgard Majewski mit ihrem bewegungslosen Gesicht in der Küche den Kochlöffel schwang. Aber das wurde ja höchstwahrscheinlich von geschultem Personal erledigt.

Inzwischen waren fast alle Wolken verstreut, und die Sonne hatte den Himmel ganz für sich allein. De Jong beschloss, zurück in die Stadt zu radeln, sich ein Bier zu bestellen und vielleicht noch den einen oder anderen »Writer in action« anzusehen. Aber er strandete schon auf der Promenade beim »Duell der Wortgiganten«. Zwei Poetryslammer standen sich im Abstand von wenigen Metern gegenüber – ein junger Poet mit Hipster-Dutt und eine Poetin, feuerwehrrothaarig mit Lippenpiercing, laut der Aufschrift auf ihrem T-Shirt amtierende Poetryslam-Europameisterin. Zwischen ihnen ragte ein stiernackiger Glatzkopf auf, der das Zeichen gab. Auf drei begannen die Kontrahenten zu rezitieren, laut und rhythmisch – sie in schrillem Singsang, er stakkatohaft wie ein Maschinengewehr. Die Regel war einfach: Wem zuerst die Worte ausgingen, der hatte verloren. Also gaben die Kontrahenten alles, erhoben ihre Stimme in einem permanenten Crescendo und bewegten sich im Eifer des Vortragens immer näher aufeinander zu wie zwei Kampfhähne, sodass der Ringrichter immer wieder eingreifen musste, um Tätlichkeiten zu verhindern. Der Fight war ausgewogen, es ging in die dritte, dann in die vierte Runde. Zwischendurch läutete ein Handy-Jingle regelmäßig eine anderthalbminütige Pause ein, in denen die Kontrahenten sich mit Trinkwasser versorgten und ein paar Stimmübungen machten. In der achten Runde sah es immer mehr nach einem knappen Sieg für den Herausforderer aus; kaum jemand glaubte daran, dass die Rothaarige noch eine Chance hatte. Aber dann, praktisch schon ausgezählt, berappelte sich die Slammerin und überrumpelte ihren Gegner, der sich wohl schon auf dem Siegertreppchen wähnte, indem sie noch eine letzte Strophe ihrer *Ode an die Ödnis* zu Gehör brachte, sodass am Ende der Sieg nach Punkten an sie ging.

Der Schlussgong ertönte, die Kontrahenten gaben sich die Hand, und de Jong schloss sich der Zuhörerschaft an, die gemeinsam mit den Slammern in den nahen Biergarten strömte.

Während die Poeten Autogramme verteilten und ihre CDs feilboten, kam de Jong mit dem Ringrichter ins Gespräch, der im echten Leben die Abteilung für Herrenoberbekleidung in der Galeria Kaufhof leitete. »Letztes Jahr ist das lange nicht so friedlich abgelaufen«, erzählte der Stiernackige. »Poetry-Hooligans aus Bocholt haben dem Schiri 'ne blutige Nase verpasst. Beinahe wäre der Act ersatzlos gestrichen worden. Zu schlechte Presse fürs Lesefest.« Er hob sein Glas und stieß mit de Jong an. »Aber dann hat man mich engagiert, und seitdem ist Ruhe im Karton.«

* * *

Als er auf das Alte Mädchen zurückkehrte, war es zwischen neun und zehn Uhr abends. De Jong hatte den Überblick verloren, wie viele Bier er gehabt hatte, sicher war er sich allerdings, dass es mindestens eins zu viel gewesen war. Und noch einer anderen Sache war er sich sicher: Er war nicht allein an Bord. Unter Deck rumpelte etwas, als wäre jemand über einen Stuhl gestolpert. Kurz darauf ging die Toilettenspülung. Der Exkommissar verharrte still und verkniff sich das übliche »Ist da wer?«, weil erfahrungsgemäß kein Eindringling, der Böses im Schilde führte, sich mit »Ja, ich lauere hier unten, direkt neben der Treppe!« melden würde. Dann stapfte jemand schweren Schrittes an Deck. Es war Achim Bühlow.

»Welch überraschender Besuch!«, sagte de Jong und bemühte sich um einen vorwurfsvollen Unterton.

Der Hauptkommissar bedeutete ihm mit einer abwehrenden Geste, dass er es de Jong nicht weiter übel nahm, zu so später Stunde unangekündigt auf seinem eigenen Hausboot aufzukreuzen. Und de Jong wurde klar, dass er nicht der Einzige war, der mindestens ein Bier zu viel getrunken hatte.

»Sag mal, kann ich für ein paar Tage bei dir übernachten?«, fragte Bühlow. »Ist nicht für lang. Schlimmstenfalls ein paar Wochen. Du wirst gar nicht merken, dass ich hier bin.«

»Was sagt denn Kristin dazu?«

»Sie hat mich rausgeschmissen.«

De Jong begab sich jetzt seinerseits nach unten und holte für jeden ein Bier. Er holte auch ein Handtuch und wischte damit über den Tisch und zwei Stühle, die noch nass vom Regen waren. Sie setzten sich. De Jong wartete.

Nach einer Weile rückte Bühlow endlich damit heraus, was es mit der angeblichen Auszeit Kristins auf sich hatte.

»Ich dachte, sie heißt Imogen«, unterbrach de Jong. »Nur zum Verständnis.«

»Imogen auch«, erläuterte Bühlow widerwillig, als wäre das ja wohl sonnenklar. »Ihre Auszeit ist beruflich. Die von Kristin betrifft unsere Beziehung.«

»Klar«, sagte de Jong. »Hätte ich mir denken können.«

Bühlow nahm einen langen Schluck aus seiner Flasche und gab dann zu, dass die Sache, die alles verkompliziert habe, die sei, dass er mit Imogen geschlafen habe – ein Fehler, aber alles habe eben auch seine Vorgeschichte.

Als de Jong einhakte und um die Vorgeschichte bat, bekam er wieder die wegwischende Geste.

»Der Punkt ist eben, dass ich es nur einmal getan habe – ein einziges beschissenes Mal, nicht mehr – und sie trotzdem so einen Aufstand deswegen macht. Was erwartet sie denn von mir? Ich war ehrlich und hab ihr davon erzählt. Damit wir keine Geheimnisse voreinander haben. Und was hab ich davon: Sie rastet aus und schreit herum.« Achims in die Ferne gerichteter Blick war der des guten Menschen, der an der Welt verzweifelte, weil sie schlecht war. »Weißt du was: Ich hätte sie anlügen sollen. Frauen wollen angelogen werden.«

»Nicht alle«, sagte de Jong.

»Tja, aber sag mir nur mal, was ich tun soll: bei der Kripo kündigen? Imogen rausschmeißen? Will sie das? Tja, und wenn, das kann ich doch gar nicht, selbst wenn ich es wollte.«

»Das würdest du wirklich wollen?«, wunderte sich de Jong. Er sah zu, wie Bühlow jetzt nach seiner Flasche Bier griff, weil er die eigene schon geleert hatte.

»Und es ist nun mal eine Tatsache, wenn ich bei dem Laden bleibe, also bei der Kripo, dann muss ich auch andere Sachen machen.«

»Welche anderen Sachen?«

»Na ja, die dazugehören. Ganz normal. Fortbildungen. Weiterführende Karriereangebote wahrnehmen.«

»Stimmt. Wer sollte was dagegen haben?«

Mit einem effektvollen Aufseufzen machte Bühlow klar, dass er sich von Menschen, denen er sich anvertraute, erwartete, dass sie auch wirklich zuhörten, sodass man ihnen nicht alles dreimal erklären musste. »Na, wer denn wohl: Kristin. Seit ich ihr einmal die Wahrheit gesagt habe, unterstellt sie mir, ich würde sie permanent anlügen.«

»Verstehe ich nicht.«

»Ich sage ihr, dass ich eine Fortbildung mache. Und sie glaubt mir nicht. Sie glaubt mir einfach nicht, basta.«

»Was für eine Fortbildung?«

Noch ein Seufzer. So tief, dass er praktisch über den Boden schabte. »Hab ich dir doch erzählt. Wir fahren nach Gibraltar. Mit dem E-Bike.«

»Du und … Imogen?«

»Genau. Meine Kollegin und ich.«

»Moment. Hab ich das jetzt richtig mitgekriegt: Du fährst ins Sabbatical mit Imogen und hast Kristin erzählt, es wäre eine Fortbildung?«

»Ich habe es ihr nicht ›erzählt‹!« Bühlow wedelte ungeduldig mit der Hand. »Es ist eine Fortbildungsveranstaltung. Im weiteren Sinne.«

De Jong schüttelte den Kopf. »Das meinst du jetzt aber nicht ernst.«

»Vielleicht nicht.« Bühlow schien nicht mehr in der Lage zu sein, ihm Klarheit darüber zu verschaffen, ob er das ernst meinte. Er starrte wieder eine ganze Weile auf die nachtschwarze Oberfläche des Kanals.

Da draußen sprang ein Fisch, und so, wie Bühlow zusammenfuhr, wurde de Jong klar, dass sein Gegenüber kurz eingenickt war. »Was ist? Trinken wir noch eins, oder machen wir Schluss für heute?«, fragte er.

Bühlow nickte, als wäre ihm nicht ganz klar, worin der Unterschied zwischen beidem bestand oder ob es überhaupt einen gab. »Und was den Fall angeht ...«

»Was ist jetzt mit dem Fall?«

»Auf den hab ich keine Lust mehr, Schluss und aus. Wer das liest, ist tot, und eene meene Tekel – sag mal, da verarscht uns doch jemand.«

»Kann schon sein, ja.«

»Genau. Und ich bin nun mal einer, der nicht gern verarscht wird. Du kennst mich. Auch als Bulle.«

»Klar, wer will denn schon gern verarscht werden?«

Bühlow schien das als echte Frage aufzufassen. Jedenfalls sah es so aus, als klapperte er in Gedanken seinen kompletten Bekanntenkreis ab auf der Suche nach jemandem, der gern verarscht wurde.

»Weißt du, was ich mir überlegt habe«, sagte de Jong. »Wenn diese Morde doch irgendwie mit dem Brief zusammenhängen, dann kann man auf die Danaer-Geschenke gespannt sein.«

»Was für Geschenke?«

»Danaer. Das sind Griechen. Das heißt, du kriegst was geschenkt, was du überhaupt nicht gebrauchen kannst. Und du nimmst es trotzdem. Solche Geschenke hat der Briefschreiber angekündigt.«

»Dieser Durchgeknallte.«

»Ja, vielleicht ist er das.«

»Jedenfalls kein Grieche.« Achim Bühlow schüttelte endlos lang den Kopf. »Diese Durchgeknallten, mit denen komm ich nicht klar, weißt du? Deshalb hab ich auch drauf gehofft, dass man da mit dem Bibelkram irgendwie zu einer Lösung kommt.«

»Aber das war's ja dann wohl nicht.«

»Ja, falsch geraten. Kann passieren. Ich sag dir, was gut wäre, Niklas: Wenn wir es bei der Kripo zwar mit Mördern, aber trotzdem halbwegs berechenbaren Menschen zu tun hätten. Ist das zu viel verlangt? Menschen umzubringen, heißt ja wohl nicht zwangsläufig, dass man einen an der Klatsche hat, oder? Ich wünsche mir jedenfalls vernünftige Mörder, die du ganz normal überführen kannst. Und die dann sagen: Okay, ich war's. Reden wir nicht drum herum: Ich hab den Kerl umgebracht. Ich hab's verkackt. Und jetzt zahl ich dafür. Vor solchen Mördern hätte ich sogar Respekt, ehrlich.«

»Das solltest du im Team vielleicht mal zur Sprache bringen«, schlug de Jong vor, aber da war Bühlow schon wieder eingenickt. Dieses Mal dauerte es eine geraume Weile, und es sprang auch kein Fisch. Dafür klingelte drüben auf dem Seitenweg ein Radfahrer. Bühlow schreckte hoch. »Ich glaub, ich geh mal schlafen.«

»Gute Idee. Du weißt ja, wo du alles findest.«

Der Hauptkommissar hievte sich in eine halbwegs aufrechte Position und stand ächzend vom Stuhl auf. Schwankend schob er sich an de Jong vorbei und nahm Kurs auf die Treppe. Drehte sich aber dann noch einmal um. »Und wenn Kristin anruft: Ich bin nicht hier, kapiert?« Mit tonnenschweren Schritten stapfte er die Stufen hinunter. Unten hörte man ihn noch eine ganze Weile rumoren.

De Jong blieb noch ein paar Minuten, um auszutrinken. Er dachte an die Mörder, vor denen Bühlow Respekt hatte. Die vernünftigen Mörder. Und daran, dass es eben auch umgekehrt galt: Durchgeknallt zu sein, einen an der Klatsche zu haben, hieß ja wohl auch nicht zwangsläufig, dass man jemanden umgebracht hatte. Da hatte er, de Jong, so seine Erfahrungen gemacht. Vor etlichen Jahren. Und keine besonders guten.

## 19. Kapitel

*2004, im Frühjahr*

*Es war Dienstagabend. Hauptkommissar de Jong, Neuzugang bei der Kripo Münster, hockte auf einem der harten Stühle im Hinterzimmer der Buchhandlung, zusammen mit etwa dreißig Mitgliedern des Lesekreises* De Sade & Friends. *Er hatte sich als Liebhaber pikanter Literatur vorgestellt, der neu in der Stadt war und sich darauf freute, aufgeschlossene und tabulose Gleichgesinnte zu treffen. Eingeladen war eine etwa fünfzigjährige Dame, die aus ihrem autobiografischen Roman mit dem Titel* Feuchttücher *las, für den sie noch einen Verlag suchte. Sie neigte stark zur Weitschweifigkeit und untermalte dies mit einem außergewöhnlich monotonen Vortragsstil.*

*De Jong, der auf Schlüpfriges oder wenigstens Peinliches gefasst war, kämpfte während der Lesung immer wieder mit dem Sekundenschlaf. Insgesamt war der Abend eine Enttäuschung. Die angeblich verschworene Gemeinschaft der De-Sade-Jünger und -Jüngerinnen entpuppte sich als biederer Lesezirkel. Während der kurzen Pause, in der belegte Brötchen gereicht wurden, machte der Hauptkommissar Bekanntschaft mit einer Steuerprüferin, dem Abteilungsleiter aus einem Online-Versand für Outdoormoden und einem Mitarbeiter der Ärztekammer. Brave Bürger, die, als die Autorin von* Feuchttücher endlich verstummt war und ein allgemeines Räuspern und Hüsteln den Raum erfüllte, die üblichen Fragen stellten: Wie die Autorin wohl auf die Idee zu dem Roman gekommen sei. Ob das ihr erstes Buch sei. Und ob sie schon an etwas anderem schreibe. Und so weiter. Niemandem von denen traute de Jong zu, einen brutalen Mord zu begehen. Bei der Kripo hatten sie wohl zu früh gejubelt.

Am Ende der Veranstaltung sagte Noemi Struck ein paar Worte zum tragischen Tod ihres Chefs, den alle so sehr geschätzt und dem alle so viel zu verdanken hätten. Dann bedankte sie sich für das zahlreiche Kommen. Alle erhoben sich, und einige der Gäste halfen noch dabei, die Stühle zusammenzustellen und den Tisch an die Wand zu rücken. Draußen traf de Jong noch drei Raucher an und einen Kerl, der nicht rauchte, sondern nur dastand, mit den Händen in den Taschen.

»Sie habe ich hier noch nie gesehen«, sagte der Mann.

»Niklas Meyring«, sagte de Jong. »Ich bin das erste Mal dabei.«

»Lohengrin, Wolf. Ein alter Hase sozusagen.«

»Angenehm.«

»Na, dann sagen Sie doch mal, Herr Meyring: Hat es Sie angeturnt?«

»Angeturnt?«

»In sexueller Hinsicht, meine ich.«

De Jong zuckte mit den Schultern. »Ehrlich gesagt, es war wohl nicht so ganz mein Fall.«

»Aus welchem Grund: weil es nicht verderbt genug war?«

»Was meinen Sie mit verderbt?«

»Nun ja: voller Schmutz und Sünde. Und Abschaum. Sie wissen schon.«

»Nicht so richtig, fürchte ich.«

*Lohengrin fragte, ob er de Jong noch zu etwas einladen könne, und de Jong ging darauf ein, weil er neugierig war. So erfuhr er bei einem Bier, dass der Mann, der ihm in der Kneipe gegenübersaß, nicht das Geringste gemein haben wollte mit den anderen Friends of de Sade, obwohl er sich als alter Hase bezeichnet hatte. Obwohl er schon seit über einem Jahr regelmäßig zu den Treffen kam, sei er sozusagen die Ausnahme von der Regel. Er komme nämlich nicht, um sich aufzugeilen, so wie die anderen. Sondern weil er der einzig Gerechte in diesem »Pfuhl der Lust und der dunklen Begierden« sei. Der Einzige reinen Herzens, was Gott, den Herrn, möglicherweise davon abhalten würde, mit seinem Flammenschwert Sitte und Anstand wiederherzustellen, so geschehen im Fall von Sodom und Gomorrha. Das alles sprudelte ziemlich schnell aus Lohengrin heraus, und de Jong fühlte sich von dieser massiven Welle religiösen Eifers geradezu überspült. Mit Sorge beobachtete er, wie sich in den Mundwinkeln seines Gegenübers immer wieder Speichelbläschen sammelten und manche von ihnen sogar in seine Richtung flogen. Zum Glück flogen sie nicht so weit, dass sie ihn trafen.*

*»Halten Sie mich jetzt bitte nicht für durchgeknallt. Oder für so einen religiösen Spinner.«*

*De Jongs Antwort beschränkte sich auf ein indifferentes Geräusch, das man so oder so deuten konnte.*

*»Aber hat Gott, der Herr, denn nicht gesagt, gehet hinaus in die Welt und lehret die Menschen, was Anstand ist und was wollüstige Sünde? Und dass ihr nicht zögern sollet, die Gottlosen aus dem Tempel hinauszutreiben und ihnen zu zeigen, was sie haben von ihrer Schamlosigkeit, wenn mit Blut und Feuer das Gericht über sie kommt?«*

*De Jong trank den Rest von seinem Bier aus, sah auf die Uhr und zückte sein Portemonnaie. »Tja, ich müsste dann jetzt auch los«, sagte er. »Aber danke für die aufschlussreiche Plauderei.« Er meinte das natürlich nicht so, wie Lohengrin es offenbar verstand, der ihm verschwörerisch mit seinem Mineralwasser zuprostete: nämlich dass er heute Abend einen Mitstreiter im Geiste gefunden hatte. Für de Jong war der Abend in kriminalistischer Hinsicht dann doch nicht ganz ergebnislos verlaufen.*

*Zwei Tage später, an einem sonnigen Vormittag, radelte er ins Zentrum Nord, das damals noch immer im Aufbau begriffen war. Als hätte sich eines Tages ein ganzes Rudel riesiger, halbkreisförmiger Bürogebäude zusammen mit ein paar asphaltierten Parkplätzen und mehreren gewerblichen Lagerhäusern auf den Weg in die Stadt gemacht und wäre vor den Toren abgewiesen worden, wo sie jetzt notgedrungen herumstanden. Eines der Bürogebäude beherbergte* Münster on Air, *einen lokalen Radiosender. De Jongs Recherchen hatten ergeben, dass* Münster on Air *etwa zwei Wochen zuvor ein Feature über die Freunde de Sades ausgestrahlt hatte. In einem sonnendurchfluteten Besprechungsraum, dessen große Fenster auf ein halbkreisförmiges Bürogebäude direkt gegenüber blickten, empfing ihn die zuständige Redakteurin, eine gewisse Giulia Collodi. Sie bot ihm Kaffee an, aber de Jong nahm lieber ein Wasser. Gläser und kleine Flaschen standen massenweise zwischen ihnen auf dem Tisch.*

*»Die grässliche Art, wie Gerrit Bernauer ermordet wurde«, sagte sie. »Glauben Sie etwa, dass dieser Lesekreis darin verwickelt ist?«*

*Frau Collodi war jung und auf eine unauffällige Weise attraktiv. Nein, unauffällig konnte man es nicht nennen: Es war* nur so, dass er auf irgendeine Weise nicht auf ihre Attraktivität gefasst war. Aber sobald sie lächelte, wurde sie offenbar. »Das klingt so, als hätten Sie Gründe, das für unmöglich zu halten«, sagte de Jong.

»Nicht unmöglich«, räumte sie ein. »Vor ein paar Jahren war doch dieser grausame Mord in einer Kleingartenkolonie, damit hätte auch niemand gerechnet. Hobbygärtner, die zu Mördern werden. Insofern …«

»Ich weiß, was Sie meinen«, sagte de Jong. »Am Dienstagabend war ich auf einer erotischen Lesung mit belegten Brötchen.« Er grinste. »Erzählen Sie mir ein bisschen von Bernauer. Sie kannten ihn?«

Frau Collodi schüttelte den Kopf. »Nein, das kann man nicht sagen. Ich habe ihn nur interviewt. Mit ein paar Kunden im Laden gequatscht, was man so macht. Tja, seinen mysteriösen Freund hab ich auch kennengelernt.«

»Welchen mysteriösen Freund?«

»Den Namen hab ich vergessen, es war irgendwas Altertümliches … Parzival?« Sie schüttelte den Kopf. »Nee, so hieß er nicht. Ein seltsamer Kerl. Er hat mich angesprochen, als ich schon auf dem Heimweg war. Wir haben einen Kaffee getrunken.«

»Wieso war er seltsam?«

»Weil er schräges Zeug geredet hat. Er hielt sich für so eine Art Schutzengel Bernauers. Für seine Seele. Die sei nämlich verloren. Und dass der Tag des Gerichts nahe sei. Wie gesagt, ziemlich schräges Zeug.«

»Hieß er zufällig Lohengrin?«

Sie lächelte und zeigte mit dem Finger auf ihn. »Lohengrin, genau. Aber das wirklich Seltsame war …« Ihr Lächeln verschwand, stattdessen sah sie an de Jong vorbei und richtete einen diffusen Blick in die Vergangenheit. »Als ich zwei Tage später abends noch mal in den Laden wollte – ich hatte mir studienhalber Bücher ausgeliehen und wollte sie zurückgeben –, da hab ich die beiden laut streiten gehört. Richtig laut, man konnte es bis auf die Straße hören. Mannomann, und der will ein Schutzengel sein, hab ich mir gedacht.«

»Worum ging es bei dem Streit?«

»Keine Ahnung, ich hab ja nicht gelauscht.«

»Na ja, aber wenn man es bis auf die Straße hören kann, dann braucht man nicht zu lauschen …«

Wieder lächelte Frau Collodi, und de Jong war schon drauf und dran, sie zu fragen, ob sie nach der Arbeit vielleicht mal Interesse hätte, mit ihm etwas trinken zu gehen, ließ es dann aber doch. »Bernauer hat immer wieder gefragt«, sagte sie, »wo denn das Problem sei. Was er für ein Problem hätte. Immer wieder. Und dass er doch wegbleiben solle.«

»Wegbleiben. Von dem Lesekreis?«

»Vermutlich.«

»Und Lohengrin?«

»Er kam wieder mit diesem schrägen Kram: dass Gott der Herr nicht scherze und seine Geduld nicht grenzenlos sei, so wie seine Gnade und seine Macht. Und dass es einen Gerechten brauche, um das Gericht abzuwenden. Man konnte es so gut verstehen, weil er es regelrecht deklamiert hat, so als stünde er auf einer Bühne. Ich bin dann gegangen.« Sie lächelte noch einmal und deutete dann auf ihre Armbanduhr. »Das muss ich jetzt leider auch. Redaktionsmeeting, schon seit drei Minuten.«

De Jong erhob sich. »Jedenfalls vielen Dank für Ihre Hilfe.«

»Gern. Wenn Sie noch was wissen wollen, melden Sie sich einfach.«

De Jong nahm sich vor, das zu tun. Ihm würde schon noch einfallen, was er dann wissen wollte.

## 20. Kapitel

Die Nacht war kurz und alles andere als erholsam. De Jong machte kaum ein Auge zu, weil nebenan Bühlow schnarchte, als wollte er der Welt vor Ohren führen, dass viele sich damit brüsten mochten, laute Schnarcher zu sein, dass aber wohl kaum einer dieser Weicheier auch nur einen Schimmer davon hatte, was wirkliches Schnarchen bedeutete. Der Exkommissar döste immer wieder in einen unruhigen Halbschlaf und träumte dann, dass irgendjemand das Wasser aus dem Kanal gelassen hatte und eine Urgewalt dabei war, das Hausboot mit Höllengetöse über einen eisernen Grund zu schleifen.

Schon vor Sonnenaufgang gab er seine Einschlafversuche auf. Er schlurfte an Deck, trank einen Kaffee und starrte mindestens eine halbe Stunde lang auf das Wasser, ohne auch nur einen einzigen Gedanken im Kopf zu haben, nicht einmal Erleichterung darüber, dass der Albtraum mit dem leeren Kanal nur ein Traum gewesen war. Als gegen halb zehn Bühlow mit der Zahnbürste in der Hand die Treppe heraufstapfte, begrüßte ihn de Jong mit: »Tja, wenigstens einer, der geschlafen hat.« Worauf sein Gast säuerlich zurückgab, das hätte er ja gern getan, wenn nicht ein anderer die Nacht damit verbracht hätte, das Schiff zu zersägen. De Jong erwiderte, da müsse Bühlow sich wohl selbst gehört haben, was wiederum den Hauptkommissar zu der Bemerkung veranlasste, seines Wissens sei es noch niemals vorgekommen, dass jemand geschnarcht und sich dabei selbst zugehört hätte.

Kein guter Anfang. Immerhin sorgte Bühlow nach dem Zähneputzen für frische Brötchen. »Und, hat sie sich gemeldet?«, fragte er mit vollem Mund. »Kristin, meine ich.«

De Jong, ebenfalls mit vollem Mund, schüttelte den Kopf.

»Macht sie schon noch«, sagte der Hauptkommissar.

»Warum sagst du ihr nicht einfach, dass die Sache mit dieser Imogen vorbei ist, und dann könnt ihr …«

»Welche Sache denn?«, fuhr Bühlow ihn ärgerlich an. »Da ist überhaupt keine Sache, also was, zum Teufel, soll dann zu Ende sein!«

»Na ja, immerhin hast du mit ihr geschlafen und willst jetzt mit ihr nach Gibraltar …«

»Was denn, bist du jetzt plötzlich auf Kristins Seite?«

»Ich wusste gar nicht, dass es Seiten gibt.«

»Dieses eine Mal, das war ein Ausrutscher, wie oft soll ich das noch erklären! Das ist Vergangenheit. Jetzt das ist was völlig anderes.«

»Dann sag ihr das.«

»Denkst du vielleicht, das hätte ich nicht längst getan?« Bühlow schüttelte den Kopf wie jemand, der so viel Zeit damit verbracht hatte, zu kämpfen und immer wieder zu kämpfen und jetzt einfach nur müde war. »Imogen ist eine Kollegin, nicht mehr. Das wird selbst Kristin schon noch begreifen.«

De Jong kam es so vor, als wäre das Gespräch an einem toten Punkt angelangt. »Noch Kaffee?«, fragte er.

Bühlow nahm noch eine Tasse, und de Jong erfuhr wenigstens, dass die Kripo inzwischen Oswalds Alibi überprüft hatte. Es war wasserdicht, wie der Exkommissar schon erwartet hatte. Trotzdem war das keine gute Nachricht. Bühlow kam aber kurz darauf noch mal zu seinem Thema zurück. »Wo wir schon dabei sind«, sagte er.

»Wobei?«

»Imogen, besagte Kollegin, hat nämlich etwas ausgegraben.«

Für de Jong klang das nicht gut. »Das tut mir leid.«

»Für unseren Fall, meine ich. In den USA. Das MoMA. Museum of Modern Art, New York. Da gab es in den Neunzigern einen Serienkiller, den man ›The Artist‹ nannte. Den Künstler. Der hat Leute umgebracht und ihre Leichen in der Ausstellung so drapiert, als würden sie sich Kunstwerke anschauen. Kommt dir das bekannt vor?«

»Und wenn?«

»Man hat den Kerl nie gekriegt. Theoretisch könnte er also …«

De Jong zog ein Gesicht. »Das ist jetzt nicht dein Ernst. Du willst mir erzählen, ein Killer wäre aus New York nach Münster gereist, um hier seine Mordserie fortzusetzen?«

»Wie gesagt, nicht ich, sondern die Kollegin.«

»Imogen. Mit der du nach …«

»Jaja.« Der Hauptkommissar machte wieder seine wegwischende Geste, weil sie das schon zur Genüge durchgekaut hatten. »Es könnte doch ein Nachahmer sein.«

»Inwiefern bringt uns das dann weiter? Ermittlungstechnisch?«

»Weiß ich noch nicht. Aber man sollte es im Kopf behalten.«

»Na gut.« De Jong erhob sich und begann, die Frühstückssachen wegzuräumen. »Aber weißt du, was ich im Kopf behalte? Vorerst glaube ich noch nicht daran, dass Ole Frings das zufällige Opfer eines Serienmörders geworden ist. Sondern dass jemand ein echtes Motiv hatte, ihn umzubringen. Einen konkreten Grund, weißt du? Und den werde ich herausfinden.«

Der Hauptkommissar wollte etwas entgegnen, als de Jongs Handy klingelte. De Jong hob die Hand, um Bühlow Einhalt zu gebieten, und ging ran.

»Oswald hier«, meldete sich eine bekannte Stimme mit dem unverkennbaren, leicht gespreizten Unterton. »Ich frage mich, wann Sie mir Ihr kleines Juwel anvertrauen wollen.«

»Ich nicht«, sagte de Jong.

Der Mann am anderen Ende räusperte sich. »So, wie wir es besprochen hatten. Ihr Manuskript, das eine Chance verdient.«

»Was es verdient oder nicht, entscheide doch immer noch ich«, beharrte de Jong trotzig.

»Ach, kommen Sie, Herr Kommissar.«

»Exkommissar.«

»Soll ich Ihnen davon erzählen, wie viele Menschen, die später Literaturgeschichte geschrieben haben, anfangs nicht an ihr Talent geglaubt haben?«

»Nein.«

»Und wenn man sich das vor Augen führt, kann man sich wohl ausrechnen, dass das noch vielen mehr so gegangen ist. Und wie viele einzigartige Werke der Welt auf diese Weise wohl vorenthalten wurden.«

Bühlow erhob sich und machte eine Geste, die bedeutete, »also ich mach mich jetzt mal vom Acker«, de Jong ermutigte ihn mit einer anderen zu warten. »Könnten Sie das etwas konkreter fassen?«

»Herr Exkommissar. De Jong. Ich würde doch nicht so beharren, wenn ich es nicht Giuli in die Hand versprochen hätte.«

»Giuli?« De Jong wurde hellhörig und gleichzeitig misstrauisch. »Was versprochen?«

»Mich Ihres kleinen, aber feinen Stücks Literatur anzunehmen. Von dem sie viel hält.«

»Woher wollen Sie das denn wissen?« De Jong war irritiert: Giulia zufolge sprachen die beiden nicht miteinander, und jetzt stellte sich heraus, dass sie es sehr wohl taten. Hinter seinem Rücken. Und auch noch über ihn! »Ich wüsste nicht, was das bringen sollte«, sagte er deshalb, um einen genervten Tonfall musste er sich nicht bemühen. »Zumal ich mich auch frage, wie Giulia dazu kommt, so viel von dem kleinen, aber feinen Literaturstück zu halten, wo sie es doch gar nicht kennt.«

Er wartete, es kam keine Antwort. Und nach einer kleinen Pause: »Da müssten Sie am besten sie fragen.«

»Verlassen Sie sich drauf, das werde ich tun«, versprach de Jong und legte auf.

Bühlow hatte nicht gewartet. Gerade bog er mit dem Rad um die nächste Ecke und verschwand dann aus dem Blickfeld. Er schien eine feine Antenne zu haben, die ihm meldete, wenn sich de Jongs Stimmung zum Schlechteren veränderte.

Der Exkommissar wählte Giulias Nummer, um sie zur Rede zu stellen, warum sie sich mit dem Kerl, den sie angeblich so uninteressant fand, dass das einzig an ihm Erwähnenswerte sein Mundgeruch war, hinter de Jongs Rücken verabredete und mit ihm Pläne schmiedete, die ihn, de Jong, betrafen. Noch während er wählte, überlegte er sich genau, was er ihr an den Kopf werfen wollte und in welcher Reihenfolge; aber dann kam es anders, und de Jong fühlte sich wie jemand, der mit Anlauf eine Tür einrennen will, die im gleichen Moment von innen geöffnet wird. Giulia entschuldigte sich dafür, dass sie nach dem Abend im Museum so grantig gewesen und wortlos nach Haus abgerauscht sei. Schließlich könne de Jong ja nichts dafür, dass die Veranstaltung so niveaulos gewesen sei. Und für Oswald könne er auch nichts. – Okay, de Jong würde noch auf ihn zurückkommen, aber momentan hielt er es für klüger, es entspannt anzugehen. Freundlichkeit war vielleicht der bessere Weg zum Ziel. Also verabredete er sich mit Giulia zum Mittagessen.

* * *

Drei Monate erst war es her, dass Aristoteles, den de Jong noch aus dessen Zeit als Chefkoch der Kripokantine kannte, seinem griechischen Restaurant einen neuen Namen verpasst hatte. *Monasterion* klinge langweilig, und Langeweile, fand Aristoteles, sei schon immer ein ungeeignetes Lockmittel für Kundschaft gewesen. Mit dem neuen Namen *Pandoras Box* hatte er es immerhin geschafft, die Aufmerksamkeit der Netzwerke auf sich zu ziehen; es hagelte Kommentare, Empfehlungen und Sterne-Bewertungen. Auch wenn die überwiegend negativ waren – schlechter Service, unfreundliche Bedienung und lange Wartezeiten –, das Lokal war fast immer voll.

Und genau das war einer der Gründe dafür, dass das Treffen mit Giulia anders verlief, als de Jong es geplant hatte, wenn auch nicht der entscheidende. Denn sie bekamen den letzten freien Tisch, in unmittelbarer Nähe zu der Treppe, die hinunter zu den Toiletten führte, von denen Aristoteles gesagt hatte, dass er sie dringend renovieren müsse, was de Jong jetzt nur bestätigen konnte. Zwar war tatsächlich kein anderer Tisch mehr frei, aber der Chef hätte da mit Sicherheit noch etwas drehen können. Nur weilte er momentan gar nicht im Land, sondern in der Heimat, in irgendeinem kretischen Bergdorf, in das er geeilt war, um eine ganze Woche die Hochzeit seiner Nichte zu feiern. In der Zwischenzeit hatte sein Kumpel Jorgo den Hut auf, ein undurchsichtiger Typ, der sich als Kollege bezeichnete und Inhaber einer Dönerbude namens Akropolis-Grill in Hiltrup war. Er servierte ausschließlich Gerichte, die er als »gehobene Küche« bezeichnete, vegan, garantiert gluten-, jedenfalls absolut geschmacksfrei.

»Ist doch eigentlich gar nicht so schlecht.« De Jong sah mit an, wie Giulia sich mit veganem Oktopus an Auberginenpüree abmühte und ihre anfangs heitere und frohgemute Stimmung von Minute zu Minute an Schwung verlor; er begriff, dass ihm nicht viel Zeit bleiben würde, seine Fragen in einer halbwegs friedfertigen Weise zu besprechen.

»Wie geht's eigentlich Oswald so?«, kam er also so beiläufig, wie es die Zeit erlaubte, zur Sache.

Sie zuckte mit den Schultern, während sie lustlos im trockenen Salat herumstocherte. »Keine Ahnung.«

»Klar«, sagte de Jong. »Du magst ihn ja auch nicht besonders.«

»Genau.«

»Weißt du, was ich seltsam finde?«

Ein Gast zwängte sich an ihrem Tisch vorbei, tappte die Treppe zur Toilette hinunter und ließ im Gehen einen fahren.

»Was?«

»Dass ihr beide angeblich überhaupt nicht miteinander könnt, und dann steht ihr doch in einem recht intensiven Austausch.«

Giulia legte die Gabel, die gerade ein Blatt Rucola aufgespießt hatte, auf den Teller. »Was denn für ein Austausch?«

»Ihr habt über mein altes Manuskript geredet. Das über Odysseus und seine Gefährten.«

»Ach, diese Sache.«

»Genau«, sagte de Jong, »diese Sache.« Er wartete. Aber es kam nicht mehr. Giulia stocherte weiter. Der Gast kam zurück und brachte eine stark appetithemmende Mischung aus Klodunst und chemischen Übertünchungsgerüchen mit.

Giulia rümpfte die Nase. »Du wolltest doch immer groß damit rauskommen«, sagte sie mit vollem Mund. »Und da dachte ich mir …«

»Ich? Groß rauskommen? Das Skript ist noch nicht mal fertig!«

»Das wusste ich gar nicht. Aber es spielt auch keine Rolle. Gunnar mag ja einen an der Klatsche haben, aber von Literatur versteht er was, glaub mir. Oder vielleicht auch nicht. Er hat aber Connections. Behauptet er jedenfalls.«

»Du weißt es also gar nicht.«

»Wie gesagt.« Sie schüttelte den Kopf. »Es wäre ein Versuch.«

Ein weiterer Gast, dieses Mal eine korpulente Dame, machte sich ächzend auf in Richtung Waschräume.

»Jedenfalls entscheide immer noch ich, was mit dem Buch passiert«, sagte de Jong. »Und ich will nicht, dass …«

»Ja, schon gut!« Giulia tupfte sich mit der Papierserviette den Mund ab, zerknüllte sie und warf sie auf den Teller mit dem Salat. »Es war doch nur nett gemeint. Kein Grund, sich aufzuregen.«

»Ich reg mich überhaupt nicht auf.«

Eine Weile saßen sie einander schweigend gegenüber, aber die frohgemute Stimmung war dahin.

Jorgo kam, um abzuräumen, und fragte, ob es noch etwas sein dürfe. De Jong meinte, zum Beispiel dürfe etwas gegen den Geruch unternommen werden, worauf der Grieche nur ratlos die Schultern hob.

Inzwischen kam die Dame die Treppe herauf. »Da unten läuft irgendwas über«, meldete sie, an Jorgo gewandt, der erneut die Schultern zuckte und sich eilig verdrückte.

»Wart ihr eigentlich zusammen oder nicht?«, kam de Jong endlich zum Punkt.

Giulia richtete sich auf und legte den Kopf zur Seite. »Wird das jetzt eine Vernehmung, oder was?«

»Wie kommst du darauf?«

»Weil das dein Vernehmungston ist.«

»Den gibt es überhaupt nicht.«

Sie lachte kurz auf. »Oh doch.«

»Es ist eine einfache Frage«, beharrte er. »Warum beantwortest du sie nicht?«

»Siehst du, genau das meine ich.«

Jorgo eilte herbei und stellte eine Schale mit Weintrauben, eine Karaffe mit Ouzo und zwei Gläser auf den Tisch, als Entschädigung für den Geruch. Die Treppe herauf kam ein ohrberingter Schönling, der im Gehen den Reißverschluss seiner Hose zuzog und den de Jong gar nicht hatte hinuntergehen sehen.

»Er hat sich eingebildet, wir wären zusammen«, sagte Giulia, sobald beide wieder weg waren. »Das ist ja wohl ein entscheidender Unterschied.«

»Er hat es sich eingebildet? Und in Wirklichkeit wart ihr es gar nicht?«

»Genau das wollte ich sagen.«

»Aber wie soll das denn gehen? Ich meine, man bildet sich doch nicht völlig grundlos ein, mit einer Frau zusammen zu sein.«

»Das musst gerade du sagen.«

De Jong schätzte Giulia über alles, aber manchmal konnte sie giftiger sein als ein Skorpion.

»Und weißt du, warum es nie was mit uns geworden ist? Weil er eine Mimose ist. Ehrlich, ich habe noch nie jemanden kennengelernt, der so übelnehmerisch ist.«

De Jong hatte eigentlich genug gehört. Seine Angriffslust war verflogen, und er wollte nur noch zahlen und gehen. Aber Giulia schien gerade richtig in Fahrt zu kommen. »Einmal zum Beispiel hatte ich eine Sache am Laufen. Mit einem Musiker, ich glaube, er spielte Cello. Aber keine Ahnung, wie der hieß.« Sie bediente sich bei dem Ouzo, als hätte Jorgo ihn nur für sie serviert. »Zwei One-Night-Stands, meinetwegen auch drei, aber nicht mehr. Ich hab Gunnar gesagt, dass das nichts Persönliches gegen ihn war, aber er hat es persönlich genommen. Von wegen, ich hätte ihm das Herz herausgerissen.«

»Also wart ihr doch zusammen.«

Giulia seufzte genervt. »Sagt er jedenfalls. Weil er das gern gehabt hätte.«

»Und du nicht?«

»Das hab ich nicht gesagt. Jedenfalls war es nicht offiziell.«

»Was heißt denn offiziell? Musste man das irgendwo anmelden?«

»Egal. Ich hab versucht, es ihm zu erklären. Aber er wollte davon nichts wissen.«

»Aber ist Sex denn nicht was Persönliches?«

»Das hängt davon ab.«

»Jetzt komm schon, Giulia. Erzählst du mir jetzt etwa, dass alle Menschen füreinander geschaffen sind und alles andere bürgerliche Konvention ist? Ich wusste noch gar nicht, dass du auf diesen uralten Hippiescheiß stehst.«

»Wieso denn Hippiescheiß? Und sag mir noch eins, Niklas: Was hat das alles zu tun mit einem Buch, das von Winzlingen handelt, die auf einer Suppe segeln?«

Er hatte keine Ahnung, was das damit zu tun hatte. Giulia redete angeblich nicht mit dem Kerl, und jetzt stellte sich heraus, dass sie mit ihm zusammen gewesen war. Sie hatte keinen Schimmer von de Jongs Schubladenmanuskript, und jetzt hatte sie es auf einmal doch gelesen. De Jong reichte es. Er machte Jorgo ein Zeichen. »Zahlen!«

## 21. Kapitel

Nach dem Bezahlen blieb er noch sitzen. Auch nachdem Giulia längst gegangen war und er Jorgos langes Gesicht sah, der wenig begeistert davon war, dass er den Tisch noch nicht weitergeben konnte, rührte er sich nicht vom Fleck. Denn der Exkommissar war wütend. Und nicht, wie so oft nach einem Besuch bei Aristoteles, beschickert. Weil er sich zu sehr geärgert hatte, um Ouzo zu trinken, also hatte Giulia ihn ganz allein konsumiert. Seinetwegen sollte man sie ruhig anhalten, wenn sie mit dem Fahrrad Schlangenlinien fuhr, das geschah ihr recht. Okay, würde sie sagen. Aber Sie haben sich bestenfalls eingebildet, ich wäre Schlangenlinien gefahren, und das ist ja wohl ein entscheidender Unterschied.

De Jong war wütend und so nüchtern wie nie. Jorgo schien das riechen zu können, er machte einen weiten Bogen um den Tisch und kam nicht auf die Idee zu fragen, ob es vielleicht doch wieder etwas sein dürfe. Der Exkommissar saß einfach da und sah den Gästen von Pandoras Box dabei zu, wie sie die Toiletten ansteuerten oder auf dem Weg zurück ihr Hemd in die Hose stopften.

Irgendwann meldete sein Handy den Eingang einer Nachricht. Sie war von Achim Bühlow und hatte den Betreff: *Stand der Ermittlungen*. De Jong öffnete sie.

*Beide Morde, sowohl der an Frings als auch der an Breisig, wurden im LWL-Museum begangen. Aber es wäre voreilig, davon auszugehen, dass es sich um ein und denselben Täter handelt. Dazu gibt es zu viele Unterschiede: 1. Der Fundort. Bei Frings die Sonderausstellung Kriminalliteratur, bei Breisig der August-Macke-Raum. 2. Die Mordmethode: tödliche Dosis Betäubungsmittel (Breisig) und Genickbruch (Frings). Dr. Huldrich, die Profilerin, gab aber zu bedenken, dass gerade Unterschiede, die einen sicher sein ließen, dass es sich um mehrere Täter handele, oft in die Irre führen könnten, weil sie, genauer betrachtet, dann genau umgekehrt ein Hinweis dafür sein könnten, dass man es mit nur einem Täter zu tun hatte. In unserem Fall wäre dieser männlich, höchstwahrscheinlich ohne Migrationshintergrund. Er wäre sozial unauffällig, intelligent und fühlte sich den meisten Menschen in seinem Umfeld überlegen.* Eene meene Tekel *und* Wer das liest, ist tot *deuteten darauf hin, dass er sich selbst einrede, die Morde nur aus Spaß zu begehen, dass sie ein Spiel seien, bei dem immer er gewinne. Frau Huldrich hält es für möglich, dass unser Täter als Kind von seinen Eltern voreilig für hochbegabt erklärt worden sei, was für den Jungen eine permanente Überforderung bedeutet habe. Im Übrigen habe er ein problematisches Verhältnis zu Frauen. Allerdings auch zu Männern.*

De Jong hatte Frau Huldrich schon kennengelernt: eine junge Frau, ebenso attraktiv wie scharfsinnig. Sie kam direkt von der Polizeiakademie in Hiltrup, und der Erste Hauptkommissar Kriegeskotte hatte sie in sein Team geholt, damit sie »frischen Wind« in die Mordkommission brachte, die zwar angeblich hochmodern organisiert, aber dennoch in die Jahre gekommen war. Der Exkommissar bezweifelte stark, dass die Profilerin ein derart wirres Täterprofil abgeliefert hatte; die SMS schien ihm vielmehr ein Beleg dafür zu sein, wie wenig Achim Bühlow von ihrem Statement verstanden hatte. Vielleicht war er gar nicht bei der Sache gewesen, weil seine Gedanken abgeschweift waren, zum Beispiel zu Imogen.

De Jong stand abrupt auf und verließ Pandoras Box. Jorgos misstrauischer und gleichzeitig erleichterter Blick folgte ihm bis nach draußen. Ein schmutzwasserfarbener Himmel drückte auf die Stadt, Nieselregen wirbelte in der Luft. Der Exkommissar wischte mit dem Ärmel über den Sattel und stieg auf sein Rad.

Etwa fünfzehn Minuten später hockte er im LWL-Museum am Domplatz auf einer Holzbank und starrte auf ein düsteres Ölgemälde. Eine ernst dreinblickende Dame in einer schlichten, schwarzen Robe, auf dem Kopf ein züchtiges Spitzenhäubchen, starrte aus dem achtzehnten Jahrhundert zurück. Die moderne Abteilung war immer noch abgesperrt, also hatte sich de Jong zu den alten Meistern verzogen, um eine Witterung aufzunehmen, indem er sich in die Welt des Täters hineinversetzte. Diese intuitive Methode war von hochsensiblen Kriminalisten erfunden worden, die in der Lage waren, Gedanken, Gefühle und Beweggründe des Täters zu empfangen, sie nachzudenken und nachzufühlen. Einfach indem sie sich an den Tatort begaben und ihren Geist öffneten. Im Idealfall wussten sie so im Handumdrehen, wer die Tat begangen hatte.

Bekanntlich verfügte de Jong über hochsensibles Potenzial, also strengte er sich an. Und tatsächlich kamen ihm Gedanken. Er stellte sich vor, er wäre kürzlich aus New York City hier an den Domplatz gereist. Im Museum of Modern Art hätte er schon den einen oder die andere kaltgemacht. Dann hätte er die Toten so drapiert, dass es aussah, als wären sie voll und ganz in die Betrachtung der Kunst vertieft. »Warum habe ich das gemacht?«, fragte sich de Jong. »Was wollte ich damit erreichen? Beweisen, dass Kunst unsterblich ist, während der Mensch vergänglich und unbedeutend ist?« – »Vergiss das mit der Sterblichkeit«, antwortete es in ihm, pflaumte ihn geradezu an. »Soll ich dir sagen, was echte Kunst ist, du Schwachkopf? Eene mene Tekel, das ist Kunst. Und drauf geschissen. Fall bloß nicht drauf rein, suche nicht nach einem höheren Sinn dahinter. Den gibt's nämlich nicht. Höherer Sinn ist Bullshit, nichts weiter. Eine Erfindung der Mächtigen, um die Unterdrückten zu unterdrücken. Und Morden ist nur ein Job wie jeder andere, und am Ende heißt es doch immer: Wer das liest, ist tot. So einfach ist das. Wer das liest, ist tot. Ende Gelände und aus die Maus. Kapier das, bevor ich dir auch so eine Spritze verpasse, und dann hörst du endlich auf mit diesem …«

»Hallo, ist alles in Ordnung mit Ihnen?«

De Jong fuhr hoch, weil jemand ihn angestubst hatte, schon das zweite Mal. »Was …?«

Es war die Frau aus dem achtzehnten Jahrhundert, sie war aus dem Bild zu ihm gekommen und beugte sich jetzt besorgt über ihn. »Sie haben seltsame Geräusche gemacht, da dachte ich …«

Nein, er hatte sich natürlich getäuscht. Es war nicht die Frau aus dem Bild, sondern eine ältere Dame in einem Kleid mit Blumenmuster, die der auf dem Gemälde nicht mal ähnelte.

»Jaja, schon gut. Ich war nur kurz eingenickt.« De Jong erhob sich, stolperte los und suchte das Weite. So viel zur intuitiven Methode.

Noch während er dem Ausgang des Museums zustrebte, schwor er aller Esoterik ab und verließ sich wieder auf seinen nüchternen Verstand. Abgesehen von allem intuitiven Getue und mysteriösen Museumsserienkillern waren da, was Ole Frings betraf, bisher zwei möglicherweise Verdächtige: Oswald, der skurrile Büchernarr, der mit der Schrotflinte auf Bücher schoss – mit dem kleinen, aber entscheidenden Makel, dass er mit einem wasserdichten Alibi aufwarten konnte. Und dann war da noch der halbseidene König der vollautomatischen Toiletten. Immerhin war er männlich, hatte keinen Migrationshintergrund und schien sich für außergewöhnlich clever zu halten. Das war aber auch schon alles, und ein ernsthaftes Motiv war schon gar nicht in Sicht.

De Jong setzte sich auf sein Fahrrad und trat lustlos in die Pedale. Ulf Majewski verschwieg ihm irgendetwas, aber er hatte nicht die geringste Ahnung, ob es etwas Wichtiges war. Es war eben nur so ein vages Gefühl. Giulia hatte sich immer darüber lustig gemacht, dass de

Jong gern die hohe Kunst der Deduktion predigte und am Ende dann doch mit seiner Schnüfflernase ankam. Und in einem hatte sie wohl recht: Sobald Gefühle ins Spiel kamen, landete er treffsicher in der Esoterik.

Schon zwei Morde waren begangen worden! Noch nie hatte er nach zwei Morden mit so wenig dagestanden.

De Jong stoppte unvermittelt und stützte das Rad mit dem rechten Fuß ab. Er mochte nicht besonders begabt darin sein, an Tatorten auf intuitive Weise die Gedanken des Täters zu erspüren, aber ein anderes Gefühl war ihm vertraut: nämlich das Gefühl, dass ihm jemand folgte. Wie es möglich war, dass man jemanden, der nicht gesehen werden wollte, auf vage Weise erahnte, konnte er nicht sagen, es war wohl eins dieser unerklärlichen Phänomene, so wie manche Menschen spüren konnten, wenn sich ein Blick auf sie richtete. De Jong war lange genug Bulle gewesen, um dieses Gefühl ernst zu nehmen. Auf der Suche nach einem Hinterhalt fuhr er daher wieder los, radelte quer über den Domplatz bis auf die Rückseite der Kathedrale und parkte sein Rad neben einer Skulptur, die sich an das Gotteshaus schmiegte. Ein ideales Versteck. Drei Heilige aus Bronze umstanden den Gekeuzigten, der selbst auch aus Bronze war. De Jong gesellte sich zu Jan van Leiden, dem König von Münster und einzigem Nichtheiligen in der Gruppe. Wenige Augenblicke später bog eine Person um die Ecke. De Jong trat ihr in den Weg, die Person erstarrte.

Der Exkommissar aber auch, weil er das am wenigsten erwartet hatte. Die Person war Irmgard Majewski.

»Sie?«

»Wieso lauern Sie mir auf?«

»Die Frage ist ja wohl, warum Sie mir folgen«, gab er zurück.

Frau Majewski steckte in einem stahlblauen Anorak, der sie fast komplett einhüllte und gerade mal ihr Gesicht freigab, was de Jong übertrieben fand; immerhin hatte es längst aufgehört zu regnen. Seltsamerweise wirkte sie in diesem Aufzug jünger als gestern, als sie ihn in ihr Haus gelassen hatte. Geblieben war der verkniffene Zug, der ihre Lippen umspielte. »Ganz einfach: weil ich Sie sprechen wollte.«

»Also gut«, sagte de Jong. »Warum haben wir das nicht getan, als ich Ihren Mann besucht habe?«

Sie schien zu überlegen. »Manche Dinge sind vertraulich.«

»Verstehe«, sagte de Jong, was nicht zutraf, aber er wollte, dass sie weitersprach.

»Sie haben mit meinem Mann geplaudert.«

»Das ist richtig.«

»Und wie mir scheint, hat er Sie wohl ganz schön eingewickelt. Nach allen Regeln der Kunst.«

»Eingewickelt? Was meinen Sie damit?«

»Geben Sie sich nicht die Schuld, Herr de Jong. Er ist gut darin. Der schöne Schein ist seine Spezialität. Und Sie sind nicht der Erste, der ihm auf den Leim geht.«

De Jong war ein bisschen ärgerlich. Woher wollte sie das wissen? Sie war doch gar nicht dabei gewesen. »Haben Sie etwa gelauscht?«, fragte er.

»Das musste ich gar nicht. Hat er Ihnen von seiner dunklen Seite erzählt?«

»Von welcher dunklen Seite?«

»Hat er also nicht.« Frau Majewski verschränkte die Arme vor der Brust und sah zufrieden aus wie jemand, die mal wieder recht behalten hatte.

»Und?«, sagte de Jong ungeduldig. »Würden Sie mir vielleicht jetzt mit seiner dunklen Seite auf die Sprünge helfen?« Neugierig war er schon; immerhin hatte er ja selbst den Eindruck gehabt, dass der Mann ihm irgendetwas verschwieg oder jedenfalls um einen heißen Brei redete.

»Vielleicht.« Aber dann schüttelte sie den Kopf. »Am besten, Sie fragen mal einen gewissen Domröse, was er so von Ulf hält.«

»Domröse? Wer ist das?«

»Hinrich Domröse. Die beiden kennen sich aus der WWU. Sie sind ganz dicke.«

»Der westfälischen Werteunion?«

»Genau der. Und jetzt lass ich Sie auch schon in Ruhe.« Sie wandte sich zum Gehen.

»Was? Das war's schon?«, rief de Jong ihr nach. »Ich dachte, Sie wollten mich sprechen!«

Frau Majewski drehte sich nicht um.

»Noch eine Frage!«, rief de Jong.

Sie blieb stehen. Drehte sich jetzt doch um.

»Warum tun Sie das? Es geht mich vielleicht nichts an, aber warum versuchen Sie, Ihrem Mann zu schaden?«

»Sie meinen, weil man so was nicht tut?«, fragte sie spöttisch. »Dem eigenen Ehemann in den Rücken fallen?«

»Ja, so ungefähr.«

Irmgard Majewski presste die Lippen aufeinander. Dann zog sie sie auseinander zu einem Grinsen, das nicht weniger verkniffen war. »Sie haben recht, es geht Sie nichts an.«

»Es sieht so aus, als wollten Sie sich für etwas rächen.«

Sie machte einen Schritt auf ihn zu. »Sind Sie in Ihrem Leben schon mal richtig betrogen worden? Ich meine, so richtig, nach allen Regeln der Kunst?«

De Jong antwortete nicht.

»Wenn ja, dann wissen Sie genau, wie weh das tut. Und wieso man um manche Dinge nicht herumkommt, auch wenn sie sich falsch anfühlen.« Damit ließ sie ihn stehen. Einen Augenblick später war de Jong allein. Abgesehen von Jan van Leiden, dem Gekreuzigten und den Bronzeheiligen.

Frau Majewski war verschwunden.

* * *

Nicht nur, dass der Regen aufgehört hatte. Die Sonne war hervorgekommen, und wenn die Straßen genug Zeit hatten zu trocknen, konnte es noch ein recht passabler Abend werden. Der Exkommissar schob sein Fahrrad zurück auf den Domplatz, stieg auf und radelte los. Ein paar Meter, dann erreichte ihn eine Nachricht von Achim Bühlow: *Bin schon zu Hause. Habe leckere Spaghetti Carbonara gekocht. Deine Lieblingsspaghetti.*

So viel zu der Annahme, die Kripo ermittele rund um die Uhr, um Morde aufzuklären, dachte de Jong. Abgesehen davon meinte Bühlow es aber nur gut, er wollte sich dafür revanchieren, dass de Jong ihm Asyl gewährte. Auch wenn er da etwas verwechselte. Sie hatten mal darüber gesprochen, aber Carbonara war so ziemlich das einzige Pastagericht, das de Jong nicht mochte, also alles andere als seine Lieblingsspaghetti. Deshalb wollte er sich die auch lieber ersparen. Er bedankte sich und schrieb, Achim solle nicht mit dem Essen auf ihn warten. Dann machte er sich daran, noch eine Runde um den Aasee zu drehen, um sich hinreichend zu verspäten.

Aber er hatte nicht mal ein Fünftel der Strecke zurückgelegt, als es sich wieder einstellte, das Gefühl. Er war gerade am Café Himmelreich vorbei, radelte in Richtung Torminbrücke. Zu Recht hatte er sich auf seine Ahnung verlassen und so seine Verfolgerin gestellt. Nur dass er sich in einem Punkt geirrt haben musste: Irmgard Majewski war gar nicht die Verfolgerin, die das Gefühl gemeint hatte. Da war noch jemand. Jemand, der hinter ihm radelte, und das jetzt schon seit geraumer Weile. Und nicht zufällig.

Also gut. De Jong würde auch ihm auflauern.

Er vergrößerte den Abstand, indem er Gas gab, und sobald er unter der Brücke war, stoppte er abrupt. Hier, am dunkelsten Punkt der Strecke, würde er den Mann erwarten. Er lehnte das Rad gegen die Mauer und schmiegte sich mit dem Rücken an den Beton. Wieder vergingen wenige Augenblicke des Wartens. Dann wurden es mehr. Wo blieb der Kerl? Hatte er etwa auch angehalten? Oder hatte de Jong am Ende doch falsch gelegen?

Zweieinhalb Minuten waren rum. Drei.

Also gut, dann eben falscher Alarm. Das war das Tückische an Gefühlen, dass man sie sich gelegentlich nur einbildete. Schluss mit der Extrarunde, ab nach Hause, zu Achim und inzwischen kalten Spaghetti Carbonara.

Und da, gerade als der Exkommissar auf sein Rad steigen wollte, erhielt er einen heftigen Stoß in den Rücken. Jemand, der quasi aus dem Nichts gekommen war, warf sich von hinten auf ihn und schubste ihn über das Fahrrad. De Jong blieb mit der Fußspitze zwischen den Speichen hängen und knallte mit dem Kinn auf den Lenker. Trotzdem wäre es ihm beinahe gelungen, sich blitzschnell wegzurollen, aber der Kerl war schon über ihm und drückte ihm das Fahrrad ins Kreuz. De Jong lag bäuchlings auf dem Asphalt und konnte sich nicht rühren.

»Nicht umdrehen!«, zischte eine Stimme direkt neben seinem Ohr, für eine männliche Stimme ziemlich hoch, in einer Art Singsang. »Ich mein's doch gut mit dir. Was hast du mit dem Fall zu schaffen? Sei nicht blöd, du bist kein Bulle mehr. Also was ist so schwer daran, sich einfach rauszuhalten.«

»Verdammt, was willst du von mir?«, krächzte de Jong zurück. »Lass mich sofort …«

»Ich mach mir echt Sorgen, dass dir was zustoßen könnte. Ehrlich, Mann …«

»Das ist wirklich nett von dir, aber …«

»Also wenn du nicht anders kannst. Versteh ich ja.« Die Stimme lispelte leicht. »Dann such eben diesen Verrückten. Das Phantom, das die Leute im Museum kaltmacht.«

»Welches Phantom?«

»Was weiß denn ich? Belphegor, das Geheimnis des Louvre. Wie auch immer.«

De Jong, der nach irgendwas tastete, mit dem er sich wehren konnte, wurde fündig. Seine Fingerspitzen berührten etwas Hartes, Metallisches. »Wovon redest du überhaupt?«

»Egal, musst du nicht wissen. Bleib bei deinen Leisten, alter Mann, aber leg dich nicht mit dem Chef an. Ein kleiner Bulle wie du kümmert sich besser um seinen Kram, capisch?«

»Exbulle«, gab de Jong mit gepresster Stimme zurück. »Aber welchen Chef meinst du?«

Ein Auto näherte sich auf der Brücke und blendete kurz auf. De Jong begriff blitzschnell, dass er nur den Moment bekam, diesen einen Moment der Ablenkung. Er hielt das Fahrradschloss umklammert, das immer herunterfiel, wenn das Fahrrad umkippte, eine rostige Eisenkette mit einem Vorhängeschloss, und schleuderte es in Richtung des Angreifers. Der ließ sofort los. »Scheiße, bist du bescheuert, oder was …!«

De Jong versuchte mit aller Kraft, den Mann abzuwerfen, um sich umzudrehen, und der tat alles, um auf ihm hocken zu bleiben.

»Fuck! Mann, ich hab doch gesagt, du sollst dich nicht …«

Noch einmal schwang de Jong die Kette und landete einen zweiten Treffer. Endlich gab der Kerl auf. Er ließ er los, sprang auf und stolperte davon.

»Hey, bleib stehen!«, rief ihm de Jong nach. »Mit welchem verdammten Chef soll ich mich nicht anlegen, du Arsch?«

* * *

Der Exkommissar blieb noch eine Weile auf dem Boden hocken, um wieder zu Atem zu kommen. Ein spätes Studentenpärchen radelte vorbei, erkundigte sich aber nicht, ob mit ihm alles in Ordnung sei oder ob sie helfen könnten, sondern beschwerten sich, ohne auch nur anzuhalten, darüber, dass er hier im Dunkeln den Weg versperrte. »Willkommen in der berühmten Fahrradstadt«, seufzte de Jong. »Setz dich auf so ein Ding, dann kannst du dein Benehmen getrost zu Hause lassen.«

Er sah auf die Uhr. Zwanzig vor elf. Wenigstens blieben ihm jetzt zu Hause die Carbonara erspart. Der Lenker war verbogen, eine Speiche des Hinterrads gebrochen. Fahren kam nicht infrage, also schob de Jong nach Hause, wobei das geschundene Gefährt ein unangenehm scheuerndes Geräusch machte, wie um darauf hinzuweisen, dass das, was de Jong da schob, kein Fahrrad mehr war, sondern ein Schrotthaufen.

Und was die Spaghetti anging, die blieben ihm mitnichten erspart. Es war kurz vor zwölf, als de Jong an Bord des Alten Mädchens ging, und Achim Bühlow war noch auf und hatte ihm selbstverständlich das Essen warm gehalten. Dabei sah der Hauptkommissar schon bettfertig aus mit seinem Schlafanzugoberteil, grün mit braunen und rosa Bärchen drauf. Im Kontrast zu deren Possierlichkeit grätzte er, dass er sich die Mühe hätte sparen können, wenn er gewusst hätte, dass de Jong so spät kam. Der Exkommissar verwies darauf, dass er immerhin eine Nachricht geschickt habe, und weigerte sich strikt, Auskunft über die Schramme an seiner Stirn zu geben oder über das Loch in seinem rechten Ärmel, weil er gut gemeinte Ratschläge fürchtete, garniert mit der Bemerkung, dass man ihn das nächste Mal unmöglich nach Einbruch der Dunkelheit noch auf die Straße lassen könne. Schweigend schaufelte er lauwarme Nudeln in sich hinein. Kurz darauf aber hörte er damit wieder auf, weil Bühlow sich zum Schlafen in seine Kajüte verzogen hatte. Erste verhaltene Schnarchgeräusche wie von einer fernen Brandung drangen herüber. De Jong griff nach dem Pflaster, das Bühlow vorsichtshalber bereitgelegt hatte, und verarztete die Schramme am Kopf sowie die Schürfung am Unterarm. Dann verzog er sich mit seinem Laptop und einem Bier nach oben an Deck. Er gab *Domröse* und *Westfälische Werteunion* ein. Der Treffer ließ nicht auf sich warten:

*Wir verabschieden Hermann von Sassenberg. Die Rede hält wie so oft unser verdienter Freund und Kamerad Hinrich Domröse.*

*Freitag, 20.5., 10:00 Uhr. Im Landgasthof Hohes Ross in Telgte. Anschließend Kaffee und Stullen für alle Freunde westfälischer Werte und Bräuche.*

Das war morgen. Vielleicht ergab sich eine Gelegenheit, mit dem verdienten Freund und Kameraden ein paar Worte zu wechseln.

## 22. Kapitel

Von einem Gasthof namens *Hohes Ross* hatte der Exkommissar noch nie gehört, aber er fand eine Wegbeschreibung. Das Lokal lag kurz vor Telgte abseits der Warendorferstraße. Er war schon oft an dem Zufahrtsweg vorbeigefahren, aber noch nie in ihn eingebogen. Auch heute verpasste er ihn beim ersten Mal und musste wieder umdrehen, sodass es schon fast halb elf war, als er das Hohe Ross betrat. Was auch daran lag, dass er sein Ersatzfahrrad erst hatte flottmachen müssen, ein antikes Hollandrad, das er seinerzeit mit dem Inventar des Hausboots übernommen hatte und das seitdem in der Rumpelkammer unter Deck verstaubte. Ein schwerfälliges Ding, das weder Rücktritt noch Licht hatte und nur als Notlösung taugte.

Im Hohen Ross empfingen ihn gedämpftes Licht und die für Gaststätten typische Dunstmischung aus kalter Zigarettenasche und Kaffee. An den Wänden hingen Schwarz-Weiß-Fotos in silbernen Rahmen, die offenbar berühmte Pferde und ihre Besitzer darstellten. Und mitten im Raum wartete eine u-förmig arrangierte Tafel mit Thermoskannen, Tischfähnchen in Rot-Weiß von der Art, wie er sie schon einmal irrtümlich für polnische gehalten hatte, und bergeweise geschmierte Brötchenhälften auf schätzungsweise fünfzig Gäste.

Eine ältere Dame mit einer adretten, weißen Schürze über einem schwarzen Kleid trat auf de Jong zu. »Die Zeremonie hat schon begonnen.« Sie deutete zur Tür, durch die er gerade eingetreten war. »Die Herrschaften sind drüben.«

Der Exkommissar folgte dem Zeigefinger und ging wieder nach draußen. Er zögerte. Die weiße Tischdecke, die Blumengestecke, Kaffee und Brötchen – das sah ihm ganz nach einem Beerdigungskaffee aus. *Abschied von Hermann von Sassenberg* … Vielleicht doch kein so guter Zeitpunkt für einen Plausch mit dem Trauerredner. Aber da sah er die Kellnerin, die ihm nach draußen gefolgt war und schon wieder mit dem Finger deutete, diesmal auf ein schmiedeeisernes Tor, das offen stand. Sie nickte ihm aufmunternd zu. Am linken Torflügel war ein Messingschild befestigt: *private Begräbnisstätte*. Also traf seine Vermutung zu. Er sollte seinen Plan verschieben.

Nur war er jetzt auch neugierig geworden. Was hatte es mit der privaten Begräbnisstätte auf sich? Er trat durch das Tor und folgte einem Kiesweg in eine baumbestandene Anlage. Zwischen den Bäumen ragten Kreuze auf, mal aus Holz, mal aus Stein, manche waren mit Namen versehen. Und schon hatte er zu der Trauergesellschaft aufgeschlossen. Keine fünfzig, aber wohl um die dreißig Menschen, darunter nur wenige Frauen, umstanden halbkreisförmig den Redner, einen schmächtigen Sechzigjährigen mit schütterem Haar, der dann wahrscheinlich Domröse war.

Der Mann räusperte sich geräuschvoll. »Und jetzt zu unserem Hermann von Sassenberg«, sagte er, holte Luft und begann mit einer hohen Fistelstimme in einem honeckerhaft vernuschelten Singsang seine Rede. Was Hermann für ein ausgefülltes und von Erfolgen geprägtes Leben gelebt habe, welches uns allen zum Vorbild gereiche. Wie viele Turniere er gewonnen, Pokale geholt und wie viele Stuten er bestiegen habe. Reichlich spät fiel bei de Jong der Groschen: Domröse sprach nicht von einem Menschen. Hermann von Sassenberg war ein Pferd gewesen! Und als wollte er diese Erkenntnis bestätigen, wurde der Redner jetzt deutlich und kam in der Pose des Staatsratsvorsitzenden auf die uralte westfälische Tradition der Pferdebestattung zu sprechen. Die sei nämlich seit frühester Zeit überliefert und ein starkes Indiz für die ungewöhnliche und wohl einzigartige Freundschaft zwischen dem Westfalen und seinem Pferd. Andere nannten vielleicht den Hund den besten Freund des Menschen, wieder andere gar den Delphin, aber für »uns Westfalen« sei es von jeher das Pferd gewesen. Wobei er an dieser Stelle kurz anmerken wolle, dass die von politischer Seite immer wieder ins Spiel gebrachten Pläne einer Abgabe für Pferdebesitzer nach dem Vorbild der Hundesteuer ein Unding sei, ein Pferde-Bashing, das nicht hinzunehmen sei – spontaner Beifall brandete auf.

Niemand, so Domröse mit fisteligem Pathos, würde je dem Westfalen sein geliebtes Pferd abspenstig machen, und bei der Gelegenheit brachte er einige berühmte Namen ins Spiel: Arminius, der Bezwinger Roms, der bekanntlich ein leidenschaftlicher Reiter gewesen sei, Widukind, der Unbeugsame, der eine lebenslange – und manche sagten gar: intime – Freundschaft zu einer Stute unterhalten habe, und Udo Lindenberg, der vorhatte, einen Song über ein Pferd zu schreiben. Nicht zuletzt Jürgen W. Möllemann und Jens Spahn, die beide auf einem Gestüt zur Welt gekommen seien. Zum Abschluss seiner Ansprache stimmte der verdiente Freund und Kamerad ein Lied an, das von einem allzu vertrauten Land handelte, welches viele Helden gekannt und in welchem so mancher sein Glück wohl fand. Es war eins dieser Lieder, die ganz ohne Melodie auskamen, sodass auch musikalisch völlig Unbegabte gern einstimmten. Nach dem feierlichen Gebrüll ging es zurück ins Hohe Ross zu Kaffee und Brötchen.

Aber es gab nicht nur Brötchen und Kaffee, sondern auch Korn, und der stand mengenmäßig sicher nicht erst an dritter Stelle. Was sich für de Jong als Vorteil erwies, denn so musste er sich nicht extra bemühen, um Domröse zum Reden zu bringen. Es reichte, einfach nur den Namen zu erwähnen, und der westfälische Unionist plapperte fröhlich drauflos.

»Oh ja, der gute Ulf, der ist wohl auch so ein Beispiel.« Domröse kippte seinen Schnaps und betrachtete zufrieden das leere Glas. De Jong hatte die Gelegenheit ergriffen, als sich der Redner mit Schnaps und fetter Zigarre nach draußen auf eine Bank verzogen hatte, etwas abseits von den anderen Rauchern, und sich zu ihm gesellt.

»Ein Beispiel für was?«, fragte er.

»Für Hochmut?«, fragte Domröse zurück. »Hybris? Sie kennen doch die Sage von dem Kerl, der zu hoch fliegt, dass die Sonne das Wachs an seinen Flügeln flüssig macht. Und was passiert?« Er machte eine fahrige Geste, die einen Absturz aus großer Höhe darstellen sollte. »Verstehen Sie mich nicht falsch. Der Mann ist ein großes Talent. Vielleicht der Mann, der unsere kleine Werteunion zu wahrer politischer Größe führen könnte.«

»Tja, wenn nur dieses ›aber‹ nicht wäre«, sagte de Jong, der ja neugierig auf die ominöse dunkle Seite Majewskis war.

Mit der Hand, die die Zigarre hielt, wedelte Domröse die Unterbrechung seines Monologs hinweg. Ein Klumpen hellgraue Asche landete auf de Jongs Hose, der Exkommissar pustete, aber es blieb ein Aschefleck. »Alle standen zu ihm. Er hatte die Vision, die Entschlossenheit. Aber ein politisches Talent zu sein, wissen Sie, wozu einen das verleitet?«, nuschelte Domröse. »Es lässt einen denken, man wäre der Einzige. Und es gäbe nicht auch noch andere, die genauso viel auf dem Kasten haben wie man selbst, verstehen Sie? Das hat man dann gar nicht mehr im Blick.«

»Sie meinen zum Beispiel sich«, vermutete de Jong, aber Domröse gestikulierte weiter mit der Zigarre und hörte ihm nicht zu.

»Immer wieder musste er sich mit der Presse anlegen. Und nach dieser Sache mit Nicksen …«

»Sie sprechen von Watergate?«

»Nick*sen*.« Domröse zog den qualmenden Mund in die Breite. »Mit e. Ein Journalist von so einem Käseblatt, der es mit den Fakten nicht so genau nahm. Eine Woche nachdem das Interview mit Majewski erschienen ist, hatte er einen Autounfall. Behauptete später, Majewski hätte dahintergesteckt. Was nie bewiesen wurde. Aber wenn Sie mal bedenken, eins steht ja wohl fest: Majewski macht sich nicht die Hände schmutzig.«

»Wer macht das schon gern?«

»Jemand fällt die Treppe runter. Noch jemand landet im Dortmund-Ems-Kanal. Und Ulfi? Na, der ist es nie gewesen.«

»Verstehe: Aus der Tatsache, dass seine Hände sauber sind, schließen Sie, dass er Dreck am Stecken hat?«

Dieser Gedanke schien Domröse angesichts seines Alkoholpegels zu überfordern. Er runzelte nur die Stirn. »Ich sage lediglich, dass er Mitarbeiter hat, die Dinge für ihn erledigen. Extra geschulte Mitarbeiter.« Warnend hob er einen Finger. »Und wo wir gerade beim Thema sind, sollten Sie sich das hier mal ansehen ...« Er fuhr mit der freien Hand in die Innentasche seines Jacketts, stocherte ein wenig darin herum, dann schüttelte er wieder den Kopf. »Na, das haben wir gleich.« Er legte die qualmende Zigarre in einen Aschenbecher, der neben ihm auf dem Boden stand, erhob sich und begab sich leicht schwankend ins Haus.

De Jong sah der Zigarre beim Qualmen zu und überlegte, wie wahrscheinlich es wohl war, dass Domröse wiederkam. Währenddessen nahm, ohne zu fragen, ein weißhaariger Kerl in einem nachtschwarzen Anzug ächzend neben ihm auf der Bank Platz. Er zog ein fleckiges Taschentuch aus der Hosentasche und schnäuzte sich geräuschvoll, während er gleichzeitig einen fahren ließ.

»Ein Jammer mit Hermann«, sagte de Jong mitfühlend. »Es sind doch immer die Besten, die gehen, nicht wahr?«

Der Mann stopfte das Tuch zurück in die Tasche und musterte de Jong irritiert. »Verdammte Erkältung«, schimpfte er und schüttelte den Kopf. »Aber kommen Sie mal wieder runter, guter Mann. Hermann von Sassenberg – tss!« Er lachte schnaufend. »Der war doch nichts weiter als ein beschissener Gaul.«

Und dann war Domröse wieder zurück, mit einem frischen Korn in der Hand. Der Mann mit dem Taschentuch schnäuzte sich noch einmal, bevor er seinen Platz räumte. Domröse pflanzte sich darauf und lehnte sich an de Jong, als hätte er vor, mit ihm zu schunkeln. »Nur damit Sie mal verstehen, was ich vorhin meinte«, nuschelte er und schob de Jong ein Papier in die Hand. Der Exkommissar wollte um eine Erklärung bitten, aber im selben Moment rappelte sich Domröse abrupt auf und trat grüßend auf einen weiteren Trauergast zu, der geradewegs auf sie zusteuerte, einen kräftigen Kerl in einem hellgrauen Anzug mit einem Pferdegebiss.

De Jong warf einen Blick auf das, was er in der Hand hielt. Es war kein Stück Papier, sondern ein Flyer. *Special Pleasures, Winterkollektion 24/25.* Der Prospekt pries Dildos in allen Farben und Formen an, darunter »unseren Sommer-Bestseller«: *Westfalion Stallion*, ein riesiges Ding in Rot und Weiß. Es gab auch eine spezielle Weihnachtsedition, tannenförmig in Grün mit roten Sternchen. Darunter, klein gedruckt, der Hinweis: *enthält verschluckbare Teile, von Kleinkindern fernhalten.* Auf der Rückseite des Flyers bezeichnete sich Special Pleasures als Traditionsunternehmen im Familienbesitz, versprach garantiert regionale Produkte aus nachhaltigen Materialien und nannte eine Bestellhotline sowie eine E-Mail-Adresse.

»Und?«, fragte Domröse, der wieder neben ihm Platz genommen hatte.

»Tja, leider kein Bedarf«, sagte de Jong.

Kopfschütteln. »Jetzt raten Sie mal kurz, bei wem Sie bestellen, wenn Sie eins von diesen – Dingern haben wollen.« Domröse lehnte sich wieder an de Jong. »Nur mal rein theoretisch.«

De Jong hielt den Prospekt hoch. »Bei einem Traditionsunternehmen, das seit dreißig Jahren im Familienbesitz ist.«

»Ja, aber wer ist da wohl vor Kurzem mehrheitlich eingestiegen?« Domröses Gesicht kam noch näher. »Und wer hat so die Pleite von Special Pleasures im letzten Moment abgewendet?«

»Ulf Majewski?«, riet der Exkommissar.

»Volltreffer!«

De Jong spürte einen nassen Aufschlag auf seiner Wange, kurz unter dem linken Auge, und er wusste, was mit Volltreffer gemeint war – aus dieser Entfernung war das aber keine Kunst gewesen.

»Unser westfälisches Urgestein, der gute alte Chief Majewski. Der Beste in Sachen vollautomatische Toiletten. Ein wahrer westfälischer Saubermann. Tja, hätten Sie nicht gedacht, was?«

»Wie haben Sie ihn genannt? Chief?«

»Ja, so sieht er sich selbst gern. Aber ich sag Ihnen, Jong ...«

»De Jong.«

»Trauen Sie nicht solchen Überfliegern. Machen Sie nicht diesen Fehler.«

Aus den Augenwinkeln fiel de Jong auf, dass der Mann mit dem Pferdegebiss, der bei einer Gruppe Raucher stand, nur so tat, als würde er sich am Gespräch beteiligen, stattdessen immer wieder zu ihnen herübersah. Oder sah er zu ihm, de Jong, herüber?

»Denn diese ... Überflieger, die fliegen so hoch, dass, ehm ...«

»Das Wachs schmilzt«, half ihm de Jong. »Von der Sonne. Und dann geht's bergab.«

»Ganz genau. So was von bergab.«

De Jong rückte an den Rand der Bank, um den Abstand zu vergrößern, was dazu führte, dass sein Nebenmann beinahe das Gleichgewicht verlor. So gerade noch rappelte er sich auf, setzte sich ordentlich hin und strich seinen Anzug glatt. »Ich denke, ich werde mir jetzt noch einen genehmigen«, sagte er. Inzwischen verschluckte er alkoholbedingt ganze Silben. »Wie steht's mit Ihnen, Jong?«

»Ich mach mich mal wieder auf den Weg«, sagte de Jong. »Hab noch einiges vor heute.«

* * *

Er kam allerdings nicht weit. Bevor er sein Rad besteigen konnte, holte ihn jemand ein und packte ihn am Arm. »Einen Augenblick, wenn es Ihnen nichts ausmacht.« Es war der Kerl mit dem Pferdegebiss. Er grinste jetzt nicht mehr.

»Und wenn doch?«

Der Mann ließ los. »Ich wüsste lediglich gern, was Sie hierherführt. Es ist ja unschwer zu erkennen, dass Sie nichts mit der WWU zu tun haben.«

»Sieht man das so deutlich?«, wunderte sich de Jong und fragte zurück: »Mit wem habe ich denn das höchst zweifelhafte Vergnügen?«

Der Mann schüttelte den Kopf. »Das ist wohl kaum von Belang.«

»Ja, dann tut es mir leid.« De Jong wollte aufsteigen, aber der Kerl trat ihm in den Weg, als hätte er vor, das Rad zu beschlagnahmen. »Wir mögen es nicht, wenn Fremde sich uneingeladen auf unsere Feste schleichen und Mitglieder betrunken machen, damit sie sie ausfragen können.«

»Also, von ›betrunken machen‹ kann wohl nicht die Rede sein. Domröse hat sich ganz allein die Kante gegeben.« Für einen Moment fragte sich der Exkommissar, ob der Mann, der jetzt vor ihm stand, derjenige sein konnte, der ihn in der vergangenen Nacht unter der Torminbrücke überfallen hatte. Ja, von der Statur her konnte es sein. Das Gesicht hatte er leider nicht gesehen. De Jong schob sich an ihm vorbei und setzte sich auf sein Rad. »Nicht, dass es mich gefreut hätte«, sagte er, »aber ich muss jetzt leider …«

Der Mann, der seinen Namen nicht nennen wollte, packte das Rad am Gepäckträger. »Und noch weniger«, zischte er, »haben wir es gern, wenn irgendwelche Leute herkommen und Fragen über Mitglieder unserer Bewegung stellen. Wenn sie ihre Nase in Dinge stecken, die sie nichts angehen.«

»Ich muss Sie dringend ersuchen, mein Fahrrad loszulassen.«

Die Hand blieb, wo sie war.

De Jong reichte es jetzt. Er war schon lange nicht mehr dabei, aber für Notfälle hatte er die alte Kripomasche immer noch drauf. Er stieg wieder vom Fahrrad und machte unvermittelt einen Schritt auf den Mann zu, worauf der zurückwich. »Kripo Münster«, sagte er. »Wir ermitteln in zwei Mordfällen. Und wir unsererseits schätzen es überhaupt nicht, wenn man unsere Ermittlungen behindert. Wer sollte das auch tun, wenn nicht jemand, der selbst etwas zu verbergen hat? Also wenn Sie sich mit uns anlegen wollen, nur zu.«

Damit stieg er wieder auf. Der Mann mit dem Pferdegebiss hatte schon losgelassen.

## 23. Kapitel

Unterwegs erhielt er einen Anruf. Weil er dem alten Hollandrad nicht traute, hielt er an, stieg ab und stellte dann erst die Verbindung her.

»Hier ist Estella. Nürburg«, gellte die Stimme. »Sie wissen ja.«

»Allerdings«, sagte de Jong und hielt sein Handy etwas weiter weg vom Ohr. »Wenn ich schon etwas für Sie hätte, dann hätte ich mich gemeldet …«

»Ja, darum geht es auch, aber ich würde Sie gern sprechen. Hätten Sie vielleicht Zeit, dass wir uns treffen können?«

»Jetzt?«

»Es geht um das Danaergeschenk, über das wir schon gesprochen hatten. Die Lage ist jetzt leider die, dass Herr Sparwasser von der Münsterischen Allgemeinen Zeitung damit droht, dem Festival den Rücken zu kehren. Und Frau Blessing will auch nicht weitermachen. Sie traut Herrn Sparwasser nicht über den Weg. Oder jemand anderem. Es ist eine ziemlich verzwickte Situation.«

»Danach hört es sich an«, bestätigte de Jong in der Hoffnung, gleich zu erfahren, was ihn das anging.

»Aber es hängt so viel davon ab, dass beide wenigstens bis zum Endspiel durchhalten, verstehen Sie? Mehr will ich ja gar nicht.«

»Zum Endspiel?«

»Das ist der zweite Teil des Menetekels, für den ich die Moderation übernehmen werde. Nach einer geplanten Schweigeminute für Herrn Frings. Könnten Sie mit den beiden reden und klarstellen, dass ihnen in der Stadt keine Gefahr droht?«

»Aber woher soll ich das wissen?«

Sie schluckte. »Also gut, das weiß kein Mensch. Es geht hier lediglich darum, sie psychologisch ein bisschen aufzubauen. Damit sie durchhalten und das Ganze nicht in einem Desaster endet.« Sie machte eine Pause, die de Jong nicht nutzte, um darauf zu antworten. »Was meinen Sie? Könnten wir das vielleicht kurz besprechen?«

Sie psychologisch aufbauen. Der Exkommissar hatte den Eindruck, dass damit vor allem Frau Nürburg selbst gemeint war. Er seufzte. »Also gut. Mal sehen, ich könnte es in einer halben Stunde zu Ihnen schaffen.«

* * *

Er schaffte es sogar schon in zwanzig Minuten. Inzwischen lachte die Sonne nicht mehr vom Himmel, stattdessen ballten sich dort oben gewitterschwere Wolken zusammen; für manche von ihnen war gar nicht mehr genug Platz, sodass sie sich unter die anderen schieben mussten und so tief hingen, dass sie fast über die Dächer der Häuser schrubbten. Die beschauliche Ruhe der Sentruper Höhe war plötzlich bedrückend und schmeckte nach Weltuntergang. Als de Jong sein Hollandrad in Nürburgs Vorgarten parkte, traf ihn ein fetter Regentropfen mitten auf die Stirn, obwohl es gar nicht regnete. Als wäre der Tropfen nur als Warnung gemeint, was ihm blühte, wenn er sich nicht schleunigst unter ein Dach begab.

»Es ist so nett, dass Sie sich um diese Sache kümmern, Herr de Jong.« Estella erwartete ihn an der Haustür. Ihre Kombination aus ärmellosem Top und Sommerhose in frischen Frühlingsfarben bildete einen Kontrast zur Weltuntergangsstimmung; zu ihrer Stimme und dem blumigen Parfum passte sie perfekt. »Das bedeutet mir wirklich viel.«

»Ich kann Ihnen aber nichts versprechen.« Er folgte ihr ins Haus, begleitet von zwei ihrer Katzen. »Und Ihren Schützlingen leider auch nicht.«

»Ich weiß. Aber nehmen Sie doch erst mal Platz.« Estella wies auf einen der grauen Fellsessel und überreichte ihm einen Zettel. »Das ist die Adresse, wo Sie die beiden antreffen. Ich wäre Ihnen so dankbar.«

*Club der toten Dichter, Künstlerrefugium in Münsters Norden,* las de Jong. Darunter stand eine Adresse, eine Telefonnummer und eine Webadresse.

»Das heißt nur so«, antwortete Estella auf seinen fragenden Blick. »Sie haben da alles, was man so braucht. Sogar einen Swimmingpool und einen Saunabereich.«

De Jong machte Anstalten, Platz zu nehmen, aber eine der Beatles-Katzen sprang auf den Sessel und fauchte de Jong wütend an.

»Ja, das macht er immer. Normalerweise ist das Johns Platz.« Die Miene, mit der sie den Kater musterte, enthielt nicht den geringsten Tadel, nur grenzenloses Verständnis. »Na los, mein Schatz, lass den Herrn doch hier mal sitzen, nur ausnahmsweise …«

Der Kater dachte nicht daran.

»Kein Problem«, sagte de Jong und setzte sich in den anderen Sessel.

»Er ist durch den Wind, weil er Paul so vermisst, verstehen Sie? Wir wissen einfach nicht, wo er steckt, das macht hier allen zu schaffen. Ich hab mir schon gedacht, ob ich Sie frage …«

»Mich?«

»Ihr Kollege erwähnte, dass Sie der Beste wären …«

De Jong wurde klar, dass er ganz kurz davor war, erneut zur Ressource zu werden, wenn er nicht frühzeitig reagierte. »Nein, nein, das hat er ganz anders gemeint«, widersprach er eilig. »Hauptkommissar Bühlow hat gemeint, dass es für Sie das Beste wäre, sich an mich zu wenden. Also nicht *der* Beste.«

»Sicher?«

»Leider ja. Und schon gar nicht für Haustiere.«

Enttäuscht runzelte Estella die Stirn. Keine guten Nachrichten.

»Und für die brauchen Sie ja wohl den Besten, oder etwa nicht?«

»Allerdings.« Dieses Argument schien sie zu überzeugen. Ihre Miene hellte sich wieder auf. »Also gut, dann werde ich …«

Die Tür zur Küche öffnete sich, und ein Mann in legerem Freizeitoutfit trat ins Zimmer. Ein recht kleiner Mann mit einer Fastglatze, der Danny de Vito ähnlichsah. Ulf Majewski. Er starrte de Jong an.

»Schatz, das hier ist …«, sagte Frau Nürburg.

»Ich weiß, meine Liebe. Wir hatten schon das Vergnügen.«

»Willst du dich nicht zu uns setzen?«

»Vielleicht.« Er hielt eine Plastiktüte mit dem Aufdruck eines zufriedenen Hundegesichts hoch. »Aber zuerst einmal werde ich unsere Katzen füttern.«

Auf Nürburgs Gesicht breitete sich die reine Seligkeit aus. »Das ist so lieb von dir.«

Majewski zog sich in die Küche zurück. Man hörte das Klappern von Futternäpfen.

»Katzen sind so sanfte Wesen«, schwärmte Nürburg. »Jede hat ihren eigenen Charakter, aber gerade das macht sie so liebenswert, finden Sie nicht?«

De Jong fiel keine passende Antwort ein.

»Und das ist es auch, was uns verbindet. Ulfi und mich, meine ich. Unsere Liebe zu den Katzen. Natürlich nicht nur das, aber …« Jetzt betrat Majewski wieder den Raum und ließ sich neben ihr auf der katzenfarbenen Couch nieder. »Ist es nicht so?«, wandte sie sich an ihn.

Er sah sie fragend an.

»Ich sagte gerade, dass ich mit jemandem, der Katzen nicht liebt, nicht zusammen sein könnte.« Sie schmiegte sich an ihn, und in ihrem Lächeln blitzte etwas auf, das de Jong wieder an die fleischfressende Pflanze erinnerte. Obwohl Pflanzen gar nicht lächeln konnten.

Ulfi tätschelte ihr Knie. »Genau so ist es, mein Schatz. Genau so.«

Sie erhob sich und klatschte in die Hände. »Was haltet ihr davon, wenn ich uns Tee mache und ein paar Kekse aus der Küche hole?«

Majewski schaute auf seine Uhr. »Nun, du weißt, ich bin in einer Stunde verabredet …«, begann er, aber Estella war schon in der Küche verschwunden. Was de Jong anging, so hatte er es spätestens jetzt nicht mehr eilig. Für eine Weile saßen sie schweigend einander gegenüber.

»Na, wie stehen Ihre privaten Mordermittlungen?«, erkundigte sich Majewski schließlich im Plauderton, während er sich intensiv mit seinen Händen beschäftigte, sie nebeneinanderhielt, als suchte er nach einer Methode, sie voneinander zu unterscheiden. »Haben Sie schon einen neuen Kandidaten, oder wollen Sie immer noch mich drankriegen?«

»Gäbe es denn noch die eine oder andere Sache, die Sie mir in der Angelegenheit mitteilen könnten?«, ermunterte ihn de Jong.

Sein Gegenüber hielt eine der Hände gegen das Licht. »Vielleicht wäre es eine Idee, sich mit anderen Dingen zu beschäftigen«, sagte er. »Zu Ihrem eigenen Besten.«

Aus der Küche hörte man Estella mit ihren Katzen plaudern.

De Jong lächelte. »Sie halten mich sicher für paranoid, wenn ich das jetzt als Drohung auffasse.«

»Als Drohung?« Majewski lachte auf, es war ein leicht gackerndes Lachen. »Überschätzen Sie da nicht ein wenig Ihre Bedeutung? Halten Sie sich für so wichtig, dass ich Ihnen drohen müsste?«

»Na ja, gestern Nacht hat mir ein Kerl aufgelauert, zu Einschüchterungszwecken. Er wollte, dass ich aufhöre, mich mit dem Chef anzulegen.«

Der Mann im Sessel begann wieder seine Finger zu zählen. »Und weiter?«

»Der Chef. Sind Sie das nicht?«

Majewski lächelte, und de Jong begriff, dieser Mann fühlte sich kein bisschen unter Druck gesetzt. Das Gespräch amüsierte ihn. »Natürlich bin ich der Chef. Ich leite ein bedeutendes Unternehmen. Aber – im Ernst jetzt, guter Mann – mehr haben Sie nicht? Das reicht für Sie schon aus, um mir zu unterstellen, ich würde einen Schläger auf Sie hetzen?« Jetzt wandte er sich dem Exkommissar direkt zu. »Ich weiß nicht, warum und mit wem Sie geredet haben, de Jong. Mit Irmgard zum Beispiel? Unsere Ehe ist nicht die beste, das habe ich Ihnen bereits gesagt. Jeder hat so seine Probleme. Und was anderes erwarten Sie denn, wenn Sie Leute, die mir schaden wollen, befragen, als dass sie etwas antworten, das mir schaden kann?«

»Das klingt logisch«, gab de Jong zu. »Aber man hört trotzdem so einiges, das einen stutzig macht. Zum Beispiel der Fall Nicksen.«

Unwilliges Kopfschütteln. »Der Kerl hat in einer Kurve zu viel Gas gegeben und ist rausgeflogen. Hat noch Glück gehabt, dass er sich nicht um einen Baum gewickelt hat. Und da denken Sie …«

»Ich weiß nicht, was ich denken soll«, sagte de Jong.

»Halten Sie mich für einen solchen Dilettanten?«

»Fänden Sie es besser, wenn ich Sie auf diesem Gebiet für einen Profi halten würde?«

Majewski verzog sauer das Gesicht. »Wissen Sie was, de Jong? Wenn ich an Ihrer Stelle wäre, dann wüsste ich, wann ich es mit einem aus der Luft gegriffenen Gerücht zu tun hätte und wann nicht.«

»Mit Gerüchten fängt man immer an«, sagte de Jong. »Dann macht man so lange weiter, bis man was Greifbares hat.«

»Genau so hat es dieser Nicksen auch gehalten. Der wollte kein Interview, nur irgendwelchen sensationellen Scheiß absondern. Keine Ahnung, warum ich den überhaupt getroffen habe.«

»Wahrscheinlich wollten Sie, dass man über Sie in der Zeitung liest, wer will das nicht?«, vermutete de Jong. »Hatten die Gerüchte, die er aus der Luft gegriffen hatte, zufällig etwas mit Dildos zu tun?«

Aus der Küche drang ein drängendes Maunzen herüber. »Jaja, ihr seid auch gleich dran«, antwortete Estellas samtweiche Stimme.

»Hätte ich mir auch denken können«, sagte Majewski. Er ließ sich in die Couch zurücksinken.

»Denken können? Was denn?«

»Sie haben mit Honnie gesprochen, stimmt's? Er hat Ihnen das eingeredet. Das klingt original nach ihm.«

»Honnie? Nicht dass ich wüsste.«

»Alle nennen ihn so. Wie viel hatte er denn intus, der gute alte Domröse? Er hat Ihnen erzählt, dass ich Nicksen ermordet habe? Als wenn ich mir wegen so was die Hände schmutzig machen würde.«

»Was war das jetzt? Das mit den Händen. Weil er nämlich genau davon gesprochen hat.«

Auf Majewskis Gesicht erschien ein weiteres spontanes Lächeln, genauer gesagt: Es ging auf, so wie die Sonne am Morgen über den Horizont klettert. »Wollen Sie es genau wissen? Ich habe ihm ein Angebot gemacht, dass er nicht ablehnen konnte. Dann hat er's natürlich doch versucht. Und ich habe sein Lieblingspferd geköpft und den vor Blut triefenden Schädel auf seinen Bettpfosten gepflanzt. Aber nicht ich persönlich.« Jetzt wurde das Lächeln zu einem durchtriebenen Grinsen. »Für so was habe ich natürlich Mitarbeiter.«

»Könnten Sie mir die Namen nennen?«, fragte de Jong, der sich unbeeindruckt gab, was anderes blieb ihm nicht übrig.

»Fragen Sie Honnie. Seine Fantasie ist unerschöpflich, was Bösewichter und Verschwörungen angeht. Und das alles nur, weil er sich mit seiner eigenen Durchschnittlichkeit nicht abfinden kann.«

»Und was ist mit Oliver Frings?«, legte de Jong wenigstens noch nach. »Haben Sie ihm auch so ein unausschlagbares Angebot gemacht?«

»Ach, hören Sie doch auf. Frings hat auf eigene Rechnung gearbeitet. Aufklärung für die Öffentlichkeit war nicht sein Ding. Er wollte Kohle, sonst nichts. Und Domröse hat ihn mit dem entsprechenden Müll gefüttert. Frings wollte bei mir Kasse machen, aber das hat nicht geklappt.«

»Weil Sie ihn zum Schweigen gebracht haben?«

»Weil er nichts in der Hand hatte. Nichts als Nullen. Eine außereheliche Affäre – na und? Ansonsten nur vage Mutmaßungen.«

Estella näherte sich aus der Küche mit einem Tablett, darauf eine Teekanne, drei Tassen und ein Teller mit Gebäck. »So, und jetzt machen wir es uns noch ein bisschen gemütlich«, schlug sie vor. Verschwand dann aber gleich wieder zu ihren Katzen.

»Und dann die Dildogeschichte.« Majewski schnappte sich einen Keks und steckte ihn in den Mund. »Ich bitte Sie«, sagte er kauend. »Ich bin Geschäftsmann, und Bernholt Tenhomberg, der Gründer von Special Pleasures, ist zufällig ein alter Freund, den man nicht im Stich lässt. Würden Sie so etwas tun? Ich konnte seinen Laden nicht vor die Hunde gehen lassen. Aber für die aufrechten Westfalen mit ihren weißen Westen und ebenso engstirnigen wie bigotten Gemütern ist so eine Firma natürlich ein Skandal.«

## 24. Kapitel

*2004 im Frühjahr*

*Er suchte Evastina Bernauer an ihrem Arbeitsplatz in der Stadtbücherei auf und war sofort wieder von ihr verzaubert. Dabei hatte sie viel von ihrem Glanz eingebüßt. Es ging ihr offensichtlich nicht gut, sie ließ die Schultern hängen und wirkte niedergeschlagen. Der frischgebackene Münsteraner Hauptkommissar verspürte mehr denn je das Bedürfnis, sie aufzumuntern. Er lud sie in das hausinterne Café ein, aber sie lehnte ab. Also blieben sie notgedrungen draußen vor der Tür stehen, wo er ihr erklärte, dass die Sache gut stehe und er zuversichtlich sei, dass die Ermittlungen bald zu einem Ergebnis führten.*

*Es munterte sie aber nicht auf. »Das heißt, Sie haben noch gar nichts Konkretes.«*

*»Nein, das will ich damit nicht sagen, nur …«*

*»Also was?« Ihr Ton wurde scharf. »Und wer? Wer hat das getan? Können Sie mir das sagen?«*

*»Bestimmt schon bald. Wir sind auf einem guten Weg.«*

*»Auf einem guten Weg. Wie sich das anhört.« Die entschlossene und irgendwie zügellose Art, auf die Evastina den Kopf schüttelte, ließ de Jong vermuten, dass sie getrunken hatte. Sie zog ein Taschentuch hervor und schniefte. »Dabei haben Sie mir versprochen …«*

*»Stimmt«, gab er zu. »Und ich kann Ihnen versichern, dass wir kurz davor sind, den Mann zu schnappen.«*

*Ihr Blick war der eines Menschen, der eine Schuld einfordert. Der offen bezweifelt, ob er den Beteuerungen des Schuldners glauben kann. De Jong versuchte, dem Blick standzuhalten.*

*»Tun Sie einfach Ihre Arbeit«, sagte sie. »Mehr verlange ich doch nicht.«*

* * *

*Vieles deutete zu diesem Zeitpunkt darauf hin, dass der Mörder aus Bernauers Umfeld kam. Frau Döring hatte sich vermutlich nur zum falschen Zeitpunkt am Tatort befunden. Die Theorie war, dass der Mörder die beiden beim Sex überrascht hatte.*

*»Stell dir vor«, sagte Küppers – sie duzten sich inzwischen –, »so ein religiös Durchgeknallter platzt mitten in die intime Szene. Mit all seinen Ängsten und Verklemmungen. Und diesen verquasten Ansichten über Sünde und das Gericht. All die Verdorbenheit, das nackte Fleisch, das ihn jede Nacht in seinen Träumen verfolgt. Jetzt sieht er es direkt vor sich. Was macht er?«*

*De Jong war irritiert von der plastischen Art und Weise, mit der sich sein Kollege in die Seele des Täters hineinversetzte. »Ja, was macht er denn?«*

*»Er rastet aus, ist doch klar.«*

*Lohengrin war als Lehrer für Religion und Geschichte an einer konfessionellen Schule tätig. Schon zweimal hatte man ihn dort wegen seiner rigorosen und fundamentalistischen Einstellung gerügt.*

*Sein Alibi für die Tatzeit war mehr als dünn. Während der Mord geschah, habe er in einer Gaststätte zu Abend gegessen. Schmorbraten mit Bratkartoffeln. Er sei dort zusammen mit einem Kollegen gewesen. Wie sich allerdings herausstellte, war der »Kollege« gar keiner, sondern ein Sportlehrer im Ruhestand, eher ein Glaubensbruder Lohengrins. Mitglied in dessen gerade neu gegründeter »Spezialeinheit Gottes«. Der Mann bestätigte zwar die Verabredung zum Essen, gab aber an, dass Lohengrin sich schon sehr früh wieder empfohlen habe. Wie früh, konnte er nicht sagen, da er nicht auf die Uhr geschaut habe. Nach dem Essen habe er für sie beide einen »Absacker« bestellt, aber Lohengrin habe gar nicht mehr warten wollen, weil er noch »etwas Dringendes zu erledigen« gehabt habe. Sodass er sich am Ende zwei Absacker genehmigt hätte.*

*»Das heißt, er hat eigentlich gar kein Alibi«, meinte Küppers. »Aber dafür ein Motiv.«*

*»Und das wäre?«, fragte de Jong.*

*»Er ist der eine Gerechte, der dafür sorgt, dass das Gericht abgewendet wird. Mit allen Mitteln. Hat die Kleine vom Rundfunk doch gesagt.«*

*»Sie ist nicht klein«, sagte de Jong.*

*»Und wie wendet er das fällige Sündengericht ab: indem er die Sünde ausmerzt.«*

*»Ist doch klar«, fügte de Jong hinzu. Erneut wunderte er sich, wie gut sich Küppers mit dem explosiven Gemisch aus sexuellen Ur-Ängsten und religiösem Wahn auskannte. »Das klingt ganz so, als hättest du Erfahrung mit so was.«*

*Küppers behauptete, frei von Ur-Ängsten zu sein, und der religiöse Typ war er auch nicht. Aber er fühlte sich geschmeichelt und rechnete es de Jong hoch an, dass er seine Kompetenz wertschätzte. Vielleicht war das der Grund, weshalb der*

*Hauptkommissar eines Tages wieder in seine Traumrolle des Special Agent zurückfiel: Obwohl sie gemeinsam beschlossen hatten, den Verdächtigen am Montag aufzusuchen, kreuzte Küppers schon am Sonntag bei Lohengrin auf, um ihn »vorab ein bisschen weichzuklopfen«. Das erfuhr de Jong natürlich erst im Nachhinein.*

*Am späten Nachmittag stritt er gerade mit einer Nachbarin über die Frage der Treppenhausreinigung, sodass der Anrufbeantworter ansprang. Und de Jong hörte ihn erst zehn Minuten später ab. Da war ein seltsames Rauschen und dann eine raunende Stimme: »… der Mann ist verrückt. Völlig durchgeknallt. Ein Psycho.« Es war Küppers' Stimme. »Hörst du mich, Niklas? Ich bin hier eingeschlossen, also brauch ich deine Hilfe. Aber allein, hol bloß nicht die Kavallerie, sonst weiß ich nicht …« Den Rest konnte man nicht verstehen, aber bevor die Verbindung abbrach, konnte de Jong das Fragment einer Adresse heraushören. Dortmunder Straße. Lohengrins Adresse.*

*Der Hauptkommissar schnappte sich seine Dienstwaffe und machte sich auf den Weg. Von Everswinkel brauchte er mit dem Auto knappe zwanzig Minuten in die Innenstadt, fand aber wieder einmal keinen Parkplatz. Schließlich stellte er den Wagen im absoluten Halteverbot ab, lief um die Straßenecke und hastete die vier Treppen hinauf. Und stand schließlich atemlos keuchend vor der Wohnungstür, auf dem ein Aufkleber prangte:* Jesus meint es ernst! *Auf der Klingel stand* W. Lohengrin.

*Der Hauptkommissar entsicherte die Waffe. Dann klingelte er.*

*Die Tür wurde geöffnet. Da stand Lohengrin in einer Art Freizeitkluft. Vielleicht war es ein zu groß geratener Jogginganzug, der sackartig an ihm herabhing. »Das ist ja eine Über-*

raschung.« Lohengrin lächelte. »Sie sind der Neue aus dem Lesekreis, stimmt's? Kommen Sie doch herein.«

»Kripo Münster«, sagte de Jong, behielt die Waffe aber noch in der Jackentasche und betrat die Wohnung. Der Flur war fensterlos und dunkel. Eine gusseiserne Deckenlampe in Form einer Laterne verbreitete schummeriges Licht. Es roch nach Sauerkraut. Aus einem der Zimmer erklangen Stimmen. Eine Talkshow im Fernsehen.

»Das ist ja ein Ding. Schon wieder die Kripo?«

»Ich bin auf der Suche nach meinem Kollegen. Hauptkommissar Küppers.«

»Nun, wie soll ich Ihnen da wohl helfen?«

»Schon wieder die Kripo. Haben Sie doch gerade gesagt. Also ist er hier?«

»Ja, und wenn, aber ...«

Plötzlich hämmerte jemand von innen gegen eine Tür. Vielleicht trat er auch dagegen. Lohengrin stellte sich in den Flur und hob die Hände, als wollte er de Jong den Weg versperren. »Das kommt von der Toilette«, sagte er.

»Sie haben ihn eingesperrt?« Der Hauptkommissar schob Lohengrin zur Seite und trat an die Tür. »Öffnen Sie, sofort!«

»Eingesperrt?« Der Mann im Jogginganzug zuckte mit den Schultern. »Das hat er sich selbst zuzuschreiben. Hören Sie, er hat den Namen des Herrn in den Schmutz gezogen. Und wer dies tut, gehört selbst in den Schmutz.«

»Jetzt machen Sie schon!« De Jong zog die Waffe.

Lohengrin schüttelte den Kopf. »Ich bin ein frommer Mann, Herr de Jong. Aber dieser Mann hat mich bedroht. Es war die reinste Polizeiwillkür. Das muss ich mir nicht gefallen lassen.«

»Also gut, wie Sie wollen«, sagte de Jong und nahm Anlauf, um die Tür einzurennen. Und für einen winzigen Moment *ließ er den seltsamen Mann aus den Augen. Ein fataler Fehler. Lohengrin stürzte sich auf ihn. De Jong verlor das Gleichgewicht und stürzte zu Boden.*

*Sein Angreifer stand über ihm. »Der Herr straft jene, welche seinen Namen in den Schmutz ziehen«, zischte er und schwenkte ein Messer. Ein langes Ding, das man benutzte, um einen Braten zu zerteilen. Er hob das Messer, und de Jong reagierte instinktiv. Er bekam den Revolver zu fassen, der neben ihm auf dem Boden lag, und riss ihn hoch, und im selben Moment löste sich ein Schuss. Die Kugel schlug irgendwo in der Decke ein. Putz rieselte zu Boden. Für einen Augenblick verharrte Lohengrin, sein Blick starr vor Verwunderung. Dann riss die gusseiserne Lampe aus ihrer Verankerung und knallte ihm auf den Kopf, worauf er mit einem Stöhnen zu Boden ging.*

*»Sie sind festgenommen«, sagte de Jong.*

* * *

*An diesem Abend trafen sich die beiden Hauptkommissare in Everswinkel, einem beschaulichen Schlafförtchen im Osten von Münster, wo de Jong seit Kurzem wohnte. Hier gab es so gut wie keine Sehenswürdigkeiten, sodass man von den täglichen Touristenströmen verschont blieb, wie er sich immer wieder sagte; aber die Wahrheit war, dass er in Münster nichts Erschwingliches gefunden hatte.*

*Das Knipperdolling war eine zünftige Gaststätte im Ortszentrum. Sie hatte bräunliche Buntglasfenster mit ländlichen Motiven, die das entbehrungsreiche, aber auch romantische Leben der Ackerbauern darstellten. Was auf Kosten ihrer Durchsichtigkeit ging, sodass man nur einen eingeschränk-*

*ten Blick auf den Marktplatz mit seinem berühmten Wildschwein-Brunnen hatte, der dem namengebenden Tier des Ortes ein Denkmal setzte. Auch die Sicht in der Kneipe selbst war nicht gerade exzellent, woran die dichten Rauchschwaden schuld waren, die über den Tischen lagen – die ersten Rauchverbote sollten erst drei Jahre später kommen. Für Küppers und de Jong war es ein guter Ort, um auf den Ermittlungserfolg anzustoßen.*

*»Das war eine klassische Smoking-Gun-Situation«, meinte Küppers und stieß mit seinem neuen Partner an. »Der Kerl ist so was von fällig.«*

*»Na ja«, sagte de Jong, »eigentlich bin ich ja derjenige mit der Kanone gewesen.«*

*Küppers hatte Lohengrin weichklopfen wollen und war dabei etwas zu nachlässig gewesen. Als er kurz austreten wollte, hatte der Mann ihn von außen auf der Toilette eingeschlossen. Vom Flur aus hatte er mit lauten Gebeten Gott um Hilfe angefleht, während Küppers seinen Hilferuf an de Jong abschickte. Kurz darauf hatte sich der Schlüssel im Schloss gedreht, Küppers war herausgestürmt, wo Lohengrin aber schon wartete, um ihm eine Bratpfanne über den Schädel zu ziehen. Und als der Hauptkommissar wieder zu sich kam, hatte er wieder in der Toilette gelegen, mit dem Kopf neben der Kloschüssel, diesmal aber mit Paketband gefesselt und geknebelt. Nach seiner Befreiung hatte Jong eine leicht abgewandelte Version des Geschehens zu Protokoll gegeben, die etwas heldenhafter klang und Küppers' Image des coolen Sonderermittlers nicht beschädigte – wofür der ihm dankbar war.*

*»Der Mann hat kein Alibi für die Tatzeit«, sagte Küppers. »Er hat ein eindeutiges Motiv und ist durchgeknallt genug, um so etwas Krankes zu tun.«*

*»Ein Motiv?«*

*»Der Streit mit Bernauer, von der diese Kleine erzählt hat, schon vergessen?«*

*»Sie ist nicht klein«, korrigierte de Jong und ärgerte sich darüber, dass er das nicht zum ersten Mal tun musste. Aber auch er war sich an diesem Abend sicher, dass sie den Täter gefasst hatten. Deshalb rief er nach ihrer kleinen Siegesfeier noch bei Evastina an, um ihr von dem Durchbruch zu berichten. Es war schon spät, und sie nahm nicht ab, also sprach er auf den Anrufbeantworter, obwohl er schon ein bisschen was intus hatte. Er hoffte, dass man das auf der Aufnahme nicht so hörte.*

## 25. Kapitel

»Am deutschen Lesen ...« Das hatte seine Mutter oft gesagt. Sie brauchte nie weiterzusprechen, denn er hatte ja gewusst, wie es weiterging. Und sie hatte recht damit gehabt.

In so vielem hatte sie recht gehabt. Nicht nur anfangs, als sie ihn zu Fleiß und Lesen angespornt hatte, ihn, manchmal sogar gewaltsam, davon abgehalten hatte, seinen Verstand mit öden Comics zu ruinieren oder gelangweilt die Wand anzustarren. Auch später lag sie richtig. Bei Kerstina zum Beispiel. Dass sie eine war, die nur viel Wirbel machte, hatte Mutter sofort durchschaut. Zu viel Aufhebens um sich. Dabei war sie nur eine schlichte Therapeutin, die sich ihr sämtliches Wissen in kostenlosen Online-Kursen angeeignet hatte. Was hatte sie denn schon gelesen, außer ein paar jämmerlichen Ratgebern fürs Leben? Mühsame und wenig lesenswerte Abhandlungen über verkorkste Menschen? Aber vor allem war sie eine Schlampe gewesen, der man nicht über den Weg trauen konnte. Was Frauen anging, kannte Mutter sich aus. Er dagegen nicht, wie und woher denn auch? Für ihn war es ein glücklicher Umstand, dass er in ihr so eine kompetente Ratgeberin hatte.

Nur dann, eines Tages, hatte er sie eben nicht mehr. Sie war gegangen, und das über Nacht. Hatte sich davongeschlichen wie eine Diebin. Und damit waren so viele Fragen unbeantwortet geblieben, auf die er unbedingt noch eine Antwort brauchte. Zum Beispiel, mit welchem Zufall es zuging, dass ausgerechnet er, der so viel tat, um eine Frau fürs Leben zu finden, immer und immer wieder an eine dieser Schlampen geriet, denen man nicht über den Weg trauen konnte. Wieder und wieder. War der Grund etwa, dass es gar keine anderen gab? Dass alle Frauen Schlampen waren, denen man nicht über den Weg trauen konnte? Das würde er jetzt nie mehr erfahren.

Ob er allerdings vorher eine Antwort bekommen hätte, durfte man bezweifeln. Erstens, Mutter beantwortete eben nicht gern Fragen. Und zweitens: Er traf sie immer seltener nüchtern an. Männer kamen zu Besuch, blieben über Nacht für eine »Besprechung«. So manches Mal hatte er sich angeboten, noch einmal lesend Wache zu halten, nur wegen damals, aber sie hatte ihm den Vogel gezeigt. »Sei doch nicht blöd! Worauf zum Teufel willst du denn aufpassen? Der Waschlappen, der immer dann auftaucht, wenn es nicht passt, ist ja nicht mehr da. Außerdem hattest du deine Chance.« Und wenn sie ehrlich sei, könne man den da im Schlafzimmer, der sich selbst für Superman halte, auch nur als Waschlappen bezeichnen. Dann knallte sie die Tür hinter sich zu. So ging das viele Monate, vielleicht Jahre. Mutter war mit ihren Waschlappen nicht besser dran als er mit seinen Schlampen, denen man nicht über den Weg trauen konnte.

Er hatte damals das Schreiben für sich entdeckt. Die Bibliotherapie war gescheitert, da gab es nichts schönzureden. Sie hatte ihn nicht zu einem besseren Menschen gemacht. Seine Leseschwäche war zur Lesesucht geworden. Ohne lesen war's das gewesen, sagte Mutter immer zwar, aber auch: Nur wer schreibt, bleibt. Das war der Weg, den er jetzt vor sich sah. Und er schrieb und schrieb. Etwas ganz Großes. Ein literarisches Werk. So wie *Faust* – der Tragödie erster Teil. Oder *Brehms Tierleben*. Es war ein Buch, das einen Ehrenplatz in der Ruhmeshalle der literarischen Kunst erlangen würde. Auf dem Regal gleich neben Henry James, F. Scott Fitzgerald, Karl May und Enid Blyton. Auch wenn Mutter nicht so recht daran glaubte. Das machte ihm noch zu schaffen. Kapitel für Kapitel legte er ihr vor, aber sie warf immer nur einen kurzen Blick hinein und versprach, später mal genauer zu lesen. Einmal kippte ihr ein Glas Wein um, und sie wischte den Boden mit dem vierten Kapitel trocken. Er ließ sich davon nicht entmutigen und schrieb tapfer weiter. So lange, bis ein weiteres Kapitel als Wischunterlage missbraucht wurde.

Und eines Tages hatte er sie gefunden. Ohne Vorwarnung. Es war ein Sonntagmorgen, er hatte von Weitem die Glocken läuten hören; am Samstagabend war einer dieser »Möchtegern-Shakespeares« zu Besuch gewesen. Ein Schönling, der Stunde um Stunde nur von sich erzählte und auf die Welt schimpfte, die sich weigerte, ihn und seine Kunst zur Kenntnis zu nehmen – endlos und immer wieder von vorn, bis einem die Augen zufielen. Zusammen hatten die beiden acht Flaschen Wein leer getrunken, dann heftig angefangen zu streiten, sie hatte ihm sogar irgendwas an den Kopf geworfen, keine Beleidigung, sondern einen Gegenstand, worauf der Literat blutend und wie ein Müllkutscher fluchend aus der Wohnung getorkelt war.

Und am nächsten Morgen fand er sie erhängt in ihrem Schlafzimmer, unter ihr verstreut ihre geliebte Brockhaus-Enzyklopädie in vierundzwanzig Bänden, die sie erst aufgetürmt, um draufzusteigen, und dann unter sich weggetreten hatte. Seine Mutter. Und ein Brief mit einem einzigen Satz: *Wenn du keiner dieser Waschlappen sein willst, dann zeig's ihnen allen!*

Wenigstens brauchte er nicht lange zu rätseln, um sich darauf einen Reim zu machen: Mutter war nicht gegangen, ohne ihn wie früher noch einmal in die kalte Badewanne zu stecken. Sie wollte, dass er sein Bestes gab, um etwas aus sich zu machen. Ob Schreiben oder Lesen, war ihr egal.

Eine Woche später beendete er seinen Roman. Es war ein aufrichtiges Werk, das nichts beschönigte. Und es strotzte auch nicht von frei Erfundenem, so wie die meisten Bücher, die in den Läden stapelweise herumlagen. Es erzählte, wenn auch verschlüsselt, eine wahre Begebenheit. Und andere Begebenheiten, die erst noch folgen sollten. Im Vorwort hatte er geschrieben: *Hier ist ein Autor, der das übliche Geschwätz hasst, besonders dann, wenn es gebildet und künstlerisch daherkommt. Ein Autor, der euch das Fürchten lehrt, weil er ernst macht.*

Darauf war er besonders stolz. Weil er ernst machte. Denn es war ja so etwas wie ein Geständnis in Buchform. Eine schnörkellose Ankündigung dessen, was kommen würde. Nur dass das eben jetzt noch keiner kapieren würde. Weil sie zu blöd waren, zu beschränkt? – Natürlich, das auch, keine Frage. Aber sie würden es bald erfahren. Auf die eine oder die andere Weise.

## 26. Kapitel

*… Was wurde uns da geboten: ein wahrlich billiges Literaturspektakel für den durchschnittlichen, von TV-Literatursendungen verzogenen und von so ziemlich allem gelangweilten Nichtleser. Eine selbstvernarrte, kritikunfähige Autorin, ein bräsig daherschwadronierender Feuilletonist und ein von sich selbst sicher zu Recht genervter Kulturredakteur – diese drei selbsternannten Literaturexperten in den pfefferminzfarbenen Sesseln haben nicht die Freude am Lesen gefördert, sondern zuallererst nur sich selbst. Ihre Themen: übliche literarische Massenware vom Bestsellerwühltisch, hübsch aufbereitet für einen kompetenten Disput, aber fand der überhaupt statt? Stattdessen hörten wir nichts als selbstverliebte Spitzfindigkeiten, kleinliche Eifersüchteleien und Beleidigungen von geradezu unterirdischem Niveau. Und wieder einmal zeigte sich: Lesen mag eine ernste Sache sein. Aber wahlloser und ungezügelter Konsum von Literatur macht kleinlich, trübt nachhaltig das Urteilsvermögen und fördert ein insgesamt hässliches, streitsüchtiges Wesen. Auf eindrucksvolle Weise vorgeführt von unseren drei Weisen aus dem Landesmuseum …*

Der Scharfrichter hatte demnach doch einen Weg gefunden, seinen ätzenden Kommentar zur misslungenen Büchernacht in Münster auch ohne Frings' fachmännische Unterstützung ins Netz zu befördern. De Jong klappte den Laptop zu. Giulia hatte sich wohl geirrt: Oswalds Statement klang nicht nach der Fee, die nicht zur Geburtstagsfeier eingeladen worden war. Seine Worte trieften nicht vor Neid auf die, die auf der Bühne gesessen hatten. Sie waren spitz und polemisch, aber angesichts der Peinlichkeiten des Literaturabends wirkten sie wie eine schlichte, fast nüchterne Zusammenfassung der Ereignisse.

Es war gegen zwanzig Uhr. Die milde, vorsommerliche Luft hatte den Exkommissar dazu verführt, eine der durchgelegenen Liegestühle an Deck zu schaffen. Jetzt, da die Sonne allmählich schlafen ging, wurde es dann doch wieder frisch. De Jong hatte über den Fall nachgegrübelt und war schließlich auf der Website des Fallbeils gelandet. Dann war er eingedöst. Literarische Angelegenheiten gehörten einfach nicht zu den Dingen, die ihn wach hielten.

Er richtete sich im Liegestuhl auf, als er Schritte hörte. Es waren weibliche Schritte, die sich an Deck näherten. Giulias Schritte.

De Jong wollte schon aufspringen, konnte sich aber gerade noch bremsen. Gestern noch hatte sie ihn bei Aristoteles einfach sitzen gelassen, nachdem sie sämtlichen Ouzo allein ausgetrunken hatte. Was bildete sie sich ein: Schneite sie jetzt einfach vorbei und tat so, als wäre nichts gewesen? Dachte sie im Ernst, das sei so einfach? Also reagierte er erst mal gar nicht, als sie sich bemerkbar machte.

Giulia allerdings überrannte seine hastig hochgezogene Schmollfassade, indem sie ihn von hinten umarmte. Ihr Parfum umwehte ihn und machte diesen Abend im Frühsommer mit einem Schlag zu etwas richtig

Schönem. Von einer Sekunde auf die andere war sein kostbares Selbstmitleid dahin – völlig fehl am Platz und richtig peinlich. Was immer er noch in Sachen Pandoras Box oder Gunnar Oswald loswerden wollte, er kam nicht dazu, weil sie ihm schon eine Flasche Wein in die Hand gedrückt hatte. »Als Geste der Versöhnung«, erklärte sie unnötigerweise. »Wir bräuchten nur noch Gläser.«

Zum Zeichen der Kapitulation stieß de Jong einen Seufzer aus. Er hievte sich aus dem Stuhl und deutete darauf. »Na schön. Setz dich doch, ich hole noch einen zweiten Liegestuhl.«

* * *

Es wurde ein außergewöhnlich schöner Abend. Sie tranken Wein und redeten über dies und das, nicht über den Fall und auch nicht über Oswald, während die Nacht über dem Kanal hereinbrach und man hier und da immer wieder Fische springen hören konnte. De Jong holte sogar noch eine Schüssel mit Salzstangen und Flipsen und stellte sie auf den Tisch.

Und dann waren sie irgendwann doch wieder beim Thema Oswald gelandet. Weil de Jong einfach nicht kapierte, wieso sie einerseits behauptete, ihn nicht leiden zu können, andererseits aber so viel mit ihm zu tun hatte. Wollte sie ihm nur etwas vorspielen, um davon abzulenken, dass sie mit ihm zusammen gewesen war – oder schlimmstenfalls immer noch zusammen war? Aber warum hatte sie ihn dann so übel angeschwärzt und als die böse dreizehnte Fee bezeichnet?

»Weißt du, was meine Vermutung ist?« Sie ließ sich in den Liegestuhl zurücksinken und betrachtete die Sterne durch ihr Weinglas. »Ich bin neidisch auf ihn, das ist die nüchterne Wahrheit. Nicht nur, weil ich jetzt ein bisschen zu viel getrunken habe. Ich mag Gunnar nicht, das stimmt. Trotzdem bleibt er in meinem Kopf. Er hat nämlich all das erreicht, was ich nicht geschafft habe. Seine Eltern hatten richtig Kohle, also war Geld bei ihm nie ein Problem. Er konnte auf einer privaten Akademie Creative Writing studieren. Konnte ohne Ende Sommerkurse für schöne Literatur an Seen in Italien und der Schweiz besuchen, hat ihm alles seine Mom finanziert. Und danach wollte er das Buch des Jahrhunderts schreiben.«

»Was ja wohl nicht so recht geklappt hat.«

»Unsere Wege hatten sich damals schon längst getrennt. Aber er ist ein bekannter Kritiker geworden, eine gewichtige Stimme der Literatur sozusagen.«

»Und das würdest du auch gern sein?«

»Ich war schon auf dem Weg dahin. Damals, mit meiner ersten Literaturzeitschrift.«

»Du hast so was auch mal gemacht?«

»Wortgewand.« Giulias Blick bekam etwas Versonnenes. »Also mit d, nicht dt. Ein Gewand aus Worten. Na ja, das war nicht so gelungen. Und das Blatt ist über zwei Nummern auch nicht hinausgekommen. Immerhin hatten wir aber vier Abonnenten.«

De Jong prostete ihr zu.

»In der Rubrik ›Aufgelesenes‹ habe ich über die Literatur der Zukunft geschrieben. Junge, unbekannte Talente vorgestellt.«

»Den Scharfrichter zu spielen, so wie er, hat dich also nicht so gereizt?«

Sie grinste. »Nee, ich konnte mich nie mit diesem Spiel anfreunden. Über Leute herzufallen, die sich gerade erst ausprobieren, ohne selbst etwas Vergleichbares auf die Beine stellen zu können.«

»Aber genau das wollen die Leute doch, oder? Wer liest schon gern Lobhudeleien.«

»Wo du schon fragst: Doch, einmal habe ich mich hinreißen lassen. Einen gnadenlosen Verriss geschrieben. Es war so ein dicker Schinken, unglaublich geschwätzig und gespickt mit hohlen Lebensweisheiten. Und er triefte vor Selbstmitleid. Da konnte man einfach nicht anders.«

»Ja, ich glaube, ich hab es ungefähr vor Augen«, sagte de Jong.

»Der Autor hatte den Roman im Selbstverlag herausgebracht und mir ein Exemplar zugeschickt. Mit persönlicher Widmung. Er bestand darauf, dass ich ihn in meiner Literaturzeitschrift besprach.«

»Aber das konnte dich wohl nicht milde stimmen.«

»Auerbach hieß er. Genau, jetzt erinnere ich mich wieder. Von Auerbach. Natürlich ein Pseudonym.«

»Auerbach«, sagte de Jong.

»Da hätte er sich auch gleich Goethes-Faust nennen können.«

»Stimmt.« Natürlich sagte der Name de Jong nichts. Er hatte ihn noch nie gehört. Und deshalb war es seltsam, dass doch irgendetwas in ihm mitgeklungen hatte, als sie ihn erwähnte. So wie bei einer Melodie, von der man weiß, dass man sie zum ersten Mal hört, und doch kommt sie einem bekannt vor, was eigentlich nicht sein kann. Der Exkommissar versuchte, sich zu erinnern, aber der Versuch war zum Scheitern verurteilt, denn er wusste ja nicht mal, an was.

Erst später in der Nacht, als sie die Weinflasche komplett geleert hatten und sich zwischen ihnen noch anderes ereignete, das die Nacht noch schöner machte, geradezu sensationell, da grübelte es nicht länger in ihm. Und er vergaß die Sache ganz.

## 27. Kapitel

*2004, Frühjahr*

*Alles passte zusammen. Natürlich bestritt Lohengrin die Tat, aber wie viele beteuerten ihre Unschuld, obwohl sie schuldig waren? Lautstark rief er Gott, den Herrn, zum Zeugen an und wies immer wieder auf das achte Gebot hin, demzufolge man kein falsches Zeugnis wider seinen Nächsten ablegen solle. Küppers konterte, dass es ja wohl auch ein Gebot gäbe, demzufolge man nicht töten solle, und Lohengrin behauptete, es sei das fünfte.*

*»Das fünfte, genau«, meinte Küppers.*

*Aber das habe er ja nicht, sagte Lohengrin. Er habe ja nicht getötet.*

*Woraufhin Küppers mit der Faust auf den Tisch haute und dem Tatverdächtigen auf grobe Weise zu verstehen gab, dass er es gründlich satthabe, sich immer wieder im Kreis zu drehen, und was Lohengrin denn davon halte, seiner Seele endlich Frieden zu gönnen, indem er mit einem Geständnis sein Gewissen erleichtere. Aber der grinste nur auf überlegene Art und Weise, so als wollte er sagen, dass jemand, der nicht mal das fünfte Gebot kannte, einem schon gar nichts von Gewissen und Seele erzählen könnte.*

*De Jong und Küppers waren damals davon überzeugt, den Fall aufgeklärt zu haben. Dass es nur noch eine Frage der Zeit sei, bis der Kerl einknickte und alles zugab. Diese Überzeugung trieb sie an. Dabei hatten sie gar nichts, und das kam eines Tages durch Zufall heraus. »Kommissar Zufall«, wie Düsseldorf dazu bemerkte, der gerade den zweiten Tag wieder im Dienst war, nachdem er in aller Ruhe seine Fußverletzung auskuriert hatte. De Jong war stinksauer und blaffte Düsseldorf an, dass er sich seinen beschissenen Kommissar Zufall sonst wohin stecken könne, worauf der Rheinländer einschnappte und höchstwahrscheinlich überlegte, ob er selbst hier – weit weg von Köln-Nippes – wegen seines Namens diskriminiert wurde. Dabei war de Jong natürlich klar, dass sich weder Düsseldorf noch Herr Zufall etwas vorzuwerfen hatten. Sie beide, die ach so coolen Münsteraner Kommissare, hatten Mist gebaut.*

*Es war ein simples Radarfoto. Lohengrin war auf der A1 von Köln in Fahrtrichtung Dortmund kurz vor der Anschlussstelle Burscheid an einer Baustelle geblitzt worden. Ausgerechnet zur fraglichen Tatzeit. Und damit war er aus dem Schneider. Allerdings nur, was den Bernauer-Doppelmord betraf. Schon sehr bald konnte nämlich geklärt werden, warum er die Reise nach Köln bewusst unerwähnt gelassen hatte. In Wermelskirchen hatte er ein konspiratives Treffen geleitet. Der Plan war ein gemeinsames Projekt von Lohengrins neu gegründeter »Spezialeinheit Gottes« in Zusammenarbeit mit Reichsbürgern und der sogenannten »Infanterie Jehovas«, einer evangelikalen Gruppierung, die in den USA Abtreibungskliniken anzündete und in der BRD Schulungszentren unterhielt: Man wollte den Bundespräsidenten entführen und ihn einem peinlichen Verhör unterziehen, um ihn dazu zu bringen, öffentlich vor laufender Kamera Sünden zu beichten. Ein Plan, der auf ganzer Linie aufflog, weil einer der Infanteristen den Plan gegen Geld an die Medien durchgestochen hatte. Nur drei Tage später fuhren die Reichsbürger ein, desgleichen die Infanteristen. Lohengrin schaffte es irgendwie, sich aus dem Staub zu machen, aber auf der Rückfahrt wurde er geblitzt. Das Radarfoto brauchte aufgrund der durch chronische Unterbesetzung der Strafverfolgungsbehörden bedingten Bearbeitungszeiten recht lange, um zum Beweismittel zu werden.*

*So entstand eine neue Sachlage. Lohengrin leugnete zunächst, aber dann gab er seine Teilnahme zu; ob es die Treue zum achten Gebot war oder die eifersüchtige Angst, dass jemand anderes von den Medien zum Chef der Spezialeinheit gekürt werden könnte, blieb ungeklärt. Man warf ihm Vorbereitung eines terroristischen Anschlags vor. Als Mörder Bernauers und Dörings kam er aber nicht mehr infrage.*

*»Also gut«, meinte Küppers, als sie nach Feierabend im Knipperdolling saßen und ihre Niederlage besprachen, »eine Schlacht ist verloren, aber nicht der Krieg, wie irgendwer mal gesagt hat.«*

*»Jetzt hast du's gesagt«, gab de Jong zurück.*

*»Wenn's der Mistkerl nicht war, dann ein anderer.«*

*»Genau. Und der läuft frei herum.«*

*»Nicht mehr lange. Wir schnappen ihn uns, was meinst du?«*

*De Jong versicherte, dass sie das auf jeden Fall tun würden. Dabei wussten sie natürlich beide, dass das großmäulige Gerede vom Mistkerl, den man schnappen würde, nicht viel wert war. Es stammte aus amerikanischen Serien und war nur das sprichwörtliche Singen im dunklen Keller, in dem sie nun wieder umhertappen mussten. Ganz von vorn, ohne jede brauchbare Spur, die zu dem Mistkerl führte.*

*Und dabei sollte es bleiben. Nach einem halben Jahr Ermittlungen ohne nennenswerten Erfolg wanderte der Fall zu den Akten. Kein Ruhmesblatt für den neuen Kommissar, der angetreten war, die Münsteraner Kripo aufzumischen oder wenigstens mit Erfolgen zu verblüffen. Nichts Vorzeigbares und nichts von bleibender Bedeutung.*

*Nur eine Sache war erwähnenswert: Anderhalb Wochen bevor die Ermittlung eingestellt wurde, ging er zum ersten Mal mit Giulia Collodi aus.*

## 28. Kapitel

Inzwischen hatte er sich mit dem Museum angefreundet. Es war eine wahre Stätte der Kultur und der höheren Bildung. Der Kunst und der Erbauung. Für ihn und sein Werk war es die ideale Bühne.

Dabei war es eigentlich eine Verlegenheitslösung gewesen. Anfangs hatte er mit der Promenade geliebäugelt, auch mit dem Wienburgpark. Weil ihm diese Orte am besten geeignet schienen, um sich mit seiner Botschaft an alle zu wenden. Außerdem gab es dort genug einsame Stellen, man konnte unbeobachtet und frei von Gaffern agieren; ein Park oder eine Grünfläche war in dem Sinne mehr ein öffentlicher Raum als ein Gebäude in der Innenstadt, für das man obendrein Eintritt zahlen musste. Und mehr als ein Kunstmuseum, das nicht gerade internationales Renommee genoss.

Das war die eine Seite, aber auf der anderen hatte ein Museum so manchen Vorteil: Es regnete niemals, was bei seinen Humaninstallationen der speziellen Art ein wichtiger Punkt war, außerdem war es jederzeit zugänglich. Was natürlich auch ein Nachteil sein konnte: Öffentlichkeit bedeutete die gewünschte Aufmerksamkeit, aber eben auch unaufhörlichen Trubel, nervtötend lauten Tourismus und blanke Schaulust.

Deshalb hatte er sich für dieses Mal etwas Neues überlegt, um seinen Plan trotz der Horden von Museumsbesuchern mit der gebotenen Sorgfalt in die Tat umsetzen zu können. Im Prinzip war es ganz einfach, so wie alle genialen Ideen im Grunde simpel waren. Wieder beruhte alles auf dem Rollstuhl, nur dass dieses Mal er selbst darin Platz nahm. Er begab sich zu den Aufzügen und musste dort nur auf einen geeigneten Kandidaten warten. Der näherte sich schon bald, in Gestalt eines älteren Herren mit grauen Schläfen, Jeans und brauner Lederjacke. Mit einem Gesicht, das, wie er fand, Hilfsbereitschaft und Güte ausstrahlte. Ein brauchbarer Kandidat. Jetzt kam alles darauf an, selbst zum Ausbund geballter Hilflosigkeit zu werden.

Also nahm er Kurs auf den Mann mit der Lederjacke und rammte ihn von hinten. Der reagierte wie erwartet und drehte sich wütend um. »Hören Sie mal, können Sie nicht aufp...« Dann sah er den Rollstuhl und darin einen Mann, der hin und her zuckte und sich kaum in dem Gefährt aufrecht halten konnte. Sofort veränderten sich seine Miene und sein Ton. »Kann ich Ihnen helfen?«

Guter Anfang. Er zuckte hin und her und fuchtelte mit den Armen in Richtung Aufzug. Und aufwärts. »… n-nach oben!«

Der Kandidat war nicht auf den Kopf gefallen. Er begriff sofort. »Sie wollen nach oben? Warten Sie, ich helfe Ihnen …« Ein Knopfdruck seinerseits, der Aufzug war unterwegs. Die Tür fuhr auf. »So, und jetzt …« Der Hilfsbereite legte die Hände auf die Griffe des Rollstuhls und schob den Hilflosen in die Kabine. »Keine Sorge, das haben wir gleich.«

Alles lief wie am Schnürchen. Sie waren allein im Aufzug. Nach oben dauerte es circa zwanzig Sekunden. Jede Menge Zeit für entschlossenes Handeln.

Mit einem Ruck erhob er sich aus dem Rollstuhl. Dem Hilfsbereiten stand der Mund offen, er war viel zu perplex, um zu reagieren. Und so dauerte es keine zwei Sekunden, bis er es war, der im Rollstuhl saß. Unschönerweise bekam er auch noch einen Schlag ins Gesicht, nur zur Sicherheit.

»Was ...?«, stammelte er und wischte sich das Blut von der Lippe.

»Nur Geduld.« Der andere hob die Hand. »Ich werde Ihnen gleich unser Prozedere erklären.«

Sie erreichten den ersten Stock, aber stiegen nicht aus. Die Tür öffnete sich, ein älteres Ehepaar stand da und hatte schon auf den Aufzug gewartet. Er zeigte auf den Rollstuhl und zuckte bedauernd mit den Schultern. Sofort bekam er ein nachsichtiges Lächeln. Kein Problem, wir warten solange.

Es ging wieder nach unten. Bis hinunter in den Keller. Er nutzte die Zeit, den Mann unterwegs mit Kabelbinder am Rollstuhl zu fixieren. Dann waren sie da.

»Was wollen Sie von mir ...?«, fing der Verletzte wieder an. Geduld zählte wohl nicht zu seinen Stärken.

Sie befanden sich jetzt in einem dunklen Gang. Links und rechts gingen Stahltüren ab, hinter denen sich die Magazine für Gemälde und andere Kunstobjekte verbargen. Der Aufzug war schon wieder auf dem Weg nach oben.

Er trat an die Wand und betätigte einen Schalter. Mit einem *Plopp* ging flackerndes Neonlicht an.

Der Mann im Rollstuhl wollte aufstehen, rüttelte an seinen Fesseln.

»Wie heißen Sie?«, fragte er.

»Lempel. Ich bin Lehrer. Sport und Englisch.«

Er kicherte. »Echt jetzt? Wie der berühmte Lehrer Lämpel? Das ist kein Witz?«

»Mit e. Aber das hier ist wohl kaum zum Lachen. Sagen Sie endlich, was Sie von mir wollen!«

»Lesen Sie?«

»Wieso haben Sie mich angegriffen? Wer sind Sie? Lassen Sie mich sofort gehen!«

»Eins nach dem anderen. Beantworten Sie erst meine Frage.«

»Ich bin Lehrer, Freundchen. Ich mache praktisch nichts anderes als lesen. Und jetzt binden Sie mich los.«

»Das geht leider nicht.«

»Natürlich geht das. Das ist Freiheitsberaubung.«

»Erst müssen Sie etwas lesen.«

»Ich muss was …?«

»Sie sagten, dass Sie lesen können. Zeigen Sie es mir.«

»Natürlich, aber wie soll ich denn, zum Teufel …?«

»Hier.« Er reichte ihm ein Buch. »*Das Buchstabenzimmer.* Ein Werk von fragwürdiger Qualität, ich weiß, aber für unsere Zwecke absolut ausreichend.«

Der Lehrer Lempel mit e starrte ihn ungläubig an. »Und ich soll …?«

»Genau. Lesen Sie.« Er hob den Finger. »Aber leise.«

»Na schön.«

Eine halbe Minute verstrich.

»Sie lesen ja gar nicht.«

»Doch, natürlich. Sie haben gesagt, ich soll leise lesen, also ...«

»Halten Sie mich etwa für dämlich? Glauben Sie, dass ich nicht sofort erkennen kann, ob jemand wirklich liest oder nur so tut als ob?«

»So tun als ob? Aber das ist Unsinn! Warum sollte ich so tun als ob? Natürlich lese ich!«

»Nein, tun Sie nicht. Sie simulieren.«

»Doch, tue ich. Woher wollen Sie das überhaupt wissen!«

»Das hat Sie nicht zu interessieren. Lesen Sie, oder alles Weitere haben Sie sich selbst zuzuschreiben. Wir haben hier unten die ganze Nacht Zeit ...«

## 29. Kapitel

Der Ermordete war ein Mann von Mitte, vielleicht Ende fünfzig. Er hatte graues Haar, trug Jeans und eine Lederjacke. So wie er in dem Rollstuhl zusammengesunken war, sah es auch bei ihm so aus, als betrachtete er ein Bild, das weniger als einen Meter von ihm entfernt an der Wand hing: ein düsteres, aber auch sehr buntes Gemälde mit dem Titel »Der Zahnbrecher«. Es zeigte eine Alltagsszene aus einer längst vergangenen Zeit, in der man weder von Diamantbohrern und Betäubungsspritzen noch von überhöhten Rechnungen für Zahnersatz je etwas gehört hatte, von Zahnschmerzen dafür aber umso öfter. Damals priesen mit Zangen bewaffnete Handwerker auf den Jahrmärkten ihre prähistorische Kunst an, und das Extrahieren von Zähnen war ein beliebtes Event, das mitunter fast so viele Zuschauer anzog wie die zeitgleich stattfindende Hinrichtung drüben auf dem Marktplatz. Auf dem Bild sah man einen Zahnzieher, der seine Kneifzange tief in den Mund seines Patienten gesteckt hatte, mit der Linken hielt er dessen Arm fixiert, um jede Form von Gegenwehr im Keim zu vereiteln. Um den Hals trug er eine Kette aus Zähnen, die an die erinnerte, die erst hundert Jahre später

Trapper im Wilden Westen tragen würden, nur dass an denen Bärenzähne baumelten und keine Menschenzähne. Am meisten verstörte den Betrachter das süffisante, selbstzufriedene Grinsen des Brechers – das Grinsen eines Mannes, der seine Arbeit genoss, nicht etwa, weil er eine anerkannte Kapazität auf seinem Gebiet war, sondern einzig und allein deshalb, weil sie dem anderen Höllenpein verursachte; ein Grinsen, gegen das die Fratze von Pennywise, dem Horrorclown, nur ein züchtiges Lächeln war.

»Lempel, Hartmut. Lehrer für Sport und Englisch.« Dr. Klöbener stand neben de Jong, die Hände in die Taschen gesteckt, den Kopf zwischen die Schultern gezogen. »Es ist die gleiche Methode, jede Wette, dass ich recht habe. Erst Betäubung, dann Propofol.«

Wie beim letzten Mal trug auch dieses Opfer eine Sonnenbrille. Und wie beim letzten Mal gab es eine selbstgemalte Sehprobentafel, die direkt unter dem Gemälde von Rombouts befestigt war. Gut lesbar waren die Worte: *Ach, wie gut, dass niemand weiß*. Das »dass ich« war nur noch zu erraten, und was danach kam, war so klein, dass man es nicht mal mit Lupe lesen konnte.

»Dabei ist ja gerade das das Spannende«, meinte Klöbener. »Nicht für mich. Für die Kollegen der Mordkommission.«

»Das Spannende?«

»›Dass ich Rumpelstielzchen heiß‹. So geht es im Märchen doch weiter. Und vielleicht hat unser Mörder ja an dieser Stelle seinen eigenen Namen hinterlassen, wer weiß? Weil er endlich gefasst werden will.«

»Wie kommen Sie denn darauf?«

»Ich nicht. Ihre Kollegen. Und sie sind auch nicht in dem Sinn drauf gekommen, sondern haben eher die Hoffnung, dass es so sein könnte. Weil sie sonst nicht gerade viele Spuren haben.«

»Und ich habe keine Kollegen«, sagte de Jong.

»Jedenfalls werden sie den Zettel unter ein Mikroskop legen. Vielleicht erfahren wir dann den Namen des Mörders.«

»Ach, wie gut, dass niemand weiß«, sagte de Jong.

»Rumpelstielzchen«, sagte Klöbener.

»Erst die Bibel, dann ein Quatschreim und jetzt Grimms Märchen.« De Jong seufzte. »Sie hatten recht mit Ihrer Vermutung. Immer mehr deutet auf einen Kindskopf.«

Es war Samstagmorgen, kurz nach zehn. Was hatte de Jong, der kein Bulle mehr war, an einem Tatort zu suchen? Er hielt sich unbefugt hier auf und gleichzeitig vertretungsweise. Als unbefugte Vertretung sozusagen. Achim Bühlow hatte ihn vor einer Stunde notfallmäßig angerufen und de Jong angefleht, ihn zu vertreten. Er müsse das tun, ausnahmsweise. Weil es schon wieder einen Museumsmord gegeben habe. »Mir ist klar, wie sich das anhört«, hatte er gesagt und richtig verzweifelt geklungen.

»Wen interessiert denn, wie sich das anhört?«, hatte de Jong geantwortet. »Aber du bist bei der Mordkommission. Es gibt einen weiteren Serienmord, und du willst wegbleiben? Ist das dein Ernst?«

»Nein, natürlich will ich nicht! Aber ich kann nicht kommen, weil ich hier und jetzt was mit Kristin klären muss. Ein für alle Mal. Es ist wichtig.«

»Hat das nicht Zeit?«

»Eben nicht! Wenn wir jetzt nicht reden, dann ist sie weg. Ehrlich, Niklas, du bist meine einzige Hoffnung. Du kannst mir das nicht abschlagen. Ich komm nach, sobald ich kann. Versprochen.«

Aber das war jetzt eben schon eine Stunde her. Und de Jong hatte gerade *Wo zum Teufel bleibst du?* in sein Handy getippt und wollte auf *Senden* drücken, als er den Ersten Hauptkommissar Kriegeskotte entdeckte. Auch das noch! Nur wenige Meter entfernt stand er mit einer Frau zusammen, von der de Jong vermutete, dass es die Polizeipräsidentin höchstpersönlich war. Die beiden führten kein entspanntes Gespräch, sondern bemühten sich zu flüstern, aber vergeblich, so wie man immer zu laut flüsterte, wenn man seinem Ärger Luft machen wollte. Deshalb drangen Fetzen aus dem Geflüster bis zu de Jong. »… brauchen jetzt etwas. Definitiv Ir-gend-et-was! Wie stehen wir da?« Das war Kriegeskotte. »… Presse macht uns fertig. Der Täter muss ein Insider sein!«

Sie entgegnete etwas, aber zu leise.

Dann wieder er: »Warum sonst das Museum? Wie soll er hier rein- und rausspazieren, ohne dass irgendjemand was merkt?«

Und sie: »… abriegeln. Rund um die Uhr. Muss doch möglich sein.«

Der erste Hauptkommissar warf in einer Geste der Hilflosigkeit die Hände in die Luft: »… Leute hernehmen? … tanzt uns auf der Nase herum!«

Nein, de Jong verspürt keine Schadenfreude. Er wusste noch, wie es damals gewesen war, bei seinem ersten Fall, den die Medien zum blutigsten Verbrechen in der Geschichte der Stadt gekürt hatten. Als es nicht vorwärtsgehen wollte, nicht zuletzt deshalb, weil er sich mit Hauptkommissar Eugen Küppers verhakt hatte. Keine Ergebnisse. Aber man brauchte dringend Ergebnisse, weil einem sonst alles um die Ohren flog. Damals hatte er sich zum ersten Mal dabei ertappt, wie er autoritäre Regimes darum beneidete, dass sie für solche vertrackten Fälle ihre »üblichen Verdächtigen« in Reserve hatten. Die setzte man kurzerhand fest, dann gab die Öffentlichkeit Ruhe, weil sie ihre Schuldigen hatte.

Genauso war es jetzt. Die Kripo stand mit nichts da. Und ausgerechnet in dieser Situation musste Bühlow ein klärendes Beziehungsgespräch führen.

»Oh nein, das darf doch wohl nicht …«, stieß in diesem Moment jemand hervor, der direkt neben de Jong stand. Es war einer der SpuSi-Beamten, der Exkommissar erinnerte sich vage an den Namen – Tepping oder Tipping. Oder so ähnlich. Der Mann war kreidebleich und schwankte hin und her, sein starrer Blick war aber gar nicht auf die Leiche gerichtet, sondern auf die Wand, genauer gesagt auf das üppige Gemälde von Theodoor Rombouts mit dem Titel *Der Zahnbrecher*. »Oh Gott«, stammelte er. »Und so was hat der auch noch gemalt …«

De Jong packte ihn rechtzeitig bei den Schultern, bevor er zur Seite kippte.

»Er hat morgen früh eine Wurzel-OP«, klärte eine Kollegin ihn auf, die sofort zur Stelle war. »Na, komm jetzt, Kollege, das musst du dir doch nicht ansehen …« Sie übernahm Tipping und schleifte ihn behutsam aus dem Raum. Nur ein kleiner Vorfall, aber er reichte aus, um den Ersten Hauptkommissar auf de Jong aufmerksam zu machen. Der Exkommissar begegnete kurz Kriegeskottes vorwurfsvoll bohrendem Blick. Kein günstiger Zeitpunkt, um dem Leiter der Ermittlungen als unbefugte Vertretung Rede und Antwort zu stehen. Also machte er kurzerhand kehrt, zwängte sich eilig an den Beamten vorbei und stahl sich nach unten ins Foyer, wo er hoffte, im Trubel untertauchen zu können. Denn hier hatte die Presse inzwischen ihr Lager aufgeschlagen. Nicht nur Printmedien, auch Hörfunk und Fernsehen hatten Berichterstatter geschickt. Mit all ihrem Equipment warteten sie vor einem breiten Gemälde, das aus der modernen Abteilung stammte: das letzte Abendmahl, frei nach Leonardo da Vinci. Es war das weltberühmte Gemälde des großen Meisters, nur in einem Punkt modernisiert: Weder Wein noch Brot auf dem Tisch wurde von den Anwesenden auch nur eines Blickes gewürdigt. Sämtliche Jünger und sogar Jesus waren ausschließlich mit ihren Smartphones beschäftigt.

De Jong freute sich zu früh, dass er Kriegeskotte abgehängt hatte. Der Chef der Mordkommission musste ihm flink wie ein Wiesel gefolgt sein, nachdem er oben auf ihn aufmerksam geworden war. Als de Jong beim Pressepulk anlangte, erwartete Kriegeskotte ihn bereits. Sein Grinsen unterstrich nur, dass er vor Wut schäumte. »Ach, der Herr Exkollege! Wie konnte ich Ihr Talent vergessen, immer da herumzustehen, wo Sie nicht hingehören.«

»Das ist ein freies Land«, antwortete de Jong, was nicht besonders originell war. Er hatte es aus irgendeinem Clint-Eastwood-Film.

»Das ist kein freies Land«, widersprach Kriegeskotte scharf. »Das ist ein Tatort. Ich muss Sie bitten, sich umgehend zu den anderen Schaulustigen hinter die Absperrung zu begeben. Sie stören die Ermittlungen.«

»Ermittlungen, schön wär's«, sagte de Jong. »Sie stecken doch fest, so sieht es aus. Und die Presse steht hechelnd bereit wie eine Wolfsmeute. Also dachte ich, ich könnte vielleicht helfen.«

Aber für Kriegeskotte war es kein guter Tag für Freundlichkeit und kollegiale Gefühle, das konnte man ihm ansehen. Er blies nur die Backen auf, füllte sie mit seinem Ärger und kaute auf ihm herum. »Für solche Hilfe, de Jong, kann ich mich bedanken.«

»Danken Sie mir später«, sagte de Jong. »Bis jetzt habe ich ja noch gar nicht angefangen mit …«

»Halten Sie sich raus! Das ist mein Rat an Sie – nein, kein Rat, sondern ein Befehl: Treten Sie beiseite und behindern Sie nicht unsere Ermittlung.« Damit ließ er de Jong stehen, die Genervtheit war jetzt vollends in seinen Körper gefahren wie ein böser Geist, sodass der Exkommissar aus der Entfernung noch deutlich mitbekam, wie er einen aus seinem Team anblaffte: »Schaffen Sie Bühlow her, und zwar auf der Stelle! Auch wenn er auf dem Totenbett liegt, das ist mir scheißegal. Ich brauche jetzt jeden Mann!«

De Jong verließ die Ausstellung, durchquerte das Foyer und trat nach draußen. Das Schmuddelwetter, mit dem der Tag heute begonnen hatte, war vorbei. Die Luft war warm und verhieß sommerliche Temperaturen. Gegenüber an der Haltestelle pustete ein Bus in Erwartung zahlreicher Touristen seine Abgase in den blauen Himmel. Der Exkommissar zog sein Handy erneut hervor, löschte das *Wo zum Teufel bleibst du* und schrieb stattdessen: *Lass es lieber. Überleg dir eine gute Ausrede, aber eine wirklich gute. Wenn es an der Tür klingelt, mach auf keinen Fall auf. Und bleib weg von hier.*

* * *

Aus dem Pulk der Touristen, die für die Stadtrundfahrt anstanden, löste sich eine Gestalt und kam auf de Jong zu. Es war Gunnar Oswald. Ausgerechnet. Der Literaturmensch streckte seine Hand zum Schütteln bereits aus, als er noch die Straße überquerte. »Wie gut, dass ich Sie hier treffe, Herr de Jong. Wir hatten irgendwie einen schlechten Start, finden Sie nicht?«

»Zugegeben. Aber nicht nur«, fügte de Jong hinzu. »Wie es dann weiterging, war auch nicht gerade optimal.«

»Wenn Sie meinen.« Oswald lächelte diese Spitze hinweg. »Was halten Sie denn von Friedensverhandlungen? Hier und jetzt.«

Der Exkommissar hatte nicht vor, seine abweisende Haltung aufzugeben, und war fest entschlossen, diesem eingebildeten Kerl weiterhin die kalte Schulter zu zeigen. Aber vielleicht war dieser dritte Mord daran schuld oder das *Ach, wie gut, dass niemand weiß,* das ihm immer noch durch den Kopf spukte; jedenfalls verspürte er bezüglich seiner abweisenden Rolle eine gewisse Ermüdung, weshalb er alle Ärgerlichkeiten erst mal auf später verschob.

»Also gut«, sagte er, »warum nicht? Dann lassen Sie uns irgendwo reden.« Sie einigten sich auf die Nostromo II, einen rostigen Kahn aus dem goldenen Zeitalter der Binnenschifffahrt, der als Kulturadresse im Hafenbecken vor Anker lag. Abends fanden da Gigs, Dichterlesungen oder Slams statt, als Beitrag zur literarischen Woche war für heute eine Podiumsdikussion mit dem Thema »Mehr Mitspracherechte für Leser:innen – Segen oder Desaster?« anberaumt. Jetzt, am Vormittag, gab es nur diverse Flammkuchen, vegane Salate und Säfte aus exotischen Früchten, was zur Folge hatte, dass sie beide praktisch die einzigen Gäste waren und sich jeden Platz aussuchen konnten.

»Sind Sie mit der Suche nach dem Mörder schon weiter?«, plauderte Oswald, während er schon die dritte Ladung Zucker in seinen Latte Macchiato kippte. »Ich hab gehört, im Museum gab es schon wieder eine Bluttat. Sie ist *das* Gespräch in der Stadt. Die Leute fragen sich, wann das wohl aufhört.«

De Jong rührte in seinem Kakao, der wie immer als viel zu heiße Flüssigkeit unter einer angenehm kühlen Sahneschicht lauerte. »Das kann ich ihnen beantworten: Es hört genau dann auf, wenn sie den Kerl geschnappt haben.«

Oswald schenkte ihm ein mitfühlendes Lächeln. »Aber ist es nicht so, dass solche Fälle, die über die Maßen kompliziert zu sein scheinen, sich oft ganz plötzlich und wie von selbst auflösen?«

»Wer hat Ihnen das denn erzählt?«

»Weil die Wahrheit dahinter so simpel ist.«

»Dann scheinen Sie besser informiert zu sein als ich.«

»Nun, ich bin nicht vom Fach, da haben Sie recht, aber als Leser von Sherlock Holmes, da kann ich mich schon ein wenig hineinfühlen, verstehen Sie?« Oswalds eingebildete Seite kam jetzt doch wieder zum Vorschein. »Leser erspüren mitunter eine Menge Dinge, von denen sie von Hause aus nichts verstehen. Das ist der Zauber der Literatur.«

»Vielleicht wäre all das Schlimme gar nicht passiert ohne den Zauber der Literatur«, bemerkte de Jong giftig.

Oswald fuhr in einer umfassenden Geste seine Arme nach rechts und links aus, und de Jong wunderte sich, was für lange Arme der Kerl hatte. »Vielleicht könnte ich von Nutzen sein«, meinte er. »Wir sitzen hier zwanglos zusammen. Sie erzählen mir, was die Polizei für Hinweise hat, in welche Richtung sie denkt. Und ich würde mir alles ansehen, als völlig Fachfremder. Als jemand, der einen anderen, allerdings kreativen Blick auf die Dinge hat.« Der Mann schien das tatsächlich ernst zu meinen. »Die Geschichte kennt eine ganze Reihe Beispiele, dass Kriminalautoren der Polizei von großem Nutzen waren. Ihnen Impulse und nicht selten die entscheidenden Ideen geliefert haben.«

»Nur dass Sie kein Kriminalautor sind«, wandte de Jong ein. »Und als Kritiker mit Fallbeil könnte ich mir Sie doch eher im Strafvollzug vorstellen. Sie müssten eben nur ein Land finden, in dem man Straffällige noch enthauptet.«

Endlich war es ihm gelungen, am Panzer der Selbstgefälligkeit zu rütteln. Oswald nahm den Scherz zur Kenntnis, sein Blick machte jedoch deutlich, dass er ihn nicht witzig fand. »Sie glauben, mein Job besteht einfach darin, eine Meinung zu haben und sie zu äußern? Die meisten glauben das. Aber das ist ein großer Irrtum.«

De Jong war ziemlich egal, was die meisten glaubten und ob das ein großer Irrtum war. Er konnte auf das eingebildete Gerede seines Gegenübers gut verzichten. Aber genau das hatte er sich jetzt eingehandelt.

»Eine ehrliche Rezension ist wie das Gutachten eines Mediziners über den Krankheitszustand seines Patienten«, belehrte ihn Oswald. »Sie ist ein Anker in der grenzenlosen Beliebigkeit der Meinungen. Vielleicht der einzige Anker.«

»Mir war gar nicht klar, dass die Last der ganzen Welt auf Ihren Schultern lastet«, spottete de Jong.

Der Mann mit dem Beil nickte versonnen. »Sie ahnen gar nicht, wie viel Verantwortung auf einem Kritiker lastet, der seine Berufung ernst nimmt. Er ist wie der Henker von London. Oder wie Lanzelot, der edle Ritter. Er ist beides in einem. Er hat dieses scharfe Schwert in der Hand, und das will geführt werden, so exakt wie das Skalpell eines Chirurgen. Insofern ist es unerlässlich, dass der Kritiker viel mehr von Literatur versteht als der Schreiberling, verstehen Sie?«

»Giulia hat früher übrigens auch Rezensionen geschrieben«, sagte de Jong mitten in die Selbstbeweihräucherung hinein. »Aber irgendwann hatte sie genug davon.«

»Wirklich?« Oswalds Augenbrauen hoben sich.« Sehen Sie, man erfährt doch immer noch Neues über diese Frau.«

De Jong sah die echte Verwunderung im Blick seines Gegenübers und ärgerte sich über seine Geschwätzigkeit. Wie kam ausgerechnet er dazu, dem Kerl irgendetwas über Giulia zu erzählen?

Der Büchermensch schien darauf zu warten, dass de Jong das ein bisschen weiter ausführte. Als das nicht geschah, kam er wieder auf sein Thema zurück: »Schneidest du auch nur einen Millimeter daneben, den Bruchteil eines Millimeters, dann zerstörst du Großartiges und nimmst der Welt ein Werk für die Ewigkeit. Und dann bist du kein Kritiker mehr, du bist ein Scheusal. Eine Schande für deine Zunft.«

»Na ja, wenn's ganz hart kommt, haben Sie ja noch Ihre Büchse, mit der Sie auf Bücher schießen können.«

Der literarische Kritiker hielt gedankenverloren seine Kaffeetasse in der Hand und führte sie zum Mund, obwohl sie leer war. »Die Rezensionen, die Giuli geschrieben hat. Tat sie das unter ihrem eigenen oder einem anderen Namen?«

»Ich nehme an, unter einem anderen Namen.« De Jong druckste herum, eigentlich wollte er gar nichts mehr sagen. »Sie hat damals eine Literaturzeitschrift herausgegeben.«

»Jaja, ich weiß.« Oswald nickte, und sie sahen beide zum Nebentisch, an dem niemand saß. Eine große Möwe war darauf gelandet und machte sich über Essensreste auf einem einsamen Teller her.

»Ich sag ja immer: Alles wiederholt sich«, meinte Oswald.

Der Exkommissar wollte fragen, was er damit meinte. Was genau sich seiner Ansicht nach wiederholte. Aber Oswald war schon aufgestanden und in Richtung Toiletten verschwunden, die sich eine Treppe tiefer befanden. Also kam de Jong von selbst darauf. Denn es spielte im Grunde keine Rolle, dass er Scarlett kein Versprechen gegeben hatte und Evastina schon. Alles, was zählte, war, dass er damals Bernauers Mörder nicht gefunden hatte, obwohl er es versprochen hatte. Und dass er heute Oliver Frings' Mörder nicht fand, auch wenn er es nicht versprochen hatte. Er fragte sich, was Evastina Bernauer heute so trieb. Wie es ihr ergangen war. Ob die Sache damals sie gebrochen hatte oder ob sie es geschafft hatte, wieder in ihren Alltag zurückzukehren.

Damals wie heute kam ein Mörder mit seiner Tat davon. Die Kripo ermittelte vergeblich bis zu dem bewussten Tag, an dem der Fall zu den Akten wanderte. Der Kerl auf dem Klo hatte recht: Alles wiederholte sich.

## 30. Kapitel

Sie hatten die Nostromo II gerade verlassen, als de Jongs Handy den Eingang einer SMS meldete: Estella Nürburg erkundigte sich danach, ob er schon auf Anhaltspunkte gestoßen sei, wo »ihr süßer Paul« steckte. Offenbar hatte sie völlig vergessen, dass de Jong den Suchauftrag für die Katze abgelehnt hatte. Und noch während er darüber den Kopf schüttelte, klingelte es.

»Endlich mal gute Nachrichten«, sagte Achim Bühlow am anderen Ende, sobald de Jong auf *Annehmen* getippt hatte. »Wir haben den Kerl.«

»Bravo«, sagte der Exkommissar. »Also raus mit der Sprache: Wer ist der Museumskiller?«

»Keine Ahnung.«

»Was?«

»Den meinte ich ja auch nicht, sondern den Briefschreiber. Ranitzki II. Es ist kein Geringerer als Bastian Gropius, der lachende Dritte.«

»Was hat er denn zu lachen?«

»Also pass auf ...« Bühlow befand sich in einem Treppenhaus und redete wie ein Wasserfall, aber seine Stimme hallte so stark, dass de Jong das Meiste nicht verstehen konnte. »… doch ziemlich komisch ist, das musst du zugeben.«

»Nein«, sagte de Jong. »Was denn überhaupt? Du meinst Gropius, den WDR-Fritzen …«

»Genau.« Ganz plötzlich war der Hall verschwunden, der Hauptkommissar klang stattdessen gedämpft, geradezu erstickt, als hätte man ihn in eine Kiste gesperrt. Im Hintergrund ein stetiges Brummen; er hatte einen Aufzug betreten. »Wir können froh sein, dass es im Westdeutschen Rundfunk so ein Postengerangel gibt. Sonst wäre der Mann niemals aufgeflogen.«

»Noch mal von vorn«, verlangte de Jong. »Ihr habt ihn nicht geschnappt, sondern er ist aufgeflogen?«

»Gropius hat einen Kollegen in der Redaktion namens Starnberg. Na ja, Kollege passt nicht so ganz, denn Starnberg sollte eigentlich den Posten bekommen, den Gropius hat, und ist entsprechend schlecht auf ihn zu sprechen. Jedenfalls war Starnberg in Gropius' Abwesenheit an dessen PC, angeblich hat er nach einem Online-Formular für einen Urlaubsantrag gesucht. Und ist zufällig auf den Ranitzki-Brief gestoßen. Abgespeichert in einem Ordner namens ›der lachende Dritte‹.«

»Und woher wusste dieser Kollege, was es mit dem Brief für eine Bewandtnis hat?«

»Er ist mit Dr. Huldrich liiert, die bei uns in der Mordkommission mit am Tisch sitzt. Die Welt ist klein.«

»Aber wieso«, sagte de Jong. »Ich meine, was ist sein Motiv?«

»Eine Art umgekehrtes Lampenfieber. Das Gefühl, komplett übersehen zu werden. Die beiden Stars haben ihm die Show gestohlen, deshalb wollte er ihnen die jetzt mal so richtig vermasseln, hat er gesagt. Aber natürlich habe er niemandem ernsthaft schaden wollen.«

»Der lachende Dritte. Verstehe.«

»Aber überleg doch mal: Der Kerl schickt seinen Drohbrief auf Papier, um keine Datenspuren zu hinterlassen. Und dann ist er so blöd, die Textdatei auf einer Festplatte abzuspeichern, die nicht mal mit einem Passwort gesichert ist.«

»Und worin besteht das Danaergeschenk?«, wollte de Jong noch wissen.

»Keine Ahnung. Wahrscheinlich das Gleiche wie das mit dem Balken im Auge. Manche Leute können eben nicht aus ihrer intellektuellen Haut. Er hat jedenfalls gesagt …« Genau in diesem Moment verließ Bühlow den Aufzug und durchquerte einen großen Raum, in dem es nur so rauschte und hallte. »… so eine Redensart«, war das einzige Wort, das de Jong noch zu verstehen glaubte. Er beendete das Gespräch.

Eine gute Nachricht laut Bühlow, die den Exkommissar aber nicht sonderlich heiter stimmen konnte. Denn der mysteriöse Briefschreiber fiel ab sofort als möglicher Täter weg; einem Menschen, der unter umgekehrtem Lampenfieber litt, traute man auch keinen Mord zu.

Aber wenigstens konnte de Jong jetzt sein Versprechen einlösen, das er Frau Nürburg gegeben hatte, sich um die beiden Stargäste zu kümmern und ihnen ihre Paranoia zu nehmen. Gerade noch rechtzeitig, bevor das sogenannte Endspiel stattfand.

* * *

Der *Club der toten Dichter* lag weit draußen kurz vor Telgte, ganz in der Nähe des berühmten Waldfriedhofs Lauheide – vielleicht hatte man die Lage ja gewählt, damit einem die toten Dichter nie ausgingen. Es war eine schöne Strecke zu radeln mit dem schwerfälligen Hollandrad, dessen vorderer Reifen sich als undicht erwies, während sich obendrein das Wetter wieder verdüsterte und inzwischen unverhohlen mit Regen drohte. Unterwegs stoppte de Jong, weil er schon wieder einen Anruf bekam; er hatte den Eindruck, dass es Anrufe hagelte, sobald er sich nur aufs Rad setzte. Und es war wieder Achim Bühlow.

»Um dich auch hier auf den neuesten Stand zu bringen«, sagte er. »Rat mal, was auf dem Zettel stand, den man beim letzten Mordopfer gefunden hat.«

»Nein«, sagte de Jong. »Bring mich lieber auf den neuesten Stand.«

»›Ach, wie gut, dass niemand weiß …‹«

»Jaja, das hab ich doch selbst gelesen.«

»Wer ich bin und wie ich heiß.«

»Also kein Name?«

»Kriegeskotte ist ausgerastet. Ich hab ihn selten so erlebt.«

»Aber was hatte er denn erwartet?«

»Der Mann ist am Limit. Ich glaube, er schläft kaum noch. Jedenfalls rasiert er sich nicht.«

»Und wie hast du es geschafft, nicht von ihm gegrillt zu werden? Ich hatte den Eindruck, dass er ziemlich sauer auf dich ist.«

»Imogen hat ein gutes Wort für mich eingelegt. Das kann sie gut. Außerdem hat sie einen ganz guten Draht zum Chef.«

»Wie praktisch«, sagte de Jong. »Hoffentlich war das Gespräch mit Kristin wenigstens erfolgreich.«

»Ja und nein.«

»Ja und nein? Was soll das bedeuten?«

»Es ist kompliziert. Ich erzähl's dir später«, sagte Bühlow und verabschiedete sich.

## 31. Kapitel

Der *Club der toten Dichter* verstand sich als Refugium für Künstler aller Art – angehende, freischaffende oder selbsternannte. Er war aus einem ehemaligen Gutshof entstanden, den man kräftig renoviert und mit modernen Anbauten versehen hatte. So war ein hufeisenförmiger Gebäudekomplex von zweifelhafter Schönheit entstanden, der einen grünen Innenhof umschloss, auf dem Schafe grasten. Es gab auch Stallungen und eine ehemalige Kapelle, die aber wegen Baufälligkeit verschlossen war. Pool und Saunabereich, wie Estella Nürburg versprochen hatte, befanden sich ihr gegenüber auf der anderen Seite der grünen Wiese. Als de Jong eintraf, hörte es gerade auf zu regnen. Während der Fahrt hatte das Wetter mehrere kurze Regenschauer ausprobiert, als könnte es sich noch nicht so recht entscheiden, welche Form von Regen für den heutigen Tag passend war. Die aschgrauen Wolken über dem Dichterclub weckten Kindheitserinnerungen an verregnete Ferien auf dem Bauernhof.

Inhaber des Clubs war ein Kerl namens Ernesto, der sich als »Ansprechpartner« vorstellte, nachdem de Jong beim Eintreten beinahe mit ihm zusammengestoßen war. Ernesto war ein ältlicher Kerl, der seine graue Haarmähne zu einem Pferdeschwanz gebunden hatte. Er roch stark nach Zigaretten und machte keinen Hehl daraus, dass er über die Anwesenheit der »Staatsmacht« auf seinem Grund und Boden nicht begeistert war.

»Von Staatsmacht kann keine Rede sein«, stellte de Jong richtig. »Meine aktive Zeit ist lange vorbei.«

Ein Einwand, den der Ansprechpartner aber nicht gelten ließ. »Meine Gäste sind äußerst sensibel, was das betrifft. Freies Denken ist eine unabdingbare Voraussetzung für kreatives Schaffen.«

»Als subalterner Befehlsempfänger«, räumte de Jong ein, »hasse ich natürlich nichts mehr als freies Denken und kreatives Schaffen.«

Ernesto war immun gegen Ironie. »Glauben Sie mir, wir haben damals eins gelernt: dass man denen da oben nicht trauen kann.« Dabei ließ er offen, wen er mit »wir« und welche Zeit er mit »damals« meinte, aber de Jong fragte auch nicht nach. Er war gekommen, um mit einem der sensiblen Gäste zu sprechen: Noel Sparwasser von der Münsterischen Allgemeinen Zeitung. Ernesto, der Ansprechpartner, schickte ihn in die Cafeteria des Refugiums, die sich Auerbachs Keller nannte. Auerbach, dachte de Jong, so hieß doch der Autor, den Giulia erwähnt hatte. Und für einen kurzen Moment hatte er wieder dieses Gefühl, eine Melodie wiederzuerkennen, obwohl er sie zum ersten Mal hörte.

Der Keller war wie ein Gewölbe gestaltet; für schummeriges Licht sorgten Lampen im Fackeldesign, die in Halterungen an den rauverputzten Wänden steckten. Hier und da zeigten Gemälde Porträts bedeutender

Persönlichkeiten, Literaten aus der guten alten Zeit, als Goethe und Schiller noch gemeinsam Nächte durchgezecht hatten.

Sparwasser war momentan der einzige Gast. Den Kopf auf die Hände gestützt, kauerte er an einem der Tische und starrte auf das, was vor ihm stand: ein leeres Glas und eine fast leere Flasche Wein. De Jong sprach ihn an, worauf der müde Blick von Flasche und Glas zu ihm hinaufwanderte; aber erst als er Estella Nürburg erwähnte, kam Leben in den Mann.

»Sie hat gesagt, Sie sind der Beste«, murmelte er.

»Nein, das hat sie falsch verstanden«, widersprach de Jong.

»Das sieht jetzt vielleicht …« Sparwasser schien sich endlich zusammenzureißen. Er richtete sich auf und deutete auf die Flasche Wein. »Ich trinke sonst nie, das dürfen Sie mir glauben. Wenn doch, dann nur, wenn wirklich was im Busch ist.«

»Klären Sie mich doch bitte auf.«

Der Journalist wies auf den freien Stuhl am Tisch. De Jong setzte sich. Sparwasser schob die Flasche zur Seite und beugte sich über den Tisch. »Ich weiß nämlich, wer hinter den Morden steckt«, raunte er. »Die Blessing.«

»Dea Blessing, die Autorin?«

»Fragen Sie mich nicht, wie sie das macht, aber …«

»Das wäre jetzt genau meine Frage gewesen.«

Sparwasser unterdrückte einen Rülpser. »Na ja, Sie sind doch der Bulle.«

»War. Ich war der Bulle.«

»Also war es Ihr Job rauszufinden, wie sie das hingekriegt hat.«

Der Exkommissar seufzte vernehmlich. »Sie verdächtigen also ernsthaft Ihre Kollegin, diese brutalen …«

»Moment!« Sparwasser fuchtelte auf übertriebene Weise mit seinem Zeigefinger herum, als hätte er ihn in kochendes Öl gesteckt. »Einen Moment! Kollegin? Diese Frau ist nicht meine Kollegin. Alles andere vielleicht.«

»Aber eine Mörderin?«

»Es hört sich absurd an, irre, ich weiß, gar keine Frage.«

»Abwegig«, ergänzte de Jong. »Völlig abstrus.«

»Aber glauben Sie jemandem wie mir, der der Wahrheit verpflichtet ist. Wahrheit hört sich schon mal absurd und abwegig an, das ändert aber nichts an der traurigen Gewissheit: Diese Frau hat es auf mich abgesehen.«

»Auf Sie persönlich?«

»Ganz genau. Auf diesen WDR-Fritzen vielleicht auch – wie hieß er noch? Gropius. Na ja, es wäre schade um ihn, aber ich sag immer: Um den einen ist es weniger schade als um den anderen, stimmt's nicht?«

»Und was ist mit den beiden, die ermordet wurden? Was hatte Frau Blessing gegen die?«

Wieder fuchtelte der Finger. »Dieser Frau geht es um einen Angriff auf die Literatur als solche. Oder sagen wir, auf die, die nicht von ihr ist. Auf die Menschen, die sie verkörpern, auf welche Weise auch immer. Aber glauben Sie nicht, dass ich klein beigebe. Dass ich einknicke. Glauben Sie das nicht.«

»Also gut, versprochen«, sagte de Jong. »Aber eigentlich bat mich Frau Nürburg, Ihnen auszurichten, dass für Ihre Sicherheit hinreichend gesorgt ist. Man hat den Briefschreiber gefasst, also besteht für Sie keine Gefahr mehr. Estella bittet Sie, nicht vorzeitig das Feld zu räumen, weil dieses große Event …«

»Oh nein, das könnte ihr so passen!«

»Was?«

»Dass ich den Schwanz einziehe. Die Flagge streiche.« Sparwasser erhob sich, kurvte in Schlangenlinien zum Tresen und angelte sich eine neue Flasche aus dem Kühlschrank. Er entkorkte sie und machte sich mit der offenen Flasche Wein auf den Rückweg. »Das sähe ihr nämlich ähnlich, dass sie auf diese Weise über mich triumphiert. Wie schon einmal …«

»Schon einmal?«

Der Redakteur hatte sich wieder auf seinen Stuhl fallen lassen und goss sich ein. »Ich sagte doch, dass ich sie besser kenne als jeder andere. Und wieso wohl? Diese Hexe hat mich angemacht, mit voller Absicht. Hat mich mit ihren Reizen betört – tja, da staunen Sie, Herr Kommissar …«

»Bin ich nicht. Kein Kommissar mehr.«

»Die Blessing und weibliche Reize. Würde man so nicht glauben, was? Aber damals … da bin ich ihr ins Netz gegangen.«

»Also hatten Sie etwas mit ihr?«

Sparwasser nahm einen ausgiebigen Schluck. Danach verdüsterte sich sein Gesicht, es fiel in sich zusammen. »Und es war schön, glauben Sie mir. Diese Frau, sie kann einen …« Er schüttelte den Kopf auf besoffene Art und Weise; es fehlte nicht mehr viel, dann würden Tränen fließen. »Es hätte wirklich was werden können. Mit uns beiden. Ja, es *könnte* sogar immer noch, das behaupte ich. Und warum? Ich sage Ihnen, warum, de

Jong: weil sie eine tolle Frau ist.« Er reckte den Zeigefinger in die Höhe. »Das haben Sie jetzt nicht von mir. Aber egal, was für einen Scheiß sie macht, egal, was sie an Gedrucktem auf den Markt wirft – sie ist eine tolle …«

»Also gut«, sagte de Jong, der sich inzwischen darüber ärgerte, sich diese Fahrt zugemutet zu haben, noch dazu bei schlechtem Wetter. »Das wäre doch ein Punkt, wo wir …«

»Ja, und trotzdem! Von außen ist sie eine tolle Frau. Von außen, wohlgemerkt!« Sparwassers Finger schoss erneut in die Höhe und schwankte dann hin und her, wie bei starkem Wind. »Aber dahinter verbirgt sich eine Schlange. Eine blutrünstige Schlange. Und wissen Sie was: Die Zeit mit ihr war geil. Nicht nur geil, sie war irgendwie … soll ich es literarisch ausdrücken?«

»Das muss nicht unbedingt«, meinte de Jong.

»Literarisch gesehen sind wir beide so wie Käpt'n Ahab und der weiße Wal.«

»Herr Sparwasser …«

»Sie kennen sie nicht. Aber ich. Und ich bin vorbereitet. Sie soll nicht denken, dass ich nicht vorbereitet sei. Vielleicht richten Sie ihr das freundlicherweise aus? Vielleicht kann so ja ein Blutbad vermieden werden.«

»Was bedeutet denn das konkret?«

Dieses Mal erhob der Journalist beide Handflächen. Dann bückte er sich mühevoll zu seinem Rucksack, der neben seinem Stuhl lehnte, holte einen Stapel Papier heraus, der ihm aus der Hand rutschte. Das meiste sammelte er wieder auf. »Das wurde mir zugespielt.«

»Zugespielt?«

Sparwasser grinste höhnisch. »Ein Danaergeschenk.« Er hob die Stimme in rezitativer Weise: »Ich fürchte die Danaer, wenn sie Geschenke bringen! – Tja, das sollte sie auch. Sie sollte das hier fürchten.«

De Jong wurde neugierig. Von wegen »nur so eine Redensart«. Starnberg alias Ranitzki II hatte also doch geliefert. »Um was handelt es sich?«

»Sagen wir, es ist meine persönliche Mittelstreckenrakete. Und wenn sie das will, kann sie das haben. Ich jedenfalls werde heute Abend da sein.« Wieder wedelte er mit dem Papier. »Vorbereitet. In jeder Hinsicht.«

* * *

»Sie haben getan, was Sie konnten, Herr de Jong. Und dafür danke ich Ihnen.« Estella Nürburgs Telefonstimme stach wie eine lange, heiße Nadel in sein Ohr. »Aber absagen kommt nicht infrage. No Way.«

Er hatte wirklich alles getan. Dabei hatte er eigentlich vorgehabt, direkt nach dem fruchtlosen Gespräch mit dem nahezu volltrunkenen Redakteur nach Hause zu fahren, weil er keinen Sinn darin sah, sich all diesen Unsinn noch einmal anzuhören, nur aus der Gegenperspektive. Schließlich war er Exbulle und kein Paartherapeut. Aber ein Wolkenbruch hatte ihn gezwungen zu bleiben, und er hatte die Zeit genutzt, bei Frau Blessing vorzusprechen. Sie vorzuwarnen und ihr zu empfehlen, der Bühne fernzubleiben, um eine Eskalation zu vermeiden. Aber sie hatte ihn erst gar nicht vorgelassen. Durch die geschlossene Zimmertür hatte sie ihm zu verstehen gegeben, dass sie nicht vorhabe, mit jemandem, der gerade eben erst Sparwasser in dessen faltigen Arsch gekrochen sei, auch nur ein Wort zu reden, und für wie bescheuert er sie eigentlich halte. Also hatte er aufgegeben und stattdessen Estella angerufen und ihr die Lage geschildert.

»Immerhin haben Sie es geschafft, die beiden zum Bleiben zu überreden«, hob sie geschickt das Positive hervor.

»Nein, ich hab sie gar nicht überredet. Keiner von ihnen hat vor abzureisen. Und dafür hat Gropius als anonymer Briefschreiber gesorgt. Er hat damit gerechnet.«

»Womit gerechnet?«

»Er hat den beiden Material zugespielt. Keine Ahnung, was. Aber beide fühlen sich jetzt unbesiegbar und können es kaum erwarten, den anderen im Endspiel fertigzumachen.«

»Das werde ich schon zu verhindern wissen, Herr de Jong. Keine Sorge.«

»Wenn Sie eine für alle peinliche Schlammschlacht verhindern wollen, sagen Sie ab. Vertrauen Sie mir«, sagte de Jong. »Wissen Sie nicht mehr? Ich bin der Beste.«

»Nein, das war ein Missverständnis. Sie sind nicht der Beste, sondern haben Ihr Bestes gegeben. Aber jetzt lassen Sie mich mal machen.«

## 32. Kapitel

So kam es wenige Stunden später zu dem, was der überwiegende Teil der Presse später als gnadenlose Selbstzerlegung einer kulturellen Institution von europäischem Rang bezeichnete. Die Zerlegung fand nicht im Museum statt, sondern im großen Zeitungslesesaal der Stadtbücherei, nicht nur wegen des notorisch regnerischen Wetters, sondern auch weil es der Tradition entsprach, dass der zweite Teil des Menetekels, Endspiel genannt, seit jeher dort ausgetragen wurde. Als Vertretung für Gropius, den Mann vom WDR, war dessen zweifelhafter Kollege Starnberg aufgelaufen, ein hagerer Typ mit langem Gesicht, das bierernst dreinschaute. Mit seinen ruckartigen Bewegungen und der Angewohnheit, den Hals zu recken, um über die Köpfe der anderen hinwegzuschauen, erinnerte er an ein Erdmännchen. Von Anfang an schien er nicht in Form zu sein, er wirkte abwesend und wortkarg, wie jemand, der nur widerwillig teilnahm, um den anderen beiden einen Gefallen zu tun.

Ganz anders ebendiese beiden: Dea Blessing trug einen hautengen hellgrauen Anzug, hochgeschlossen und blickdicht, dazu eine spiegelnde Sonnenbrille; ein kämpferisches Outfit, in dem sie aussah wie eine leicht gealterte Version von Lara Croft. Noel Sparwasser, ihr Gegenspieler, hatte auf ein spezielles Aussehen verzichtet und war einfach Noel Sparwasser. Damit aber erstaunte er de Jong am meisten von den dreien: Der Journalist sah frisch und ausgeruht aus, konzentriert wie ein professioneller Talkshowgast – nichts erinnerte mehr an den besoffenen Kerl, der noch vor drei Stunden weinerlich in Auerbachs Keller abgehangen hatte.

Der große Lesesaal war bis auf den letzten Platz ausgebucht, die Stühle standen dicht an dicht, dafür hatte das verheerende Presseecho vom Hinspiel gesorgt. Und Estella Nürburg machte keinen schlechten Job: Mit ihrer Stimme, die wie ein akustischer Sandstrahl mühelos durch Mark und Bein fuhr, behauptete sie sich in der Schlacht wesentlich besser als neulich Olli Frings. Vielleicht ließ sie das etwas nachlässig werden und zu früh in der Gewissheit ausruhen, dass sie die Kuh schon vom Eis manövriert hatte.

So plauderten die drei eine Weile auf ganz friedliche Weise über einen neuen, bahnbrechenden Generationenroman mit dem Titel *Der Gesang der Wassermelonen*, und als ausgerechnet der wortkarge Starnberg auf die erotische Metaphorik hinwies, die den gesamten Roman wie ein roter Faden durchziehe und damit höchstwahrscheinlich der entscheidende Schlüssel zum Verständnis des Werkes sei, nahm der Redakteur der MAZ dies zum Anlass, an alle die Frage zu richten, wer wohl ein größerer Lügner sei – eine Autorin, die vorgebe, jemand anderes zu sein, oder vielmehr eine, die abstreite, etwas geschrieben zu haben, was sie in Wirklichkeit doch geschrieben habe. Während Nürburg etwas ratlos wirkte, richtete Sparwasser die Frage direkt an Frau Blessing. Die natürlich nicht dumm war und sich schon denken konnte, dass es sich hier nicht um eine harmlose Frage handelte, sondern um den schon erwarteten Großangriff ihres Gegenspielers. Und genau der erfolgte auch. Ob ihr der Name Melania von Tittenberg etwas sage – natürlich nicht, denn was sollte eine erfolgreiche Gegenwartsautorin wie Blessing mit einer, man könne ruhig sagen, Legende der Pornoliteratur zu schaffen haben, aus deren Feder Werke wie *Geile Schnepfen im Moor, Die Insel der Nymphomaninnen* oder *Sexsklavinnen im Kanzleramt* stammten, um nur einige Beispiele zu nennen. Und, zweite Frage, dieses Mal ans Publikum: Wie die Anwesenden es finden würden, wenn sich herausstellen sollte, dass beide Frauen tatsächlich ein und dieselbe Person seien.

Für einen Moment kehrte eine bedrohliche Stille ein. Hier und da ein Räuspern. Dann machte Frau Nürburg Anstalten, irgendwie darauf zu reagieren, aber das Publikum kam ihr zuvor und spendete Szenenapplaus. Man hörte auch Pfeifen und einige wenige Buh-Rufe. Im Großen und Ganzen schien man zufrieden zu sein, denn endlich fing die wirkliche Show an, das Gemetzel, dessentwegen die meisten gekommen waren. Und natürlich erwies sich Dea Blessing alias Melania von Tittenberg als alles andere als unvorbereitet. Sie steckte den Schlag ein, lehnte sich zurück und schlug die Beine übereinander. Und dann antwortete sie souverän, in einer kühlen Attitüde der Unangreifbarkeit, wie eine Politikerin, die man auf eine hässliche Parteispendenaffäre ansprach und die natürlich von nichts gewusst hatte. Sie fände es absolut nicht ehrenrührig, wenn jemand seinen Lebensunterhalt verdienen müsse, und wie solle man das, »ich bitte Sie«, mit ernst zu nehmender Literatur. Da bliebe ja zu wenig zum Leben und zu viel zum Sterben, das sei allgemein bekannt. Soviel sie wisse, habe selbst Thomas Mann in seiner Jugend anzügliche Heftchenromane nur für Erwachsene geschrieben. Und Bertold Brecht habe sich unter dem Namen Madame Pompadour mit einer Kolumne für eine Frauenzeitschrift regelmäßig etwas dazuverdient.

Wo sie das denn wieder herhabe, quatschte Sparwasser grob dazwischen, höhnisch grinsend, und man hörte auch höhnisches Gelächter aus dem Publikum. Kein Zweifel, die Blessing war angeschlagen, und die Menge hatte schon die Fäuste gereckt, um mit dem Daumen nach unten zu zeigen. Alle warteten auf den letzten, finalen Schlag, der sie zu Boden streckte. Und wenn nicht, dann wenigstens darauf, dass sie rot anlief, aufsprang und wüste Beschimpfungen ausstieß. Als das nicht geschah, nahm man ihr das übel. Allerdings war es ein Fehler zu glauben, die Schlacht sei schon geschlagen. Lara Croft konnte man eben nicht einfach so mit einem Schuss erledigen, mochte er noch so gut platziert sein.

Während sie in aller Ruhe und Breite ihre These weiter ausführte, der zufolge die meisten Größen der Gegenwartsliteratur es niemals an die Spitze geschafft hätten, hätten sie sich nicht hin und wieder mit Schlüpfrigem über Wasser gehalten, zog sie in einer beiläufigen Geste einige Blätter Papier aus ihrer Handtasche. Es waren nicht nur Papiere, sondern auch Fotos. Alles breitete sie auf dem Tisch aus. Und es war nicht zu übersehen, wie Sparwasser versuchte, die Blätter zu ignorieren, es aber nicht schaffte. Sein Blick klebte förmlich an den Unterlagen, das siegessichere Lächeln stand noch in seinem Gesicht, aber es war eingefroren.

Estella versuchte, die Kontrolle zurückzugewinnen, aber Frau Blessing gebot ihr mit einer Handbewegung zu schweigen. »Da es gerade passt, möchte ich die Gelegenheit ergreifen und Ihnen eine kleine Geschichte erzählen«, sagte sie und richtete die Blätter auf dem Tisch sorgfältig parallel aus. »Sie handelt von einem Journalisten, der sich in seiner Freizeit auch gern als Autor betätigt. Man kennt ihn als naturverbundenen Menschen, als Freund des sanften Tourismus. In Interviews und TV-Runden kommt er gern darauf zu sprechen, dass er sich mehrmals im Jahr eine Auszeit nimmt und in die einsamen, endlosen Wälder Kanadas flüchtet, um zu sich selbst zu kommen. Zu entschleunigen. Sich neuen Inspirationen zu öffnen. Er brauche diese Flucht aus der Zivilisation dringender als die Luft zum Atmen.«

Estella Nürburg und das Publikum verharrten abwartend, weil sie nicht wussten, worauf die Geschichte hinauslief.

Dea Blessing nahm sich Zeit. »Natürlich überrascht es Sie nicht, wenn ich Ihnen jetzt sage, dass dieser Mann heute hier am Tisch sitzt.«

Ein Raunen ging durch die Menge, dann kamen vereinzelte Klatscher, die ein bisschen ratlos wirkten.

»Was Sie aber vielleicht doch überraschen wird, sind unbestreitbare Fakten, die diesen Mann, der an einem Buch über den Tourismus mit menschlichem Antlitz schreibt, von dem er hofft, dass es ein Bestseller wird, in einem verstörenden Licht erscheinen lassen.«

Erwartungsvolle Stille. Endlich hatte Blessing das Publikum so weit, dass es unbedingt etwas über dieses verstörende Licht erfahren wollte. In Sparwassers konsterniertem Gesicht stand immer noch das eingefrorene Lächeln, das mittlerweile richtig dämlich wirkte.

»Diese Fotos hier – vielleicht gibt es eine Möglichkeit, sie auf die Wand zu projezieren? – belegen zweifelsfrei, dass Herr Noel Sparwasser zu den Zeiten, in denen er angeblich in der kanadischen Wildnis entschleunigt, ganz woanders ist. Auf einer bekannten Baleareninsel. In einem Ort namens El Arenal. Dort schießt er sich so gut wie jeden Abend selbst ab. Die Adresse lautet Ballermann Nummer 6.« Lara Crofts Mund verzog sich zu einem breiten Grinsen. »Zweifellos auch eine Flucht aus der Zivilisation, aber eine der ganz anderen Art, nicht wahr?«

Das Publikum brauchte einen Moment, um das zu verdauen. Frau Nürburg war schneller: »Einen Moment!«, meldete sie sich zu Wort, »vergessen wir doch bei allen Differenzen bitte nicht, weshalb wir heute hier …«

»Das ist alles … frei erfunden!«, stieß Sparwasser wütend hervor. »Erstunken und erlogen!« Das berühmte Barschel-Zitat ausgerechnet an dieser Stelle – nicht gerade die beste Idee, um die Leute dazu zu bringen, ihm zu glauben.

»Also meine Lieben«, versuchte die Moderatorin die höchst explosive Situation zu entschärfen, »wir wollen uns doch hier nicht mit solchen Nickeligkeiten aufhalten …«

Dieses Wort war der zündende Funke. Nickeligkeiten. Mit einem wütenden Schrei sprang der MAZ-Mann auf und warf den Tisch um. Papiere und Fotos flatterten auf den Boden, und wieder ergoss sich Schorle auf Frau Blessings Anzug. Auch sie hielt es nicht in ihrem Sessel, sie schnappte sich einen der noch zu besprechenden Romane, holte aus und knallte ihn ihrem Gegner an den Kopf. Der schwankte kurz, dann aber entwand er ihr das Buch und schleuderte es in die Menge. Ein schriller Schrei ertönte, dann stürmten ein paar literaturaffine Krawallbrüder in Abendanzügen den Bühnenbereich und überrannten Frau Nürburg, die sich ihnen mutig in den Weg stellte. Die Situation geriet nun vollends außer Kontrolle.

Als etwa zwanzig Minuten später die Polizei eintraf, war ein großer Teil des Mobiliars zertrümmert. Das Deckenlicht flackerte, Stellelemente waren umgekippt, ihr Inhalt auf dem Boden verstreut. Überall lagen Glasscherben herum, Überreste zerfetzter Zeitungen flatterten im Durchzug, weil jemand einen Stuhl durch das Fenster geworfen hatte. Der Zeitungslesesaal der Stadtbücherei Münster glich einem Pub in Soho nach einem dieser verlorenen Elfmeterschießen Englands gegen Deutschland. Immer noch schlugen Menschen aufeinander ein, Streithähne mussten gewaltsam getrennt werden. Estella Nürburg hatte sich ein blaues Auge geholt und hockte mit einem Eisbeutel in der Ecke, betreut von einer Polizeibeamtin. Götz Starnberg aus der Kulturredaktion des Westdeutschen Rundfunks war auf dem Weg in die Notfallambulanz der Rafaelsklinik, weil irgendjemand ihn mit einer Seltersflasche niedergestreckt hatte. Was jedoch die beiden Hauptstreithähne anging, Dea Blessing und Noel Sparwasser, so blieben sie auf rätselhafte Weise verschwunden.

## 33. Kapitel

Die Idee mit dem Abschluss hatte er schon von Anfang an gehabt. Bei aller Zwietracht, bei so viel Sterben und Tod (was sich leider nicht vermeiden ließ) musste es zum Abschluss eine Art Happy End geben. So etwas wie eine Versöhnungsgeste. Man hatte sich übel beharkt und bekämpft, aber am Ende des Tages kehrte Ruhe ein. Müde von der Schlacht kam man endlich nach Hause.

Auf den Nachttischchen hatte er ihnen ausgewählten Lesestoff bereitgelegt. Das musste sein. Lesen, bevor das Licht ausging und sich die Nacht herabsenkte. *Michel von Lönneberga* von Astrid Lindgren auf seiner Seite, Lewis Carrols *Alice im Wunderland* auf ihrer. Vielleicht würden sie ja keinen Blick hineinwerfen, aber wenigstens würden sie nicht so tun, als würden sie lesen. Derartiges würde er zu unterbinden wissen.

Das unwürdige Schauspiel hatte er sich dieses Mal erspart. Stattdessen hatte er draußen im Auto gewartet, weil er fest eingeplant hatte, dass sie irgendwann herauskommen würden. Alles hatte er genau berechnet. Sie würden als Erste den Saal verlassen, davon war er überzeugt, denn sie waren wie Käpt'n Ahab und der weiße Wal, hassten sich glühend und konnten doch nicht voneinander lassen. Es regnete in Strömen. Sie trat zuerst nach draußen, in ihrem grauen Hosenanzug, die Sonnenbrille in der Hand, und machte auf dem Absatz kehrt, als die Nässe auf sie herunterprasselte. Auf einen Wolkenbruch wie diesen war sie nicht gefasst. Er kam gleich hinterher, packte sie an der Schulter, aber sie entwand sich ihm. Also griff er nach ihrem Arm und versuchte, sie an sich zu ziehen, während er auf sie einredete. Da langte sie ihm eine, schubste ihn, sodass er stolperte und in eine Pfütze trat. Schuh, Strumpf und rechtes Hosenbein wurden durchnässt. Dann machte sie sich davon. Sekunden später war sie in Richtung Lamberti-Kirche verschwunden.

Der Zeitungsschreiber rief ihr etwas hinterher, dann trat er auf den Bürgersteig, überlegte wohl, ob er ihr nachlaufen sollte. Der Regen schien ihm egal zu sein. Er stand einfach kopfschüttelnd da und wurde nass.

Das war genau der perfekte Moment für seinen Auftritt.

Er ließ den Motor an, glitt aus der Parklücke und näherte sich dem Mann im Regen. Als er gleichauf mit ihm war, beugte er sich über den Beifahrersitz und öffnete die Tür. »Na los, steigen Sie schon ein. Ich bringe Sie nach Hause.«

Es war ganz einfach. Nicht dass der berühmte Noel Sparwasser jemand war, der einfach so zu einem Fremden ins Auto stieg. Schon gar nicht nach so einem Abend. Man konnte ihm ansehen, dass er drauf und dran war, dem Kerl im Auto den Stinkefinger zu zeigen. Ihm zu raten, einen Abgang zu machen und sich um seinen eigenen beschissenen Kram zu kümmern. Aber dazu musste er eben kurz an den Wagen treten und sich zum Fahrer hinunterbeugen. Und so sah er direkt in den Lauf der Waffe, die auf ihn zielte. Was sollte er machen? Er stieg ein, ohne zu murren.

Es war natürlich eine Spielzeugpistole. Er hatte sie auf dem Spielplatz aus einem Mülleimer gefischt, nachdem er beobachtet hatte, wie eine besorgte Mutter ihrem Zögling das Ding abgenommen hatte, weil »man mit solchen bösen Dingen nicht spielt«. Aber Sparwasser war es egal, er kannte sich mit Waffen nicht aus. Außerdem hatte er zu viele andere Dinge im Kopf, um richtig hinzusehen.

»Keine Sorge«, beruhigte er den Journalisten, dem der Regen von der Nasenspitze tropfte. »Wir fahren zum *Club der toten Dichter*. Und da können Sie sich mit Frau Blessing in aller Ruhe aussprechen.«

»Frau Blessing …?«, stotterte der Kerl. »Was haben Sie … Was wollen Sie von mir?«

Das erklärte er erst später, nachdem sie angekommen waren. Er erklärte es ihnen beiden, damit er nicht alles zweimal sagen musste. Das mit der Versöhnung als großem Abschluss. Zuerst mal musste er ja ohne großes Aufsehen in den Club gelangen, aber auch das war einfacher, als er gedacht hatte: Ernesto, der langhaarige Sponti-Trottel, hieß ihn sogar noch ausdrücklich willkommen und faselte irgendwas davon, dass »wir Künstler gegen die da oben« zusammenhalten müssten. Frau Blessing dagegen hätte beinahe Probleme bereitet. Sie hatte sich ein Taxi genommen und war schon lange vor ihnen beiden in ihrem Zimmer im Dichterclub. Sie hatte sogar schon geduscht und sich umgezogen. Als sie die Tür öffnete und sah, wer da auf dem Flur stand, wäre sie um ein Haar ausgerastet. Um ein Haar – hätte er sie nicht geistesgegenwärtig gepackt und ihr den Lauf der Pistole in den Mund gesteckt – er hatte das einmal in einem Mafiafilm gesehen. Sofort gab sie Ruhe, schließlich war sie nicht lebensmüde. Und er konnte endlich mit dem beginnen, weshalb sie alle hergekommen waren.

## 34. Kapitel

Am Sonntagmorgen hatte der Regen aufgehört, und die Glocken läuteten. Über der dünnen Wolkendecke schimmerte die Sonne wie hinter einem Duschvorhang, als genierte sie sich, so kurz nach der komplett verregneten Nacht wieder sommerlich zu scheinen. De Jong trat gerade an Deck, als sich ein Auto näherte, das der Exkommissar schon von Weitem als Bühlows alten Passat identifizierte. Dieses Mal hatte der Hauptkommissar keine Brötchen mitgebracht, er hatte gar nicht vor zu frühstücken. Stattdessen forderte er de Jong auf, mit ihm zu fahren – und zwar gleich jetzt. »Dieses Mal gibt es zwei Opfer«, berichtete er, während de Jong sich seine Jacke überwarf. »Die beiden, die sich gestern Abend in der Stadtbücherei geprügelt haben.«

»Sparwasser und die Schriftstellerin? Sie sind tot?«

»Dea Blessing. Das ist wirklich ein Supergau.«

»Besonders für die beiden Ermordeten«, sagte de Jong. Aber Bühlow schien das gar nicht gemeint zu haben. Während sie ostwärts Richtung Telgte fuhren, sprach er vom Chef der Mordkommission, Hauptkommissar Kriegeskotte, der ein Opfer seiner Wutanfälle geworden sei. Schon seit Tagen werfe er mit Dingen um sich, so wie es de Jong nur von Dr. Hattkämper, der Rechtsmedizinerin, gehört hatte. Natürlich seien es keine Skalpelle, die geworfen würden, sondern Büroartikel wie Locher, Aktenordner, gelegentlich auch Radiergummis. Aber als vor einer halben Stunde die Meldung von dem Doppelmord hereingekommen sei, habe er so unglücklich gegen eine Tür getreten, dass er sich am Fuß verletzt habe und deshalb jetzt in der Uniklinik zum Röntgen sei und nicht am Tatort. »Und zu allem Überfluss hat er mich auch noch ganz speziell auf dem Kieker«, sagte Bühlow. »Genau. Nur wegen dieser Sache gestern, die wir eigentlich längst geklärt hatten …«

»Wo du einfach blaugemacht hast. Und das mitten in einem Mordfall.«

»Ich hab nicht blaugemacht! Das war eine echte Krise, da ging es um alles. So was wünsche ich keinem.«

»Hoffentlich mit Happy End.«

Bühlow warf seinem Beifahrer einen Blick zu, als hätte er das Ende der Welt erlebt und könnte sich nicht vorstellen, dass es noch Schlimmeres gab. »Frag lieber nicht.«

* * *

Der Tatort war immer noch fest in der Hand der Spurensicherung, obwohl man die Leichen inzwischen abtransportiert hatte. Das Zimmer, das Dea Blessing im *Club der toten Dichter* bewohnt hatte, war geräumig und verfügte über ein kleines Badezimmer. Das Fenster blickte auf die Grünfläche im Innenhof, auf der friedlich Schafe grasten. Ein kleiner Schreibtisch, mit Schreibblock, Bleistift und Radiergummi bestückt, lud zum kreativen Schaffen ein. Herzstück des Raums stellte ein großzügiges Doppelbett dar, obwohl es sich um ein Einzelzimmer handelte.

»Hier hat man die beiden gefunden«, erklärte Bühlow. Zum Glück hatte er mit dem Handy Fotos gemacht, die de Jong sich ansehen konnte. Sie zeigten die Autorin und den Zeitungsmann nackt auf dem Bett, in einer Art inniger Umarmung, in die der Mörder die toten Körper gezwungen hatte.

»Medizinisch gesehen ist es dieselbe Vorgehensweise wie bei den anderen Opfern«, sagte Bühlow. »Jedenfalls wenn man dem Doc glauben darf.«

De Jong dachte daran, dass er gestern noch hier gewesen war und den beiden weisgemacht hatte, dass für ihre Sicherheit gesorgt sei. Das Ganze entwickelte sich mehr und mehr zur verheerendsten Pannenserie aller Zeiten. Er war zum Nachttisch getreten und zeigte auf ein Buch, das aufgeschlagen dort lag. »Michel von Lönneberga«, sagte er. »Für eine Erwachsene eine ungewöhnliche Nachtlektüre, findest du nicht?« Er beugte sich vor und deutete auf einen Pappstreifen, der zwischen den Seiten hervorragte. »Und hier ist so eine Art Lesezeichen …«

Bühlow kam hinzu und zupfte den Streifen mit seiner handschuhbewährten Hand aus dem Buch. Nahm ihn von beiden Seiten in Augenschein.

»Da haben wir es wieder«, sagte er und hielt de Jong das Lesezeichen hin. »Eine handschriftliche Botschaft. Aber keine aus der Bibel und auch nicht aus Grimms Märchen.«

Die Schrift war nicht groß, aber problemlos lesbar: *Alles steht da. Selbst schuld, ihr Narren, wenn ihr nicht lesen wollt.*

»Diesmal wohl eher der Herr der Ringe«, meinte de Jong.

Hauptkommissar Bühlow verfrachtete das Lesezeichen in einen Beweismittel-Beutel. »Alles steht da. Was meint er damit, zum Teufel? Eenemenetekel? Rumpelstielzchen?«

Woher sollte de Jong das wissen?

»Was glaubt denn der Kerl, was wir hier machen? Kreuzworträtsel lösen?« Bühlow machte seinem Ärger Luft, als hätte der Mörder es nicht auf die Ermordeten, sondern auf ihn abgesehen. »Denkt er, dass das alles hier ein beschissenes Ratespiel ist? So ein blödes Arschloch …!«

De Jong machte sich ein bisschen Sorgen um Bühlow, den er, wenn auch nicht beruflich, so doch musikalisch gesehen als Kollegen betrachtete. Weil er sich vor seinen Augen von Tag zu Tag mehr und mehr in ein Nervenbündel verwandelte. Stress in der Beziehung, Zoff mit dem Chef und dann dieser vertrackte Mordfall waren wohl etwas zu viel auf einmal. Was kurz darauf auch Ernesto, der Inhaber des Dichterclubs, zu spüren bekam. Der glaubte offenbar, er könne einfach zu Protokoll geben, er habe niemanden gesehen und nichts gehört, und damit sei die Sache für ihn erledigt.

»Schwachsinn!«, fuhr ihm Bühlow genervt über den Mund.

»Wie bitte?«

»Gerade eben haben Sie ausgesagt, Sie seien gestern Abend die meiste Zeit am Empfang gewesen, oder wollen Sie das etwa bestreiten?«

»Das stimmt. Aber eben nur die meiste Zeit. Das bedeutet ja, dass …«

»Dann müssen Sie den Kerl gesehen haben.«

»Kann schon sein.« Ernesto verschränkte in demonstrativer Gemütsruhe die Arme vor der Brust. »Wahrscheinlich sogar.«

»Was denn jetzt: kann schon sein oder wahrscheinlich?«

»Jedenfalls konnte ich ja wohl nicht wissen, dass der Kerl ein Mörder ist.«

»Okay. Dann mal los, beschreiben Sie ihn!«

»Hören Sie, Herr Hauptkommissar, das ist ein Haus der Kultur. Vielleicht ein Fremdwort für Sie. Aber wir lehnen Stasi-Methoden in aller Entschiedenheit ab. Niemand wird hier überwacht. Die Leute kommen und gehen, wie sie wollen. Freies Denken ist nämlich unabdingbare Voraussetzung für kreatives …«

»Erzählen Sie mir keinen Scheiß!«, fuhr ihm Bühlow dazwischen, dass der Langhaarige zusammenzuckte. Schließlich kannte er den Hauptkommissar nicht und wusste auch nichts von seinem Stress, konnte also nicht ahnen, wie wenig noch fehlte, bis er einen Gegenstand an den Kopf bekam, wie es bei der Kripo Münster zurzeit Usus war. Keinen Locher oder Aktenordner, sondern eine Ladung bunter Kugelschreiber, auf denen www.der-club-der-toten-dichter.de stand. »Da marschiert einer vor Ihren Augen hier herein und macht zwei Ihrer Gäste kalt! Und Sie wollen uns erzählen, Sie haben nichts gesehen und nichts gehört? Wo sind wir denn hier, in Sizilien, oder was?«

»Also ich …«

»Und passen Sie auf, was Sie sagen, Freundchen. Reden Sie nicht von Stasi-Methoden, wenn Sie keine bekommen wollen.«

Ernesto erbleichte regelrecht, seine Gemütsruhe war dahin. »Was soll denn das jetzt heißen?«

»Seien Sie froh, dass wir Ihnen nicht Beihilfe zur Tat anhängen. Oder Komplizenschaft mit einem Mörder. Da könnte einiges zusammenkommen.«

Für den Mann mit dem Pferdeschwanz war das das Stichwort, sich zu beschweren, dass es wohl sehr bequem und wieder mal total typisch für die Obrigkeit samt ihrer willigen Helfershelfer sei, sich, nur weil sie im Dunkeln tappe, lieber an ihn, einen völlig Unschuldigen, zu halten. Und das, obwohl er ein freier Bürger sei und seine Rechte kenne und man das mit ihm nicht machen könne …

An de Jong wäre es jetzt gewesen, seinen musikalischen Kollegen zu bremsen, bevor er den Mann wegen vorsätzlicher Behinderung einer Mordermittlung festnahm. Ihn davon abzuhalten, sich in Rage zu reden und damit am Ende eine Anzeige wegen Polizeiwillkür einzuhandeln. Aber einerseits war Hauptkommissar Bühlow in dieser Phase sowieso nur noch schwer zu bremsen, andererseits hatte sich de Jong schon länger aus dem Wortwechsel ausgeklinkt. Er rauschte nur vorbei, wie Fernsehen, das im Hintergrund lief, ohne dass es ihn etwas anging. Weil nämlich seine Gedanken bei einer anderen Sache regelrecht hängen geblieben waren. Bei dem selbstgemachten Lesezeichen, dass in *Michel von Lönneberga* gesteckt hatte, genauer gesagt, dem handschriftlichen Gekrakel: *Selbst schuld, wenn ihr nicht lesen wollt*. Wer war selbst schuld, und wer wollte was nicht lesen? Eine wirre Aussage, die genauso wenig Sinn ergab wie Eene mene Tekel oder: Wer das liest, ist tot. Und doch hatte bei de Jong etwas geklingelt, weil der Satz ihn an eine andere wirre Aussage erinnerte, sie geradezu magisch anzog. Zwar war der zeitliche Abstand zwischen den beiden riesig, aber wenn man das mal außer Acht ließ, konnte man glatt denken, dass beide Äußerungen aus demselben Mund gekommen waren. Wirre Aussagen wie »wer das liest, ist tot« gab es wahrscheinlich massenhaft. Bei »selbst schuld, wenn ihr nicht lesen wollt« war das schon etwas anderes. So ein Satz stach aus der Masse des anderen Schwachsinns heraus, und de Jong fiel es schwer anzunehmen, dass sie ihm durch reinen Zufall zweimal untergekommen war, selbst mit diesem gewaltigen zeitlichen Abstand. Aber sollte es sich nicht um einen Zufall handeln, dann kannte er vielleicht den Namen des Mörders. Er hatte sogar schon mit ihm telefoniert, wenn auch vor etlichen Jahren. Es war im Jahr 2004 gewesen …

## 35. Kapitel

*2004, Sommer*

*Sie hatten im Doppelmordfall Bernauer/Döring den falschen Verdächtigen präsentiert und anschließend nichts Brauchbares mehr liefern können. Wovon nur Hauptkommissar Düsseldorf profitierte. Karrieremäßig zog er nämlich an de Jong und Küppers vorbei und wurde Ermittlungsleiter. Ohne sich je die Frage stellen zu müssen, ob er wirklich diskriminiert wurde oder sein Dilemma vielleicht nur darin bestand, dass er allen Kollegen zu sehr mit seinen rührseligen Nippes-Anekdoten auf den Keks ging. Hauptkommissar Küppers hatte sich hinter seiner Serientäter-Theorie verschanzt und wartete auf den nächsten Mord, der nicht kam. Die Warterei machte ihn ziemlich unleidlich. Und was de Jong anging, er versuchte irgendwie, mit dem Fall abzuschließen. Was nicht so einfach war. Er besuchte die Stadtbücherei, erkundigte sich nach Evastina Bernauer und erfuhr, dass sie schon seit einer Weile nicht mehr dort arbeitete. Niemand konnte ihm sagen, was ihr neuer Job war. Also machte er sich auf die Suche nach ihr, nach ihrem verlorenen Lächeln, in dem nichts Fröhliches lag, nur Traurigkeit. Schließlich bekam er von einer Kollegin im Drogendezernat einen Tipp und begab sich an einem Sommerabend an den Aasee, wo sie auf einer Wiese an einer der Betonkugeln lehn-*

*te, neben sich eine halb leere Flasche Wodka, und auf das Gewässer hinausstarrte.*

*»Hey, lange nicht gesehen«, sagte er und hockte sich neben sie.*

*Evastina schien ihn komplett zu ignorieren. Eine Mücke landete auf ihrem nackten Oberarm, aber die ignorierte sie auch. Sie starrte auf den flachen Stadtsee hinaus, als wäre es der Pazifische Ozean und als könnten jeden Moment am Horizont die Segel von Sir Francis Drakes Flotte auftauchen. Ohne den Blick zu wenden, erkundigte sie sich, ob de Jong Neuigkeiten habe. In dem Mordfall.*

*»Es tut mir leid«, sagte de Jong, »dass wir bis jetzt leider kein konkretes Ergebnis haben, aber …«*

*Sie hob den Arm und machte eine wegwischende Bewegung, die die Mücke verscheuchte. Und ihn zum Schweigen brachte. »Dann verpissen Sie sich doch einfach, okay?«*

*An der Art, wie sie »verpissen« aussprach, merkte de Jong, dass sie einiges intus hatte. Er überlegte, wie er sie dazu bringen konnte, Hilfe von ihm anzunehmen.*

*Ganz in der Nähe klimperte eine Gitarre. Ein alter Dylan-Song,* Shelter from the storm, *eine ziemlich verhunzte Version, vorgetragen mit einer klagenden, leicht wiehernden Stimme.*

*»Hören Sie«, begann er. »Ich werde auf jeden Fall …«*

*Da wandte sie sich ihm zu. Jetzt sah sie nicht mehr aus wie ein Vogel mit gebrochenem Flügel, sondern wie eine Harpyie. In ihrem Blick lag unbändige Wut. »Ich hab gesagt, verpissen Sie sich!«, zischte sie. »Hauen Sie ab!«*

*Und an diesem misslungenen Tag hatte dann auch noch dieser Autor angerufen. De Jong konnte sich wieder an den Namen erinnern: von Auerbach. Seltsamer Name, seltsamer*

*Autor. »Lieber Kommissar, ich rufe Sie an, obwohl ich diesen Fall keineswegs kriminalistisch, sondern nennen wir es lieber literarisch, betrachte.«*

*De Jong war völlig egal, wie der Mann was auch immer betrachtete. Er hatte genug von dem Mordfall, den er, wie er fand, nicht nur nicht hatte aufklären können, sondern sogar noch weiter verdunkelt hatte. Und deshalb ließ er das Telefonat einfach über sich ergehen, von Auerbach mit seinem literarischen Anliegen, ein Buch über den blutigsten Mordfall in Münster zu schreiben, der vielleicht nicht aufgeklärt sei, das sei ihm bewusst, aber schließlich sei Jack the Ripper ja auch nie gefasst worden und trotzdem Stoff für Jahrhunderte. Er habe die bescheidene Hoffnung, bei der Kripo einen Mentor zu finden, der ihm faktenmäßig ein wenig Unterstützung angedeihen ließ.*

*»Ich bedauere«, sagte de Jong schroff, »aber nach meiner Kenntnis beschäftigt die Kripo keine Mentoren.« Und er fügte hinzu, dass jede Menge Arbeit auf ihn warte, was gar nicht stimmte.*

*»Natürlich verstehe ich Ihren Frust, weil Sie diese schrecklichen Morde nicht aufklären konnten«, sagte Auerbach, der den mehr als deutlichen Wink ignorierte. »Aber wollen Sie meine Ansicht hören?«*

*De Jong wollte nicht.*

*»Gerade deswegen muss man es niederschreiben. Dokumentieren. Auch auf der anderen Seite wäre es von Vorteil.«*

*»Auf welcher anderen Seite?«*

*»Damit meine ich unseren Mörder. Einmal angenommen, er würde das, was er getan hat, in einem Buch niederschreiben. Dann wüssten doch alle Bescheid.«*

*»Was er aber nun mal nicht getan hat.«*

*»Und vielleicht würde es ja auch niemand lesen. Aber es wäre geschrieben. Und könnte man dem Täter dann einen Vorwurf machen, was meinen Sie? Er hätte ja gesagt: ›Ich war's. Wenn ihr's nicht lesen wollt, selbst schuld.‹ Was kann er denn dafür?«*

*»Tut mir leid«, sagte de Jong, »aber für so etwas habe ich momentan keine Zeit. Später auch nicht.« Und damit hatte er aufgelegt.*

## 36. Kapitel

Eine Melodie, die ihm bekannt vorkam, obwohl er sie noch nie gehört hatte? Die Lösung des Rätsels war simpel: Er hatte sie schon gehört, nur eben vergessen, dass er sie gehört hatte. Von Auerbach, den Giulia erwähnt hatte, war dieser eingebildete Kerl, mit dem er damals telefoniert hatte. Nur, inwieweit brachte ihn das weiter?

»Selbst schuld, ihr Narren, wenn ihr nicht lesen wollt.«

Vielleicht gar nicht. Wenn es nur Zufall war und zwei Menschen, unabhängig voneinander, einen brutalen Mord auf die gleiche abstruse Weise kommentiert hatten.

»Er hätte gesagt: ›Ich war's.‹ Was kann er denn dafür?«

Wie auch immer, er musste mehr über diesen Autor erfahren. Wo hatte er die ganzen Jahre gesteckt? Und wo steckte er jetzt?

De Jong machte die Telefonieren-Geste in Richtung Bühlow, aber der sah gar nicht hin. Dann wählte er die Nummer.

»Niklas?«, meldete sich Giulias Stimme, sie war gedämpft. Im Hintergrund hörte man eine andere, männliche Stimme in deklamierendem, vortragendem Tonfall. Giulia war auf einer Dichterlesung.

»Hör zu, ich rufe an wegen diesem Auerbach.«

»Welchem Auerbach?«

»Dem Autor, von dem du erzählt hast. Was weißt du sonst noch über ihn?«

»Ich weiß gar nichts. Wirklich, Niklas, das passt im Moment schlecht. Ich bin hier mitten in einer Veranstaltung …«

Ein erbostes »Psst!« von jemandem, der in ihrer Nähe saß, das so laut war, dass de Jong es hörte, brachte sie zum Verstummen.

»Es ist wichtig«, beharrte de Jong.

»Ich weiß nichts über den Mann.« Giulia war jetzt halb so laut und doppelt so genervt. »Wie denn auch, ich hab ihn nie kennengelernt. Vielleicht fragst du Gunnar, der kennt viele …«

»Du meinst, du hast ihn verrissen und dabei kanntest du ihn überhaupt nicht?«

»Ja, ich hab dich doch …« Schon wieder ein »Pssssst!« Dieses Mal nahm es fast kein Ende und hörte sich an, als wäre ihr Sitznachbar eine undichte Luftmatratze.

»Ich mach jetzt Schluss«, raunte Giulia und unterbrach das Gespräch.

* * *

Gunnar fragen. Vielleicht keine schlechte Idee. Zwar hatte de Jong seine Nummer nicht, aber Oswald wohnte doch hier ganz in der Nähe. Auf dem Weg zurück nach Münster war es nur ein kleiner Umweg.

Achim Bühlow war inzwischen wieder auf Normaltemperatur abgekühlt. Er hatte seine Befragung beendet und telefonierte mit Kriegeskotte. »Okay, der Chef ist wieder einsatzbereit«, meldete er, nachdem er aufgelegt hatte. »Ich fahr jetzt hin und setz ihn ins Bild.«

De Jong kam mit und konnte Bühlow überreden, ihn unterwegs am Kasewinkel abzusetzen. Für den Rückweg würde er ein Taxi nehmen. Gute zehn Minuten später winkte er dem Auto des Hauptkommissars nach, das gerade um die nächste Ecke bog.

Das stählerne Rolltor, das bei seinem letzten Besuch den Weg versperrt hatte, stand heute offen, sodass der Exkommissar darauf verzichtete, sich über die Sprechanlage anzukündigen. Als er nach einer Minute Fußweg den Innenhof erreichte, hatte es angefangen zu regnen. Bei den ehemaligen Stallungen, die jetzt als Garage dienten, stand ein blauer VW Polo mit laufendem Motor und versuchte, sich aus einer Pfütze zu befreien. Das Hinterrad drehte durch, der Motor heulte auf und klang wie eine wütende Hummel, während der Reifen sich immer mehr in den Schlamm hineinwühlte. De Jong sprang mit einem Satz über die Pfütze, warf sich mit seinem ganzen Gewicht gegen das Heck und schob. Das Auto leistete erbitterten Widerstand, indem es de Jongs Hosenbeine ausgiebig mit Schlamm bespritzte, aber schließlich machte es einen Satz und war frei.

Der Fahrer stoppte und stieg aus. »Tja, da sind Sie ja gerade richtig gekommen.« Es war Oswalds Angestellter, Süverkrüpp, diesmal ohne Laubbläser, gehüllt in einen knallgelben Friesennerz, und er musterte de Jong dankbar und misstrauisch zugleich, weil er sich natürlich auch fragte, was de Jong hier verloren hatte.

»Ich wollte eigentlich zu Ihrem Chef«, erklärte der Exkommissar.

»Da haben Sie Pech, der ist unterwegs.«

De Jong überlegte. »Hätten Sie vielleicht seine Nummer? Dann würde ich ihn kurz anrufen. Ich hätte nur eine Frage.«

Süverkrüpp nahm de Jongs Handy, tippte eine Nummer ein und gab das Gerät wieder zurück. De Jong drückte auf *Verbinden*. Es klingelte mehrmals. Niemand ging ran.

»Manchmal schaltet er sein Handy aus«, meinte Süverkrüpp. »Fragen Sie mich nicht, warum, aber da kann man nichts machen.«

De Jong nickte. Sein linkes Hosenbein klebte vor Nässe, er beneidete den rothaarigen Kerl um seine Regenklamotten. Und er fragte sich, was er sich nur dabei gedacht hatte. »Tja, blöde Idee«, antwortete er sich selber. »Dann werd ich mal wieder …«

»Ich muss sowieso in die Stadt«, sagte Süverkrüpp, stieg ein und setzte sich hinter das Steuer. »Wenn Sie wollen, kann ich Sie mitnehmen.« Er grinste. »Immerhin haben Sie mir aus der Patsche geholfen.«

Das Angebot nahm de Jong gern an. Er stieg in den Polo, und kurz darauf hatten sie das verregnete Oswald'sche Anwesen hinter sich gelassen.

»Auf so einem Hof gibt es sicher immer jede Menge zu tun«, meinte de Jong.

»Ach was.« Süverkrüpp zuckte mit den Schultern. »Das ist alles machbar.« Dann verzog er das Gesicht.

»Der Punkt ist aber, dass man es dem Herrn nie recht machen kann.«

»Dem Herrn? Sie meinen jetzt Oswald?«

Wen denn wohl sonst?, sagte der kurze Blick, den der Fahrer ihm zuwarf. »Jetzt darf ich auch noch den ganzen digitalen Kram für ihn erledigen. Eigentlich kein Problem, schließlich hab ich das gelernt. Aber der Herr hat doch immer wieder Sonderwünsche.«

Sie waren jetzt auf die Warendorferstraße eingebogen und nahmen Kurs stadteinwärts.

»Für mich hört sich das so an, als wären Sie in Ihrem Job nicht zufrieden. Also nicht hundertprozentig.«

»Na ja – Job. Wenn man es schon so bezeichnet. Wissen Sie, damals, als wir hier zusammen angefangen haben, Gunnar und ich, da sah das noch ganz anders aus. Da hat er ständig von Augenhöhe geredet. Und von gemeinsamen Projekten, die wir anpacken wollten.«

»Davon will er jetzt nichts mehr wissen?«

Süverkrüpp klang resigniert, als läge die Zeit, in der er sich Illusionen gemacht hatte, schon lange hinter ihm. »Soll ich Ihnen was sagen: Autoren. Literaten. Diese ganze Mischpoke. Ich hab in all den Jahren weiß Gott viele kennengelernt. Und wenn Sie mich fragen, sind die allesamt verkorkst. Manche im guten Sinn, manche aber auch im schlechten.«

»Und zu welcher Sorte würden Sie Herrn Oswald zählen?«

»Er ist kein übler Kerl, wissen Sie. Aber immer zu denken, dass man schlauer ist als alle anderen. Dass niemand auf der Welt ist, der einem das Wasser reichen kann. Das macht doch was mit einem.«

De Jong sagte nichts, aber eigentlich konnte er dem nur zustimmen.

»Und wenn man dann auch noch Geld ohne Ende hat, für das man nie gearbeitet hat, dann kommt es ganz dicke.«

»Kann ich mir gut vorstellen.«

»Kein Wunder, dass man das nicht durchhält ohne die Tabletten.«

»Was denn für Tabletten?«

Süverkrüpp antwortete nicht, er schien sich auf den Verkehr zu konzentrieren. An der nächsten roten Ampel beugte er sich zu de Jong und senkte die Stimme wie jemand, der etwas verrät, was er eigentlich nicht verraten darf. »Angeblich nimmt er sie gegen die Schreibblockade. Irgend so ein Zeug zur Beruhigung. Keine Ahnung, woher er das Zeug kriegt, jedenfalls nicht aus der Apotheke.«

»Also meinen Sie das mit ›verkorkst‹?«

»Er ist abhängig, okay? Ein abhängiges Genie, so wie Sherlock Holmes oder Truman Capote. Aber kein Krimineller, verstehen Sie?«

Vor ihnen lag die Brücke, die über den Kanal führte. De Jong deutete auf den Straßenrand. »Am besten lassen Sie mich hier raus. Ich bin dann gleich zu Hause.«

Der Wagen hielt. De Jong bedankte sich fürs Mitnehmen und stieg aus. Aber er hielt die Beifahrertür noch für einen Moment in der Hand und spürte die Regentropfen auf seinem Kopf. »Noch eine letzte Frage«, sagte er in wahrer Columbo-Manier. »Weil Sie sagten, Sie hätten schon weiß Gott wie viele Autoren kennengelernt. Sagt Ihnen vielleicht der Name von Auerbach etwas?«

Süverkrüpp nickte, ohne zu zögern. »Klar, aber der ist ja Geschichte.«

»Der Mann ist tot?«

»Das nicht gerade. Aber die Zeiten ändern sich eben. Damals fand er das supercool.«

»Wer?«

»Na er. Gunnar. So hat er sich genannt, als er sich für Shakespeare persönlich hielt. Hört er heutzutage nicht mehr so gern.«

Ein vorbeisausender Radfahrer beschwerte sich klingelnd, dass de Jong den Radweg blockierte. De Jong winkte Süverkrüpp zu, ließ die Tür zufallen und trat einen Schritt zurück. Der Wagen fädelte sich in den Verkehr ein.

Eine ganze Weile stand der Exkommissar im Regen und starrte auf die Straße, ohne sie wahrzunehmen. Von Auerbach – das war niemand anderer als Gunnar Oswald! Damals, vor zwanzig Jahren, der Kerl, mit dem er telefoniert hatte, das war Oswald gewesen. Und wenn man sich einmal klarmachte, dass es sich hier eben nicht um einen äußerst seltenen Zufall handelte, einer von den Zufällen, die praktisch nie vorkamen, dann hatte Oswald diese Zettel mit den sinnfreien Botschaften geschrieben: *Eene mene Tekel. Wer das liest, ist tot*. Und: *Ach, wie gut, dass niemand weiß*. Er hatte sie an den Tatorten angepinnt. Und wie er dorthin gekommen war, hatte er de Jong auch verraten: »Wenn man bedenkt, dass in diesem Haus sozusagen alles angefangen hat. Ich habe damals als Aushilfe gejobbt, um mein Studium zu finanzieren.« Die Morde gingen auf sein Konto.

Zugegeben, de Jong war weit davon entfernt, das beweisen zu können. Aber er wusste jetzt, wo er suchen musste. Dazu kam die Genugtuung, dass er – Eifersucht oder wasserfestes Alibi hin oder her – mit seinem Gefühl, was Oswald anging, die ganze Zeit recht gehabt hatte. Und das würde selbst Giulia verstehen …

Der Exkommissar, der inzwischen eine gute Strecke den Kanal entlang zurückgelegt hatte, blieb abrupt stehen. Ein E-Scooter-Pilot schlingerte gerade noch so eben an ihm vorbei und kollidierte ein paar Meter weiter mit einem Mülleimer. De Jong bildete sich so viel auf sein Gefühl ein, dabei hatte er sich wie ein Idiot verhalten! Erst gestern hatte er diesem Kerl freimütig verraten, dass Giulia vor Jahren als Rezensentin tätig gewesen war. Und als solche hatte sie Auerbachs großes Epos in Grund und Boden verrissen, ohne zu ahnen, wer sich hinter dem Pseudonym verbarg. Aber der ahnte dank de Jong jetzt sehr wohl, wer ihm diese Schmach angetan hatte. »Schneidest du auch nur einen Millimeter daneben, dann bist du kein Kritiker mehr. Du bist ein Scheusal.« Gunnar Oswald alias von Auerbach war nicht der Typ, der vergab und vergaß oder Gras über etwas wachsen ließ. »Ehrlich, ich habe noch nie jemanden kennengelernt, der so übelnehmerisch ist.« Übelnehmerisch ist nicht gut, dachte de Jong. Und wenn es sich um einen skrupellosen Mörder handelte, konnte es sogar tödlich sein.

Er kramte sein Handy aus der Tasche, um Giulia vor Gunnar zu warnen. Ihn nicht auf die leichte Schulter zu nehmen. Sie musste sofort jeden Kontakt mit ihm beenden. De Jong wollte ihre Nummer eingeben, als ihm auf dem Display angezeigt wurde, dass schon eine Nachricht auf ihn wartete. Sie war von Giulia. *Hey du, nur damit wir uns nicht schon wieder streiten, sag ich dir dieses Mal Bescheid: Die Lesung ist zu Ende, und gleich treffe ich mich noch mit Gunnar. Aber es ist nur deinetwegen. Ich hab das Manuskript dabei, und wir schreiben gemeinsam ein Exposé. Und dann sehen wir weiter. G.*

Die Nachricht war schon vor einer halben Stunde eingegangen.

## 37. Kapitel

Natürlich versuchte er, sie zu erreichen, aber sie ging nicht ran. Auch nicht nach dem dritten Versuch und ebenso wenig nach dem vierten. »Wenn du das abhörst, ruf mich zurück, es ist dringend«, sprach er auf die Mailbox. »Oder sag mir wenigstens, wo ihr euch trefft.« Denn zu Oswald konnte sie ja nicht gefahren sein, schließlich kam er gerade von dort. De Jong schrieb eine SMS nach der anderen: *Ruf mich endlich zurück! – Wo steckst du?* Und: *Geh verdammt noch mal endlich ans Telefon!* Bis ihm klar wurde, wie wenig Sinn das hatte. Und während der ganzen Zeit war er unterwegs zum Alten Mädchen. Wie kann man nur so bescheuert sein?, ärgerte er sich über sich selbst und blieb wieder abrupt stehen. Was sollte er auf dem Hausboot? Da stand sein Fahrrad, aber wohin wollte er denn radeln? Ins Landesmuseum, wo Gunnar Oswald alias von Auerbach schon auf sie gewartet hatte, mit der Betäubungsspritze in der Hand und einem Zettel in der Tasche, auf dem wieder einer seiner blöden Sprüche stand?

Der Regen hatte inzwischen aufgehört. De Jong atmete ein und wieder aus. Beruhige dich. Kein Grund, in Panik zu geraten. Andererseits – wenn das keiner war, was war dann überhaupt einer? Aber gerade deswegen war es am besten, Ruhe zu bewahren. Was hatte Giulia geschrieben: *Die Lesung ist zu Ende, und gleich treffe ich mich noch mit Gunnar*. Gleich. Nicht »jetzt sofort« oder »in zwei Minuten«. Sie hatte »gleich« geschrieben. Natürlich konnte das »in zwei Minuten« heißen, aber eben auch »demnächst«, wenn nicht sogar »in einer Stunde oder so«. Wer Giulia kannte, tippte auf das Dritte.

Er sah auf die Uhr: Inzwischen waren es zweiundvierzig Minuten her, seit die Nachricht eingegangen war. Wenn er nur ein bisschen Glück hatte und sein Tipp zutraf, dann war sie vielleicht noch gar nicht … De Jong machte unvermittelt kehrt und rannte los, wobei er beinahe über einen Hundebesitzer samt seinem winzigen Hund gestolpert wäre. Giulias Wohnung lag auf der anderen Kanalseite in der Nähe der Warendorferstraße, eine helle, geräumige Wohnung mit einer großen Dachterrasse und grandiosem Blick auf die Wasserstraße. Vom Hausboot aus an einem lauschigen Sommerabend ein gemütlicher, nicht allzu langer Spaziergang – wenn es aber um Leben und Tod ging, eine schier endlose Strecke. De Jong rannte und spürte Seitenstiche. Aber irgendwann war es geschafft. Er lehnte keuchend neben der Eingangstür und drückte auf den Klingelknopf. Wartete und wartete. Und dann, endlich, surrte der Türöffner!

Gefahr vorüber. Sie hatte sich also noch gar nicht auf den Weg gemacht. Dem Exkommissar fiel ein Stein vom Herzen, der sich so real anfühlte, dass er sich leicht nach vorn beugte, damit er ihm nicht auf die Füße plumpste. Dann ging er die Treppe hinauf, in aller Ruhe, wie er vorhatte, trotzdem nahm er immer zwei Stufen auf einmal. Ihre Wohnungstür stand offen. De Jong trat ein. »Ich bin's!«, rief er. »Ich weiß, du wirst wenig begeistert sein, aber du darfst dich auf keinen Fall noch mal mit diesem Kerl treffen. Lass es mich erklären, dieses Mal ist es wirklich …«

Weiter kam er nicht. Irgendetwas Hartes erwischte ihn am Hinterkopf. Und er ging k.o.

* * *

Als er wieder zu sich kam, wusste er natürlich nicht, wie viel Zeit vergangen war, aber vermutlich nicht viel. Sein Kopf tat höllisch weh. Zum Teufel mit den Filmen, in denen Leute niedergeschlagen werden, kurze Zeit später wieder aufstehen und sofort so fit wie vorher sind. Der Brummschädel würde ihm noch ein paar Tage erhalten bleiben. De Jong blinzelte. Er saß auf einem Stuhl, die Hände an die Rückenlehne gefesselt, die Füße an die Vorderbeine.

»Glauben Sie mir oder nicht«, sagte jemand, natürlich war es Oswald, »aber Sie kommen mir jetzt reichlich ungelegen.«

»Ich nehme das Zweite«, stieß de Jong hervor. »Was zum Teufel soll das?«

»Das ahnen Sie doch längst, Herr Kommissar.« Gunnar Oswald steckte in einem legeren, blauen Anzug und trug schwarze Lederhandschuhe, als wäre er mit dem Motorrad hergekommen. Alles in allem sah er aus wie ein klassischer Gangster aus dem Fernsehen der Siebzigerjahre.

»Exkommissar«, sagte de Jong. Jetzt erst bemerkte er Giulia, sie saß auf dem Bett – sie befanden sich in Giulias Schlafzimmer –, auch sie gefesselt und außerdem geknebelt. Ihr Gesicht war rot angelaufen, sie starrte ihn mit einem Blick an, den de Jong als hilfesuchend, aber auch als vorwurfsvoll empfand.

»Sie haben natürlich recht, wenn Sie sagen, es war nur eine Frage der Zeit, nicht wahr?« Oswald hatte sich einen Stuhl aus der Küche geholt, setzte sich jetzt de Jong gegenüber und verschränkte die Arme vor der Brust.

»Ich habe gar nichts gesagt«, entgegnete de Jong bockig.

»Sie, Herr de Jong, sind der Einzige, der eine Verbindung herzustellen vermag. Zwischen all dem, was ich in dieser Woche vollbracht habe«, wieder breitete er die Arme wie Flügel aus, »und dem Früheren. Dem Mundharmonika-Mord, Sie wissen schon. Ich wusste, dass ich Sie im Auge behalten musste. Also hab ich Ihnen ein wenig den Mund wässrig gemacht von wegen literarischer Ruhm. So peinlich das ist, aber so was hört jeder gern.«

»Blödsinn«, sagte de Jong.

»Und dann stellt sich heraus, dass Sie die Verbindung gar nicht hergestellt haben.«

»Hab ich wohl, Sie Schwachkopf. Sonst wäre ich ja wohl nicht hier.«

Der verrückte Kritiker hob die Brauen. »In der Tat, aber leider zu spät. Ein kleiner Tipp: Wenn man jemanden wie mich austricksen will, sollte man ihm einen Schritt voraus sein. Ein Schritt hinterher nützt überhaupt nichts.«

»Was Sie in dieser Woche vollbracht haben?«, wiederholte de Jong. »Sie sprechen von hinterhältigen, brutalen Morden, Herr Oswald.« Er war kein Experte, also sagte er die Sätze, die viele in seiner Lage schon gesagt hatten: »Sie sind krank, das ist offenbar. Holen Sie sich Hilfe, vielleicht ist da noch was zu machen. Obwohl ich da, ehrlich gesagt, skeptisch bin.«

Gunnar Oswald machte es offenbar nichts aus, als geisteskrank bezeichnet zu werden. »Morde?«, sagte er. »Nun, das scheint mir das falsche Wort zu sein. Mir ist durchaus bewusst, dass ein Menschenleben ein teures Gut ist. Aber manchmal muss man Opfer darbringen für das höchste Gut, welches die Menschheit hervorgebracht hat: die Schrift, die Sprache, die Fähigkeit zu lesen. Zu kommunizieren.«

De Jong sah zu Giulia, die auf der Bettkante hockte. Sie nickte! Was gab es da zu nicken? Oswald nahm ihre Kopfbewegung mit offensichtlicher Genugtuung zur Kenntnis. »Nichts Geringeres als das kulturelle Vermächtnis unserer Spezies. Sehen Sie sich doch um: Der Tag ist nicht mehr fern, an dem die Menschen ratlos kopfschüttelnd vor lateinischen Schriftzeichen sitzen, weil sie nichts anderes kennen als lustige Bildchen und Katzenvideos. Und damit so etwas nicht passiert, mussten diese Menschen geopfert werden.«

»Nicht alle«, erhob de Jong Einspruch. »Als Ole Frings ermordet wurde, saßen Sie doch im großen Kiepenkerl bei einer Schweinshaxe. Schmücken Sie sich also nicht mit fremden Federn.«

Dafür bekam er ein nachsichtiges, ja geradezu mitleidiges Lächeln. »Wo wir jetzt hier unter uns sind«, meinte Oswald gnädig, »können wir doch offen reden. Fenja Dornbusch ist Studierende der Germanistik. Hält sich für ein großes schriftstellerisches Talent.« Er zwinkerte. »Geht nicht nur Ihnen so. Aushilfsweise kellnert sie im Großen Kiepenkerl. Tja, und seitdem ich mit dem literarischen Fallbeil eine ihrer grottenschlechten Kurzgeschichten über den grünen Klee gelobt habe, gibt es quasi nichts, was sie nicht für mich tun würde. Verstehen Sie jetzt?«

De Jong zuckte mit den Schultern. Wieder sah er Giulia nicken und schüttelte selbst den Kopf. Vielleicht versuchte sie ihm auf diese Weise irgendetwas zu verstehen zu geben. Aber sie war geknebelt und gefesselt, und da war es schwierig, etwas Verständliches zu verstehen zu geben.

Ihr durchgeknallter Ehemaliger plapperte indes ungestört weiter, er war ja am Drücker. »Ich hab ihn da stehen sehen, den schnieken Conférencier, in dieser geschmacklosen Kriminalausstellung im Museum. Und da wurde mir klar, dass er da einfach hingehört. Als Mordopfer. Da und nirgends sonst.«

»Zwanzig Jahre lang haben Sie es geschafft, niemandem ein Haar zu krümmen«, sagte de Jong. »Warum dann jetzt wieder?«

Gunnar Oswald lächelte, weil er es gern hörte, wenn sich jemand für seine Arbeit interessierte. »Damals, das war ja kein Haarkrümmen, wie Sie es ausdrücken. Es war hässlich und blutig, aber eine Notwendigkeit. Und in den langen Jahren wurde mir klar, dass es nicht nur das war. Sondern eine Aufgabe. Eine Mission, wenn Sie so wollen.«

»Ganz sicher nicht«, sagte de Jong.

»Dieses Lesefest, das Menetekel, wussten Sie übrigens, dass das vorwiegend auf meinem Mist gewachsen ist?«

Jetzt nickte de Jong auch. Er erinnerte sich an Nürburgs Worte: *Vieles davon war seine Idee.*

»Ich wollte, dass die Leute lesen. Es reicht nicht, sich Bücher zu kaufen, sie ins Regal zu stellen und sich deshalb für gebildet zu halten, meinen Sie nicht auch? Die Schrift an der Wand, die sollten sie lesen.«

»Das Menetekel«, sagte de Jong. »Und gestern, das war Ihr großes Finale, stimmt's? Sparwasser und Blessing, die sich auf der Bühne gestritten haben wie die Kesselflicker.« Während er so daherplapperte, überlegte er fieberhaft, ob er irgendwelche Optionen hatte – und wenn ja, welche. Er war nicht geschult darin, durchgeknallte Täter in langen Gesprächen zu zermürben, bis sie aufgaben. »Die idealen Kandidaten für eine große Versöhnungsgeste. Wir beide«, mit dem Kopf wies er auf Giulia, »passen da überhaupt nicht hinein. Also warum wollen Sie sich Ihre beeindruckende Installation vermasseln? Sie sollten uns laufen lassen …«

»Beeindruckend …«, wiederholte Oswald und nickte.

»Genau. Man kann dazu stehen, wie man will. Vom moralischen Standpunkt aus, meine ich. Aber künstlerisch gesehen …«

»Hören Sie auf damit!« Für einen Moment hatte Oswald tatsächlich so ausgesehen, als wollte er aufgeben oder als spielte er wenigstens mit dem Gedanken. Er kaute auf seiner Unterlippe herum und starrte de Jong wütend an. »Tun Sie nicht so! Das ist sie doch, die Ursünde, die wir alle in uns tragen! Wir sagen, wir hätten Verständnis, und verstehen im Grunde gar nichts. Wir behaupten zuzuhören, dabei glotzen wir nur blöd aus der Wäsche und sind mit den Gedanken ganz woanders. Wir geben vor, jemand zu sein, und sind nur hohl und nichtssagend. Aber das macht ja nichts. Wir tun eben nur so, verstehen Sie, Herr Kommissar? Das reicht uns vollkommen. Aber glauben Sie vielleicht, dass ich das nicht sehen könnte, ob jemand nur so tut als ob?«

»Ich behaupte ja nicht, Sie zu verstehen, Herr Oswald. Sie sind für mich ein durchgeknallter Serienmörder. Sie können mich nicht gehen lassen, weil ich in Sachen Mundharmonikamord Bescheid weiß. Aber das bedeutet, dass sie«, wieder deutete sein Kopf in Richtung Bettkante, auf der Giulia hockte, »nichts damit zu tun hat. Sie hat Ihnen nichts getan.«

Oswald hob den Zeigefinger – die gleiche Geste wie gestern, als sie bei Kaffee und Kakao zusammengesessen hatten. »Nun, das entspricht nicht ganz der Wahrheit.« Er lehnte sich zurück, der Stuhl knarzte. »Haben Sie sich jemals gefragt, warum Sie noch nie von einem Buch mit dem Titel *Der Mann auf dem blauen Sofa* gehört haben?«

»Warum sollte ich mir eine so dämliche Frage stellen?«, schnappte de Jong und ärgerte sich selbst über seinen aggressiven Ton.

»Sie«, Oswald deutete anklagend auf Giulia, »hat dieses Werk gnadenlos niedergemacht. Ein Verbrechen an der Literatur.«

»Aber sie konnte doch nicht wissen, dass …«

»Konnte sie nicht, woher denn auch?« Der Finger schwenkte zurück. »Schließlich ist sie eine echte Frau und keine dieser Schlampen, denen man nicht über den Weg trauen kann. Von denen gibt es nämlich mehr als genug.«

»Absolut«, stimmte de Jong ungeduldig zu. »Was auch dafürspricht, sie in Ruhe zu lassen.«

Oswald faltete jetzt seine Hände. Er sah zerknirscht aus. »Sie, de Jong, mögen mich für einen skrupellosen Mörder halten, aber glauben Sie mir eins: Ich hatte nie vor, Giuli auch nur ein Haar zu krümmen. Niemals. Ich bin kein Hannibal Lector, auch wenn Sie das denken. Willkür ist mir verhasst. Wenn Sie einen Mord begehen, dann muss er einen Sinn haben, das war immer schon meine Maxime. Und wenn es jemanden gibt, der meine Kunst versteht, dann ist es Giuli. Ja, vielleicht auch meine Mutter, wenn sie nur die Geduld gehabt hätte zu warten. Aber Giuli – was Literatur angeht, sind wir immer schon auf der gleichen Wellenlänge gewesen.«

De Jong sah zu Giulia. Und sie nickte schon wieder! Warum zum Teufel tat sie das? Oswald starrte sie an. Die weinerliche Zerknirschung verharrte noch einen Augenblick in seinem Gesicht, dann verflog sie. Plötzlich strahlte er auf geradezu verklärte Art und Weise.

»Ich habe es doch immer gewusst, meine Liebe. Obwohl ich mir oft nicht sicher war, verstehst du, was ich sagen will?« Er stand vom Stuhl auf und zwängte sich am Bett vorbei. Dann ging er vor Giulia in die Hocke und befreite sie von ihrem Knebel. »Aber auch du warst dir nicht sicher, obwohl du es in deinem Inneren gespürt haben musst.«

Und Giulia? Sie sagte tatsächlich: »Ich weiß. Es hat so lange gedauert. Vielleicht finden wir ja jetzt zueinander, was meinst du?«

»Aber Giulia, wie kannst du …!«, entfuhr es de Jong.

Während sie Oswald die Handgelenke hinhielt, damit er ihre Fesseln löste, wandte sie sich zu ihm um mit einem Blick, als hätte sie völlig vergessen, dass er überhaupt anwesend war. Und als wäre sie nicht gerade begeistert, dass er sich ausgerechnet diesen Augenblick ausgesucht hatte, um an einen Stuhl gefesselt hier herumzusitzen. »Es tut mir leid, Niklas. Aber seit ich dich kenne, hast du Bücher immer nur zum Regalabstützen benutzt.«

»Nein, das stimmt so nicht«, wehrte er sich. »Ich hab doch sogar selbst was zu Papier gebracht ...«

Sie schüttelte den Kopf. »Odysseus und seine Gefährten, die über eine Suppe segeln. Das ist jämmerlich. Literatur ist mir wichtig, Niklas. Und der Mensch, dem ich mich hingebe, muss genauso ticken.« Ihre Handgelenke waren jetzt frei. Sie musterte Oswald mit einem lasziven Blick. Und der Blick, den er ihr zurückgab, nachdem er ihn erst tief in ihren Ausschnitt getaucht hatte, triefte nur so vor schamloser Vorfreude.

De Jong überkam plötzlich ein Taubheitsgefühl. Was hier gerade passierte, war ihm egal. Sollte Oswald mit seiner Spritze kommen und diese bescheuerte Situation beenden. Vorher aber würde er diesen schleimigen Kerl auf jeden Fall noch umbringen.

»Die Frage ist, was wir jetzt mit dir machen?«, sagte Giulia und meinte de Jong, die Frage aber war an den Kerl gerichtet, der da an ihrem Bett hockte und es nicht erwarten konnte, es mit ihr zu teilen.

Das geifernde Grinsen verschwand, aber den entrückten Gesichtsausdruck bekam er nicht unter Kontrolle. »Das Beste wäre, wenn ich mich darum kümmere, Liebling«, sagte er. »Ich verfüge über eine gewisse Erfahrung, wie du weißt. Warum gehst du nicht solange in das Café um die Ecke, und ich komme nach, sobald ich hier fertig bin?«

»Das ist so lieb von dir, Schatz.« Giulia machte Anstalten aufzustehen. Vorher griff sie noch hinter sich zum Nachttisch, auf dem ein Buch lag. Aber als ihre Hand zurückkehrte, hielt sie kein Buch, sondern eine Nachttischlampe. Und die knallte sie, ohne zu zögern, Oswald an den Schädel. Der verklärte Schein lag immer noch auf seinem Gesicht, während er wortlos zu Boden ging.

Eine Lampe, dachte de Jong. Genau wie damals. Das kann doch eigentlich nicht sein.

## 38. Kapitel

Die Verhaftung des Museumsmörders war das Topthema in den Medien und brachte die Bücherwoche erst so richtig in die Schlagzeilen. Vor allem ersetzte es als glanzvollen Schlusspunkt das schmachvolle »Endspiel« in der Stadtbücherei. Der Chef der Mordkommission, Hauptkommissar Kriegeskotte, ließ sich für seine zielorientierte und effektive Ermittlungsarbeit loben, sogar de Jong wurde erwähnt. Dabei fand er, dass eigentlich nur Giulia die Lorbeeren gebührten: Während er, hilflos auf dem Stuhl gefesselt, seinen kriminalistischen Werkzeugkasten nach einer geeigneten Strategie durchwühlt und keine gefunden hatte, hatte sie den Mörder kurzerhand mit dem ältesten Trick der Welt außer Gefecht gesetzt. Abgesehen davon schienen diese fünfunddreißig Minuten in der Hand des Verrückten ihn und Giulia auf eine verrückte Weise wieder nähergebracht zu haben.

De Jong hatte aber noch eine Schuld zu begleichen. Dieses Mal war seine Suche sehr schnell von Erfolg gekrönt. Und er brauchte auch nicht bei den Aasee-Kugeln nach ihr zu suchen. Wie sich herausstellte, hatte der Mord Evastina Bernauer seinerzeit zwar aus der Bahn geworfen, aber inzwischen hatte sie längst wieder in die Spur zurückgefunden. Seit Jahren arbeitete sie für einen Verein, der sich für Wohnungslose einsetzte, wohnte gar nicht weit entfernt vom Liegeplatz des Alten Mädchens und hatte eine dreizehnjährige Tochter. An de Jong konnte sie sich kaum noch erinnern, aber dann gelang es ihr doch.

»Sie haben all diese Jahre nach dem Kerl gesucht?«, wunderte sie sich. Sie saßen in der Cafeteria der Obdachlosenhilfe an einem Tisch, den ein halb voller Aschenbecher und eine Plastikblume in einem Plastikblumentopf schmückten. Vor ihnen stand jeweils ein Pappbecher mit Kaffee.

»Nein«, gab de Jong zu. »Ich habe Ihnen damals etwas versprochen, das ich nicht halten konnte. Und jetzt hat derselbe Mann die Museumsmorde begangen. Dadurch wurde er geschnappt.«

Sie nickte und drehte ihren Kaffeebecher in der Hand. »Wissen Sie schon, aus welchem Grund? Ich meine, hat er ein Motiv?«

»Sicher«, meinte de Jong. »Aber bisher hat man noch nicht allzu viel herausgefunden. Motive für solche Taten sind oft kompliziert und für normale Menschen kaum nachvollziehbar. Ich meine, für Sie und mich zum Beispiel. Die Psychologie-Expertin bei der Kripo glaubt, dass ein kindliches Trauma die Ursache sein könnte. Dass es sich zu einer Art Obsession ausgewachsen hat, die ihn diese Taten begehen ließ.«

Noch bevor sie den Kaffee aufhatten, stand sie schon wieder auf, weil sie jetzt »wieder an die Arbeit« müsse. Und dann dankte sie ihm mit einer kurzen Umarmung, und während dieser Umarmung fiel de Jong wieder ein, dass er damals eine Zeit lang davon geträumt hatte, dass es zwischen ihnen etwas werden könnte. Und die Frage ging ihm durch den Kopf, ob das irgendwie sein Schicksal war: immer zu spät dran zu sein. Zu lange zu brauchen, um in die Gänge zu kommen. Was diesen Fall anging. Und was Frauen anging. Für Evastina kam er zu spät. Für ihn selbst ja auch. In Sachen Evastina blieb ihm nur, sich im Nachhinein vorzustellen, wie es hätte sein können.

* * *

Am selben Abend traf er sich mit Hauptkommissar Bühlow in dessen Partykeller. Um den Abschluss dieses Falles zu feiern und um Musik zu machen. Zuerst spielten sie die üblichen Sachen, die sie immer spielten, aber dann rückte Achim Bühlow damit heraus, dass er selbst einen Song geschrieben hatte. Der Titel lautete *Ohne dich komm ich nicht klar*. Er war eine musikalische Bitte an Kristin, zu ihm zurückzukommen. Eine umgetextete Version von *Ain't no Sunshine*.

»Tja, dann lass doch mal hören«, sagte de Jong neugierig.

Und in der Art, wie Bühlow den Song rhythmisierte, klang er anfangs noch recht passabel, wirklich nicht schlecht, aber je mehr Pathos hinzukam und von Strophe zu Strophe auch mehr Lautstärke, verwandelte sich der Sound immer mehr in eine Mischung aus *I can get no satisfaction* und *Mer losse d'r Dom en Kölle*. Als de Jong das in aller Vorsicht und mit dem denkbar größten Feingefühl äußerte, schnappte Bühlow auf eine Weise ein, die seinen Onkel Eugen neidisch gemacht hätte.

Er knallte seinen E-Bass in den Ständer. »Okay, dann lassen wir's doch einfach sein.« Er schnappte sich ein Bier, öffnete es und ließ sich in einen Sessel fallen.

»Na gut«, ruderte de Jong zurück. »Vielleicht war das etwas ungeschickt ausgedrückt.«

»Ach was, im Gegenteil! Es war überaus anschaulich. Vielen Dank auch für die nette Rückmeldung.«

»Aber du weißt doch bestimmt, was ich meine, oder?«

»Klar weiß ich das. Da gibt's ja nichts misszuverstehen.«

»Man kann sicher noch dran arbeiten, und dann klingt er vielleicht gar nicht mehr so schlecht …«

»Mir ist jetzt nicht mehr nach Musik. Wenn überhaupt noch.«

Also lehnte auch de Jong schulterzuckend seine Gitarre an die Wand und nahm sich ein Bier. Beide schwiegen eine Weile und tranken.

»Egal«, fing Bühlow nach einer Weile wieder an. »Aber der Song wird sie umstimmen. Er muss.«

»Hast du denn nicht erzählt, ihr hättet geredet? Deshalb hast du dir von Kriegeskotte den Rüffel geholt. Wieso ist sie dann …«

»Vielen Dank für deine guten Ratschläge, Niklas«, unterbrach ihn Bühlow oberlehrerhaft. »Aber eins muss dir doch klar sein.«

»Mir?«

»Man kann endlos reden. Stundenlang, tagelang. Und ehe man sich's versieht, war es zu viel. Dann hat man alles zerredet.«

»Verstehe. Deshalb hast du den Song geschrieben.«

»Den Song habe ich vor allem deshalb geschrieben, weil mir etwas Wichtiges klar geworden ist.«

»Sehr gut. Und das wäre?«

»Dass wir nicht mehr um den heißen Brei herumreden dürfen, so wie wir es die ganze Zeit getan haben. Sondern Klartext ist angesagt. Endlich.«

»Bravo!«, lobte de Jong.

»Ich hab ihr gesagt, dass es nicht so weitergehen kann. Dass man Beruf und Privatleben trennen muss, gerade als Bulle. Auch wenn sie das vielleicht nicht versteht. Aber wenn nicht, dann ist mir das egal. Es muss mir egal sein, oder?«

»Vielleicht«, sagte de Jong, inzwischen unsicher, von wem Achim überhaupt sprach. Meinte er Kristin oder Imogen?

»Sie ist eine tolle Frau und ein exzellenter Bulle, gar keine Frage. Nur, Kristin ist nun mal die Frau meines Lebens, und das wird immer so bleiben. Und wenn ich weiter mit ihr herummache, dann ist es unvermeidlich, dass Kristin es irgendwann falsch versteht. Ist doch klar.«

»Sonnenklar«, bestätigte de Jong.

»Dass sie dann sogar Schluss macht. Könnte ich ihr nicht mal verdenken. Und würde ich an ihrer Stelle doch vielleicht auch tun.«

»Stimmt«, sagte de Jong. »Das hat sie sicher überzeugt, was?«

»Na ja. Abgesehen davon, dass wir das alles viel zu spät geklärt haben.« Bühlow stellte die leere Flasche zurück in den Kasten, tauschte sie gegen eine volle und öffnete sie mit seinem Feuerzeug. »So wie wir auch viel zu spät über Alfie geredet haben.«

»Alfie?«

»Alfie alias Alfons.«

»Wer ist Alfons?«

Zuhören hilft, sagte Bühlows tadelnder Blick. »Ihr Typ.«

»Sie hat neuerdings einen anderen?« De Jong kam sich blöd vor, dabei hatte er doch genau zugehört.

»Was heißt neuerdings? Den hatte sie immer schon. Die ganze Zeit.«

»Aber du wusstest nichts davon?«

»Ja, wie denn auch? Wenn Sie mir nichts davon sagt.«

Das steckte also hinter Bühlows neuem Song und der Rückbesinnung auf die »Frau seines Lebens«. Seine neue Flamme war in festen Händen, und er war für sie nur ein Zeitvertreib gewesen. Jetzt war Fingerspitzengefühl gefragt. Ein einziger falscher Zug, und Bühlow stand mit leeren Händen da. Und deshalb musste de Jong ihm klarmachen, dass er diesen Song niemals in Kristins Gegenwart zum Vortrag bringen durfte. Das war aber nicht leicht, denn er hantierte mit scharfem Dynamit. Tagelanges Ignoriertwerden, vielleicht wochenlanges, konnte die Folge sein. Zeit, die Bühlow nicht hatte. »Okay«, meinte der Exkommissar. »Dann sollten wir den Song unbedingt proben. Ich bin sicher, das wird schon.«

Nach einer halben Stunde Proben hätte ein unverbesserlicher Optimist eine leichte Besserung herausgehört – für alle anderen klang es exakt so wie am Anfang.

Die beiden Musiker begaben sich wieder in die muffige Sitzecke, weil sie wenigstens noch auf den erfolgreich aufgeklärten Mordfall anstoßen wollten. Und schon war das Thema wieder Imogen.

»Weißt du, was sie in Sachen Motiv herausgefunden hat?«, erzählte Bühlow. »Gunnar Oswald war als Kind Zeuge, wie sein Vater die Mutter mit einem anderen im Bett überrascht hat.«

»Lass mich raten«, sagte de Jong. »Das darauffolgende Blutbad rief dann jenes Trauma hervor, das ihn später zum Mörder werden ließ.«

»Eben nicht ganz. Der gute Mann erlag nämlich vor Schreck einem Herzinfarkt. Und das Beste kommt ja noch.«

»Alles ist ja wohl besser als das«, meinte de Jong.

»Der Mann stürzte gegen einen Heizkörper und zog sich eine heftige Verletzung am Kopf zu. Als man den Liebhaber kurze Zeit später vernahm, sagte er aus, es habe sich um Notwehr gehandelt. Genau. Er war nicht die hellste Kerze am Baum und hatte keine Ahnung, dass die Rechtsmedizin längst einen Infarkt diagnostiziert hatte.«

»Tja«, sagte de Jong. »Klassischer Fall von falsch geraten.«

»Deshalb vermutete man, dass es einen Plan der beiden gegeben hatte, den Ehemann zu ermorden, der eben nur aufgrund des Herzinfarkts nicht zur Ausführung kam. Das konnte aber nie bewiesen werden. Jedenfalls war dieses familiäre Drama laut Imogen der Auslöser für Oswalds Persönlichkeitsstörung.«

»Also doch«, sagte de Jong.

Sie tranken noch mindestens jeder zwei Biere, vielleicht auch drei, und im Laufe des Abends kam Achim immer wieder mit der Idee, den Song, den er eigentlich für Kristin geschrieben hatte, auch Imogen vorzutragen. Als Test. Oder vielleicht sogar erst mal nur ihr. Es wäre doch sinnvoll zu checken, bei welcher der beiden Frauen man mehr mit ihm erreichen konnte. De Jong bezeichnete das als immerhin bedenkenswert, nicht etwa, weil er wirklich etwas von der Idee hielt, sondern weil er gar nicht richtig zuhörte. Während er nämlich Bühlows krude Idee als bedenkenswert bezeichnete, dachte er an den Liebhaber von Oswalds Mom, der ausgesagt hatte, er habe den Ehemann aus Notwehr getötet. Notwehr durch Herzinfarkt? Da hatte der Mann sich verplappert. Und Oswald junior hatte sich eben auch verplappert. *Ich hab ihn da stehen sehen, in dieser geschmacklosen Kriminalausstellung. Und da wurde mir klar, dass er da einfach hingehört. Als Mordopfer*. Laut Dr. Klöbener und der Spurensicherung war die Sonderausstellung, in der man den toten Frings gefunden hatte, aber gar nicht der Tatort. Wie konnte es sein, dass der Täter das gar nicht wusste? Ganz einfach: weil er nicht der Mörder war. Er hatte sich also doch mit fremden Federn geschmückt. Vielleicht weil er es nicht ertragen konnte, dass es noch jemand anderen gab, der sich eine Feder an den Hut stecken konnte, wer konnte das schon sagen? Mörder waren eitel, das wusste man, wenn man lange genug bei der Kripo war.

Gunnar Oswald gab nur vor, Ollie Frings ermordet zu haben, für sein Strafmaß machte einer mehr keinen Unterschied.

Aber welchen Unterschied machte das für de Jong? Dieser Irre war dadurch schließlich nicht weniger schuldig. Und Frings machte es auch nicht wieder lebendig. Es bedeutete aber, dass jemand anderer ihn getötet hatte. Und dass dieser Jemand noch auf freiem Fuß war.

## 39. Kapitel

Das verdarb ihm die Siegesfeier ein bisschen. Auch am nächsten Tag, als er Scarlett einen Besuch abstattete, hatte er nicht das beste Gefühl. Er wollte ihr persönlich mitteilen, was sie aus den Medien natürlich längst wusste. Die gute Nachricht, dass man den Mörder gefasst hatte. Man hatte ja auch einen gefasst, aber was war die Nachricht denn wert, wenn es nicht Ollie Frings' Mörder war? Also redete er eine Weile um den heißen Brei herum und stellte fest, dass sie gern das glaubte, was, wie de Jong sich sicher war, nicht stimmen konnte.

»Die Polizei geht jedenfalls davon aus, dass Oswald all diese Menschen ermordet hat«, sagte er. Was ja zutraf. »Oliver kannte ihn überhaupt nicht, oder?«

»Er hat ihn jedenfalls nie erwähnt. Aber die anderen hat dieser Verrückte ja auch nicht gekannt.«

Auch das traf zu.

Es war endlich wieder einmal ein sonniger Morgen, die Luft war warm, und sie frühstückten draußen auf der Terrasse. Das Häuschen, in dem Scarlett mit Ollie gewohnt hatte, lag weit ab vom Getümmel der kleinen Großstadt am Dortmund-Ems-Kanal, direkt neben einer Kleingartenkolonie. Viele hätten es als Bruchbude bezeichnet, aber das Äußere täuschte: Es war ein rundum gemütliches Zuhause, eins von der Sorte, von der man sich nie wieder trennte. Scarlett trug etwas Luftiges, Sommerliches, und die Morgensonne schmeichelte ihrem Aussehen mindestens so sehr wie die späte Nachmittagssonne.

»Ich habe mit Dr. Huldrich gesprochen, sie ist auf diese Art Täter spezialisiert«, sagte sie. »Sie sagt, solche Mörder sind keine Beziehungstäter. Sie handeln aus irgendeinem kranken inneren Antrieb heraus, was man nicht mit normalen Mordmotiven vergleichen kann.«

»Kann schon sein«, sagte de Jong.

»Also hat er seine Opfer gar nicht in dem Sinne ausgewählt. Und Ollie hatte das Pech, dass er da auf der Bühne stand. Und dann war er in dieser Kriminal-Ausstellung ...«

De Jong hatte ihr zwar nicht das Versprechen gegeben, den Mörder zu finden, aber damit war er alles andere als fein raus. Weil er trotzdem das Gefühl hatte, bei ihr im Wort zu stehen. Vielleicht gerade deshalb, weil er ihr das Versprechen verweigert hatte, das er Evastina wenigstens gegeben hatte. Und was machte er jetzt: Er tat nur so, als würde er Wort halten. Präsentierte Scarlett den Mörder ihres Liebsten, von dem er genau wusste, dass er es nicht gewesen war. Wie hatte Oswald es ausgedrückt: »Das ist doch die Ursünde, die wir alle in uns tragen! Wir tun nur so als ob.«

Scarlett erhob sich und begab sich in die Küche. Nicht dass sie de Jong hinauswerfen wollte, aber sie erwartete für heute Abend Gäste und wollte ihnen Kartoffelsalat vorsetzen. Also gut, meinte er, dann würde er ihr beim

Schälen helfen. Aber in der Küche wartete schon ein seltsames, zweiarmiges Gerät. Es hatte den rechten mit einem Dorn bewährten Arm hoch erhoben, während der linke von der Seite kam und ein kleines Sägeblatt gezückt hielt.

»Ein elektrischer Kartoffelschäler«, erklärte Scarlett. »Den hab ich aus dem Wohnmobil. Die Küche da drin ist zwar klein, aber die Einrichtung ist der reine Luxus.« Sie nahm eine Kartoffel und spießte sie mit dem Dorn auf. »Mit dem Ding kannst du auch Äpfel schälen.«

»Aus welchem Wohnmobil?«

Sie zeigte es ihm. Es stand in der Garage, die eigentlich ein Holzschuppen war, den Ollie Frings vor Jahren auf der anderen Seite des Gartens zusammengezimmert hatte. Es war eins von diesen riesenhaften Wohnmobilen, die die Sonne verdunkelten, so groß wie ein Linienbus, und passte nur zur Hälfte in die Garage. Mit allen Schikanen – Wohnzimmer, Fernsehzimmer, Doppelschlafzimmer und Regentropfendusche. Das ideale Gefährt, wenn man auf den Klimawandel pfeifen und ihn gleichzeitig beschleunigen wollte. »Der sieht noch ziemlich neu aus«, meinte de Jong.

Scarlett nickte. »Da hängt praktisch noch das Preisschild dran. Ollie hat sich das Ding zugelegt und ist nie auch nur einen Kilometer damit gefahren.«

De Jong fehlten die Worte. Er starrte dieses Schlachtschiff auf Rädern an. »Das hat doch sicher ein halbes Vermögen gekostet.«

»Er hatte ja gedacht, er hätte im Lotto gewonnen. Oder so ähnlich. Jedenfalls hat er das Geld ausgegeben. Auf einen Schlag.«

»Im Lotto? Hat er wirklich …?«

»Nein, das war so eine Redensart, wenn er zu Geld gekommen war, aber nicht gern erzählen wollte, wie. Im Lotto gewonnen. In einen Geldtopf gefallen. Niemand ist ja wohl schon mal wirklich in einen Geldtopf gefallen.«

»Also hat er doch jemanden erpresst«, vermutete de Jong.

»Er nannte es Deal. Wir lassen uns für unser Wissen bezahlen. Das ist nichts Unehrenwertes. Wissenschaftler tun nichts anderes. Ich glaub nicht, dass er das wirklich ernst meinte. Ich wollte jedenfalls nichts damit zu tun haben.«

Sie waren in die Küche zurückgekehrt. Scarlett nahm eine weitere Kartoffel und gab sie dem Schäler in die Arme.

Er fragte: »Warum hast du mir nicht längst davon erzählt?«

Sie schwieg einen Augenblick und presste die Lippen zusammen. »Ollie ist kein mieser Erpresser. Und ich wollte nicht, dass du so von ihm denkst. Und diese Telefonate, das war ja auch, viele Tage bevor er …«

»Wen hat er erpresst?«

»Hat er nicht gesagt. Er hat mir eigentlich gar nichts erzählt. Aber ich glaube, es ging um diesen reichen Kerl, den Fabrikanten …«

»Majewski.«

»Genau. Irgendetwas mit seiner Frau. Der Mann verdiene einen Arschtritt, den könne er auch locker verkraften, meinte Ollie. Tja, und dann hat er sich den Riesenschlitten geleistet. Aber ist nicht mehr dazu gekommen, damit zu fahren.«

De Jong wusste natürlich Bescheid: Majewskis Affäre mit Estella Nürburg. Seine Frau Irmgard, die Dame mit dem bewegungslosen Blick, die seiner Aussage zufolge im Notfall immer an seiner Seite stand. *Wenn Sie wissen, wie weh das tut, kommen Sie um gewisse Dinge nicht herum, auch wenn sie sich falsch anfühlen.* Das war keine neue Spur. Ulf Majewski war verständlicherweise nicht begeistert gewesen, aber deswegen hatte er keinen Mord begangen.

»Ollie hatte eine Datei, ich denke, mit kompromittierendem Inhalt«, fuhr Scarlett fort, als der Kartoffelschäler eine Pause machte. »Er hatte sie auf einem Stick. Was für eine blöde Idee, hab ich gesagt. Jeder weiß doch, dass man Dateien beliebig kopieren kann. Aber Ollie: Er brauche den Datenträger nur, um etwas in der Hand zu haben. In den Filmen sei es schließlich immer so, dass jemand einen Datenträger überreicht oder nur Fotos, obwohl auch da klar ist, dass er sich vorher endlos Abzüge hätte machen lassen können.«

»Und wie ging es weiter?«

»Nichts weiter. Daraus wurde ja nichts. Ich glaube, er hatte diesen blöden Stick irgendwie verkramt und dann nicht wiedergefunden. Und dann war dieser Abend. Er wollte am nächsten Tag weitersuchen und die Sache regeln, aber dazu kam es dann nicht mehr.«

## 40. Kapitel

Am frühen Nachmittag kehrte der Exkommissar auf das Alte Mädchen zurück. Das Wetter hatte sich gemacht, auf dem Kanal glitzerte die Sonne. Abends wollte er sich mit Giulia verabreden. Aber stattdessen verbrachte er den Rest des Tages damit, im Kreis zu denken. Eine Runde und noch eine und so weiter. Immer fing es mit dem an, was Scarlett ihm nicht erzählt hatte. Dass da irgendwas mit Majewski war. Und dass das mit dem Kerl zu tun hatte, der ihn umgebracht hatte. Aber Majewski hatte er gecheckt, das Feld war schon platt getreten, so oft war er darüber gelaufen. Und trotzdem fiel ihm auch jetzt nichts Besseres ein, als genau das zu tun.

Das Einzige, was nicht ganz passte: War Ollie wirklich so naiv gewesen zu denken, er könne bei Majewski so viel herausholen? Mit einer biederen Enthüllungsstory, dass der Mann ein Verhältnis mit einer anderen Frau hatte?

Der Nachmittag ging herum, die Sonne sank. Auf dem Kanalseitenweg waren schon seit geraumer Zeit hordenweise After-Work-Jogger unterwegs. De Jong grübelte immer noch. Er saß exakt auf demselben Platz, auf dem er gesessen hatte, als ihn Ollie Frings zum letzten

Mal besucht hatte. Trotz intensiven Nachdenkens hatte de Jong das Gefühl, an irgendetwas ganz knapp vorbeizudenken, aber er kam nicht darauf, was es war. Als es nicht mehr zum Aushalten war, beschloss er, einen Trick anzuwenden, den er vor etlichen Jahren in einer kriminalpsychologischen Fortbildung kennengelernt hatte. Die hatte er damals zusammen mit Küppers besucht. Eigentlich kein Trick, eher war es ein Spiel. Jedenfalls funktionierte es so, dass man nicht einfach herumsaß und grübelte, sondern den Platz wechselte. In einen fiktiven Dialog trat. Jetzt saß de Jong in dem Sessel, in dem er an diesem Abend gesessen hatte. Und er war de Jong. Aber wenn er aufstand und sich in die Couch gegenüber fallen ließ, war er Frings, weil das an dem Abend dessen Platz gewesen war. »Es hört sich simpel an«, hatte die Psychologin versichert, »aber auf diese Weise bekommen Sie schon mal Antworten, von denen Sie vorher nicht gedacht haben, sie zu bekommen.«

»Du hast also doch jemanden erpresst«, eröffnete de Jong das fiktive Gespräch. »Wieso hast du das damals abgestritten?«

Dann wurde er Oliver Frings. »Hab ich doch gar nicht.«

Und wieder zurück: »Du hast dich als Robin Hood bezeichnet.«

»Genau. Überleg doch mal: Robin Hood hat sich bewusst entschieden, Regeln zu brechen, um etwas Gutes zu erreichen. Bekanntlich war er ein Gesetzloser.«

»Er hat das Geld unter die Armen verteilt, die der Sheriff von Nottingham mit Steuern traktierte. Aber du hast dir ein Wohnmobil davon gekauft.«

»Wichtigkeit.« De Jong alias Ollie grinste verwegen. »Und Scarlett hat eine nagelneue Kartoffelschälmaschine.«

»Ich will ja nur wissen, wofür du das Geld bekommen hast? Doch nicht für ein paar schlüpfrige Seitensprung-Fotos? Das kannst du mir nicht erzählen.« Der Exkommissar stand auf und wechselte aufs Sofa.

Jetzt war er wieder Frings. Er verschränkte die Arme vor der Brust und ließ sich in das Kissen zurücksinken. »Klar kann ich das. Aber wenn du es nicht hören willst, erzähl ich es eben jemand anderem.«

Sofort zurück in den Sessel. »Okay, wir reden von Ulf Majewski. Du bist zu ihm gegangen und hast ihm gezeigt, was du rausgefunden hast. Dass er es mit Estella Nürburg treibt. So weit richtig?«

De Jong verwandelte sich wieder in Frings, aber der antwortete nicht.

Dem Exkommissar blieb nichts anderes übrig, als wieder er selbst zu sein. »Und weil er einen Heidenschiss hatte, dass seine rachsüchtige Ehefrau hinter die Affäre kam, hat er dir einen Killer auf den Hals geschickt. Den hast du dann im Museum getroffen.«

»Wohl kaum.«

»Wohl kaum? Was soll das, verdammt noch mal, heißen?«

»Dass es sich so nicht zugetragen hat, mein Lieber. Sonst säße ich wohl kaum jetzt hier vor dir und wäre mausetot.«

De Jong gab auf. Es hatte keinen Sinn. Mit diesem Psychologenspielchen erreichte man nur, dass man sich ganz allein selbst in Rage redete, obwohl niemand sonst an Bord war. Der Exkommissar seufzte und ließ sich in die Couch zurücksinken. Abrupt richtete er sich wieder auf und griff hinter sich, weil ihm etwas Hartes in seinen Rücken gestochen hatte. Es steckte in der Ritze zwischen den Postern …

Dann hielt er es in der Hand. Es war ein USB-Stick. *Der* USB-Stick! Ollie hatte ihn also hier verloren. Na gut. De Jong sprach jetzt zu sich selbst. »Dann haben wir hier also die hochbrisanten Fotos, die angeblich ein nagelneues Wohnmobil wert sind.« Er legte den Stick vor sich auf den Tisch und starrte ihn eine Weile an. Was hatte er in diesem Fall übersehen, welche Abzweigung hatte er verpasst, sodass er sich immer im Kreis bewegte? Oder hatten sich am Ende sowohl die gesamte Spurensicherung und Dr. Klöbener geirrt, und die Krimi-Ausstellung war doch der Tatort? War das des Rätsels Lösung? In diesem Fall wäre de Jong komplett in die falsche Richtung gelaufen …

Obwohl er es gründlich satt war, noch eine Runde im Kreis zu denken, stand er nach einer Weile auf und holte seinen Laptop. Er ließ ihn hochfahren und steckte den Datenträger in den USB-Schlitz.

Und was er zu sehen bekam, ließ ihn glatt vergessen, sich mit Giulia zu verabreden.

* * *

Was er erwartet hatte: Majewski mit seiner Geliebten in einem Café, in der Sauna, am Strand. Die üblichen kompromittierenden Fotos als Beleg für eine intime Beziehung. Die waren aber nicht auf dem Stick. Stattdessen ein Video, das eine nächtliche Straßenszene zeigte, teilweise unscharf und mit einem Rauschen, das sich stellenweise wie ein Sturm anhörte, obwohl gar keiner tobte. Die Kamera schwenkte über eine Straße und an Häuserfassaden entlang. Kam de Jong irgendwas bekannt vor? Ja, beschwören würde er es nicht, aber das konnte die Gegend sein, in der Estella Nürburg wohnte. Die mit den Doppelhäusern und den ordentlichen Vorgärten. Und ja, es war exakt die Straße! Der Jugendstil-Pavillon für die Mülleimer in Estellas Vorgarten kam ins Bild. Jemand verließ ihr Haus, überquerte die Straße und stieg in einen Audi-SUV, der gegenüber geparkt war. War der Mann Majewski? Schwer zu sagen, aus der Entfernung war er nicht genau zu erkennen. Der Wagen kurvte rasant aus der Parklücke und beschleunigte, sauste direkt auf den Filmenden zu. Scheinwerfer blendeten. Plötzlich erfolgte ein abrupter Schlenker nach rechts, der das Fahrzeug beinahe in eins der parkenden Autos befördert hätte. Vollbremsung, Reifen quietschten auf dem Asphalt. Der Wagen stand mit laufendem Motor leicht schräg auf der Straße. Als wäre ihm irgendetwas in die Quere gekommen.

Die Fahrertür öffnete sich, der Mann stieg aus, jetzt war er nahe genug. Obendrein zoomte die Kamera ihn heran. Ganz eindeutig Majewski. Er stand neben dem linken vorderen Kotflügel und hatte die Hände tief in die Manteltaschen gesteckt. Bückte sich, um etwas zu betrachten, das da auf der Straße lag. Dann stand er wieder gerade und blickte sich ausgiebig um. Auf eine heimliche, verstohlene Art und Weise. Er checkte, ob er beobachtet wurde! Für einen Moment füllte eine Hecke das gesamte Bild aus – der Filmer war in Deckung gegangen, damit er nicht entdeckt wurde. Aber nur für zwei oder drei Sekunden. Ulf Majewski hatte jetzt etwas in der Hand. Eine Art Wischmopp. Er hielt ihn mit zwei Fingern und so weit vom Körper weg wie möglich, als empfände er einen Ekel vor dem Ding. Noch mal sah er sich sorgfältig um, dann überquerte er die Straße, den Wischmopp zwischen den Fingern. Erst im Licht der Straßenlaterne wurde es offenkundig: Das war kein Mopp, sondern eine tote Katze. Majewski trug sie über die Straße auf die andere Seite, wo sich eine Bushaltestelle befand, und warf den Kadaver in den Mülleimer. Dann kehrte er schnell zu seinem Auto zurück. Ein letzter Umgebungscheck, bevor er einstieg und davonfuhr. Ende des Videos.

De Jong ließ den Film mehrmals laufen. Das Psychospielchen hatte also doch etwas gebracht. Er hatte tatsächlich Antworten bekommen, von denen er nicht gedacht hatte, dass er sie bekommen würde. Und zwar gleich zwei: Obwohl er diesen Job ausdrücklich abgelehnt hatte, wusste er jetzt, was aus Paul, Estella Nürburgs geliebtem Kater, geworden war. Vor allem aber hatte er damit eine mögliche Antwort auf die Frage, warum Ollie Frings hatte sterben müssen.

## 41. Kapitel

*Das ist es, was uns verbindet. Unsere Liebe zu Katzen.* Der Exkommissar war kein Kommissar mehr, aber auch kein Anfänger. Und so war er sich der Tatsache voll bewusst, dass er rein gar nichts in der Hand hatte. Jedenfalls nichts, was in einem wie auch immer gearteten juristischen Sinne von Belang war. Und doch war es der reine Sprengstoff. *Mit jemandem, der Katzen nicht liebt, könnte ich nicht zusammen sein.* Estella hatte das so leicht dahingesagt, aber für de Jong gab es keinerlei Zweifel, dass es ihr absolut ernst damit gewesen war.

Es war ein milder Abend, als er sein Fahrrad vor der weiß getünchten Protzvilla mit den zwei Türmen abstellte. Einer dieser Frühlingsabende, an denen es nicht richtig dunkel wurde, jedenfalls nicht sofort. Der Himmel blieb noch eine ganze Weile blau, und die immer noch warme Luft roch endlich mal nach Sommer. Heute war es nicht Irmgard Majewski, die ihn ins Haus ließ. Als er sich dem Gebäude näherte, bemerkte er eine Bewegung oben auf der Dachterrasse. Durch die hohen, kirchenartigen Fenster des Treppenhauses drang Licht nach draußen. Kurz darauf ging die Tür auf, und auf der breiten Eingangstreppe stand Ulf Majewski, blinzelte de Jong an und breitete die Arme aus. »Immer hereinspaziert, mein Guter!«

Der Exkommissar zögerte, unsicher, ob der Mann ihn vielleicht verwechselte. Er war kurz davor, »aber Sie wissen schon, dass ich es bin?« zu rufen, ließ es dann aber sein und kam der Einladung nach. Er folgte Majewski die Treppe hinauf auf die Dachterrasse mit dem malerischen Blick auf den Dortmund-Ems-Kanal. Der Hausherr trug eine weiße Freizeithose und ein hellgraues T-Shirt mit der Aufschrift *We are the best, forget the rest*; alles in allem sah er wie ein Sportler aus, wären da nicht der Bauch gewesen, der sich auf unvorteilhafte Weise über den Hosenbund schob, und das Glas in seiner Hand.

»De Jong, richtig?« Majewski setzte das Glas ab und klatschte in die Hände. »Jetzt sagen Sie schon, was wollen Sie trinken? Was kann ich Ihnen bringen?«

»Sehr nett, aber danke«, sagte de Jong und wollte gerade weitermachen mit: »Ich fürchte, ich muss Ihnen Ihre feiertägliche Bombenstimmung verderben«, aber dazu kam er nicht.

Majewski klatschte wieder in die Hände. »Ich will feiern, mein Guter. Und deshalb begraben wir für heute alle Kriegsbeile, einverstanden?«

De Jong war in kriegerischer Absicht gekommen, also schwieg er. Und der Mann, der sich wie Danny de Vito in Bestform gebärdete, wartete nicht auf sein Einverständnis. »Das ist ein Wort!«, freute er sich und reichte dem Exkommissar ein Glas mit einer alkoholischen Flüssigkeit. »Dann soll es so sein.« Er stieß mit de Jong an.

»Und Ihre Frau? Ist sie nicht zu Hause?«

Majewski machte eine irgendwie wegwerfende Handbewegung. »Ach, soll sie doch …«

»Soll was?«

»Sie ist bei ihrer Sauertopf-Gruppe.«

»Hat sie gesundheitliche Probleme?«

»Ach was, ich nenne es nur so. Das sind Hobby-Köche, die das Handwerk erlernen, Sauerkraut herzustellen. Fragen Sie mich nicht.«

»Und das ist für Sie ein Grund zu feiern?«

Majewskis Mund zog sich in eine Breite von cinemaskopischen Ausmaßen, das Grinsen wollte gar kein Ende nehmen. »Der war gut! Wirklich gut.«

De Jong war sich jetzt sicher, dass der Mann irgendetwas eingenommen hatte.

»Aber ich sag Ihnen mal, was es zu feiern gibt.«

»Gern«, sagte de Jong.

»Ich komme gerade von einem Symposion in Singapur. Thema: Lebensstrukturoptimierung. Das Motto: Make your lives great again. Sie werden mir nicht glauben, de Jong, aber ich hab einen richtig dicken Fisch an Land gezogen.«

»Sie waren angeln?«

De Jongs zaghafte Bremsversuche vermochten den Unternehmer nicht zu stoppen. Während Majewski ihm einen weiteren Drink in die Hand drückte, ergoss sich aus ihm wie ein Lavastrom ein Wortschwall über die heutige schnelllebige Zeit. Über Zeit im Allgemeinen. Dass sie eine knappe Ressource sei, die immer kostbarer werde. Von Tag zu Tag, was praktisch eine direkte Folge der Schnelllebigkeit sei. Man müsse sich das nur mal vorstellen, wie schnell der Wert der Ressource Zeit ansteige, wenn eine Minute plötzlich so schnell verginge wie früher eine Sekunde. Deshalb sei es ein Gebot der Stunde, Lebensabläufe zu vereinfachen, zu rationalisieren. »Und da, mein Lieber«, Majewski legte de Jong im Eifer seines Redeflusses die Hand auf die Schulter, »komme ich mit meiner Idee goldrichtig. Die Amis und die Koreaner waren hellauf begeistert, und der Deal ist unter Dach und Fach.«

»Mit welcher Idee?«

»Die Speisetoilette. Tadaa!« Der kleine Mann war wie aufgedreht.

»Was?«

»Also, mein Lieber, jetzt stellen wir uns mal Folgendes vor: Sie gehen essen. Nehmen Nahrung auf, verstoffwechseln sie, geben sie wieder ab. Ganz normal, werden Sie sagen. Mag sein, aber das können wir doch besser, im Sinne von effektiver, oder nicht? Wozu kostbare Zeit verschwenden? Arbeitszeit, Freizeit, Lebenszeit – ganz egal. Was wäre denn, wenn Sie auf dem Klo essen, selbstverständlich in ansprechendem und stilvollem Ambiente? Vergessen Sie mal Ihre überkommenen Hygienevorstellungen und unappetitlichen Assoziationen, die noch vom herkömmlichen Toilettenstandard geprägt sind. Lassen Sie die einfach weg, und schon hätten wir zwei der Abläufe in einem zusammengefasst. Optimierung des Lebens durch Effektivierung der Abläufe, das ist das Zauberwort! Die Ressource Zeit, schon vergessen? Ich sehe Nobelrestaurants vor mir, da sitzen die Menschen zusammen, essen und verdauen einträglich und gemeinsam. Noch ist das eine Zukunftsvision, aber nicht mehr lange.

Denn ich bin derjenige, der der Welt die Speisetoilette verkauft. Sie ist mein Baby.«

»Dann gratuliere ich zur Geburt«, sagte de Jong.

»Gratulation angenommen!«

Der Exkommissar sah keinen anderen Weg: Wenn der Höhenflug nicht von selbst aufhörte, musste er eben in die Luft schießen. »Aber ich bin wegen einer anderen Sache hier.«

»Natürlich«, meinte der Herr des Hauses und schickte sich an, einfach fortzufahren, was de Jong vereitelte: »Haben Sie zufällig einen Laptop zur Hand?« Er hatte den Stick aus der Tasche gezogen und hielt ihn hoch.

Worauf Majewskis euphorische Miene kurz erstarrte, wenn auch nur für einen Moment, aber immerhin. »Einen Laptop …« In dem Blick, mit dem er de Jong musterte, flackerte kurz Misstrauen auf, aber es lag auch etwas anderes darin: Neugier. »Ja natürlich, warten Sie …«

* * *

Es herrschte Schweigen, während sie die kurze Videosequenz anschauten. Beziehungsweise beobachtete de Jong Majewski beim Anschauen. Der Mann verzog keine Miene. Das Video war durch, Majewski lehnte sich zurück und verschränkte die Arme vor der Brust. Seine Euphorie war jedenfalls verflogen.

»Also was zeigen Sie mir da?«, fragte er nachdenklich. »Ein Video über einen Mann, der eine Katze angefahren hat. Reichlich unscharf und wackelig.«

»Der Mann sind Sie«, präzisierte de Jong.

Majewski zuckte mit den Schultern. »Das sagen Sie.«

»Und die Katze ist ein Kater. Er heißt Paul.«

Jetzt schien sich der Firmenchef doch wieder ein bisschen zu amüsieren. »Steile These«, sagte er. »Man kann ja kaum was sehen. Oder wird vielleicht irgendwo der Name eingeblendet?«

»Nein«, sagte de Jong.

Ulf Majewskis Siegessicherheit kehrte zurück, und seine Augen funkelten gefährlich. »Sagen wir mal so, Herr de Jong: Ich wollte hier ein bisschen feiern, gern auch mit Ihnen, warum nicht? Sobald der stille Vorwurf – das ist nämlich Irmgards eigentlicher Name – das Haus verlässt, atmet hier alles auf. Es erwacht dann zum Leben, verstehen Sie? Und jetzt kommen Sie und zeigen mir dieses Filmchen. Ich könnte vermuten, dass Sie mir etwas vorwerfen wollen. Das würde mich aber ärgerlich machen. Deshalb neige ich zu der zweiten Vermutung, nämlich dass Sie der – wenn auch schwer nachvollziehbaren – Meinung sind, mich mit dieser Darbietung erheitern zu können.«

»Mir ist klar, dass ich damit nichts beweisen kann«, sagte de Jong.

»Ach ja? Dann war es also wirklich als Witz gemeint?«

»Sie wissen, von wem ich dieses Video habe. Wir beide wissen, dass Sie das sind, der da aus dem Wagen steigt und die Katze, die er gerade überfahren hat und die Paul heißt, in den Mülleimer wirft.«

»Nun, dann wissen wir ja eine ganze Menge. Und jetzt? Werde ich wegen Mordes verhaftet? Des Mordes an einem räudigen Kater?«

Der Exkommissar war lange genug Kommissar gewesen, um sich darüber klar zu sein, dass er diesem Kerl nicht so leicht ein Geständnis entlocken konnte. »Da ich nicht mehr bei der Kripo bin«, sagte er, »werde ich niemanden verhaften. Und wenn doch, würde ich Sie nicht wegen Katzenmordes festnehmen. Sondern wegen Mordverdachts an einem Menschen.«

Majewski machte ein demonstrativ betretenes Gesicht, was die Ähnlichkeit mit Danny de Vito noch größer machte.

»Oliver Frings hat herausbekommen, dass Sie eine Affäre mit Estella Nürburg haben«, erklärte de Jong geduldig. »Aber deswegen wollte er Sie nicht erpressen. Was er auch wusste, weil es jedem sofort auffällt, ist, dass Estella geradezu besessen von Katzen ist. Er hat Sie in der Nacht gefilmt und bildete sich ein, dass der Streifen fast so viel einspielen könnte wie ein Hollywood-Blockbuster. Aber er irrte sich. Das Filmchen war sein Todesurteil.«

Da saßen sie jetzt, oben auf der Dachterrasse, und starrten einander an, zwischen ihnen stand der Laptop, dessen Monitor inzwischen wieder schwarz war. Um sie herum und jenseits des Kanals tobte das Nachtleben der Stadt, die für ihr tobendes Nachtleben nicht gerade berühmt war. Hier und da klingelten Fahrräder, Hunde bellten, ein Auto fuhr vorbei mit lautem Bassgewummer. Mehr war nicht.

»Sie denken, ich hätte ihn umgebracht«, sagte Majewski, als es wieder still war.

»Ja, das denke ich«, bestätigte de Jong. »Aber Sie haben recht, ich kann nichts beweisen.« Er stellte das Glas auf den Tisch und stand auf. »Und deshalb verlasse ich Sie jetzt, bevor Sie noch darauf bestehen, dass wir den nächsten Drink gemeinsam auf der Toilette einnehmen.«

Ein Lächeln, dieses Mal ein echtes, wischte kurz über Majewskis Gesicht. »Da verpassen Sie aber was. Und Sie nehmen mir nicht übel, dass ich Sie nicht hinausbegleite.«

De Jong war schon ins Haus getreten, dann blieb er stehen und drehte sich noch einmal um. »Aber Ihnen ist auch klar, dass ich meiner Klientin verpflichtet bin? Frau Nürburg hat mich engagiert, um ihren Kater ausfindig zu machen. Ich werde ihr nicht vorenthalten, was ich herausgefunden habe.« Er winkte dem Unternehmer zu. »Aber, wie Sie ja schon bemerkt haben, kann man auf dem Video nichts eindeutig erkennen. Sie haben also nichts zu befürchten.«

## 42. Kapitel

De Jongs Schritte hallten in dem leeren Treppenhaus. Er durchquerte das kuppelüberdachte Foyer. Dann trat er auf die breite Vortreppe. Inzwischen war es finster, aber die Luft roch immer noch nach Sommer, und die Grillen zirpten um die Wette.

Aus dem Haus drang ein Geräusch, eine Art Poltern, es kam von oben. Dann rannte jemand die Treppe herunter, es hörte sich an wie ein Platschen, weil derjenige Pantoffeln anhatte. Im nächsten Moment trat der Mann, der wie Danny de Vito aussah, ebenfalls vor die Tür. »Kommen Sie noch mal rein«, sagte er, leicht außer Atem.

»Aber ich war doch gerade …«

»Egal. Jetzt kommen Sie schon.«

Dieses Mal gingen sie nicht nach oben. Majewski führte seinen Gast in eine Art Kaminzimmer, das sechseckig geformt und mit Parkett ausgelegt war, das wahrscheinlich ein Vermögen pro Quadratmeter gekostet hatte. Es gab keine Bücher, aber wie bei erfolgreichen Menschen oft üblich, gab es zwei beleuchtete Vitrinen mit Pokalen darin, und jeden freien Platz an der Wand füllte eine Urkunde oder eine Auszeichnung für besondere Verdienste. Farbenfrohe Fotos von vollautomatischen Toiletten suchte man dagegen vergebens.

»Na schön.« Majewski öffnete einen Schrank, der sich als Bar entpuppte, und goss Whiskey in zwei Gläser. »Wir sind uns nicht grün, Sie und ich, aber ich schätze Sie ein als einen Mann, mit dem man reden kann.«

»Haben wir ja gerade gemacht«, sagte de Jong.

»Was halten Sie von einem Deal, de Jong. Jeder gibt dem anderen was, jeder bekommt was.«

»Klingt erst mal gut.«

Majewski reichte de Jong ein Glas und behielt das andere. »Ich erzähle Ihnen, wer Frings auf dem Gewissen hat …«

De Jong konnte sich denken, wie es weiterging.

»… und Sie geben mir Ihr Wort, dass Estella dieses Video niemals zu sehen bekommt.«

Eine Weile sagte niemand etwas. Der Exkommissar trat ans Fenster und starrte hinaus, ohne richtig hinzusehen. Es gab auch nichts zu sehen: Schließlich war es dunkel, außerdem versperrte ein voluminöser Busch direkt vor dem Fenster die Sicht. »Mit anderen Worten«, sagte er und drehte sich zu seinem Gastgeber um, »Sie wollen mir eine brisante Information in einem Mordfall, die zurückzuhalten eine Straftat ist, für das Versprechen verkaufen, dass ich eine brisante Information, die weiterzugeben ich mich verpflichtet habe, zurückhalte?«

Der kleine Mann breitete die Arme aus. »Estella und ich – das ist etwas Besonderes. Verstehen Sie das doch! Sie ist der Glücksfall meines Lebens. Wissen Sie, was ein Glücksfall ist, de Jong? Nicht so ein Haus wie das hier, dieser Protztempel, den Irmgard unbedingt haben musste, damals, als wir noch miteinander gesprochen haben. Auch nicht die Speisetoilette oder der Deal mit den Koreanern. Es ist eine Frau wie sie, und ihr süßer Katzentick ist mir dabei scheißegal! Sie könnte ja auch einen Waschzwang haben oder unter Verfolgungswahn leiden. Da sind die Katzen doch noch Gold. Also biete ich Ihnen meine volle Kooperation in dem Mordfall an und bitte Sie im Gegenzug um einen Gefallen: Verzichten Sie darauf, mein Lebensglück zu zerstören. Was hätten Sie denn auch davon? Was würde Ihnen das bringen?« Ulf Majewski nickte bekräftigend. »So jedenfalls lautet der Deal. Also sind Sie dabei oder nicht?«

»Aber genau das habe ich doch gesagt: Sie konnten und wollten nicht zulassen, dass dieses Video …«

»Egal. Machen wir's so oder nicht?«

Abgesehen davon, dachte de Jong, hab ich ihr ja gar nicht mein Wort gegeben, die Katze zu finden. Im Gegenteil. Also nickte er schließlich auch. »Na gut. Meinetwegen. Dann ist es abgemacht. Aber ich höre Ihnen von jetzt an aufmerksam zu.«

Majewski sah zufrieden aus, als wäre er derjenige, an den der erste Punkt gegangen war. Er goss sich noch einen ein. »Zunächst: Sie hatten recht mit der Annahme, dass Herr Frings auf Erpressung aus war. Aber er hat zwei Fehler gemacht. Der erste: Er benahm sich wie ein Amateur. Da bittet er um dieses Interview, lässt währenddessen ständig Andeutungen fallen von wegen Estella und mir. Und dass meine Ehe keinen Pfifferling mehr wert sei. Als ob ihn das irgendwas anginge. Der zweite Fehler: Er hielt mich offenbar für geistig beschränkt. Ich sag Ihnen was, de Jong, das Geschäft mit Toiletten ist ein hartes, und da kommen Sie nicht weit, wenn Sie nicht clever sind und das Gras wachsen hören können. Und Frings kommt zum Interview, macht seine Andeutungen. Und kurz darauf trudelt dann plötzlich ein Foto ein, auf dem ich mit dem dämlichen Katzenvieh zu sehen bin. Anonym. Aber ich kann zwei und zwei zusammenzählen, das hat er wohl nicht bedacht. Also hab ich ihm das Foto an seine Adresse zurückgeschickt, damit er schnallt, dass ich über ihn Bescheid weiß. Und da hat er kalte Füße gekriegt. Wollte Waffenstillstand schließen, mir den Stick mit dem Video drauf übergeben.«

»Er hatte dem Chef in den Arsch getreten und wollte sich wieder vertragen«, sagte de Jong.

»Ja, aber stellen Sie sich vor, er wollte tatsächlich immer noch einen Preis für diese Unverschämtheit. Nicht die ganze Summe, aber einen schönen Batzen. Er könne das Video ja jederzeit ins Netz stellen, meinte er frech, und nur gegen ein gewisses Honorar sei er in der Lage, sich davon abzuhalten. – ›Woher soll ich wissen, dass du dich daran hältst?‹, hab ich gesagt. Und er meinte, er sei schließlich nicht lebensmüde. Also gut, dann her mit dem Video. Ich wollte sichergehen, wegen Estella, also hab ich bezahlt. Und dann ruft der Kerl plötzlich an und behauptet, die Dateien seien verschwunden. Er habe sie verloren! So kam Jänisch überhaupt erst ins Spiel.«

»Wer ist jetzt Jänisch?«, fragte de Jong.

»Mein Mitarbeiter. Exmitarbeiter. Keine angenehme Person. Ehrlich gesagt, eine regelrechte Plage, der Mann.«

»Er hat Frings umgebracht?«

»Ich habe ihm aufgetragen, er soll sich mit dem Mann treffen und dafür sorgen, dass das Video nicht an die Öffentlichkeit gelangt.«

»Okay«, sagte de Jong. »Dann wusste Ihr Mitarbeiter ja wohl, was er zu tun hatte.«

»Nein, nein, so war das nicht. Er hatte genaue Anweisungen, nämlich keine Gewalt anzuwenden. Nur, wie sich im Nachhinein herausstellte, war ihm das egal.« Jetzt war es Majewski, der an dem Fenster stand und auf den Busch im Dunkeln starrte. »Jänisch ist ein gestörter Mensch. Ein unberechenbarer Hitzkopf mit der Psyche eines Fünfjährigen. Einmal – das ist jetzt aber schon fast zwei Jahre her – hatte ich Ärger mit einem Kerl, auch so ein Journalist. Ich wollte, dass er den Mist, den er über mich geschrieben hatte, zurücknahm. Und dann hab ich Jänisch in Marsch gesetzt. Er sollte dem Mann meine Argumente darlegen, aber was macht er? Er bringt ihn fast um …«

»Die Nicksen-Affäre«, sagte de Jong.

»Genau. Jänisch ist völlig über das Ziel hinausgeschossen.«

»Aber was ich nicht verstehe: Wieso hat der Mann dann noch für Sie gearbeitet?«

Ein weiterer Drink wurde eingegossen und gleich hinuntergekippt. »Ich wollte ihm eine Chance geben, gerade weil er gestört ist. Jeder Mensch verdient eine zweite Chance, meinen Sie nicht? Abgesehen davon hab ich's auch gemacht, weil ich seinen Vater kannte, der hat mir mal aus der Patsche geholfen. Wie das so ist …«

»Ja«, sagte de Jong. »Wie das so ist.«

»Sie glauben mir nicht?«

»Nehmen wir an, ich glaube Ihnen. Dann wüsste ich aber jetzt gern, wo dieser Kerl steckt.«

»Na ja.« Der Toilettenkönig rieb sich nachdenklich das Kinn. »Das ist jetzt die große Frage.«

»Und die Antwort?«

»Die weiß leider keiner.«

»Herr Majewski.« De Jong entfuhr ein Seufzer, der aus nichts als Enttäuschung bestand. »Jemand ist verdächtig, ein Verbrechen begangen zu haben. Aber er sagt: Ich war's nicht, das war jemand anderer. Und der ist leider nicht auffindbar. – Wissen Sie, wie man das bei der Kripo nennt?«

»Hören Sie, de Jong, ich …«

»Man nennt es einen uralten und noch dazu billigen Trick, mit dem man seinen Kopf aus der Schlinge ziehen will.«

»Sobald ich von dem Mord erfahren habe, hab ich ihn angerufen und ihm gesagt, er soll seinen Arsch herbewegen und mir Rede und Antwort stehen.«

»Wo waren Sie denn zur Zeit des Mordes?«

»Da oben. Auf dem Dach. Es war ein schöner Abend und ich habe einen Drink genommen.«

»Und Ihre Frau?«

»Sie war beim Sauerkrautworkshop. Oder woanders, was weiß ich? Keine Ahnung, wo sie war. Spielt das eine Rolle?«

»Nein. Nur dass Sie kein Alibi für die Tatzeit haben.«

»Ich war's aber nicht, sondern Jänisch. Und ich habe ihm auch nicht den Auftrag gegeben, Herrn Frings zu ermorden.«

»Aber die Kripo haben Sie auch nicht gerufen.«

»Woher sollte ich denn wissen, dass er sich aus dem Staub macht? Ich habe sogar einen Mitarbeiter zu ihm nach Hause geschickt, aber Jänisch blieb unauffindbar.«

»Haben Sie ein Foto von ihm?«

Der Firmenchef begab sich in ein anderes Zimmer. De Jong wartete eine Weile und betrachtete die Auszeichnungen, die an der Wand hingen. Zweiter Platz im Wettbewerb *Toiletten machen Schule* um die beste Schultoilette, der Gastro-Toilet-Award 2009, *de Gouden Klosetbril* von 2014. Dann war Majewski zurück und reichte ihm ein Foto. Der Mann auf dem Porträt hatte ein viereckiges Gesicht und einen kurzen Hals. An seinem kantigen Kinn entlang wucherte ein Mehrtagebart. »Das Bild ist vom letzten Jahr«, erklärte Majewski. »Falls Sie ihn treffen: Er lispelt ein wenig, aber sonst wirkt er sehr durchschnittlich …«

Das Lispeln – natürlich! »Ich hab ihn bereits getroffen«, sagte de Jong. »Er hat mich überfallen, neulich nachts unter der Torminbrücke, davon hab ich Ihnen auch erzählt. Natürlich wussten Sie nichts davon.«

»Davon können Sie ausgehen.«

Der Exkommissar nippte an seinem Whiskey. Dann trat er zum Fenster und stellte das Glas auf der Fensterbank ab. »Geben Sie mir seine Adresse. Die Kripo wird herausfinden, ob Ihre Geschichte stimmt oder nicht.«

Ulf Majewski kritzelte sie auf einen Zettel, hielt ihn aber kurz zurück, als de Jong nach ihm griff. »Denken Sie daran, dass wir einen Deal haben«, sagte er.

Als der Exkommissar wenig später endlich sein Rad bestieg und losradelte, warf er einen Blick zurück. Oben auf der Dachterrasse regte sich etwas. Der Hausherr war zu seinem Drink zurückgekehrt. Und de Jong wurde das dumpfe Gefühl nicht los, dass er mit seinem Deal nur ein Teil von Majewskis Strategie war, die ganze Angelegenheit unbeschadet zu überstehen.

## 43. Kapitel

Und die Strategie ging auf. Natürlich bekam Majewski Besuch von der Kripo, und natürlich wurde gegen ihn ermittelt. Aber irgendwie bekam er es hin, dass man ihn nicht anklagte. Weder wegen Beihilfe noch wegen Anstiftung zum Mord. Wie er gesagt hatte: Das Toilettengeschäft war ein hartes, und wenn man nicht das Gras wachsen hörte, dann kam man unter die Räder. Er kooperierte bereitwillig mit den Behörden bei der Suche nach seinem verloren gegangenen Mitarbeiter. Aber natürlich blieb Jänisch unauffindbar.

Hauptkommissar Bühlow war zunächst skeptisch, was die Rolle des mysteriösen Angestellten in der Mordserie anging, und sein Vorgesetzter Kriegeskotte hielt überhaupt nichts davon, einen Fall, der schon unter Dach und Fach war, wieder hinaus ins Freie zu zerren. Alles passte doch, der gefürchtete Museumskiller war eingefahren und erwartete seine Strafe. Abgesehen davon hatte Kriegeskotte schon zu viele Belobigungen dafür entgegengenommen, dass es ihm und seinem Team gelungen war, nach all den Widrigkeiten den Täter doch noch dingfest zu machen. Als sich jedoch herausstellte, dass Jänisch ein ansehnliches Vorstrafenregister wegen

Gewaltdelikten aufwies und Estella Nürburg ihn eindeutig als den Mann identifizierte, mit dem sie am fraglichen Abend zusammengestoßen war, änderte er seine Haltung. Bei der Durchsuchung der Wohnung fand sich überdies ein Anruf von Frings auf Jänischs Anrufbeantworter, in dem er den Termin für ein Treffen im Anschluss an die erste Runde des Menetekels im Museum bestätigte.

Was de Jong anging, so hielt er sich an den Deal und tischte Estella die Geschichte von einem Passanten auf, der angeblich beobachtet haben wollte, dass der Kater namens Paul an der Kreuzung Sentruperstraße/Kardinal-von-Galen-Ring von einem Laster überfahren worden war. Sie ließ daraufhin ein Mahnmal auf dem Handorfer Kleintierfriedhof errichten. Anstelle einer Grabstätte. Sie veranstaltete sogar eine kleine Feier mit Live-Musik – ausschließlich Titel von Paul McCartney. Es gab auch Snacks, und niemand anderer als Ulf Majewski, den die Presse einmal – sicher nicht wegen seines Aussehens – als den »Muhammad Ali der automatischen Toiletten« bezeichnet hatte, chauffierte sie zum Friedhof der Kuscheltiere und wieder zurück.

Dass sich Jänischs und de Jongs Wege dann doch noch einmal kreuzten, sah zunächst wie ein Zufall aus. Aber es war wohl keiner, woran vor allem das Interview schuld war.

Nellie de Fries von der Münsterischen Allgemeinen hatte herausgefunden, dass Niklas de Jong, ein erfahrener Ermittler im Ruhestand, eine nicht unwesentliche Rolle bei der Aufklärung der mysteriösen Mordfälle gespielt hatte. Und sie bat ihn um seine Sicht auf die

Ereignisse, vor allem auf den ersten Mord, der ja seiner Ansicht nach zwar aufgeklärt, aber nicht abgeschlossen war. Weil der Mörder noch auf freiem Fuß sei, sagte de Jong. Worauf sie ihn bat, ihm etwas über den Mann auf dem freien Fuß zu erzählen. Dabei hatte sie einen dieser eigentlich seltenen Tage erwischt, an denen de Jong ganz gern eine Menge erzählte, was sonst fast nie der Fall war. Und so zitierte der Exkommissar Dr. Klöbener, der Jänisch einen Kindskopf genannt hatte, aber vor allem Jänischs Chef, Ulf Majewski, der seinen Mitarbeiter als unberechenbaren Soziopathen mit der Psyche eines Fünfjährigen beschrieben hatte.

Wobei das allein wahrscheinlich nicht einmal den Ausschlag gegeben hätte. Auch nicht, dass MIT DER PSYCHE EINES FÜNFJÄHRIGEN in fetten Lettern als Überschrift über dem Artikel erschien. Dazu kam noch, dass auch Bastian Gropius von der Kulturredaktion des WDR, der einzige Promi-Überlebende des Menetekels, sich wieder zu Wort meldete. Im Fernsehen – das Zweite brachte ein *aspekte* Extra zu den tragischen und verstörenden Vorkommnissen auf der Münsteraner Lesewoche – verlas er den Kommentar eines Beobachters, der auch ein Beteiligter gewesen war. Und obwohl sich der Beteiligte alle Mühe gab, so zu reden wie ein normaler Mensch, steckte er doch allzu tief im Verbalkorsett des Literaturkritikers:

»… Allein der ehemalige Hauptkommissar Niklas de Jong ließ sich nicht beirren und weigerte sich beharrlich, den ermittlerischen Fokus vorzüglich und allein auf die einzelne Tat zu richten, sondern alle fünf Gräuel in ihrer übergeordneten Zusammenhänglichkeit zu betrachten. Wodurch sein anfänglich vager Verdacht sich zu einer klaren Eindeutigkeit verdichtete: War hier ein einheitliches, überzeugendes Konzept inhaltlich aufeinander bezogener Kapitalverbrechen, so dort lediglich ein einzelnes Tötungsdelikt, professionell und schnörkellos gemordet zwar, jedoch schlampig und geradezu hemdsärmelig improvisiert. Ohne erkennbares Gesamtkonzept.« Wenngleich auch dies eine Tat sei, fügte er hinzu, welche die Trivialität roher Gewalt in ihrer sinnlichen Schonungslosigkeit darzustellen vermöge und sie auf eine verstörende Art für den öffentlichen Betrachter nachvollziehbar und erlebbar werden lasse.

*Aspekte* flimmerte wie immer am Freitagabend kurz vor Mitternacht über die Bildschirme. Am Samstag darauf – die Lesewoche lag jetzt fast einen Monat zurück – meldete sich Estella Nürburg bei de Jong mit einer Einladung. Im LWL-Museum für Kunst und Kultur war eine Retrospektive dieser außergewöhnlichen literarischen Woche mit all ihren dunklen Vorkommnissen anberaumt worden. Einige lokale Autor:innen hatten Pro-Bono-Lesungen aus Dea Blessings Werk angekündigt. Es würden Vorträge, Seminare und Kolloquien stattfinden. Und da er, Exhauptkommissar de Jong, durch seine Rolle während dieser tragischen Ereignisse ein prominentes Gesicht und mittlerweile selbst in der literarischen Szene ein Begriff sei, fände sie es wunderbar, wenn er sich bereiterklärte, auf einer der Veranstaltungen ein kurzes Statement abzugeben. Dass de Jong hin und her überlegte, stachelte sie nur dazu an, mit ihrer einzigartigen Glasschneider-Stimme sein Ohr zu malträtieren und ihm noch einmal zu versichern, wie dankbar sie ihm für seine Hilfe bei der Katzensuche sei und wie untröstlich auch Ulfie gewesen sei, als er von Pauls Schicksal erfahren habe – er habe tagelang geweint, der arme Kerl. Worauf de Jong schließlich kapitulierte und sein Kommen zusicherte.

* * *

So kam es, dass er genau eine Woche später um 19:42 Uhr im großen Foyer des Museums auf Giulia wartete, mit der er sich für 19:30 Uhr allerspätestens verabredet hatte. Aber wie es aussah, wartete er schon wieder vergeblich auf sie. Giulia hatte nämlich nur widerwillig zugesagt, weil sie sich wegen Brian gestritten hatten. Brian, dem Singer-Songwriter, der ihr, nachdem er seine Kreuzfahrt in der Ägäis beendet hatte, nach Münster gefolgt war und sie eingeladen hatte, zu einem Cold-Play-Konzert in Leeuwarden mitzukommen. De Jong könne nichts dagegen einwenden, da die Reise ausschließlich musikalischen und in keiner Weise sexuellen Charakter habe. Trotzdem hatte sich der Exkommissar geärgert, weil sie eigentlich vorgehabt hatten, in der betreffenden Zeit zusammen nach Monreale auf Sizilien zu reisen und ein bisschen Zeit zu zweit zu verbringen, was Giulia offenbar ganz vergessen hatte. Und sie: Dann mache sie eben für diesen einen Tag einen Abstecher zum Konzert, das könne doch nicht so tragisch sein. Klar, hatte de Jong entgegnet, mit dem Nahverkehr in Palermo bist du im Handumdrehen in Leeuwarden, worauf sie sich seine üblichen Spitzen entschieden verbat. Und ein Wort das andere ergab.

De Jong sah auf die Uhr. 19:51 Uhr war es inzwischen. Um 20:15 Uhr war sein Auftritt anberaumt. Im Patio des Museums, als Einleitung zu einem Slam mit Textfragmenten der ermordeten Autorin, vorgetragen von der amtierenden Poetry-Europameisterin, die extra aus Nürnberg angereist war. Immer wieder berührte er den Spickzettel, den er in der Hosentasche bei sich trug, tigerte nervös auf und ab und ärgerte sich über Giulias Verspätung. Als ihm der Mann auffiel.

Es herrschte reger Betrieb im Foyer, viele checkten für die Abendveranstaltung ein, andere verließen die Ausstellungen, da das Haus in wenigen Minuten seine Tore schließen würde. Der Mann, der de Jong auffiel, war nur einer in der Menge, und trotzdem blieb sein Blick an ihm kleben. Der Kerl war von rundlicher, möglicherweise muskulöser Gestalt, schätzungsweise Mitte vierzig. Sein Gesicht wirkte viereckig, der Hals kurz ... Ja, er war es. Jänisch! Nur wenige Meter von ihm entfernt machte sich der Mann, der Oliver Frings ermordet hatte, auf den Weg zu den Toiletten. Hab ich dich endlich, dachte de Jong. – Nur, was jetzt? Sollte er die Kavallerie rufen? Er zog das Smartphone hervor, dann sah er wieder in die Richtung. Jänisch war bereits in der Menge verschwunden.

Die Chance war vertan. Aber de Jong starrte und starrte, bis er ihn wiederentdeckte. Da drüben schob er sich an einer Gruppe vorbei, die den Weg zu den Waschräumen verstellte.

Das Smartphone wanderte wieder in die Tasche, de Jong stellte es vorsichtshalber auf stumm. Keine Zeit. Er musste jetzt handeln, oder der Kerl ging ihm durch die Lappen. Behutsam, immer darauf gefasst, dass Jänisch sich umdrehte und ihn möglicherweise entdeckte, nahm de Jong die Verfolgung auf. Er erreichte die Herrentoilette und wartete in sicherer Entfernung. Jänisch war hineingegangen, das hatte er gesehen. Also würde er auch wieder herauskommen. De Jong musste nur warten. Er würde dem Mann folgen und ihn sich bei der nächsten günstigen Gelegenheit greifen. Dieses Mal würde es nicht so laufen wie unter der Torminbrücke. Dieses Mal würde das Überraschungsmoment auf seiner Seite sein.

Wieder einmal vergingen Minuten. Jänisch kam nicht heraus. De Jong bezwang seine Ungeduld. Pinkeln, Reißverschluss schließen, Hände waschen – so was dauerte eben seine Zeit. Also warten. Es wurden vier Minuten, dann fünf. Schön und gut, aber so lange hatte noch niemand dafür gebraucht. Da stimmte etwas nicht. Der Exkommissar musste handeln. Ohne lange zu überlegen, öffnete er die Tür und betrat den Waschraum. Da war niemand. Wie konnte das sein? Stand er jetzt gleich vor dem berühmten offenen Fenster, durch das der Mann sich verdrückt hatte? Nur gab es hier gar keine Fenster. Also ging de Jong in die Hocke und linste unter den Türen durch in die Kabinen. Drei waren unbesetzt, aber in einer – wer sagt's denn – wurde er fündig: zwei jeansbewehrte Beine, karierte Strümpfe, die in schwarz-weißen Turnschuhen steckten.

Bingo!

Und nur eine halbe Sekunde später explodierte die Tür und knallte ihm mitten ins Gesicht, sodass er nach hinten geschleudert wurde und mit dem Kopf gegen die

Wand schlug. Und dann knallte es noch mal. Na super, du dämlicher Idiot, dachte de Jong, bevor ihm das Licht ausging. Fällst zweimal auf denselben Trick rein.

## 44. Kapitel

Als er wieder aufwachte, begriff er überraschend zügig, dass er sich nicht mehr im Waschraum befand. Sein Gesicht schmerzte, wahrscheinlich war es grün und blau. De Jong blinzelte und checkte seine Umgebung. Es war dunkel, aber nicht völlig dunkel. Direkt neben ihm ragten Gestalten auf, menschliche Gestalten, die sich aber nicht bewegten. Weil es keine Menschen waren, sondern Puppen. Er lag auf dem Boden, im Innenhof des Landesmuseums, in der Sonderausstellung, die dem Kriminalroman gewidmet war. Und in der man Ollie Frings aufgefunden hatte. Die Gestalt, die an dem Tisch aufragte, war Edgar Allan Poe mit der wallenden Mähne, die ihn wie Beethoven aussehen ließ. Da waren auch die Grube und das Pendel. Und etwas weiter entfernt eine finstere Gestalt, die gerade aus dem verfluchten Haus in der Oxford Street heraustrat. War das Jack the Ripper? De Jong wollte sein sicher geschwollenes Gesicht berühren, aber seine Hände waren gefesselt.

»Na, endlich. Wurde auch allmählich Zeit aufzuwachen«, sagte jemand mit leichtem, aber unverkennbarem Lispeln. Und dann trat noch eine Gestalt in seinen Sichtbereich. Es war Jänisch. »Du solltest dringend abnehmen, mein Guter. War eine elende Schufterei, dich von da drüben bis hierher zu schleppen.« Er grinste breit. »Aber was rede ich? Jetzt kannst du dir die Diät natürlich sparen.«

»Du hast keine Chance«, knurrte de Jong, obwohl er wusste, wie jämmerlich das klang. »Verstärkung ist unterwegs.«

»Ja, klar.« Jänisch hielt ein Handy hoch, das de Jong gut kannte. »Aber weißt du was, die haben gerade eben hier angerufen und gesagt, dass sie noch ein bisschen brauchen. Sie stecken im Stau, und das um diese späte Stunde.«

Der Exkommissar verkniff sich lieber das übliche »damit kommen Sie nicht durch« und hielt den Mund.

»Eins muss man dem Superhirn, das ihr alle ja so bewundert, lassen: Er hatte die richtige Idee. Du lässt dich einschließen und wartest, bis hier überall die Lichter ausgehen. Und dann kannst du hier schalten und walten, wie du willst.«

»Welches Superhirn meinst du?«

Das dümmliche Grinsen erlosch schlagartig. »Du weißt verdammt genau, welches ich meine! Also verarsch mich bloß nicht. Wer das liest, ist tot, und ach, wie gut, dass niemand weiß!« Jänisch zerrte ein Stück Papier aus der Tasche und hielt es sich vor die Augen, dabei war es zu dunkel, um zu lesen: »*War hier ein einheitliches, überzeugendes Konzept inhaltlich aufeinander bezogener Kapitalverbrechen, so dort lediglich ein einzelnes Tötungsdelikt, professionell und schnörkellos gemordet zwar, jedoch schlampig und geradezu hemdsärmelig improvisiert. Ohne erkennbares Gesamtkonzept.* – Schlampig und hemdsärmelig, hallo? Was soll denn da schlampig sein? Was soll der Scheiß?«

»Ich hab das nicht geschrieben«, sagte de Jong, »sondern ...«

»Von wegen Verstand eines Fünfjährigen. Fünf! Denkst du, das lasse ich mir gefallen? Wieso muss man in der Öffentlichkeit solche Lügen über mich verbreiten?«

»Die Psyche«, widersprach de Jong. »Die Rede war von der Psyche eines Fünfjährigen.«

Jänisch trat einen drohenden Schritt auf de Jong zu. Er war jetzt richtig wütend. »Hör auf, dich über mich lustig zu machen, du Arsch. Dazu hast du keinen Grund. Keiner macht sich über mich lustig. Keiner nennt mich einen durchgeknallten Kindskopf.«

»Wie man dich nennt«, sagte de Jong, »ist doch egal. Es kommt drauf an, was du bist.«

»Da hast du allerdings recht.«

»Sieh dich doch an.«

»Nein, nein, sieh du dich an. Da bist du, gefesselt und unschädlich gemacht. Weil du auf den ältesten Trick der Welt reingefallen bist.«

»Na ja, beim letzten Mal hätte ich dich zu fassen gekriegt. Wenn du nicht abgehauen wärst.«

»Letztes Mal zählt aber nicht. Jetzt zählt.«

»Da hast du auch wieder recht«, gab de Jong zu. »Der Punkt geht an dich.«

Das ließ Jänischs Wut ein wenig abflauen. Für einen kurzen Moment kehrte der Anflug eines Grinsens auf sein Gesicht zurück. »Ich hab mir nämlich Gedanken gemacht, wie wir dich hier am besten platzieren. Nur damit du nicht denkst, ich wäre schlampig und hemdsärmelig. Ohne erkennbares Gesamtkonzept. Und da ist mir was eingefallen, das in der Ausstellung fehlt: Belphegor, das Geheimnis des Louvre. Was hältst du davon?«

»Nie gehört«, sagte de Jong.

»Ist lange her, da kam das mal im Fernsehen. Als Kind hab ich keine Folge verpasst. Belphegor, das ist so eine Art Geist, der im Museum herumspukt. Immer wird jemand auf mysteriöse Weise abgemurkst, und die Kripo ermittelt vergeblich. Das passt doch perfekt, das musst du zugeben.«

»Vielleicht«, meinte de Jong.

»Dazu brauchen wir aber eine Frau. Warte mal, hier gibt's bestimmt irgendwo eine ...« Jänisch tappte los und rempelte dabei den Kerl an, der vermutlich Jack the Ripper war, sodass der zur Seite kippte; nur das Haus in der Oxford Street verhinderte, dass er auf dem Boden landete. »Und einen Schleier brauchen wir natürlich auch ...« Es dauerte ein paar Minuten, dann kehrte er aus der Richtung, in der »ungeklärte Verbrechen der Geschichte« dargestellt wurden, wieder zurück. Unter dem Arm trug er Marilyn Monroe, die relativ leicht bekleidet war. Er platzierte sie zwischen de Jong und der Wand. Als Schleier diente ein schwarzer Umhang, den er irgendeiner anderen Figur abgenommen hatte und Marilyn über den Kopf stülpte. Da Mrs Monroe in ihrer berühmten Rock-hoch-Pose dargestellt war, sah sie jetzt nicht aus wie ein böser Geist, nur weil man ihr etwas Schwarzes übergestülpt hatte. »So, und du bist Belphegors erstes Opfer«, erklärte Jänisch. »Das wird eine echte Bereicherung für die Ausstellung, du wirst sehen.«

De Jong reichte es allmählich. »Wie, bitte schön, sollte ich das denn wohl sehen können?«

Jänisch zuckte die Achseln. »Stimmt auch wieder.«

»Jetzt komm, hör schon auf mit dem Scheiß«, verlangte der Exkommissar. »Eine Weile war es ja ganz lustig, aber jetzt nervt es doch …«

»Nein, nein, es fängt gerade an! Denkst du vielleicht, ich hätte mir all das überlegt, um es jetzt einfach so wieder abzublasen? Das kannst du vergessen. Aber keine Angst, es geht auch ganz schnell. Du spürst kaum was. Und dieses Mal wird man dich schon bald finden.«

De Jong überlegte fieberhaft. Er musste diesen Verrückten irgendwie ablenken, damit er Zeit hatte, seine Fesseln aufzubekommen. Was aber gar nicht leicht war, denn der Mann hatte ihn mit einer doppelten Lage Kabelbinder gefesselt. »Hilfe!«, rief de Jong, seine Stimme hallte in dem großen Raum.

»Keiner da«, erklärte Jänisch. Eine Weile war er tatsächlich abgelenkt, weil er ein Plakat an der Wand anbringen wollte, auf das er mit rotem Filzstift BELPHEGOR DAS GEHEIMNIS DES LOUVRE geschrieben hatte. Um sicherzugehen, dass man seine Installation auch verstand. Aber das Plakat hielt nicht und rutschte immer wieder ab. Jänisch fluchte.

»Geschick ist eben nicht jedem gegeben«, stichelte de Jong, während sein Mörder sich abmühte. Endlich hing das Ding an der Wand. »Geschafft!«, freute sich Jänisch. Und im nächsten Moment rutschte es ab.

»Scheiße, jetzt reicht's aber! Im Rucksack hab ich dickeres Klebeband.« Damit stieg er von dem Schemel, den er sich auch irgendwoher geholt hatte. »Wo ist jetzt noch der Rucksack …?«

Und genau da passierte es. Genervt und mit den Augen auf der Suche nach dem Rucksack, war Jänisch einen Moment unachtsam und knallte mit dem Kopf gegen das Pendel über der Grube. Er fluchte, stolperte und legte sich lang hin. Das Fatale war, dass er im Fallen das verfluchte Haus in Oxford Street zum Einsturz brachte. Es polterte und krachte, eine Staubwolke stieg auf. Jänisch fluchte erneut. Dann schrie er auf, dieses Mal vor Schmerz. »Scheiße, ich bin eingeklemmt!«

De Jong richtete sich auf, so weit er sich in gefesseltem Zustand aufrichten konnte. Jänischs Fuß steckte unter den Haustrümmern. Das Ding war aus Pressholz gefertigt, was eigentlich kein Problem sein durfte. Aber irgendetwas hatte sich verkeilt, sodass Ollie Frings Mörder jetzt in der Falle saß, jammernd, den Kopf unter Edgar Allan Poes Schreibtisch.

»Eins zu eins, unentschieden«, sagte de Jong.

»Scheiße, ich bin verletzt! Du musst mir hier raushelfen. Irgendwie. Ich glaub, mein Fuß ist gebrochen.«

»Ja, wie denn?«, fragte de Jong, und Jänisch hatte darauf keine Antwort.

»Hilfe!«, schrie er. Seine Stimme hallte durch das nächtliche Museum.

»Keiner da«, sagte de Jong.

Das war's dann erst mal. Sonst geschah nicht viel. Zwei Leute, die sich aus eigener Kraft nicht befreien konnten. Das Schweigen dauerte vielleicht so eine halbe Stunde, vielleicht auch weniger. Dann hatte Jänisch auf einmal genug von der Stille.

»Okay, ein Mord ist was Schlimmes, das sehe ich ein. Dass man dagegen sein kann, im moralischen und im juristischen Sinn. Völlig d'accord. Aber muss man sich über ihn das Maul zerreißen? Ihn langweilig und fantasielos nennen?«

De Jong antwortete nicht.

»Was ist daran denn fantasielos: Eene Meene Tekel??? Alle haben gedacht, das ist ein Kinderreim.«

»Nein«, sagte de Jong.

»Nein?«

»Das hat niemand gedacht.«

Wieder herrschte eine Weile Stille. »Woher willst du das denn wissen?«

»Was?«

»Dass das niemand gedacht hat.«

»Menetekel. Ist doch klar«, sagte de Jong. »Das ist kein Kinderreim, das weiß jeder.«

»Doch ist es einer.«

»Nein. Nicht mal annähernd.«

»Ist es wohl.«

So ging es ein paar Minuten hin und her. Dann verlief das einseitige Gespräch irgendwie im Sand. Eine Stunde verging, dann noch eine. Später, viel später rief de Jong ein weiteres Mal um Hilfe, dann war auch Jänisch noch mal dran. Aber es kam niemand. So ging die Nacht herum.

Irgendwann morgens schreckte der Exkommissar aus dem Halbschlaf hoch. Da stand ein Mann, der keine Puppe war. Er war uniformiert, hatte die Hände in die Hüften gestemmt und starrte auf de Jong und Jänisch herunter. »Das ist ja eine schöne Bescherung«, sagte er und meinte damit das eingestürzte Haus aus der Oxford Street.

»Der Mann wollte mich umbringen«, sagte de Jong. »Haben Sie vielleicht eine Schere oder eine Zange?«

Der Nachtwächter runzelte die Stirn. »Zuallererst weise ich Sie darauf hin, dass der Aufenthalt im LWL-Museum während der Nacht streng untersagt ist.«

»Vielen Dank für den Hinweis«, sagte de Jong. »Aber aus verschiedenen Gründen war es mir leider nicht möglich, das Verbot zu beachten. Wenn Sie so nett wären, Hauptkommissar Bühlow von der Kripo anzurufen? Er soll einen Mörder verhaften.« Mit dem Kopf wies er auf den Mann unter Poes Schreibtisch, der friedlich schnarchte. Offenbar war er kein Frühaufsteher.

## 45. Kapitel

»Steig niemals in denselben Fluss.« Das war Ollies Motto gewesen. Eine Sucht, hatte Scarlett es genannt. Dass er süchtig gewesen sei nach neuen Ufern, danach, wild und gefährlich zu leben. So sehr, dass er schließlich alles auf eine Karte gesetzt hatte. Nur, wofür? Für ein monströses Wohnmobil, das in der Lage war, jede beliebige Landschaft nachhaltig zu verschandeln, ganz egal, ob es das Münsterland oder der Himalaya war. Diese Sucht war es, die Frings zum Erpresser hatte werden lassen. Eine ganz eigene Form von Beschaffungskriminalität.

Drei Tage nach Jänischs verkorkster Belphegor-Installation, die zu seiner Festnahme geführt hatte, zog Bühlow wieder bei de Jong ein. Es war nämlich so, dass Kristin eines Tages im Präsidium aufgekreuzt war und ihn nicht angetroffen hatte, dafür aber Imogen. Die beiden hatten aber nicht, wie er bislang gefürchtet hatte, die Waffen gekreuzt, sondern waren zusammen einen Kaffee trinken gegangen. Und damit nicht genug: Seit diesem Tag trafen sie sich zweimal im Monat zum »Mädelsabend«. Seit Kurzem planten sie obendrein eine Radtour, zwar nicht nach Gibraltar, aber immerhin von Münster über Lüdinghausen, Haltern, dann quer durchs Ruhrgebiet und wieder zurück. Natürlich machten sie das nur, um Bühlow zu provozieren, er war schließlich nicht blöd. Und deshalb hatte er beiden nacheinander ein Ultimatum gestellt. Er sei nicht bereit, bei so etwas mitzumachen, deshalb sollten sich die Frauen gefälligst entscheiden: entweder er oder sie. Worauf beide unabhängig voneinander nur mit den Schultern gezuckt hatten.

»Als ob sie mich nicht ernst nehmen würden«, sagte der Hauptkommissar.

Abends saßen sie fast immer zusammen oben an Deck bei einem Bier. Vorausgesetzt das Wetter spielte mit.

»Scheint mir auch so«, meinte de Jong, öffnete zwei Flaschen und reichte eine an seinen Dauergast weiter. »Haben sie es denn getan?«

»Was?«

»Sich entschieden.«

»Nö. Nicht mal das. Sie haben nur mit den Schultern gezuckt. Ach ja, Kristin hat noch gemeint, ich hätte es gerade nötig, ein Drama daraus zu machen.«

»Stimmt.«

»Stimmt? Was soll denn das jetzt heißen?«, empörte sich Achim Bühlow. »Wer macht denn hier gerade ein Drama daraus? Oder soll ich besser sagen: eine billige Beziehungskomödie?«

»Und was willst du jetzt machen? Radelst du ihnen hinterher oder suchst du dir eine neue Kollegin für Gibraltar?«

»Eine neue?« Bühlow legte den Kopf leicht schief. »Sag mal, könnte es eventuell sein, dass du das alles komisch findest?«

»Überhaupt nicht. Obwohl eine Beziehungskomödie ja meistens komischer ist als ein Drama.«

»Weißt du was?« Der Hauptkommissar weigerte sich, mit de Jong anzustoßen, und stellte sein Bier auf den Boden. »Ich schmeiß mich gleich in die Ecke vor Lachen.«

»Jetzt komm schon«, meinte de Jong versöhnlich. »Hättest du nicht beiden deinen Song gewidmet, hätten sie sich nicht gegen dich verbündet.«

Daraufhin drohte Bühlow auf original Küppers'sche Art einzuschnappen, was de Jong gerade noch abwenden konnte, indem er sich für die nächste Probe auf Bühlows letzten Vorschlag einließ. Es war ein Ur-Oldie, der so alt war, dass Mozart ihn wahrscheinlich noch zu Ohren bekommen hatte, *Alone again* von Gilbert O'Sullivan. De Jong fand, dass er thematisch ziemlich gut in die Situation passte.

* * *

Was die Münsteraner Lesewoche betraf, so war der Exkommissar froh, sie hinter sich gelassen zu haben. Das wurde ihm erst so richtig klar, als irgendein Verlagsmensch ihn anrief, den Giulia aufgetan haben musste, und sich mit ihm treffen wollte, um über sein Buchprojekt zu sprechen. »Falsch verbunden«, hatte de Jong gesagt. Aber der Kerl hatte nicht lockergelassen: dass Odysseus als *das* Urbild des tragischen Helden mit einer Irrfahrt auf einem Teller Hühnersuppe so treffend das Dilemma unseres postmodernen Ichs beschreibe, auf in seiner Banalität so brillante Art und Weise … woraufhin de Jong aufgelegt hatte. Und am selben Tag noch den Entschluss gefasst hatte, fortan nicht mehr zu schreiben. Auch das Lesen nahm er sich vor ab jetzt auf das Allernötigste zu begrenzen. Straßenschilder, Filmuntertitel und Beipackzettel, das ja, wenn nötig – aber mehr musste nicht sein. Von Gunnar Oswald, jenem Mann, den die Presse die Museumsbestie nannte und dessen blutige Taten jetzt schon für Netflix verfilmt wurden, hatte er schließlich gelernt, dass man Lesern nicht trauen konnte. Leser schlugen Bücher auf und starrten auf Seiten, aber wer konnte denn schon sagen, ob sie wirklich lasen oder nur so taten?

Er musste an Frings denken, der immer unter Strom gestanden und es nicht ertragen hatte, etwas zu verpassen, allein die Vorstellung hatte ihn um den Schlaf gebracht. Und deshalb hatte er nicht verstanden, wieso de Jong auf seinem Arsch sitzen blieb, sich mit einem toten Gewässer wie dem Kanal zufriedengab, statt in einen reißenden Fluss zu steigen. Sich mit seinem unspektakulären Leben abfand. Frings war immer süchtig nach neuen Herausforderungen gewesen.

Was de Jong anging, hatte Frings recht behalten: Der Exkommissar hatte in seinem Leben eine Menge verpasst, und das auf sträfliche Weise. Zum Beispiel hatte er früher eigentlich vorgehabt, Musiker zu werden. Hätte man ihn damals gefragt, ob eventuell auch Bulle für ihn infrage komme, hätte er nur mitleidig gelächelt. Auch hatte er sich fest vorgenommen, eines Tages an einem See zu wohnen, einzig und allein zu dem Zweck, spät in der Nacht in den Garten hinaustreten, die Stille genießen und den Mond betrachten zu können, der sich im schwarzen Wasser spiegelte. Daraus war aber nie etwas geworden.

Vielleicht war das das Thema für seine Jubiläumsrede zum zwanzigjährigen Bestehen der Polizeisporthalle: Zukunftspläne, die immer wieder aufgeschoben, dann notgedrungen aufgegeben worden waren. Versprechen, die man sich gegeben, aber nie gehalten hatte. Der Trick dabei war vielleicht, sich lieber auf Dinge zu konzentrieren, die man geschafft hatte. So wie man sich auch angewöhnt hatte, die weltweite Verbreitung des Smartphones als Fortschritt zu sehen und sich nicht damit zu belasten, dass der rasante Anstieg von Frontalzusammenstößen unter Fußgängern eine unvermeidliche Folge dieses Fortschritts war. Und wenn es demnächst selbstfahrende Autos geben würde, waren selbstlesende Bücher auch schon bald keine Zukunftsmusik mehr.

De Jong saß mit der Gitarre an Deck, aber es wollte kein rechter Sound zustande kommen. Die Launenhaftigkeit des Instruments hatte in den letzten Jahren deutlich zugenommen. Kein Wunder, die Gitarre war schließlich nicht mehr die jüngste, wahrscheinlich kam sie schlecht damit zurecht, älter zu werden. Ein Problem, das vielen zu schaffen machte.

De Jong klimperte herum und spielte den Song an, den er mit Achim Bühlow demnächst proben wollte, als eine Saite riss. Wie immer war es die D-Saite. Es war schon die dritte D-Saite in diesem Monat, und de Jong fragte sich, was sie gegen ihn hatte. Er fluchte laut, und drüben, vom Ufer aus, winkte ihm eine Radlerin zu. Während er zurückwinkte, erwachte das Telefon auf dem Tisch zum Leben. Es vibrierte wie verrückt und bewegte sich auf den Rand zu. Laut Display rief Giulia an. Er betrachtete das Handy, das auf dem Tisch herumkrabbelte wie ein Mobiltelefon, das diesen Namen verdiente. Dann griff er zu. Und während er über den kleinen grünen Button wischte, kam ihm in den Sinn, dass bei all den verpassten Gelegenheiten ja immer noch reichlich übrig blieben, die man wahrnehmen konnte. Und das gab ihm ein gutes Gefühl.

KBV KRIMINALROMAN

Sabine Gronover

**MAXIPARK**

Taschenbuch, 344 Seiten
ISBN 978-3-95441-697-4
15,00 EURO

## Tierische Mordermittlung

Auf dem Mittelaltermarkt im Maximilianpark in Hamm wird der Waffenschmied Erik tot aufgefunden, erschlagen mit einer seiner Äxte. Die markerschütternden Schreie des Esels, der an ein Bein des Mordopfers gebunden wurde, schallen über das Gelände, der monumentale Glaselefant ragt als stummer Zeuge des grausamen Geschehens in die Höhe ...

Dieser Fall scheint wieder einmal wie geschaffen, um dem tierphobischen Kommissar Horst Schmitt die Freude am Ermitteln zu verleiden. Zusammen mit seinem Kollegen Kemper bezieht er ein Zelt, um rund um die Uhr am Ort des Geschehens zu sein, doch was vordergründig nach munterem Lagerleben und Alkohol im Dienst klingt, wird schon bald gefährlicher Ernst ...

*»Weil es alles hat, was in einen Krimi gehört:*
*einen interessanten Mordfall, spleenige Charaktere,*
*ein wenig amouröse Verwicklungen, Überraschungsmomente*
*und sympathische Ermittler. Und weil man sich dem Charme*
*der westfälischen Landbevölkerung eigentlich nicht entziehen kann ...«*

*(Leserkanone.de zu »Falkenmord«)*

Joachim H. Peters

**ON THE ROAD TO DINGSBUMS**

Taschenbuch, 312 Seiten
ISBN 978-3-95441-698-1
15,00 EURO

## Gauner, Rentner und ein Hund …

### Ein mordsmäßig abgefahrener Road-Trip Ü70

Für Mischa wird es eng, denn der Boss einer Spielhallenkette hat ihm zwei Geldeintreiber auf den Hals gehetzt. Ein alter VW-Bus, der mit laufendem Motor vor dem Seniorenheim in Bielefeld steht, ist seine einzige Chance. Mischa rast los …

… und merkt zu spät, dass die Altenpflegerin Alina sowie sechs Senioren mit an Bord sind, die zu einer Reise nach Brandenburg aufbrechen wollten: ein Buchhändler, eine Ärztin, ein Oberfinanzsekretär, eine Autohausbesitzerin, ein Amtsrichter und die Schauspielerin Lucy, die sich für einen internationalen Filmstar hält und am liebsten Sterbeszenen spielt.

Mischa gibt sich als Fahrer aus, und seine Passagiere ahnen nichts von den Verfolgern. Und auch nicht, dass der Betreiber des Seniorenheims bankrott ist und sie in Wirklichkeit nach Polen abschieben will. Als wäre das alles nicht schon kompliziert genug, schleppt Lucy auch noch einen ausgesetzten Hund an. Unterwegs lauern Gefahren und Glücksmomente, Autopannen und Abschiede. Für alle wird es die abenteuerlichste Reise ihres langen Lebens.

*»Ein Roman voll Herz und Hoffnung! Manchmal sind die besten Geschichten jene, die unser Herz berühren, unsere Hoffnung nähren und uns bis zur letzten Seite in Spannung halten.«*

*(Sky du Mont, Schauspieler und Autor)*

KBV ROMAN

KBV KRIMINALROMAN

Christoph Güsken

**DER TOTENSAMMLER**

Taschenbuch, 328 Seiten
ISBN 978-3-95441-623-3
14,00 EURO

**Eine mörderische Wanderung durch den Teutoburger Wald**

In seinem einsamen Haus im Osnabrücker Land wird der ehemals bekannte Horrorschriftsteller Rufus Kolk ermordet aufgefunden. Hat die Tat etwas mit dem jähen Karriere-Ende des Autors zu tun? Oder mit dem Umstand, dass er von der gesamten Dorfgemeinschaft bitter angefeindet wurde?

Auf der Suche nach einem Motiv für das undurchsichtige Verbrechen stolpern der Münsteraner Hauptkommissar Reinbeck und sein Bramscher Kollege Ascher immer wieder über Hinweise auf Kolks Romane, die sich stets mit »dem Bösen« befassten. Kolk schien bizarren Obsessionen verfallen. Offenbar trieb ihn das Gefühl um, in seinem einsamen Haus nicht alleine zu sein. Kannte er seinen Mörder?

Die Ermittler stoßen auf ein Manuskript, das von einer Gruppenwanderung von Tecklenburg zum Großen Freeden berichtet, die in einer Katastrophe endete. Schon bald ahnen sie, dass es sich hierbei nicht etwa um eine erfundene Geschichte handelt, sondern um die Chronologie einer grauenhaften Wirklichkeit …

*»Wer Krimis liebt, (…) der kommt um diese packende Story mit Gänsehaut-Effekt nicht drum herum.«*
*(alles münster - Onlinemagazin zu »Kopflos am Aasee«)*